ve Silver wird für ihre ausgefallenen und actionreichen Dark-Urban-Fantasy-
omane gefeiert. Ihr Werk ist u. a. für den Kritikerpreis der Romantic Times
ominiert worden und vom Library Journal in der Kategorie beste Genreliteratur
sgezeichnet worden. Die Autorin ist verheiratet und hat zwei Söhne.

W0381046

MIRA®

Alle Rechte, einschließlich das des vollständigen oder
auszugsweisen Nachdrucks in jeglicher Form, sind vorbehalten.

Der Preis dieses Bandes versteht sich einschließlich der
gesetzlichen Mehrwertsteuer.

Umwelthinweis:
Dieses Buch wurde auf chlor- und säurefreiem Papier gedruckt.

Eve Silver

Feuersünde

Roman

Aus dem Amerikanischen von
Thomas Hase

MIRA®

MIRA® TASCHENBUCH
Band 65079
1. Auflage: September 2013

MIRA® TASCHENBÜCHER
erscheinen in der Harlequin Enterprises GmbH,
Valentinskamp 24, 20354 Hamburg
Geschäftsführer: Thomas Beckmann

Copyright © 2013 by MIRA Taschenbuch
in der Harlequin Enterprises GmbH
Deutsche Erstveröffentlichung

Titel der nordamerikanischen Originalausgabe:
Body of Sin
Copyright © 2011 by Eve Silver
erschienen bei: HQN Books, Toronto

Published by arrangement with
HARLEQUIN ENTERPRISES II B.V./S.àr.l

Konzeption/Reihengestaltung: fredebold&partner gmbh, Köln
Umschlaggestaltung: pecher und soiron, Köln
Redaktion: Daniela Peter
Titelabbildung: Harlequin Enterprises S.A., Schweiz; pecher und soiron, Köln
Autorenfoto: © Harlequin Enterprises S.A., Schweiz
Satz, Druck und Bindearbeiten: GGP Media GmbH, Pößneck
Printed in Germany
Dieses Buch wurde auf FSC®-zertifiziertem Papier gedruckt.
ISBN 978-3-86278-755-5

www.mira-taschenbuch.de

Werden Sie Fan von MIRA Taschenbuch auf Facebook!

1. KAPITEL

Und … was für ein Sternzeichen sind Sie?" Kaum hatte Bryn die Frage ausgesprochen, wäre sie am liebsten im Erdboden versunken. So etwas Peinliches. Etwas Idiotischeres hätte ihr kaum einfallen können. Aber wie sollte ihr auch etwas Geistreiches einfallen, wenn sie doch keine Ahnung hatte, wie das, was sie gerade ausprobierte, funktionierte? Ihr fehlte es einfach an Erfahrung in solchen Dingen.

Ihre letzten drei Versuche waren alle grandios gescheitert. Jetzt war Nummer vier an der Reihe. Vielleicht war das ja die magische Zahl … Entweder es klappte, oder auch diese letzte Gelegenheit war vertan. Eine weitere Chance würde es nicht geben.

Der Mann, der ihr gegenüber an dieser schicken in Schwarz gehaltenen Bar lehnte, war groß und blond. Seine Kleidung hatte Stil – nicht zu leger, aber auch nicht zu geschniegelt. Er sah muskulös und durchtrainiert aus, allerdings nicht auf die bullige Art, wie sie Bodybuilder an sich haben. Bisher hatte sie ihn nur im Profil betrachten können, und das gefiel ihr recht gut. Gerade Nase, energisches Kinn, kräftiger Unterkiefer. Dass er ein gut aussehender Mann war, schadete nicht, wenn es auch nicht entscheidend war. Entscheidend war allein, *was* er war.

So viel stand fest: Er war ein Supernatural. Sie merkte es an der Spannung, die in der Luft lag. Möglicherweise war er einer von den kleineren Dämonen. Oder ein Sterblicher mit außergewöhnlich starken übernatürlichen Kräften.

Ein Walker, also ein Seelengänger, war er nicht. Die waren ausschließlich weiblich und besaßen auch nicht die übernatürliche Aura, die hier unverkennbar war. Bryn konnte sich keinen Reim auf diesen Fremden machen, zumal ein bezeichnendes Detail noch hinzukam, nämlich die Tatsache, dass er hier vor ihr stand. Die Mächtigeren der Unterwelt konnten die Grenze zur Oberwelt nicht überschreiten. So weit wusste sie immerhin Bescheid. Sie hätte sich gewünscht, dass ihre Kenntnisse weiter reichten. Aber ihre Brüder hatten sie von allem abgeschirmt und sie über gewisse Dinge im Unklaren gelassen. Je weniger sie wusste, so lautete die Theorie, desto leichter war sie unter Kontrolle zu halten. Eine ganze Zeit lang hatte das ja auch geklappt.

„Mein Sternzeichen?“ Der Fremde drehte ihr den Kopf zu und blickte sie befremdet und leicht amüsiert an. Blaue Augen. Ein interessantes Hellblau, bei dem sie an die Farbe ihrer ausgewaschenen Lieblingsjeans denken musste. Warm, soft, bequem waren die Begriffe, die ihr dazu einfielen.

Was für ein Quatsch.

Der Kerl war alles andere als soft. Sein Blick hatte etwas Unergründliches, Dunkles, woran auch die schöne Augenfarbe nichts änderte.

Aber er war nun einmal ihre letzte Hoffnung, und das hielt sie davon ab, aufzustehen und zu gehen.

„Als Nächstes fragen Sie mich dann wohl, ob ich häufiger hierherkomme?“ Er trank, ohne den Blick von ihr zu wenden, einen Schluck von seinem Bier.

Nervös fuhr sie sich mit der Zungenspitze über die Lippen. Er hatte die kleine Bewegung aufmerksam verfolgt. Ein Hoffnungsschimmer, dass sie doch noch erreichte, was sie wollte.

Nach kurzem Zögern nahm sie den Ball auf, den er ihr zugespielt hatte. „Gut, warum nicht. Kommen Sie öfter hierher?“

Er stutzte, dann fing er an zu lachen. Es war ein angenehmes, dunkles Lachen. „Sollte das nicht eigentlich mein Text sein?“

„Ihr Text? Wieso? Sagen Sie das sonst immer?“

Wieder lachte er. „Sie wollen mich auf den Arm nehmen, oder?“ Er sah sie unverwandt an, sodass sie sich vorkam wie ein seltenes Insekt unter einem Mikroskop. Doch im nächsten Moment schienen ihm Zweifel zu kommen. „Oder meinen Sie das doch ernst? Na schön, ich lasse mich darauf ein. Kommen *Sie* öfter hierher?“

„Na klar, dauernd. Ich …“ Dann stieß sie kurz die Luft durch die Nase. Was hatte es für einen Zweck zu lügen? „Nein.“ Sie war zum ersten Mal hier. Genau wie in den anderen Clubs, die sie die vergangenen sechs Abende ausprobiert hatte. Und sie kannte den Namen dieser Lokalität nur, weil ihr Bruder ihn ein paar Mal erwähnt hatte. Er kam gern hierher, wenn er in Miami war. Und da er am liebsten dort verkehrte, wo man andere Supernaturals traf, hatte sie angenommen, hier auch welche zu finden.

Für gewöhnlich gehörte sie nicht zu den Mädchen, die darauf aus waren, die ganze Nacht Party zu machen. Die drei Ausflüge im letzten Jahr, als es ihr gelungen war, ihren Brüdern zu entwischen, waren die absolute Ausnahme gewesen. Jedes Mal war sie für eine Woche weg gewesen, und jedes Mal war sie nach dem gleichen Muster auf der Pirsch gewesen, um zu vollenden, was getan werden musste.

Diese Nacht hatte sie ihre unwiederbringlich letzte Chance. Wenn sie die nutzte, konnte sie die vorangegangenen Fehlschläge getrost vergessen. Sie musste es schaffen.

Er schaute sie an, als warte er auf eine Erklärung.

„Ich bin zum ersten Mal hier", räumte sie schließlich ein.

Kritisch beäugte er sie von Kopf bis Fuß, sodass sie schon unsicher wurde und sich fragte, was mit ihr verkehrt war. Flecken auf dem T-Shirt vielleicht? Unvermittelt streckte er die Hand nach ihr aus. Instinktiv zuckte sie zurück. Er zögerte eine Sekunde, dann zog er ihr vorsichtig das Haarband heraus, mit dem sie sich einen Pferdeschwanz gebunden hatte. Das glatte braune Haar fiel ihr auf die Schultern.

„Sieht doch so viel hübscher aus", meinte er. „Ich würde es so lassen, wenn ich jemanden aufgabeln wollte." Er drehte sich wieder zur Bar und trank den letzten Schluck Bier aus seiner Flasche.

„Kann ich Sie zu einem Drink einladen?", platzte sie heraus.

Sein Blick sprach Bände. „Ich warte hier auf jemanden." Eine Abfuhr erster Klasse. Immerhin stand er nicht gleich auf und ging. Stattdessen sah er sie wieder prüfend an, als versuchte er, irgendwie aus ihr schlau zu werden.

„Na ja, ich könnte Ihnen ja trotzdem etwas ausgeben. Dann hätten Sie einen Drink, solange Sie warten." Die pure Verzweiflung sprach aus ihren Worten. Einfach nur plump. Das klang alles wie in einer drittklassigen Telenovela. Wenigstens lenkte sie so seine Aufmerksamkeit weiter auf sich, und das war es, worauf es ihr ankam. Es gab niemanden sonst in diesem Club, der für sie infrage kam, niemanden in der ganzen Stadt. Dabei hatte sie gehört, dass die Supernaturals gern nach Miami kamen. Und nach Vegas. Aber Vegas ging gar nicht.

So hatte sie sich für Miami entschieden. Es war ihre siebte und damit allerletzte Nacht auf ihrer Suche. Der Typ neben ihr war der Erste, mit dem es klappen konnte. Entweder sie wurde heute schwanger oder überhaupt nicht mehr.

„Möglicherweise bin ich ja diejenige, auf die Sie warten." Frontalangriff. Gar nicht so schlecht, dachte sie, legte den Kopf ein wenig zur Seite und stellte herausfordernd die Hüfte heraus.

Er schaute sich wie suchend um und schüttelte dann den Kopf. „Die ganze Zeit kommt es mir so vor, als müsste hier irgendwo eine Kamera sein."

„Eine Kamera?"

„Ja." Er musterte kurz ihre merkwürdige Pose. „Wie hieß diese Fernsehsendung noch? *Candid Camera* oder so ähnlich." Dann wanderte sein Blick zu den anderen Gästen im Club. Die Lichter, die von der Tanzfläche herüberstrahlten, zuckten über sein Gesicht. Sie geriet in Panik. Er begann, das Interesse an ihrer Unterhaltung zu verlieren. Jeden Augenblick konnte er sie an dieser Bar stehen lassen und gehen.

So rückte sie ein Stück näher an ihn heran, aber er wich sofort zurück. „Hat Mal Sie auf mich angesetzt?", fragte er plötzlich.

„Mal?" War das der Name einer Frau? Vielleicht einer, die viel besser wusste als sie, wie man einen Mann umgarnt? Mist. Ihr sank der Mut. „Wer soll das sein?"

„Mein Bruder."

Ein Stein fiel ihr vom Herzen. „Ihr Bruder? Ich habe auch einen Bruder“, erklärte sie. „Das heißt, genau genommen habe ich drei Brüder. Alle ein ganzes Stück älter als ich.“

„Ach ja?“ Ihre Auskunft schien ihn nicht sonderlich zu freuen. „Sind sie auch hier?“

Das fehlte gerade noch. Allein daran zu denken, versetzte sie in Panik. „Nein, Gott sei Dank nicht. Ich meine …“, sie machte eine unsichere Handbewegung, „… weiß der Himmel, ob es Gott überhaupt gibt. Oder den Himmel. Was ich damit sagen wollte … das ist ja nur so eine Redensart. Also …“

Sein Interesse war plötzlich wieder da. Das Lächeln, mit dem er sie jetzt ansah, sah richtig nett aus. „Soso, drei Brüder. Dann haben wir ja sogar etwas gemeinsam.“

„Auch drei Brüder? Ach ja, einen erwähnten Sie ja schon. Mal, wenn ich richtig verstanden habe, nicht wahr? Sind Ihre Brüder auch älter als Sie?“

„Oh Mann, Sie reden wie ein Wasserfall“, bemerkte er, ohne seine freundliche Gelassenheit zu verlieren. „Und Sie stellen einen Haufen neugieriger Fragen. Ist das immer so bei Ihnen?“

Sie hatte schon Luft geholt, verstummte dann aber lieber, um sich ihre Antwort dieses Mal besser zu überlegen. „Ja“, antwortete sie dann. So war es wirklich immer mit ihr. Ein Freund – genauer gesagt war es ein bezahlter Aufpasser, den ihre Brüder für sie engagiert hatten – hatte ihr einmal gesagt, sie habe keinen Filter. Und dass sie redete, weil sie Pausen und Schweigen nicht ertragen könne.

„Immerhin ehrlich.“ Leicht hob er eine Augenbraue. „Aber schon ein bisschen merkwürdig.“ Er lächelte ein wenig schief. „Normalerweise ist das eine Mischung, die ich nicht so anziehend finde.“ So wie er das betonte, rechnete sie sich aus, fand er es bei ihr eventuell doch ganz anziehend.

Er gab dem Barkeeper einen Wink mit seiner Bierflasche und bestellte eine zweite Runde: „Ich hätte gern noch eines. Und meine zauberhafte neue Freundin hier nimmt …?“ Fragend sah er sie an.

Was sollte sie bestellen? Alkoholisches trank sie nur sehr selten. Sie mochte den Geschmack nicht. Außerdem wusste sie natürlich, dass Frauen in der Schwangerschaft die Finger davon lassen sollten. Ob das auch für Frauen galt, die guter Hoffnung waren, schwanger zu *werden*, vermochte sie nicht zu entscheiden.

Der Barkeeper und der blonde Supernatural sahen sie immer noch erwartungsvoll an. Dann legte sie dem Fremden die Hand auf den Arm und zuckte regelrecht zusammen, als sie ihn berührte, so stark wirkte seine Ausstrahlung auf sie. Trotzdem war das Gefühl gut, seine festen Muskeln zu spüren.

„Ich nehme … dich“, entschied sie kurz entschlossen.

Er blickte sie verwundert an, aber sie wich seinem Blick nicht aus. Dann blickte er sich um, konnte offenbar nicht entdecken, wonach er Ausschau hielt, und meinte schließlich mit einem Achselzucken: „Warum zum Teufel eigentlich nicht.“

Lokan konnte sich nicht erklären, warum dieses Mädchen so heiß darauf war, ihm an die Wäsche zu gehen. Sicherlich, ihm war nicht neu, dass er auf Frauen anziehend wirkte. Aber das hier war übertrieben. Die Frau war ein wenig zu zielstrebig. Sie wirkte beinahe schon verzweifelt.

Hübsch war sie ja. Braune Augen, dunkles, braunes Haar, das ihr glatt und seidig auf die Schultern fiel, nachdem er ihr das Haarband herausgenommen hatte. Er konnte sich vorstellen, dass sie Asiaten unter ihren Vorfahren hatte, Japaner vielleicht. Schwer zu sagen. Aber das würde zu ihrem wunderbaren Teint, dem Schnitt ihrer Augen und feingliedrigen Körperbau passen. Sie hatte einen schönen Mund mit vollen Lippen, zum Küssen schön. Merkwürdig, dass ihm das erst jetzt auffiel.

Als sie sich an ihn herangemacht hatte, war er zunächst amüsiert gewesen, dann skeptisch, weil er den Verdacht hatte, dass Malthus mit einem seiner ausgefallenen Scherze dahintersteckte. Inzwischen ließ er das Ganze entspannt auf sich zukommen.

Es gab Unangenehmeres, als sich ein paar schöne Stunden beim Sex mit einer schönen Frau zu machen, auch wenn sie ein bisschen sonderbar war. Und da Malthus und Dagan ihn offenbar versetzt hatten, hatte er auch nichts Besseres vor. Er schickte eine SMS an die beiden, in der er ihnen mitteilte, dass er nicht länger auf sie wartete. Dann machte er eine Handbewegung in Richtung Ausgang und meinte: „Nach dir, meine Süße."

Sie folgte seiner Aufforderung, und er ging hinter ihr her, wobei er es sich nicht nehmen ließ, ausgiebig ihren Hüftschwung zu bewundern. Wirklich hübsche Figur, dachte er. Auch die fiel ihm erst jetzt ins Auge. Anscheinend wurde dieses Mädchen von Minute zu Minute attraktiver.

Zudem hatte sie auf eine gewisse Weise sein Interesse geweckt. Irgendwie war sie … anders. Obwohl sie nicht gerade ein stilles Wasser zu sein schien und ihr Herz scheinbar auf der Zunge trug, konnte er sich vorstellen, dass sich hinter dieser zur Schau gestellten Offenherzigkeit in tieferen Schichten manch bemerkenswerte, möglicherweise sogar faszinierende Überraschung verbarg.

Sie drehte sich nach ihm um, als wollte sie sich vergewissern, ob er auch wirklich hinterherkam. In diesem Moment schaute er ihr tief in die Augen, so tief, dass er bis in ihr Ka, ihre Seele, blicken konnte, eine der speziellen Fähigkeiten, die Seelensammler besitzen. Ihre Seele war leuchtend und rein und …

Zack! Aus! Es war, als hätte sie ihm die Tür vor der Nase zugeknallt. Er sah ihre schönen, dunklen Augen, ihre langen, geschwungenen Wimpern, aber mehr auch nicht. Ihr Ka blieb ihm verschlossen. Es gab einige wenige Sterbliche, die es schafften, ihr Ka vor einem Seelensammler zu verbergen. Er hatte schon von ihnen gehört, aber in den ganzen Jahrhunderten, die er jetzt schon als Reaper in Sutekhs Diensten stand, war ihm noch kein einziger von ihnen begegnet. Das mit den tieferen Schichten schien sich zu bestätigen.

Als sie draußen waren, blieb sie am Bordstein stehen und schaute unschlüssig die Straße hinauf und hinunter.

„Zu dir oder zu mir?“, fragte Lokan. Er dachte immer noch, dass diese Szene nicht real war, dass gleich aus irgendeiner Seitenstraße ein Haufen gleichaltriger Freunde von ihr hervorstürzen würde, um ihr albern kichernd zu einer gewonnenen Wette zu gratulieren. Diese Frau war einfach nicht der Typ dafür, aus einer Bar einen One-Night-Stand abzuschleppen.

Aber sie sah ihn nur stumm an und maß ihn eingehend von Kopf bis Fuß mit einem Blick, als wollte sie seine Anzuggröße taxieren. Ihr Benehmen hatte definitiv etwas Irritierendes an sich. Aber trotzdem machte ihr Verhalten ihn neugierig. Welche Knöpfe musste man bei ihr drücken, damit sie ansprang? Solche Herausforderungen hatten ihn schon immer gereizt.

„Du siehst gut aus“, meinte sie in einem Ton, der so nüchtern und sachlich klang, dass es unmöglich als Kompliment gemeint sein konnte. „Auch wenn das in diesem Fall keine Rolle spielt.“

Lokan lachte. „Hast du jemals überlegt, was du so redest?“

Sie schlug die Hand vor den Mund und machte ein betroffenes Gesicht. „Oh, tut mir leid“, sagte sie leise. „So hatte ich das nicht gemeint.“

„Aber klar. Dich reizt natürlich nicht das Aussehen, sondern eher der funkelnde, vor Witz sprühende Intellekt, den du an mir in unserem tiefsinnigen Gespräch eben in der Bar selbstverständlich wahrgenommen hast.“

„Nein. Ja … Quatsch.“ Sie schüttelte unwillig den Kopf. „Alles, was ich will, ist Sex.“

Er lachte wieder. Er konnte nicht anders. Sie zog die Brauen zusammen und sah dabei gleichzeitig reichlich verwirrt und bezaubernd aus. Er war versucht, ihr sacht über die Stirn zu streichen, um diese beiden steilen Falten zwischen ihren Brauen zu glätten, ließ es aber besser sein. Wenn er sie jetzt anfasste, könnte sie zurückschrecken, und das wollte er nun auch nicht mehr.

„Wie wär’s, wenn ich mich erst einmal vorstelle? Ich heiße Lokan. Lokan Krayl.“ Er streckte ihr artig die Hand hin.

Sie blickte nur wie geistesabwesend auf diese Hand. Er wollte sie gerade wieder wegnehmen, da schlug sie doch ein und sagte: „Ich bin Bryn ... äh ... Carr. Ich meine Carrie."

„Was denn nun? Bryn oder Carrie?" Sie wirkte so nervös, dass er erwartet hätte, dass ihre Hand kalt und feucht sein würde. Aber sie fühlte sich warm und weich an, und unwillkürlich drückte er ein wenig zu und hielt sie fest, als sie ihre Hand zurückziehen wollte. Er strich ihr mit dem Daumen über den Handrücken und spürte ihre zarten Knöchel.

„Belassen wir es für heute bei Carrie", meinte sie und starrte unverwandt auf ihre Hand, die von seiner nicht losgelassen wurde. Sie machte keinen Versuch mehr, sie wegzuziehen, schnappte aber nach Luft, als er ihr noch einmal mit dem Daumen darüberstrich. „Du kannst auch gerne Bryn zu mir sagen."

„Okay. Und das wäre dann dein richtiger Name?"

„Spielt das eine Rolle?" Sie lächelte tapfer, obwohl sie wusste, dass sie schon wieder etwas falsch gemacht hatte.

„Hattest du tatsächlich vor, einen falschen Namen zu benutzen?"

„Ja, hatte ich. Aber ich bin nicht besonders gut in solchen Räuber-und-Gendarm-Geschichten. Und ...", sie machte mit der freien Hand eine vage Geste, „... in anderen auch nicht."

„In was für anderen?"

„Na ja, dies hier." Sie zeigte zwischen ihnen beiden hin und her. „Das mit uns."

„Ach so, du meinst, jemanden an der Bar anzusprechen und dann abzuschleppen?" Er fand die ganze Unterhaltung höchst amüsant.

Sie hob den Kopf und sah ihn an. Ihre Augen glänzten im Licht der Straßenlaterne. Schöne, sehr schöne Augen, dachte er. Er konnte ihre Haut und ihr Haar riechen und beugte sich etwas vor, um dem Duft näher zu kommen. Herrlich, zum Anbeißen. Am liebsten hätte er ihr am Hals entlanggeleckt.

„Du riechst gut, wie frisch gebackene Weihnachtsplätzchen", sagte er leise. „Und ich habe eine Schwäche für Süßes."

„Ich hatte kein Parfüm. Normalerweise trage ich keines. Aber da ich heute in diese Bar kommen wollte, habe ich mir gedacht, dass es vielleicht doch besser wäre. Ich habe mal gelesen, dass man auch Vanillearoma nehmen kann." Die Sätze sprudelten nur so aus ihr hervor. „Übrigens backe ich tatsächlich sehr gern. Plätzchen, Kekse … Nur essen mag ich sie nicht. Ich habe nicht viel für Gebäck und Süßigkeiten übrig."

Auch wenn Lokan kaum darauf achtete, was sie alles erzählte, hörte er auf ihre Stimme. Sie gefiel ihm. Sie klang so angenehm. Sie war sanft, warm und einschmeichelnd, so wie sich ihre Haut anfühlen musste.

„Ich schon." Darin war er seinen Brüdern gleich. Für sie alle war der Konsum von Zucker in jeder erdenklichen Form kein eigentliches Naschen, sondern eine Notwendigkeit, um sich bei Kräften zu halten. Der besondere Stoffwechsel ihrer halb menschlichen, halb göttlichen Natur verlangte von Zeit zu Zeit nach einem Schub.

Er trat dicht an sie heran. Sie legte den Kopf in den Nacken und sah ihn mit großen Augen an. Ihre Pupillen kamen ihm geweitet vor. War es Furcht? Verlangen? Er hoffte auf Letzteres, aber ganz sicher war er sich nicht. Ihre Reaktion auf einen Kuss würde es zeigen, und dazu kam, dass ihn gerade wieder ein Heißhunger auf Süßes befiel. Nur war die Süßigkeit, nach der es ihn jetzt verlangte, sie.

Langsam, ganz langsam beugte er sich zu ihr, sodass ihr genügend Zeit blieb, es sich anders zu überlegen und ihn abzuweisen. Begierig sog er den Duft ein, den sie verströmte. Tatsächlich Vanille – aber noch etwas anderes, ähnlich Köstliches.

„Erdbeer-Shampoo?", fragte er. Seine Lippen berührten fast schon ihre.

„Ja. Es heißt Strawberry Blast. Ich wollte eigentlich Kokosnuss, aber das war ausverkauft. Und diese Sorte gab es im Angebot. Da habe ich gleich zwei Flaschen gekauft. Ich …"

Lokan küsste sie und brachte so ihren Redefluss zum Versiegen. Schien sie erst noch überrascht, war sie es im nächsten

Augenblick, die ihn überraschte. Es war, als hätte er den Schalter gefunden und etwas bei ihr angeknipst. Sie erwiderte seinen Kuss nicht nur, sondern ergriff selbst die Initiative. Indem sie sich auf die Zehenspitzen stellte, drängte sie sich an ihn. Sie leckte ihm erst quer über den Mund und stieß dann mit der Zunge über seine Lippen, bevor sie sich wieder zurückzog.

Was für ein Vorgeschmack. Was für eine Anmache.

Mit ungeahnter Heftigkeit war Lokans Verlangen entbrannt. Er wollte mehr. Ohne einen Gedanken daran zu verschwenden, dass sie hier in aller Öffentlichkeit mitten auf der Straße standen, griff er ihr ins lange, seidige Haar, packte es und bog ihr den Kopf nach hinten, sodass er sie voller Hingabe küssen konnte.

Bryn wiegte sich in den Hüften, rieb sich mit den Brüsten an ihm, fuhr ihm mit den Handflächen über Schulter und Rücken und dann mit den Fingern durchs Haar. Sie war nicht gerade zimperlich und ließ ihrer Lust freien Lauf, von der er geradezu überrollt wurde. Dieses Mädchen ging eindeutig aufs Ganze.

Er legte den Kopf ein wenig auf die Seite, um ihr noch näher zu kommen, um sie noch einmal noch leidenschaftlicher und härter zu küssen. Dabei hörte er, wie sie einen hinreißend schönen Laut von sich gab, etwas zwischen Seufzen und Stöhnen. Sie war schon ein Ausbund von Widersprüchlichkeiten, die kleine Miss Bryn. Und sie war heiß wie ein Vulkan.

Seine Hand glitt langsam über ihre Taille und die Hüften, aber dann besann er sich, und ihm fiel wieder ein, dass sie hier nicht allein waren. Also legte er einen Arm um sie und fragte erneut: „Wohin nun? Zu dir oder zu mir?"

Ein paar Sekunden vergingen. Dann machte sie sich von ihm los und sah ihn mit großen Augen an. Ihr Mund war noch feucht von seinen Küssen. Es schien, als müsse sie ihre Gedanken erst sammeln. Schließlich sagte sie: „Zu dir."

Mehr wollte er nicht hören. Noch einmal küsste er sie, allein um ihr leises Stöhnen noch einmal zu hören, das ihm einheizte. Ihre Finger krallten sich in sein Hemd. Im nächsten Moment hatte sie es ihm aus dem Hosenbund gezogen und bohrte ihm die Fingernägel in die nackte Haut des Rückens. Als er ihr den Rücken entlangstrich und ihren Po mit den Händen umfasste, tat sie es ihm gleich und presste sich mit dem Becken an ihn. Er konnte sich ihren zügellosen Übereifer nur mit einem Mangel an Erfahrung erklären. Aber das sollte ihm recht sein. Er stellte sich gern zur Verfügung, wenn sie etwas dazulernen wollte. Sie war eine erstaunliche Mischung aus scharf und süß, und er war verblüfft, wie leicht es ihr gelang, ihn auf Touren zu bringen.

Lokan löste die Lippen von ihr, und Bryn stieß einen tiefen Seufzer aus, als er sie losließ. Ihre feuchten Lippen schienen nach den Küssen noch voller zu sein. Ihre Augen glänzten, und ihr Haar war zersaust. All das fand er höllisch sexy.

Und dennoch schrillten in seinem Hinterkopf die Alarmglocken. Irgendwie passte es nicht zusammen. Als sie im Club auftauchte, hatte sie ihr Haar zu einem artigen Pferdeschwanz zusammengebunden. Ihr Outfit bestand in einer gewöhnlichen Jeans, einem T-Shirt und einer Jeansjacke. Das war nicht gerade die Aufmachung, die eine Frau auswählen würde, wenn sie ausging, um jemanden aufzureißen. Dazu ihre offenkundige Unerfahrenheit, die sie auch nicht dahinter verbergen konnte, dass sie sich so forsch und zielstrebig gab. Alles zusammen Grund genug, gewaltig auf der Hut zu sein.

Lokan zog sie an sich und küsste sie noch einmal. *No risk, no fun.* Das galt für ihn wenigstens, solange es nicht um die politischen Geschäfte ging, die er für seinen Vater erledigte.

Malthus betrachtete den Text auf seinem Handy. Die SMS von Lokan ergab keinen Sinn. Er hatte sich mit seinem Bruder nicht in Miami verabredet. Wie auch immer. Vermutlich war die Nachricht für Alastor oder Dagan gedacht.

Achselzuckend steckte er das Mobiltelefon wieder ein. Gleich darauf stützte er sich mit der Hand ab. Es war nicht einfach, das Gleichgewicht in einem Cockpit zu halten, wenn die Maschine gerade dabei war, abzuschmieren. Die führerlose Cessna taumelte ihrem Absturz entgegen.

Malthus sah dem Piloten vor ihm ins Gesicht. Der hing, so konnte man es ausdrücken, hilflos in den Seilen.

„Wo waren wir stehen geblieben?“, fragte Malthus.

Er zog die Hand aus dem Brustkasten des Mannes, und mit ihr riss er das Herz heraus. Der Körper des Piloten fiel mit einem Plumps zu Boden und schlitterte dann der Schwerkraft folgend in Richtung des Bugs der Maschine.

Malthus steckte das Herz in eine Ledertasche, die er um die Schulter trug. Dann ging er noch einmal auf den leblosen Körper zu und steckte erneut die Hand in die riesige, klaffende Wunde. Draußen kamen die Baumkronen allmählich bedrohlich näher. Malthus wartete. Viel Zeit blieb ihm nicht mehr. Fünf, vielleicht noch zehn Sekunden.

„Hab dich“, rief er, als sich die Schwarze Seele seines Opfers um sein Handgelenk wand und sich dann den Unterarm hinaufschlängelte.

Das Timing war dieses Mal wirklich ein wenig zu extrem gewesen. Als Malthus sich aufrichtete, nachdem er ein Feuerband um die erbeutete Seele gelegt hatte, schrammte der Rumpf des Flugzeugs bereits über die ersten Wipfel. Rasch öffnete Malthus ein Portal und trat in das schwarz gähnende, frostig kalte Loch zwischen den Dimensionen. Im nächsten Augenblick zerschellte die zweimotorige Maschine und ging in einem gewaltigen Feuerball auf.

Malthus spürte den Kick, den ihm das Adrenalin in seinem Blut verschaffte. So schlecht war das Timing doch nicht, dachte er. Man müsste das nächste Mal vielleicht noch einen Tick länger abwarten.

Er liebte es, wenn er mit seinem Schicksal spielen konnte, erst recht wenn es auf Messers Schneide stand.

2. KAPITEL

Die Lobby des Hotels, in dem Lokan abgestiegen war, war menschenleer, als sie dort ankamen. Nur hinter dem Empfangstresen saßen zwei Männer, die sich angeregt unterhielten und sich für nichts um sie herum interessierten.

Lokan blockierte mit einem Arm die Fahrstuhltür, während Bryn hineinhuschte und sich in die äußerste Ecke der Kabine flüchtete. Für einen Moment war sie verstummt. Es war das erste Mal, dass sie, seitdem sie sich getroffen hatten, den Mund hielt. Mit Ausnahme der Minuten, als sie sich geküsst hatten, fiel ihm ein, wobei sein Blick ihre Lippen streifte.

Doch ihr Schweigen währte nicht lange. „Es riecht nach Äpfeln", fing sie wieder an, „aber künstlich. Das muss so ein Raumspray sein. In der Lobby habe ich keine Duftschalen gesehen. Kann man übrigens leicht selbst machen. Wenn man Äpfel dazu nimmt, passt Zimt sehr gut …"

„Mache ich dich irgendwie nervös?", unterbrach er sie. Noch immer hielt er die Tür auf und machte auch keine Anstalten, den Lift zu betreten. Den Weg vom Club hierher hatten sie zu Fuß zurückgelegt, und die ganze Zeit über hatte Bryn ohne Pause geredet. Es ging vor allem ums Backen, sodass Lokan allmählich Hunger bekam.

Bryn presste einen Augenblick lang die Lippen zusammen, dann sagte sie: „Ich kann Gesprächspausen und Schweigen nur schlecht ertragen. Ich habe immer das Gefühl, als müsste ich diese Lücken füllen." Sie machte ein Gesicht, als sei sie selbst von ihrem Eingeständnis überrascht.

„Okay." Jetzt kam auch Lokan in den Fahrstuhl, blieb aber gleich an der Tür stehen. „Rede nur."

„Wirklich?"

„Ja. Ich höre dir gern zu, wenn du redest."

„Im Ernst?"

Er lachte. „Ja. Warum wundert dich das?"

Etwas flackerte in ihrem Blick. Sie zuckte die Achseln. „Ich denke, ich rede so viel, dass die Leute einfach abschalten, wenn ich den Mund aufmache."

„Ihr Fehler."

Der Blick, den sie ihm daraufhin zuwarf, hatte nichts mehr mit Flirten und ihrem anfänglichen Kokettieren zu tun. Er wirkte eher nachdenklich, beinahe erschrocken, als sei sie bei ihm auf viel mehr gestoßen, als sie erwartet hatte.

Lokan schüttelte unmerklich den Kopf. Ihre Art belustigte ihn, und gleichzeitig schwirrte ihm der Kopf davon. Für eine Frau, die behauptet hatte, dass sie nichts als Sex sucht, unternahm sie erstaunlich wenig, um an ihr Ziel zu kommen. Aber es war gar nicht ihr Benehmen, das ihn am meisten irritierte. Worüber er sich viel mehr wunderte, war seine eigene Reaktion auf diese Frau. Es war nicht gelogen gewesen. Er hörte ihr wirklich gerne zu und mochte ihre Stimme. Sie hatte eine Arglosigkeit an sich, der er selten begegnet war. Wenn er sonst an einer Unterhaltung teilnahm, war er es gewohnt, genau auf jeden Unterton zu achten, um zu entschlüsseln, was wirklich gemeint war.

Bei Bryn konnte man sich das getrost sparen und ihr eins zu eins abnehmen, was sie sagte. Meistens waren es Rezepte. Lokan verfiel für einen flüchtigen Augenblick auf die Idee, dass er, nachdem sie miteinander geschlafen hatten, den Wunsch verspüren könnte, sie ein wenig näher kennenzulernen, vielleicht um das eine oder andere ihrer Backrezepte zu testen …

Damit begab er sich jedoch auf gefährliches Glatteis. Gegen eine Affäre für eine oder auch zwei Nächte war nichts einzuwenden. Aber eine Beziehung zu einer Sterblichen welcher Art auch immer war ein Ding der Unmöglichkeit. Da waren die Komplikationen schon programmiert. Irgendwann würde seine Partnerin mehr von ihm wissen wollen, Dinge, die er unmöglich preisgeben konnte. Irgendwann würde ihr auffallen, dass sie selbst alterte, er aber nicht. Irgendwann würde ihm gar nichts anderes übrig bleiben, als sich in Lügen zu flüchten.

Trotz seiner Ermunterung sagte Bryn immer noch nichts. Sie stand einfach da und starrte ihn an. Der Fahrstuhl setzte sich in Bewegung. Aus ihrer Miene sprach nicht bloß Nervosität. Das war die blanke Furcht.

Er trat auf sie zu und strich ihr sanft über die Wange. „Hey, hör zu", sagte er, „wir setzen uns hier nicht unter Druck. Wir müssen doch auch gar nicht ..."

Weiter kam er nicht. Mit einem unartikulierten Laut griff sie ihm mit beiden Händen ins Haar, zog ihn an sich und küsste ihn wild. Ihre Zunge suchte seine, spielte damit, reizte ihn, sodass ihr Verlangen auf ihn übersprang und sein Blut in Wallung brachte. Er staunte nicht schlecht. Von null auf hundert in vier Sekunden, und dabei wusste sie vermutlich selbst nicht einmal, was für ein scharfes Mädchen sie war.

Er drückte sie gegen die Wand und schob ihr den Oberschenkel zwischen die Beine. Wieder kam ein leiser Laut von ihr, etwas zwischen Seufzen und Stöhnen. Nun ergriff er die Initiative, biss ihr sanft in die Unterlippe und sog daran. Mit fliegenden Fingern knöpfte sie ihm das Hemd auf, bis sie seinen Oberkörper entblößt vor sich hatte. Die Hände zitterten ihr, als sie seine nackte Haut berührte. Dann fuhr sie ihm mit den Nägeln über die Brust bis hinunter zum Bauch.

„Ich glaube, wir befinden uns gerade in einem Hotellift", wagte er zu bemerken, als sie sich kurz darauf an den Knöpfen seiner Hose zu schaffen machte. Ein recht halbherziger Hinweis, denn alles, was Mann in ihm war, protestierte schreiend und war der Ansicht, dass das überhaupt keine Rolle spiele. Er konnte ja den Notknopf drücken, ihr die Jeans herunterreißen und sie hier an Ort und Stelle nehmen.

Aber das war nicht, was er wollte. Er wollte nichts überstürzen. Er wollte sie auf seinem Zimmer nackt auf den Laken liegen haben wie auf einer festlich gedeckten Tafel. Und bis zu seinem Zimmer war es höchstens noch eine Minute Weg.

Der Lift stoppte, und hinter ihm glitten die Türen automatisch auseinander. Mit einem kurzen Blick über die Schulter vergewisserte er sich, dass niemand auf dem Hotelflur stand. Also hob er sie auf die Arme, eine romantische Geste, die normalerweise nicht zu seinem Repertoire gehörte, und trug sie den glücklicherweise menschenleeren Korridor entlang zur Tür seiner Suite.

Bryn steckte die Nase in die Höhlung über seinem Schlüsselbein und fuhr ihm mit der Zungenspitze über den Hals, bevor sie zärtlich zubiss.

„Du riechst gut“, flüsterte sie. „Nach Limetten. Ich liebe diesen Duft. Kennst du Lime-Käsetorte? Die kann ich auch backen. Gerade die Kombination von süß und sauer macht es aus. Ich …“

Ein Kuss machte dem Rezept ein frühes Ende. Sie beschwerte sich nicht darüber, im Gegenteil. Mit weit geöffneten Lippen erwiderte sie fordernd seinen Kuss, indem sie seinen Hinterkopf umfasste und gar nicht mehr loslassen wollte.

„Die Karte für das Türschloss … rechte Hosentasche“, nuschelte er undeutlich, weil sie nicht aufhören wollte, ihn zu küssen.

Beim Griff in seine Tasche stieß sie auf etwas Hartes. „Oh!“, rief sie leise. Es klang wie ein Schluckauf.

„Das ist nicht die Karte“, murmelte er mit einem Grinsen.

Sie suchte weiter und fand die Karte schließlich. Ein grünes Lämpchen leuchtete auf, als sie sie in den Schlitz über dem Türgriff steckte. Dann stieß sie die Tür auf.

Kaum waren sie drinnen, schlug er mit dem Absatz die Tür zu und stellte Bryn wieder auf die Füße, indem er sie langsam an sich herunterrutschen ließ. Bryn hielt ihn, eine Hand auf seinem Po, die andere unter dem Hemd auf seinem nackten Rücken, so fest sie konnte. Gleichzeitig hob sie den Kopf und bot ihm ihren Mund für einen nächsten Kuss.

Lokan nahm dieses Angebot sofort an. Ihre Lippen waren so weich und verführerisch. Er knöpfte ihr die Jeans auf und ließ seine Hand in ihren Slip gleiten, wo er sofort spürte, dass sie feucht und bereit für ihn war.

Sie stemmte sich gegen ihn und rieb sich an seiner Hand. Seine Erektion ging nah an die Schmerzgrenze. „Du bist so unglaublich“, flüsterte er, während er das Blut in den Ohren rauschen hörte. Er wollte sie, jetzt gleich. Für die festlich gedeckte Tafel war später noch Zeit. Es gab noch eine zweite Runde. Und eine dritte.

Bryn tat es ihm gleich und fasste ihm mit beherztem Griff zwischen die Beine. Und eine vierte, fügte Lokan in Gedanken hinzu.

Ihre Leidenschaft war hell entflammt. Unaufhörlich war sie in Bewegung – sie konnte gar nicht anders. Sie ließ die Hüften kreisen, presste sich mit den Brüsten an ihn und ließ ihn dabei nicht aus der Hand, sondern drückte noch fester zu, um ihn in seiner ganzen Länge und Stärke zu spüren.

Lokan stöhnte während ihres Kusses auf. Dann löste er die Lippen von ihr und glitt mit den Zähnen ihr Kinn entlang bis zum Hals. Frustriert stieß sie einen unterdrückten Schrei aus, als er die Hand aus ihrem Slip zog. Ihr war, als nehme er ihr etwas weg, als täte er ihr damit weh, dass er sie nicht mehr dort berührte. Auch sie musste ihn loslassen, denn jetzt streifte er ihr die Jeansjacke von den Schultern, die sie hinter sich zu Boden fallen hörte, und zog ihr das T-Shirt aus.

Sie spürte die kühle Luft an ihrer Haut. „Bitte“, flüsterte sie, wusste aber gar nicht recht, worum sie ihn in diesem Augenblick bitten wollte. Sie wollte ihn wieder anfassen, vor ihm auf die Knie gehen und ihn in den Mund nehmen, beißen, aussaugen.

„Bryn.“ Seine Stimme klang heiser, als er ihren Namen aussprach. Jetzt war sie froh, dass sie ihm keinen falschen Namen vorgeschwindelt hatte. Lokan verteilte kleine, zärtliche Bisse über ihren Hals und die Schulter, bis er mit seinem Mund zur Wölbung ihrer Brüste gelangte. Er presste die Lippen auf den oberen Rand ihres Spitzen-BHs. Ihr wurde heiß und kalt, und ein leichtes Zittern ging ihr durch den ganzen Körper. Lokan bemerkte es, hob den Kopf und schaute ihr ins Gesicht. Das Blau ihrer Augen schien eine Nuance dunkler geworden zu sein.

„Lass es uns ein wenig langsamer angehen“, schlug er vor. Während er sie ansah, öffnete er ihr die Jeans, zog den Reißverschluss hinunter und streifte sie ihr über die Beine. Indem sie unten auf den Saum der Hosenbeine trat, besorgte sie mit ein paar kleinen Verrenkungen den Rest und schlüpfte ganz heraus.

Ein Lächeln huschte über Lokans Gesicht, von dem ihr ganz warm ums Herz wurde. Er streckte die Hand aus und fuhr mit der Spitze des Zeigefingers den Träger ihres BHs entlang und weiter über die Brust bis zu ihrer festen Knospe, die sich durch den dünnen Stoff abzeichnete. Sie sog scharf die Luft ein, stieß sie aber gleich enttäuscht wieder aus. Noch bevor sie ihn dazu bringen konnte, sie richtig anzufassen, hatte er die Hand schon wieder sinken lassen.

„Niedliche Schleifen“, bemerkte er. „So ungefähr hatte ich mir das vorgestellt. Nur hätte ich dich in unschuldigem Weiß erwartet.“

Sie blickte an sich herab. Ihr BH und das Höschen waren in einem zarten Lavendelton gehalten und mit kleinen, purpurnen Schleifchen verziert. „Magst du keine Schleifen?“

Sein Zeigefinger beschrieb einen Bogen um die Brüste und glitt weiter abwärts, bis er bei ihrem Slip ankam und dort mit einer der kleinen Schleifen spielte. „Seit heute bin ich regelrecht verrückt nach Schleifen.“

Plötzlich beugte Lokan den Kopf vor und biss ihr in eine der hervorstehenden Brustspitzen. Ein ganz sanfter Biss, aber genug, um ihr einen kurzen Aufschrei zu entlocken. Nach einer Atempause bat sie: „Mach das noch mal.“

Aber er ließ sich nicht darauf ein. Stattdessen zog er ihr mit den Zähnen den BH herunter, sodass ihre Brüste freilagen. Dann nahm er eine davon in den Mund und leckte über die Spitze. Bryn griff ihm ins Haar und hielt ihn fest, während sie sich mit der anderen Hand an seine Schulter krallte. Er nahm sich in gleicher Weise ihre andere Brust vor, während er die noch feuchte Stelle auf der anderen Seite streichelte.

Sie bog das Kreuz durch und reckte sich ihm entgegen. „Ich will …“ Dann kam von ihr nur noch ein Keuchen, als er hart an ihrer Brustspitze sog. Schon im nächsten Augenblick wusste sie nicht mehr, was sie sagen wollte, und einen Moment darauf wusste sie überhaupt nichts mehr. Sie gab sich ganz seinen Liebkosungen hin, spürte nur noch seine Lippen, seine Zähne, seine Hände, die Hand, die sie jetzt zwischen den Beinen fühlte.

Lokan hielt sich nicht mehr mit harmlosen Spielereien auf. Er schob zwei Finger in sie hinein und drückte mit dem Handballen gegen ihre Klitoris.

Bryn bäumte sich auf. Mit zitternden Händen griff sie nach seinem Hosenbund und zerrte ihm die Hose und die Boxerhorts gleichzeitig herunter. Dann fuhr sie sich selbst mit der Hand zwischen die Beine, um anschließend mit feuchten Fingern nach ihm zu greifen. Auch sie ging jetzt aufs Ganze, packte zu und bewegte in raschem Tempo die um ihn geschlossene Faust. Er stöhnte laut auf, und sie spürte ein Pochen in ihrer Hand.

Lokan nahm sich nicht erst die Zeit, ihr den Slip auszuziehen. Er hob sie an, schob den Stoff beiseite, umfasste die Hand, die ihn hielt, und brachte sich in Position. Eine, zwei Sekunden lang hatte Bryn Zeit, das Gefühl zu genießen, wie seine pralle, glatte Spitze gegen ihre Mitte drängte. Dann stieß er zu ihr vor. Sie ließ den Kopf in den Nacken fallen und biss sich auf die Unterlippe. Es war schön, unsagbar schön.

Als er ganz in ihr war, entwich ihr unwillkürlich die Luft aus den Lungen, und er begann sie mit langsamen, tiefen Stößen auszufüllen. Sie fühlte sich wie schwerelos. Er nahm seine Hand zu Hilfe und stimulierte sie mit geübten Fingern. Es dauerte nicht lange, und sie hatte alles um sich herum vergessen. Alle Gedanken waren ausgelöscht. Sie war derart weggetreten, dass sie beinahe zu atmen vergaß. Auch den eigentlichen Zweck dieses Abenteuers hatte sie längst vergessen.

Die Spannung in ihr baute sich immer weiter auf, als würde in ihr eine Feder immer weiter und weiter aufgezogen – bis zum Zerspringen. Ein Aufschrei steckte ihr in der Kehle. Bei jedem seiner Stöße kam sie ihm entgegen. Sie wollte ihn so tief in sich haben, wie es nur ging.

Die Stöße wurden härter. „Du bist so süß, so verdammt süß“, flüsterte er. Noch rascher glitten seine Finger über ihre feuchte Perle.

Wieder griff sie ihm mit beiden Händen ins Haar, zog seinen Kopf zu sich heran und küsste ihn, biss ihm in die Lippen und in die Zunge, wild, hungrig, unersättlich. Dann ließ sie plötzlich von ihm ab. Ein gellender Aufschrei verriet ihm, dass sie den Gipfel der Lust erreicht hatte. Ein Beben und Schütteln ging ihr durch den ganzen Körper. Sie hatte das Gefühl, als würde sie in tausend Stücke zerspringen.

Nur Augenblicke später gab er einen tiefen, kehligen Laut von sich. Noch einmal stieß er mit aller Macht zu, dann fühlte sie in sich das Pulsieren, merkte, wie er jeden Muskel anspannte, und spürte auf ihrem Gesicht seinen schnellen Atem.

Eine Sekunde lang hielt sie mit geschlossenen Augen ganz versunken inne und genoss diesen unvergleichlichen Moment. Es war ganz anders gewesen, viel ... mehr, als sie es erwartet hatte.

„Gehn wir ins Bett“, sagte er leise, nahm sie hoch und trug sie hinüber. Dort angekommen, bedeckte er sie gleich darauf von Neuem mit Küssen, streichelte sie überall und begann das Ganze von vorn.

Als sich Bryn Stunden später auf die Seite drehte, sah sie Lokan auf der Bettkante sitzen. Der Schein der Nachttischlampe warf einen goldenen Schimmer über seinen nackten Körper. Sie gönnte sich ein paar lange Augenblicke, um ihn in Ruhe bewundern zu können. Sie war davon, was sich in den vergangenen Stunden ereignet hatte, noch immer ganz benommen und gleichzeitig erstaunt darüber, dass sie ein merkwürdiges Gefühl von Nähe an der Seite dieses Fremden verspürte.

„Deine Nase gefällt mir“, sagte sie. „Ich dachte anfangs, sie sei ganz gerade. Ist sie aber nicht. Hier“, sie strich ihm mit dem

Zeigefinger über den Nasenrücken, „ist ein ganz kleiner Höcker." Er hielt vollkommen still, und da er nichts dazu sagte, fuhr sie hastig fort: „Ich habe dich zuerst im Profil gesehen. Da war es mir noch nicht aufgefallen. Aber es ist kein Makel – im Gegenteil."

Er hob die Brauen und runzelte zugleich die Stirn. Bryn, die so eine Mimik noch nie gesehen hatte, musste lachen, was seinen befremdeten Ausdruck noch verstärkte.

„Jetzt habe ich dich gekränkt", sagte sie. „Das wollte ich nicht. Du siehst sehr, sehr gut aus, glaub mir. Ich hatte im ersten Moment nur angenommen, dein Profil wäre perfekt, aber genauer betrachtet, ist es …" Ihre Stimme wurde immer leiser, dann erstarb sie vollends, und Bryn schwieg betreten. Wie konnte sie einem, der so ein Ausbund an männlicher Schönheit war, so einen Mist erzählen.

„Ach, Scheiße!", rief sie frustriert aus.

Er lachte sein dunkles, volles Lachen, das ansteckend wirkte und bei dem sie jedes Mal ein wohliger Schauer überkam. „Du bist vielleicht eine Marke, Bryn. Also, wirklich …"

„Ich weiß. Ich rede drauflos, ohne nachzudenken, und dann verhaspele ich mich. Meine Brüder haben sich darüber schon immer lustig gemacht."

„Ich mag es", meinte Lokan.

Und ich mag dich. Bryn verdrängte den Satz ganz schnell wieder, der ihr durch den Kopf geschossen war. Es war nicht angesagt, diesen Mann zu mögen. Noch nicht einmal, ihn wiederzusehen. Darum ging es hier nicht.

„Ich mag dich." Ein leicht gutmütiger Spott klang bei seinen Worten durch.

Sie fuhr mit dem Kopf hoch und sah ein Flackern in seinem Blick. „Wenn du mich so ansiehst, muss ich an ein schönes, warmes Schaumbad denken", sagte sie von der Situation überwältigt.

„Und wenn *du* mich so ansiehst, muss ich an ein schönes, warmes Schaumbad *mit dir* denken", antwortete er. Dann beugte er sich vor, küsste sie und biss ihr dabei zärtlich in die Lippen. Als er seinen Mund von ihrem gelöst hatte, streckte er die Hand nach ihr aus und zeigte mit der anderen auf die Badezimmertür. „Zur Badewanne geht es da lang."

Zu gern hätte Bryn diesen Moment und seinen Blick für immer festgehalten. Sie nahm seine Hand und ließ sich von ihm hochziehen.

Lokan erwachte mit einem Lächeln auf dem Gesicht. Zwar herrschte im Zimmer noch Halbdunkel, aber durch den Spalt zwischen den zugezogenen Vorhängen konnte er sehen, dass draußen die Sonne schien.

Er drehte sich auf die Seite und langte nach Bryn. Nach der süßen, unschuldigen, ungestümen Bryn. Sie war wirklich eine Sensation. Sie hatten es in der Badewanne gemacht, im Stehen an der Wand, im Bett und auf dem Teppichboden, auf dem sie nach einer kleinen Balgerei gelandet waren. Ihm brannte noch immer der Hintern, aber ihr Ritt auf ihm war es ihm wert.

Und so stand ihm jetzt der Sinn nach einer nächsten Runde, doch er musste enttäuscht feststellen, dass sie nicht da war.

Mit einem Ruck setzte er sich auf und schwang die Beine aus dem Bett. Die Tür zum Bad stand offen, aber dort brannte kein Licht. Er stand auf, zog sich schnell eine Jogginghose über und tappte barfuß ins Wohnzimmer seiner Suite. Auch dort war sie nicht. Nur die Balkontür stand ein Stück weit offen, und die Vorhänge bauschten sich in einem leichten Windzug.

Lokan wollte gerade hinausgehen, als es an der Tür klopfte. Er ging öffnen. Draußen stand ein Hotelpage mit einem großen weißen Karton, den eine lavendelfarbene Schleife zierte und der schwach einen Duft von Vanille verströmte.

„Mr Krayl? Dies hier wurde bei der Rezeption für Sie abgegeben."

Lokan sah die Schleife. Es war wie ein Schlag in die Magengrube. „Hast du gesehen, wer das abgegeben hat?"

„Ja, Sir."

„Mann oder Frau?“ Als ob er das nicht schon wusste.

„Eine Frau, Sir.“

Den Blick auf den Balkon konnte er sich sparen. Bryn war nicht da, und er fühlte sich merkwürdig leer bei diesem Gedanken. Außerdem fragte er sich, wie sie es geschafft hatte, sich davonzustehlen, ohne ihn zu wecken.

Er griff nach seiner Brieftasche auf dem Abstelltischchen hinter der Tür und gab dem Jungen zwei Zwanziger. „Könntest du sie beschreiben?“

„Dunkles Haar, Pferdeschwanz. Rotes T-Shirt, knielange schwarze Shorts. Sie können auch dunkelblau gewesen sein. Da bin ich mir nicht ganz sicher.“

Das genügte. Natürlich war es Bryn. Sie war also diesen Morgen schon fleißig gewesen. „Wie spät ist es eigentlich?“, fragte Lokan den Pagen.

„Vier Uhr, Sir.“

... am Nachmittag, korrigierte Lokan sich im Stillen. Er gab dem Jungen noch einen Zwanzig-Dollar-Schein und nahm den Karton entgegen.

Als der Page gegangen war, fühlte Lokan sich alleine in seiner Hotelsuite. Das Gefühl ärgerte ihn. Es gab dafür nicht den geringsten Grund. Großartiger Sex war großartiger Sex, sonst aber auch nichts. Was war in ihn gefahren, dass er auch nur für eine Sekunde annehmen konnte, es sei mehr gewesen? Was hatte er denn erwartet? Dass sie endlos zusammenbleiben würden? Wobei endlos für ihn etwas anderes bedeuten würde als für sie.

Lokan schnupperte an dem Karton. Vanille, Schokolade, vielleicht auch eine Spur Kokosnuss. Er zog an der Schleife, sie fiel zur Seite und glitt vom Deckel. Als er ihn hochhob, entdeckte er etwa ein Dutzend Gebäckstücke – mit Schokoladenflocken, Kokosraspeln, weißer Schokolade und Macadamianüssen. Alle verführerisch duftend und sogar noch ein bisschen warm.

Obendrauf lag eine schlichte weiße Karte, auf der in einer geschwungenen weiblichen Handschrift nur zwei Wörter standen: *Danke schön.*

„Ja, leck mich doch …“, murmelte er vor sich hin. Er war restlos bedient von dieser Abfuhr, denn für ihn war es noch nicht vorbei. Hier ging es nicht allein um den Sex, der in grandioser Weise alle Erwartungen übertroffen hatte. Es hatte ihm gefallen, ihrem dahinplätschernden Geplauder zuzuhören. Er mochte es, wie sie roch. Er mochte an ihr, dass sie ihn zum Lächeln brachte. Er mochte … sie.

Zerstreut nahm er ein Stück des Gebäcks, biss hinein und hielt im Kauen inne. Er schloss genießerisch die Augen. Das Gebäck zerging ihm auf der Zunge. Gut, verdammt gut. Nur einen Moment später hatte er das Stück vertilgt und aß das nächste und dann noch eines. Mit jedem Bissen wuchs in ihm das Gefühl, dass er hinters Licht geführt worden war. So phänomenal diese Kekse waren, sie waren doch kein adäquater Ersatz für die Frau, die sie gebacken hatte. Wie zum Teufel hatte sie es fertiggebracht, sich aus dem Staub zu machen, ohne dass er etwas davon gemerkt hatte? Wie hatte er sie nur gehen lassen können?

Lokan fasste einen Entschluss. Die Sache war für ihn noch nicht erledigt. Er würde sie jagen. Und er würde sie finden.

Er war ein Seelensammler. Es dürfte kein Problem für ihn sein, eine sterbliche Frau aufzuspüren.

3. KAPITEL

Ich habe dich vor denen verborgen gehalten,
die auf Erden sind.
nach dem Ägyptischen Pfortenbuch

Detroit, Michigan
Gegenwart

„Kein Licht, Baby." Bryn zog die Hand ihrer Tochter sanft von der Nachttischlampe weg. Es war eine Lampe mit einem rosa Schirm, auf dem kleine weiße Kätzchen aufgedruckt waren. Sie sah genauso aus wie eine andere, die sie beim letzten Mal hatten zurücklassen müssen. Ein Glücksgriff auf einem Garagen-Flohmarkt. Aber ob dieses Glück wirklich von Dauer war, war noch fraglich. Wie sich die Dinge bisher abzeichneten, konnte es gut sein, dass sie auch dieses Exemplar zurücklassen mussten.

„Aber ich mag nicht, wenn es dunkel ist", flüsterte Dana.

„Ich weiß." Ein unerträgliches Schuldgefühl lastete wie ein Stein auf Bryns Brust. Sie überspielte ihre Nervosität, indem sie Dana einen Kuss auf die Hand gab. „Aber schau mal, der Mond scheint so hell, da kann ich sogar deinen rosa Nagellack sehen." Der Mond schien wirklich hell. Viel zu hell. Er hing wie ein riesiger Lampion tief am Himmel und warf einen Lichtstrahl durch den Spalt zwischen den zugezogenen Vorhängen. Mist. Gerade heute Abend wären ihr ein paar dicke Wolken lieber gewesen.

Dana stand seltsam regungslos neben ihrem Bett. Sie sah in diesem Spiel aus Licht und Schatten aus wie eine Puppe mit goldenen Haaren. War es wirklich erst ein paar Monate her, dass sie im Sonnenschein auf der Schaukel gesessen und ihrem Vater lachend zugerufen hatte, ihr noch mehr Schwung zu geben? Damals hatte sie sich noch nicht im Dunkeln gefürchtet. Sie hatte sich damals vor gar nichts gefürchtet.

„So, jetzt Socken und Schuhe." Bryn deutete mit einer Kopfbewegung auf die Kinderkommode und zwang sich dazu, sich nichts von der Ungeduld und Angst anmerken zu lassen, die in ihr tobten wie ein Orkan. Sie wollte in diesem Augenblick nichts weiter, als ihrer Tochter endlich die Schuhe anziehen, mit ihr davonlaufen und sich verstecken. Dabei wusste sie genau, wie verkehrt es jetzt wäre, in Panik zu verfallen und sich Hals über Kopf hinaus in die Nacht zu stürzen.

Obendrein würde es Dana vollkommen verängstigen, und das wäre noch schlimmer. Lieber sollte sie denken, dass ihre Mutter jetzt vollkommen übergeschnappt war, sie mitten in der Nacht für ein Training aus dem Bett zu holen.

Vielleicht war es ja auch nur ein Training. Vielleicht war Bryn bloß überspannt und ihre Reaktion übertrieben. Andererseits war die Atmosphäre derart aufgeladen, dass Bryn ein Schauer nach dem anderen den Rücken hinunterlief. Sie kannte diese Anzeichen genau. Da draußen war jemand – oder etwas.

Vorsichtig spähte sie durch den schmalen Spalt zwischen Vorhang und Fensterrahmen. Das Haus, das sie nach einem formlosen Deal ohne Vertrag und Unterschrift gegen Bargeld gemietet hatte, lag leicht erhöht auf einem Grundstück, um das herum die Straße eine Kurve beschrieb. So hatte man vom Obergeschoss einen guten Überblick nach allen Seiten. Das Einzige, was Bryn entdecken konnte, war die fette, rote Katze des Nachbarn, die über den Rasen strich. Sonst rührte sich nichts.

Was nichts zu sagen hatte. Sie waren da. Die Ausstrahlung ihrer Kräfte lag drohend in der Luft. Bryn konnte sie auf der Haut spüren. Und auch wenn sie nicht wusste, wer sie waren, machte sie sich keine Illusionen. Es spielte keine Rolle. Sie und Dana standen allein gegen – so kam es ihr vor – eine Welt von Feinden.

„Wir wollen jetzt noch ein wenig trainieren", sagte Bryn und rang sich ein Lächeln ab, das Dana zwar nicht sehen, aber immerhin erahnen konnte. Bryn hoffte, sie dadurch ein wenig beruhigen zu können. Sie würde alles tun, um ihrer Tochter die Ängste zu nehmen, die sie quälten. Oft wachte Dana mitten in der Nacht auf und erzählte von bösen Männern, die sie in Schränke einsperrten. Oder sie rief im Schlaf nach ihrem Vater. Und Bryn konnte kaum etwas tun, um ihr zu helfen. Sie konnte nur das Licht die ganze Nacht brennen lassen oder ihre Kleine in die Arme schließen und versuchen, sie zu trösten, wenn die schrecklichen Erinnerungen wieder in ihr hochkamen.

Bryn hatte sie schon damals nicht beschützen können, als die Kleine ihres Vaters wegen abgeholt und entführt worden war und als man sie in einem schäbigen Motel in einen Schrank gesperrt hatte. Das war die bittere Wahrheit, eine, die Bryn auffraß wie ein Krebsgeschwür. Genauso wie die Frage, warum man Lokan umgebracht hatte. Waren sie noch immer hinter Dana her? Waren das die, die draußen lauerten? Dieselben, die Lokan ermordet hatten? Oder waren es Bryns eigene dunkle Geheimnisse, die wieder Gefahr heraufbeschworen?

„Schon wieder?", murrte Dana. „Können wir nicht morgen trainieren?"

„Nein, jetzt." Bryn lächelte Dana aufmunternd zu. Wenigstens hoffte sie, dass es so wirkte. „Dafür gibt es hinterher Donuts", versprach sie.

Noch einmal spähte sie aus dem Fenster und richtete ihre Aufmerksamkeit vor allem auf einen Baum auf der anderen Straßenseite. Hatte sie dahinter eine Bewegung gesehen?

„Mit bunten Streuseln?", wollte es Dana ganz genau wissen.

Streusel? Bryn brauchte eine Sekunde, um sich zu besinnen. Die Donuts. „Selbstverständlich mit Streuseln." Ihre Selbstbeherrschung kostete sie ihre letzte Kraft, auch wenn sie mit Adrenalin vollgepumpt sein musste. „Jetzt aber in die Socken – und hopp, hopp! Rasch wie der Wind. Die Donuts gibt es später." Sehr viel später, ergänzte Bryn für sich. Nicht bevor wir Detroit hinter uns gelassen haben. Es war zu schade, dass sie schon wieder die Zelte abbrechen mussten. Es hatte gerade angefangen, ihr hier zu gefallen.

Nach einer Sekunde Schweigen gab Dana ein etwas gequältes „Okay" von sich.

Indem sie die Straße im Auge behielt, wünschte Bryn, dass ihre Tochter sich nun wirklich beeilte. Die Bewegung, die sie gesehen hatte, kam wohl nur vom Wind, der die Äste schüttelte. Trotzdem konnte der nächste Schatten eine echte Bedrohung bedeuten. Wer immer da draußen war, mit seiner nächsten Aktion wäre er in der Lage, sie im Raketentempo in die Hölle zu befördern.

Sie hörte, wie hinter ihr die Kommode geöffnet wurde, ganz leise, wie sie es geübt hatten. Keine Bewegung, kein Geräusch, das sie verraten konnte. Nur dass das hier keine Übung war. Sie mussten hier raus. Auf der Stelle.

„Die schwarzen Socken“, sagte Bryn. Schwarze Hose, schwarzer Pullover, schwarze Jacke, schwarze Schuhe. Alles, was sie in der Nacht verbergen konnte.

„Nein, ich will Pink“, antwortete Dana aufmüpfig.

Unwillkürlich und ungerufen hatte sie Lokans Stimme im Ohr, und für einen Moment wurde ihr dabei warm ums Herz. *Glaubst du im Ernst, ich diskutiere mit einer Sechsjährigen? Da kann ich ja nur verlieren.* Er hatte einen so guten Draht zu Dana gehabt. Niemals verlor er seine Gelassenheit. Vielleicht war es einfacher, so entspannt mit ihr umzugehen, wenn man nur Teilzeit-Vater war. Er war ja nur da, wenn es um Spaß und Vergnügen ging. Wie oft hatte sie sich das eingeredet, weil sie nicht einsehen wollte, dass er ein Recht hatte, ein Teil von Danas Leben zu sein. Dafür war er nicht vorgesehen. Er hätte nur der Samenspender sein sollen, sonst nichts.

Da ist meine Kleine. Wie er das sagte, als er sie zum ersten Mal sah, schwang darin ein ungläubiges Staunen mit. Aber ein Blick auf Dana hatte genügt, und er wusste Bescheid und meldete seine Ansprüche an. Bryn hatte nicht die leiseste Chance, ihm das auszureden. Dana war ihrem Aussehen nach mit ihrem weizenblonden Haar und den strahlend blauen Augen sein Ebenbild in einer kindlichen, weiblichen Version. Sie war seine Tochter. Da war kein Zweifel möglich.

Dass Lokan darauf bestanden hatte, einen Platz in ihrem Leben einzunehmen, hatte sie ziemlich genervt. Inzwischen war Bryn fast so weit, ihn dafür zu hassen, denn das Pochen auf sein Recht an seiner Tochter hatte sie geradewegs in dieses Unglück gestürzt. Aber er war es natürlich nicht allein gewesen. Schon dadurch, dass sie Dana überhaupt erst in die Welt gesetzt hatte, trug auch sie die Verantwortung. Was für ein elendes Durcheinander, an dem sie beide beteiligt waren. Sie hatten mit einer Menge Lügen gelebt und waren unangenehmen Wahrheiten aus dem Weg gegangen, obwohl sie wussten, dass das gefährlich sein konnte. Oft genug hatte Bryn sich gefragt, ob die Dinge einen anderen Verlauf genommen hätten, wären sie offen zueinander gewesen. Aber wahrscheinlich nicht. Möglicherweise wäre es sonst noch schlimmer ausgegangen.

Bryn unterdrückte ihre aufkommende Wut. Sie hatte gar kein Recht, sich als unschuldiges Opfer aufzuspielen. Sie selbst hatte Lokan von Anfang an belogen.

„Meinetwegen die schwarzen Socken mit den rosa Herzchen oben am Rand“, lenkte Bryn ein. Die kleinen Herzchen würden sie nicht verraten, und sie ersparte Dana so das Gefühl einer Niederlage. Erleichtert nahm Bryn zur Kenntnis, dass Dana sich darauf einließ. „Soll ich dir bei den Schuhen helfen?“, fragte sie dann, wobei sie weiter die Straße im Blick behielt. Die Bäume bewegten sich im Wind. Gerade schob sich eine Wolke vor den Mond. Wie viele mochten da draußen sein? Was hatten sie vor? Ihre innere Unruhe wuchs unaufhörlich.

„Aber Mommy“, kam empört die Antwort, „das kann ich doch schon selbst.“

„Doppelknoten“, forderte Bryn knapp. Unterwegs war keine Zeit, die Schuhe noch einmal richtig zuzubinden.

„Fertig. Kann ich meinen Rucksack mitnehmen?“

Bryn merkte, dass Dana misstrauisch wurde, und hatte Gewissensbisse. Das letzte Mal, als sie in aller Eile aufbrechen mussten, hatten sie alles hinter sich gelassen – Spielsachen, Kleidung, sogar Flopsy, die Plüschkatze, Danas liebstes Kuscheltier, das ihr schon seit ihrem ersten Lebensjahr gehörte.

Bryn konnte sich noch genau daran erinnern, wie Lokan es ihr geschenkt …

Nein – sie konnte jetzt nicht auch noch an Lokan denken und daran, wie sehr er dieses Kind geliebt hatte. Und wie sehr sie selbst ihn tief in ihrem Innersten doch vermisste. Lokan war tot. Er war von ihnen gegangen und würde niemals wiederkehren. Und er war auch der Grund, warum sie jetzt mit Dana ständig auf der Flucht war.

„Deinen Rucksack nehme ich." Bryn trat vom Fenster weg und griff sich den schwarzen Kinderrucksack, den Dana jeden Abend vor dem Zubettgehen mit ihren Schätzen für den Fall vollstopfte, dass sie fortlaufen mussten. „Hast du dein Asthmaspray?"

Wenn sie unterwegs waren, hatten sie immer zwei davon dabei, eines in Bryns Tasche, ein zweites musste sich Dana einstecken, nachdem sie einmal gekidnappt worden war, ohne welches dabeizuhaben, und Bryn in doppelter Sorge um ihre Tochter beinahe gestorben wäre.

Dana nickte. „Aber eigentlich brauche ich es doch gar nicht mehr."

„Nur für alle Fälle." Tatsächlich lag Danas letzter Asthmaanfall schon eine Weile zurück, aber das brauchte nichts zu heißen.

Bryn sah zum Fenster. Wie zum Teufel hatten sie es fertiggebracht, sie aufzustöbern? Niemand hatte das geschafft – mit Ausnahme von Lokan. Bryn war immer so vorsichtig gewesen. Nach Danas Entführung hatte sie alles getan, was Roxy Tam ihr aufgetragen hatte, und dazu noch ein paar Dinge mehr, die Roxy ihr nicht gesagt hatte. Und doch war es nicht genug gewesen.

Nicht darüber nachdenken. Nicht jetzt. Was jetzt zählte, war, ihre Tochter irgendwo in Sicherheit zu bringen, irgendwohin, wo dieses kleine menschliche Wesen in einer Flut von anderen Menschen untertauchen konnte. Denn was auch immer Danas Eltern waren, sie selbst war ganz und gar eine Sterbliche. Wenigstens jetzt und für die nächste Zeit.

Keine der Stufen knarrte, als sie beide die Treppe hinuntergingen. Das war etwas, wofür Bryn zuallererst gesorgt hatte, als sie eingezogen waren. Ein paar Nägel an den richtigen Stellen eingeschlagen und fertig. Als Nächstes hatte sie sämtliche Türangeln und Fensterscharniere geölt und Pläne für verschiedene Fluchtwege erarbeitet. Kurzum: Sie hatte jede erdenkliche Vorsorge getroffen, sollten die Dinge einmal den Bach hinuntergehen. Dazu gehörten auch die Depots mit Notfallboxen in einem Dutzend verschiedener Städte, in denen sich Bargeld und Papiere für eine neue Identität befanden. Eigentlich musste sie es also nur schaffen, heil hier herauszukommen.

Dennoch nagten Zweifel an ihr. Sie hatte schon so viele Fehler begangen. Bryn atmete einmal tief durch. Dieses war der denkbar ungünstigste Moment, sich von Selbstzweifeln überwältigen zu lassen. Welche Fehler sie in der Vergangenheit auch immer begangen hatte, sie musste in diesem Augenblick darauf vertrauen, dass sie das Richtige tat. Sie war die Einzige, die zwischen Dana und jenen stand, die ihr nachstellten, um sie für ihre Zwecke zu missbrauchen.

Bryn musste sich zusammennehmen, dass sie Dana nicht fester an die Hand nahm und mit ihr panisch die Flucht ergriff, indem sie blindlings drauflosrannten, bis sie beide nicht mehr konnten. Das würde ihnen gar nichts nützen, denn was immer da draußen lauerte, es war schneller als sie. Da half es nur, klüger zu sein.

Den Hinterausgang wollte Bryn nicht nehmen, denn damit rechneten die anderen bestimmt. Deshalb führte sie Dana in den unbeleuchteten Keller hinunter und öffnete dort eines der niedrigen Fenster. Sie hob das Mädchen hoch, half ihm beim Hinausklettern und zwängte sich dann selbst durch die enge Öffnung. Sie gelangten so in ein dichtes Gebüsch, das an der Hauswand wucherte. Bryn schloss das Fenster hinter ihnen wieder, um keine Hinweise auf die Art ihres Verschwindens zu hinterlassen.

Ein Stück weiter vor ihnen verlief die Straße. Links des Hauses war die Auffahrt, auf der Bryns Wagen parkte. Aber den zu nehmen kam nicht infrage. Das Risiko, dass der Wagen sie unterwegs verraten könnte, war viel zu groß. Sie mussten alles hinter sich lassen, anhand dessen sie identifiziert werden konnten. Rechter Hand führte, von ihrem Garten nur durch einen einfachen Maschendrahtzaun getrennt, ein gewundener Pfad durch das dichte Unterholz eines Eichenwäldchens, das auf der anderen Seite an ein Gewerbegebiet stieß. Dieser Weg führte von der Straße weg zur örtlichen Grundschule, die drei Blocks weiter lag. Es war ein Schleichweg, der eine gute Deckung bot, allerdings auch zahlreiche Stellen, an denen sich ihre Verfolger verbergen und ihnen auflauern konnten. Aber das Risiko musste man eingehen.

Bryn legte den Zeigefinger auf die Lippen und deutete Dana an, ihr zu folgen. Dann arbeitete sie sich Zentimeter für Zentimeter am Haus entlang vor. Noch drei Meter, zwei Meter, ein Meter, dann hörte das Gebüsch auf, das sie deckte. Von da an musste es im Laufschritt zehn Meter über das vom Mond hell beschienene Rasenstück gehen. Danas blonder Schopf fiel Bryn ins Auge, und sie ärgerte sich über sich selbst, dass sie nicht an eine dunkle Kopfbedeckung für das Kind gedacht hatte. Rasch drängte sie ihren Unmut zurück. Der half auch nicht weiter und führte höchstens dazu, dass ihr noch mehr Fehler unterliefen.

Sie überlegte kurz, dann zog sie sich die Kapuze ihrer Jacke über den Kopf und war erleichtert, als Dana ihrem Beispiel folgte. Nicht perfekt, aber besser als nichts.

Die Schwingungen von übernatürlichen Kräften, die Bryn alarmiert und aus dem Haus getrieben hatten, waren jetzt kaum noch zu spüren. Gut möglich, dass sie bewusst unterdrückt wurden.

Noch immer unter den Büschen verborgen spähte Bryn die Straße entlang in jeden einzelnen Vorgarten der Nachbarn. Nichts rührte sich. Dennoch konnte man den Atem der Verfolger spüren. Auch wenn die Bedrohung nicht zu sehen war, sie war da. Sie waren entdeckt.

In der Unterwelt

Mein Leben würde ich für sie hingeben.

Dana, meine Tochter.

Ich habe mein Leben für sie hingegeben. Ich kann mich nur nicht mehr genau daran erinnern, wie und warum es geschah. Ich weiß noch, dass ich es zugelassen habe, dass mich jemand tötet, um das Leben meiner Tochter zu retten. Irgendwie ergibt das trotzdem keinen Sinn. Der Gedanke entgleitet mir und mit ihm alle anderen Gedanken und alle Hoffnung. Ich bin in der Ewigkeit gefangen.

Ich drifte durch einen Raum, der keiner ist. Hier ist das Nichts, das Nirgendwo. Ich habe weder Substanz noch Gestalt. Die größte Qual ist es, dass ich mich selbst verloren habe, aber doch immer wieder lichte Momente erlebe, in denen mir bewusst wird, was mir angetan wurde und was ich verloren habe. Diese Pein ist unbeschreiblich. Die Momente vergehen, und ich falle in die Erinnerungslosigkeit zurück.

Wer bin ich? Ich weiß es nicht. Panik ergreift mich.

Dann einen Augenblick später – oder mag es auch ein Jahrhundert später sein – kneife ich die Augen zusammen und starre geradeaus. Ich war so lange in der totalen Finsternis, dass ich vergessen habe, was das ist: Licht. Aber dort, dort ist ein winziges Loch in der Finsternis. Es ist so hell, dass es mich schmerzt. Nicht nur meine Augen, alles – meine Arme, Beine, mein Herz.

Jedoch führt mich der Schmerz ins Bewusstsein zurück. Eine Erinnerung streift mich. Ich habe Brüder, ich weiß, ich habe drei Brüder. Ich muss sie warnen, sie retten. Alles drängt mich dazu, doch dann verwirrt sich wieder alles in mir, und die Dunkelheit kehrt zurück.

Ich werde in einen Strudel von Schmerzen gezogen, und die Schmerzen bringen mich zurück. Ein ungeheurer Sog ergreift mich. Wie eine gigantische Saugpumpe zerrt es an allen meinen Gliedern. Wörter, fremde, verwirrende Wörter kommen mir in den Sinn. Ich höre mich sprechen, doch mir ist, als käme meine

Stimme von weit her. „Mein Behüter, wache über meinen Körper. Lass nicht zu, dass er erschlagen wird, dass er auf ewig vernichtet wird."

Heiße Spieße durchbohren mich. Messer schneiden mir ins Fleisch. Der Schmerz ist mehr, als ich ertragen kann. Ich werde zerrissen. Krallen und Widerhaken bohren sich in mein Gebein. Und doch ist die gänzliche Leere im Kopf noch viel schlimmer. Der Schmerz lässt immerhin einen Funken Verstand wieder aufglimmen. Ich greife nach dieser Folter, ich heiße sie willkommen, klammere mich daran. Denn das Bewusstsein, das sie mit sich führt, ist das Höchste, das ich erringen kann.

Erinnerungen fliegen mir zu wie leuchtende Funken, einzelne Bilder, Momentaufnahmen. Ich weiß jetzt, was ich bin. *Ein Seelensammler, Sutekhs Sohn. Unsterblich. Ich kann nicht sterben.*

Und doch bin ich tot. Ermordet. Von Sutekh, meinem Vater.

Meine Tochter schwebt in Gefahr. Für ihre Sicherheit steht nur ein heiliger Schwur meines Mörders.

Ich erblicke meine Hand – meine Hand! – *und habe die Gewissheit, dass ich auf irgendeine Weise wieder Gestalt angenommen habe. Ich kann mir nur vorstellen, dass es meinen Brüdern gelungen sein muss, einen Weg zu finden, meinen Körper wieder mit meiner Seele zu vereinen. Aber wie? Ich weiß es nicht, und im Moment spielt das auch keine Rolle. Wenn ich die Faust balle, genieße ich das Gefühl, wie sich meine Nägel in die Handfläche graben.*

Es gibt keine Worte für dieses Wechselbad der Gefühle. Erleichterung, Wut, Reue und noch tausend andere.

Ich lebe. Ich bin Lokan Krayl, und ich bin am Leben.

Wer von den Speisen der Toten isst, wird das Totenreich nie mehr verlassen können. Das war das eherne Gesetz. Also zwang Lokan sich dazu, den Blick starr geradeaus zu richten und an den Platten mit den Leckerbissen links und rechts vorbeizugehen. Was gab es nicht alles: Safranreis mit Sultaninen, eingelegte Lammkeule, zartes Gemüse.

Die Düfte, die ihn umschwebten, waren so verführerisch, dass er immer kurz davor war, stehen zu bleiben, sich hinzuknien und mit beiden Händen zuzulangen und sich das Essen in den Mund zu stopfen. Er war ausgehungert, als sei er von glühenden Eisen ausgehöhlt worden, die nichts weiter übrig gelassen hatten als eine leere Hülle.

Sein halb sterblicher, halb göttlicher Organismus verlangte nach einer unerhörten Zufuhr von Energie, und das war das Dilemma. Nahm er nichts zu sich, wurde er zusehends schwächer und hinfälliger. Bediente er sich dort, war das gleichbedeutend damit, die Tür, die aus dieser Hölle nach draußen führte, zu verschließen und den Schlüssel wegzuwerfen. Ein einziger Bissen, und er wäre auf ewig hier festgehalten, was auch immer dieses Hier war.

Die Speise der Toten. Das war doch der Hammer. Er konnte doch gar nicht sterben. Er war ein Seelensammler, Sutekhs Sohn.

Sutekh, Set, Seteh, Herrscher der Wüste, Herr des Chaos. Der mächtigste der Unterweltgötter. Er hatte so viele Namen. Der, den Lokan ihm gegeben hatte, war „Vater" gewesen.

Und dann war er, der unsterbliche Lokan, hingeschlachtet und in Stücke gehauen und seine Seele in dieses Niemandsland zwischen Ober- und Unterwelt verbannt worden. Ein Gefängnis in vollkommener Leere, aus dem jeder Fluchtversuch scheitern musste.

Aber etwas hatte sich geändert. Irgendwie – und er vermutete, dass seine Brüder das bewirkt hatten – war sein Körper zu ihm zurückgekehrt. Er hatte wieder Form und Substanz angenommen. Gefangen war er trotzdem noch. Jedenfalls musste er das annehmen.

Er streckte die Hand aus und legte sie auf einen Stein. Er konnte die kalte, raue Oberfläche fühlen. Er wollte sich keiner Hoffnung hingeben, aber dennoch keimte sie in ihm auf. Vielleicht … vielleicht würde er doch noch den Weg hinaus finden.

Lokan drehte sich um und blickte den Gang hinunter, der ihm endlos schien. Endlos wie seine Zeit hier im Zwischenreich, in dieser Todeszone, in der er hilflos umhertrieb, ohne zu wissen, wo er war oder wer er war. Er hatte sich selbst, seine Erinnerung und die Hoffnung verloren. Ihm war nichts geblieben als ein paar lichte Momente, die von nackter Verzweiflung begleitet waren und rasch wie Rauch im Wind wieder verflogen.

Jetzt mit seiner Körperlichkeit kehrten nach und nach auch Erinnerungen zurück. An seine Tochter, an seine Brüder, an Bryn. Sie waren unvollständig. Es gab noch viele blinde Flecken, verschwommene Bilder von Dingen, von denen er wusste, dass sie wichtig waren, die er aber vergessen hatte. Nur allmählich wurden seine Gedanken wieder klar.

Lokan erinnerte sich an den Namen und das Gesicht des Seelensammlers, der ihn getötet hatte. Und an das wahre Gesicht des Verräters, der hinter diesem Anschlag stand: Sutekh. Sein Vater. Sein Mörder.

Er wusste davon. Das konnte nur bedeuten, dass er nicht mehr vollständig in der Nicht-Welt gefangen war, dass er bereits einen Schritt aus diesem Gefängnis herausgetreten war. Langsam kamen Vergangenheit und Gegenwart zu ihm zurück. Das wichtigste Problem war nun, wie er die Zukunft meistern sollte.

Er musste seine Brüder vor Sutekhs Verrat warnen. Er musste in Erfahrung bringen, warum sein Vater das getan hatte. Und er brauchte einen Plan, wie er sich rächen konnte. Aber so weit war es noch nicht.

An erster Stelle stand zunächst einmal seine Tochter. Er hatte sein Leben gegen das Versprechen hingegeben, dass Dana nichts passierte, und das war ein Versprechen aus dem Munde seines Vaters, der keine Skrupel hatte, den eigenen Sohn zu ermorden. Auf dessen Wort konnte man also gewiss nicht zählen.

Also musste er zunächst dringend zusehen, dass er einen Weg hinauf in die Oberwelt fand. Solange er das nicht geschafft hatte, waren alle weiteren Anstrengungen bedeutungslos.

Lokan ging ein paar Schritte vorwärts, stolperte und musste sich an der Felswand abstützen, um sich aufrecht zu halten. Alles verschwamm vor seinen Augen. Stattdessen spukten die Platten mit den Leckereien in seinem Kopf herum. Verdammt, war er schwach, ein Schatten seiner selbst. Er musste mit seinen Kräften haushalten. Ein weiterer Grund, seine Rachegelüste gegen Sutekh noch eine Weile im Zaum zu halten.

Mit letzter Willenskraft setzte er einen Fuß vor den anderen, indem er sich zwang, die ihm dargebotenen Speisen zu ignorieren. Stattdessen richtete er den Blick auf die gewaltigen grauen Steinblöcke, die mit Hieroglyphen und Malereien versehen waren. Er erkannte die dargestellten Figuren wieder. Da war Anubis, dort Ra und etwas weiter Ammut, sie fraß die Herzen derer, die ihre Prüfung auf Ma-ats Waage der Gerechtigkeit nicht bestanden.

Er lief, bis er nicht mehr konnte, und da bemerkte er, dass sich die Szenerie inzwischen geändert hatte. Vor ihm weitete sich der Raum zu einer Halle, in der rechts und links wie im Spalier aufgereiht Seelen der Toten in ihrer menschlichen Gestalt standen. Ihre Oberkörper waren entblößt, und sie trugen nur einen einfachen Schurz aus Baumwolle um die Lenden.

Von einer trügerischen Vision, die er am Ufer des Styx gehabt hatte, abgesehen, waren es die ersten Seelen, denen er in dieser anderen Welt begegnete.

„Wer seid ihr?“, fragte Lokan, als er beim Ersten in der Reihe angekommen war, und brachte die Worte kaum heraus, so lange hatte er schon seine Stimme nicht mehr gebraucht. Sie klang rau und tonlos.

Der Mann hob den Kopf, antwortete aber nicht, sondern sah Lokan nur aus gespenstisch leeren, trüb-weißen Augäpfeln an. Hinter ihm erkannte Lokan an der Steinwand die farbige Abbildung von vielen Menschen, aufgereiht wie die, die jetzt vor ihm standen, die sich vor der Sonne demütig niederbeugten, um den Sonnengott Ra anzubeten.

Lokan wurde von einer bösen Vorahnung ergriffen. „Wo bin ich?“, fragte er den Mann, und als dieser weiter schwieg, herrschte Lokan ihn an: „Sprich!“

„Das ist die Pforte zu den Toren, der Vorraum", kam endlich die Auskunft.

Lokan war erschüttert. Der Mann hatte ihm tatsächlich geantwortet. Er, Lokan, war also kein Geist mehr, kein körperloser Spuk, sondern real. Die ganze Szene, in der er sich hier befand, war real.

„Wessen Vorraum?", wollte er weiter wissen.

„Der Sohn Gebs, der Sohn Nuts. Er, der Herr ist über die Lebenden und die Toten. Der Herrscher der Stille."

„Osiris", sagte Lokan leise zu sich selbst.

Das war ja großartig. Er befand sich auf Osiris' Territorium oder zumindest vor dem Tor dazu. An diesen Eingang zu seinem Reich konnte sich Lokan jedoch nicht erinnern, obwohl er als Gesandter seines Vaters viel bei den Unterweltgöttern herumgekommen war und auch Osiris schon besucht hatte. Aber das musste nichts heißen. Vielleicht war das hier so etwas wie ein Hintereingang.

Lokan fragte sich, was er von Osiris zu erwarten hatte. Der Gott war ein erklärter Feind Sutekhs, von daher konnte Lokan kaum auf einen besonders herzlichen Empfang hoffen. Andererseits war Lokan nach dem Mordanschlag auf ihn auch nicht gerade gut auf seinen Vater zu sprechen. Wie sagten die Sterblichen doch gleich? Der Feind meines Feindes ist mein Freund. Möglicherweise könnte Osiris zu einem neuen Verbündeten werden.

„Was seid ihr? Torwächter? Botschafter?", fragte Lokan den Mann.

„Wir sind deinetwegen hier."

„Gut zu wissen. Ich will ja nicht unhöflich erscheinen, aber in welcher Funktion denn?"

Keine Antwort.

Lokan versuchte, die Frage anders zu stellen. „Woher wisst ihr, dass ihr meinetwegen hier sein sollt?"

„Es steht geschrieben." Der Mann deutete auf die Hieroglyphenwand hinter sich.

Die alten Ägypter, jene, die diese Hieroglyphen hinterlassen hatten, glaubten an die Magie der Schrift. Wenn man es aufschrieb, so würde es auch eintreffen, ein Glaube, der so stark war, dass er sich letztlich sogar erfüllte.

Lokan dämmerte es. Diese Seelen hatte die kraftvolle Magie des Ägyptischen Pfortenbuchs hierher gezogen, und sie würden den Ort nur verlassen können, wenn Lokan ihn verließ. Sie waren keine Führer für ihn, sondern waren da, um ihm zu folgen. Na, großartig!

Als er an den Seelen vorüberschritt, verbeugten sie sich tief vor ihm und verharrten in dieser Haltung. Durch ihre Anwesenheit wurde ihm schlagartig bewusst, dass er nackt war. Seine Brüder hatten es wohl vermocht, seine Gliedmaßen und seine Seele wieder zusammenzubringen, allerdings hatten sie nicht daran gedacht, ihm ein paar Klamotten mitzuschicken.

Das Problem löste sich jedoch von selbst. Das letzte Paar in der Doppelreihe reichte ihm, als er an ihm vorbeiging und sich vor ihm verbeugte, ein säuberlich zusammengefaltetes Leinentuch und auf der anderen Seite einen Halsschmuck, eine mit Perlen besetzte, aufwändige Goldschmiedearbeit. Lokan schlang sich das Tuch um die Hüften. Den Schmuck wollte er erst zurückweisen, besann sich aber, bevor er etwas sagte. Ihm kam rechtzeitig der Gedanke, dass das Schmuckstück vermutlich zu einer Zeremonie gehörte, deren Einhaltung eine wichtige Voraussetzung war, dass er diesen Ort endlich hinter sich lassen konnte. So nahm er den schweren, mit Juwelen verzierten Goldschmuck entgegen und legte ihn sich an. Das Stück war so ausladend, dass es seine Schultern bedeckte und ihm bis auf die Brust reichte.

Hier angekommen erblickte er einen mächtigen Fluss. Am Ufer lag auf dem dunklen Wasser ein Boot, in dem zwei Ruderer warteten. Natürlich ein Boot. Es konnte ja gar nicht anders sein.

Das Bild weckte in Lokan eine unwillkommene Erinnerung. Eine seiner Visionen in der Todeszone war die von einem roten Fluss gewesen, den der Fährmann Charon befuhr. Mit seiner Knochenhand führte er das Ruder. Eine Menge von Seelen strömte ans Ufer auf den Kahn zu. Darunter war eine Frau, die ihm bekannt vorkam: helle Haut, dunkles Haar, blaue Augen. Eine panische Furcht hatte ihn damals erfasst, als er sie gesehen hatte. Er fürchtete nicht für sich selbst, sondern für jemand anderen.

Der Gedanke daran brachte Lokan abrupt zum Stehen. Er versuchte, sich die Szene am Totenfluss Styx, die ihm der verwunschene Ort vorgegaukelt hatte, deutlicher vor Augen zu führen. Verdammt. Es war Bryn gewesen, die er gesehen hatte. Aber wenn Bryn in der Unterwelt war und er im Niemandsland gefangen, wer kümmerte sich dann um Dana? Wer beschützte sie?

Lokan schüttelte den Kopf. Er musste die Ruhe bewahren, seinen Verstand gebrauchen. Auf nichts anderes konnte er sich in seiner Lage verlassen.

Bryn war eine großartige Mutter. Aber beschützen konnte sie Dana trotzdem nicht. Nicht gegen das, was dem Mädchen drohte. Wie sollte Bryn mit einem Supernatural fertigwerden? Das war unmöglich. Außerdem war sie auf so etwas gar nicht vorbereitet. Sie wusste ja noch nicht einmal, was er in Wirklichkeit war. Lokan hatte es ihr nie verraten. Sie hielt ihn für einen Sterblichen und mutmaßte wahrscheinlich, dass er der Sohn eines Gangsterbosses war. Wenn Sutekh seine Hand tatsächlich nach Dana ausstrecken würde, würde Bryn gegen ihn so viel Chancen haben wie ein Papierschirmchen, das in einem Eisbecher steckt, gegen einen Platzregen.

Die Frau, die er gesehen hatte, konnte nicht Bryn gewesen sein, auch wenn die Ähnlichkeit verblüffend war. Etwas an dieser Erscheinung stimmte nicht. Die Farbe ihrer Augen zum Beispiel.

Nein, Bryn war nicht in der Unterwelt. Sie war am Leben und umsorgte ihre Tochter. So musste es sein. Er hatte sie in seiner letzten Nacht noch angerufen und ihr aufgetragen, niemandem zu trauen. Niemandem außer ausgerechnet seinen Feindinnen, den Isistöchtern. Sie waren die Einzigen, die mächtig genug waren, Dana wirklich zu helfen. Und die Einzigen, die Sutekh so sehr hassten, dass sie auch dessen Zorn nicht fürchteten, wenn sie es wagten, seine Pläne zu durchkreuzen. Als er glaubte, Bryn gesehen zu haben, konnte es nur ein Trugbild gewesen sein.

Und das Boot mit den beiden Ruderern, das dort vor ihm am Ufer lag, war das auch ein Trugbild? Der bloße Gedanke ließ Lokan erschauern.

Der Kahn war nicht besonders groß und so schmal, dass auf ihm höchstens eine Handvoll Leute hintereinander stehend Platz fand. Nach traditioneller Bauweise bestand der Rumpf aus Blättern der Papyrusstaude und lief zum Bug und Heck hin schmal und nach oben zusammen. Dort an beiden Enden war auch der Platz der Ruderer, die wie die anderen nur mit einem Schurz um die Lenden bekleidet waren.

„Wohin wird das Boot mich bringen?", fragte Lokan.

„Dorthin, wo die zwölf Pforten beginnen", kam die Antwort.

„Die zwölf Pforten des Osiris?"

Der Angesprochene nickte. „Die Pforten zum Licht der Sonne."

Hoffnung keimte in Lokans Verzweiflung auf wie unverhoffte junge Triebe an einem kahlen, abgestorbenen Ast. Lokan wusste, was die zwölf Pforten für eine Bedeutung hatten. Dieser Weg durch sie hindurch führte nicht bloß in die Unterwelt des Osiris, sondern weiter auf die Oberwelt, zurück zu den Menschen, zurück zu seiner Tochter. Und die beiden Seelen im Boot waren dann vermutlich seine Führer.

Lokan spürte, wie ihm das Adrenalin in die Adern schoss. Dennoch hielt er seine Erwartungen im Zaum. Er war sich sicher, dass alles seinen Preis hatte.

„Was brauche ich, um die Pforten passieren zu können?", fragte er.

„Die Reinheit deines Herzens."

Nicht gut. Als Seelensammler hatte er anderen das Herz aus der Brust gerissen. Er bezweifelte, dass sein eigenes dabei rein geblieben war. „Was noch?“

„Magische Kräfte.“

Der zweite Streich.

„Und Wissen.“

Der dritte. Weder hatte er das Totenbuch noch das alte Ägyptische Pfortenbuch parat, auch Zaubersprüche und Zaubertränke waren ihm nicht geläufig. Wenn er auch früher außergewöhnliche Kräfte besessen hatte, jetzt waren sie erschöpft. Sie hatten zwar genügt, seinen Körper und seine Seele wieder zu vereinigen, aber er war nahe am Verhungern. Er war schwach und hielt sich nur mit schierer Willenskraft aufrecht.

Ihn beschlich, als er all das bedachte, das ungute Gefühl, dass die Sache kein gutes Ende nehmen konnte.

Oh, Scheiße. Da hatte er die eine einzige Chance, der Hölle zu entkommen, in die sein Vater ihn geschickt hatte, und jetzt sah er, dass ihm seine Ahnungslosigkeit einen Strich durch die Rechnung machte. Und dass sein Vater immer noch einen Plan B und einen Plan C in der Tasche hatte, egal was sein Sohn in Angriff nahm.

Aber was blieb ihm anderes übrig, als diese Chance beim Schopf zu ergreifen, selbst wenn er der Situation nicht gewachsen war? Dorthin zurückzukehren, woher er gekommen war, oder hierzubleiben waren erst recht keine Optionen.

Also bestieg Lokan das Boot. Es schwankte unter seinem Gewicht bedrohlich. Die Männer an Bug und Heck tauchten ihre Ruder ins Wasser, und die Barke setzte sich in Bewegung. Sanft glitt sie durch das tintenschwarze Wasser.

Lokan betrachtete die Zeichnungen und gemalten Bilder an den Wänden, an denen sie vorbeifuhren. Götter, Göttinnen, Flammen, Sterne. Und Schlangen, jede Menge Schlangen, darunter eine, die bedeutend größer und Furcht erregender als die anderen war.

Es war totenstill ringsum. Das Einzige, was zu hören war,

waren die regelmäßigen Ruderschläge und sein Atem. Lokan warf einen Blick über die Schulter zurück und sah nichts als einen unendlich langen, dunklen Tunnel, der von der Wasserfläche wie von einem sich in der Ferne verlierenden Band durchzogen wurde. Die Wände waren grau und feucht und schlossen sich nach oben zu einem runden Gewölbe zusammen. Sie standen so eng, dass er sie, wenn er die Arme zur Seite ausstreckte, hätte mit den Fingerspitzen berühren können.

Nach einer Weile erhob sich ein zischender Laut, der langsam anschwoll und dessen Schall vom Tunnelgewölbe zurückgeworfen wurde. Schlagartig hörte der Mann am Bug wie erstarrt auf zu rudern. Links neben dem Boot regte sich das Wasser. Der Kopf eines Reptils erschien über der Wasserfläche und tauchte gleich wieder unter.

„Hat das mit den Schlangen hier eine besondere Bewandtnis?“, erkundigte sich Lokan, während er beobachtete, wie sich die Wellen wieder glätteten.

Keiner der Ruderer antwortete. Fabelhafte Führer, dachte Lokan bitter. Man sollte sich beim Reiseveranstalter beschweren.

Wenig später tauchten die beiden die Paddel wieder ein, und das Boot setzte sich erneut in Bewegung. Die Wasserfläche lag dunkel und ruhig da, bis Lokan plötzlich etwas aufschreckte. War es eine Bewegung gewesen oder ein Geräusch? Er hob den Kopf und staunte, als er eine in Blau und Gold eingefasste quadratische Öffnung vor sich sah. Die Seiten waren mit Zeichen und Symbolen versehen, aber er war noch zu weit entfernt, um sie erkennen zu können. Er konnte nur vermuten, dass es sich um Warnungen handelte.

Wie auf Kommando stellten die beiden Fährleute das Rudern ein, und das Boot kam zum Stillstand. Eine Strömung, die es hätte weitertragen können, gab es hier nicht.

Der Felsen um die Öffnung herum war in einer eigenartigen Form bearbeitet, die das Tor überragte. Es sah aus, als hätte sich eine Welle von flüssiger Lava aufgetürmt und wäre urplötzlich erkaltet, als sie gerade niederbrechen wollte.

„Sprich den Namen aus“, sagte der Mann hinter Lokan.

Lokan sah aus dem Augenwinkel unter der Wasseroberfläche etwas aufblitzen, das wie Fischschuppen und Schlitzaugen aussah.

„Sprich“, drängte der Ruderer schon deutlich ungeduldiger. Man hörte ein ängstliches Beben in seiner Stimme.

„Was für einen Namen?“ Lokan hatte nicht die geringste Ahnung, was er sagen sollte. Bevor er fragen konnte, kam Bewegung in die Welle über dem Tor, und jetzt war zu erkennen, was es wirklich war. Keine Lava, auch kein kunstvoll behauener Fels. Was da die Köpfe hob, war eine Unzahl von Schlangen, die alle ihre kalten Augen auf ihn gerichtet hatten.

4. KAPITEL

Sein Befehl sah einen Platz für sie vor, den verborgenen Berg, der Menschen verschlingt und Götter …
nach dem Ägyptischen Pfortenbuch

Detroit, Michigan
Gegenwart

Bryns Herz pochte wie verrückt. Die Angst, die sie ausstand, brachte sie um den Verstand, aber sie durfte sich von ihr nicht unterkriegen lassen. Wenn sie Dana in Sicherheit bringen wollte, musste sie hellwach sein. Aber trotz aller Mahnung zu List und Besonnenheit gab es jetzt nur eines.

„Lauf!", befahl Bryn und fasste die Hand ihrer Tochter fester, während sie selbst zu rennen begann.

Das Gestrüpp des Buschwerks schlug ihnen entgegen. Dana schrie auf. Ihre Jacke hatte sich in einem Ast verfangen. Sie kam nicht mehr weiter. Bryn griff zu und zerrte an dem Stoff, doch der hing fest.

Panik schnürte ihr die Kehle zu. Mit einem Ruck zog sie an Danas Jackenärmel. Das Geräusch von zerreißendem Stoff war zu hören, dann war Dana wieder frei. Sie stapften weiter durch die Nacht. Bei jedem Schritt schlug ihnen kalter Erdgeruch entgegen.

Bryn spitzte die Ohren, konnte aber keine Schritte hinter ihnen hören, und das beunruhigte sie noch mehr, als wenn sie ihre Verfolger gehört hätte. Wer immer hier draußen auf sie lauerte, wollte mit ihnen offenbar Katz und Maus spielen.

Sie mussten das Gewerbegebiet erreichen. Mit dem Besitzer des dortigen Bodyshops hatte Bryn eine Vereinbarung, nach der sie gegen eine Gebühr auf dessen Parkplatz ein zweites Auto abstellen konnte, das sie für den Notfall in Reserve hatte. Aber vorher musste es ihnen gelingen, ihre Verfolger abzuschütteln. Denn selbst wenn sie es bis zum Wagen schafften und losfahren konnten, waren sie damit noch längst nicht auf der sicheren Seite. Es gab Supernaturals, die schneller waren als Autos.

Es blieb Bryn nur noch eine Möglichkeit. Und die war mit höllischen Schmerzen verbunden. Sie biss die Zähne zusammen und konzentrierte sich. Dann riss sie einen Teil ihrer Seele von sich los. Die eine Hälfte ihrer Lebenskraft behielt sie bei sich, die andere streute sie in Form einer Nebelwolke aus, unter der sie ihre sterbliche Hülle und ihr Liebstes, ihre Tochter, wie unter einem riesigen Regenschirm versteckte.

Das war die Kraft, die ihr vermacht worden war. Sie war ein Walker, eine Seelengängerin. Es stand in ihrer Macht, nach Belieben ihren Körper zu verlassen, eine Fähigkeit, die sie brauchte, um die Seelen der Toten zu geleiten. Ihre Seele sollte dabei jedoch unversehrt bleiben. Was sie hier tat, indem sie sich zweiteilte, widersprach allen Naturgesetzen und allen Regeln. Aber sie tat es für Dana. Alles würde sie für Dana tun.

Bryns Atem ging schwer. Das lag weniger an der körperlichen Anstrengung als an der psychischen Tortur, die sie erdulden musste, um die Zweiteilung ihrer Seele aufrechtzuerhalten, die ihnen diesen Schutzschild gewährte. Diese Wolke oder Blase, in der sie sich befanden, verschaffte ihr einen Vorteil. Wer auch immer sie hier erwartete, rechnete sicherlich mit einer Sterblichen und ihrer Tochter, nicht aber mit einem Walker, wie Bryn es war. Ihre besonderen Anlagen taugten zwar nicht zu einer direkten Konfrontation, aber sie reichten immerhin für eine perfekte Tarnung.

Hand in Hand überquerten Bryn und Dana den Rasen, kletterten über den Zaun und gelangten auf den Pfad, der durch das Wäldchen zum Gewerbegebiet führte. Mit seinem hellen Kies sah er im Dunkel des Gehölzes aus wie ein schimmerndes, gewundenes Band. Bryn zog das Mädchen in den Schatten der Bäume. Hier waren sie besser geschützt. Sie hatten das alles geübt und kannten sich hier bestens aus. Aber wenn ihre Verfolger Supernaturals waren und über eine übernatürliche Sinneswahrnehmung verfügten …

Nein. Wie gering ihre Aussichten auch waren, Bryn musste jetzt ihren ganzen Mut und ihren Optimismus mobilisieren.

Sie presste sich an den dicken Baumstamm, hinter dem sie Schutz gesucht hatte. Dann ging sie in die Hocke, nahm Dana in die Arme und drückte ihr einen Kuss auf die Stirn, während sie aufmerksam in die Dunkelheit spähte. Nichts regte sich. Vielleicht war das gut, vielleicht auch schlecht. Jedenfalls gab es für sie eine Chance.

„Ich habe Angst", flüsterte Dana.

Bryn zerriss es fast das Herz. Dana hatte ihr den Vorwand mit dem Training nicht abgenommen. Ihr Kind wusste, dass es ernst war.

Sie gab Dana noch einen Kuss. Mehr konnte sie im Augenblick nicht für sie tun. Noch einmal schaute sie sich um. Die Schwingungen, die die Nähe von Supernaturals verrieten, waren nicht stärker geworden und auch nicht näher gekommen. Aber das hatte nichts zu sagen. Deshalb konnte sie sich nicht in Sicherheit wiegen.

Oh, Lokan. Verflucht, warum musstest du darauf bestehen, dich in Danas Leben einzumischen? Und wenn schon das, warum musstest du dann sterben und uns schutzlos allein lassen? Bryn seufzte. Sie war ein Walker und kein Krieger.

Aber jetzt hatte sie keine Wahl. Sie musste Krieger sein – um Danas willen.

„Das ist doch in Wirklichkeit gar kein Training, Mommy, oder?"

Bryn setzte schon an, um ihrer Tochter irgendeine Lüge zur Beruhigung aufzutischen, ließ es dann aber doch sein. Es hatte keinen Zweck. Dana kannte die Wahrheit schon.

„Wir waren gut. Wir haben einen Vorsprung herausgeholt", flüsterte sie der Kleinen stattdessen zu. „Und du kannst ja so schnell laufen wie der Wind. Uns holt keiner ein." Dann fragte sie: „Hast du die Nummer im Kopf?"

Dana nickte.

Bryn hatte ihr eingeschärft, dass Dana, wann immer sie voneinander getrennt wurden und sie allein nicht weiterwusste, die Frau anrufen sollte, die schon einmal nach ihr geschickt worden war. Es war Wochen her, da hatte Bryn Lokans Anweisungen befolgt und bei der Isisgarde angerufen. Die schickte eine ausgebildete Kämpferin namens Roxy Tam, die es geschafft hatte, Dana aufzuspüren und heil wieder nach Hause zu bringen.

Auch wenn Bryn diese Frau kaum kannte, war sie doch überzeugt, dass Roxy kommen und Dana helfen würde, wenn es notwendig war. Und das nicht nur, weil sie den Auftrag bekam. Es hatte gleich so etwas wie eine Verbundenheit zwischen ihnen gegeben. Als Bryn sie gefragt hatte, wie die Aktion verlaufen war, hatte Roxy nur die Achseln gezuckt und gesagt, sie wisse genug über die dunklen Seiten des Lebens.

Bryn hatte nicht weiter nachgefragt, vermutete aber, dass Roxy eine harte Kindheit gehabt haben musste und deshalb imstande war nachzuvollziehen, was Lokans Tod und die Entführung ihrer Tochter für Bryn bedeuteten. Dennoch, obwohl sie Roxy sympathisch fand und Respekt vor ihr hatte, wollte sie nicht riskieren, sie ganz ins Vertrauen zu ziehen. Statt ihr zu offenbaren, dass sie etwas mehr war als eine gewöhnliche Sterbliche, fügte sie sich in die Rolle einer überbesorgten und leicht verhuschten Mutter. Alles andere schien Bryn zu gefährlich.

„Aber du darfst mich nicht allein lassen“, protestierte Dana heftig und machte dabei ein verzweifeltes Gesicht.

„Ich lass dich doch nicht allein, mein Baby. Ich sage das nur vorsorglich. Wenn du jemanden brauchst, rufst du Roxy an, niemanden sonst. Nur Roxy.“

Lokan hatte im letzten Telefonat, das sie geführt hatten und bei dem er sehr angespannt geklungen hatte, darauf bestanden. Lange vorher hatte er ihr schon die Telefonnummern seiner Brüder gegeben, falls sie Hilfe brauchte und er selbst nicht erreichbar war. Dabei waren sie nie bei ihnen gewesen, damit sie Dana kennenlernen konnten. Bryn war das Gefühl nie losgeworden, dass er das Mädchen von allem fernhalten wollte, was mit seinem sonstigen Leben zusammenhing. Und das hatte sie akzeptiert.

Dann, als sie zum letzten Mal vor seinem Tod am Telefon miteinander gesprochen hatten und er ihr erklärte, dass Dana in Gefahr war, in diesem Gespräch, das Bryn so gern nachträglich rückgängig gemacht hätte, um ihm zu sagen, dass … Aber was spielte das jetzt noch für eine Rolle, was sie ihm hätte sagen sollen. Entscheidend war, dass Lokan eine komplette Kehrtwendung gemacht und darauf bestanden hatte, dass sie im Notfall *nicht* einen seiner Brüder anrufen solle, sondern einzig und allein die Isisgarde, deren Nummer er ihr gab. Er sagte, er könne seinen Brüdern nicht mehr trauen, er könne überhaupt niemandem mehr trauen. Das war merkwürdig, denn die Isisgarde zählte zu seinen Feinden, und ausgerechnet an die sollte sie sich wenden.

Trotzdem hatte Bryn darauf vertraut und tat das auch jetzt noch, wenngleich er ihr in vielem nicht die Wahrheit gesagt hatte. Nicht einmal kurz vor seinem Tod hatte er zugegeben, dass er ein Supernatural war. Er hatte so getan, als sei die Garde so etwas wie eine rivalisierende Gang, und Bryn hatte ihn in dem Glauben gelassen, dass sie ihm das abkaufte. Es schien ihm so wichtig zu sein, dass sie sofort begriff, dass dies nicht der richtige Zeitpunkt war, um der Wahrheit auf den Grund zu gehen.

Bryn hatte sich genau an seine Anweisungen gehalten. Sie hatte die Isisgarde angerufen und weder seinen Namen noch ihr Verhältnis zu ihm erwähnt, sondern lediglich um Hilfe für ihre vermisste Tochter gebeten und dabei den Namen der Isis beschworen. Und es hatte funktioniert. Roxy Tam war ihnen zu Hilfe gekommen. Auch sie hatte darauf gedrungen, niemanden sonst zu rufen als sie, und wie bei Lokan hatte es sich beinahe panisch angehört.

Am besten wäre es, überhaupt keine fremde Hilfe zu beanspruchen und einfach irgendwo in der Menge unterzutauchen. Aber das waren fromme Wünsche, und sich an Roxy zu wenden war Bryn immer noch lieber, als ihre eigenen Leute um Unterstützung zu bitten. Deren Preis wäre zu hoch gewesen.

„Also nur Roxy“, wiederholte Bryn.

Dana nickte und gab einen Laut von sich, der wie ein unterdrücktes Schluchzen klang. Bryn brach es das Herz.

Die Anstrengung, die es kostete, die Abspaltung eines Teils ihrer Seele und damit ihre Tarnung aufrechtzuerhalten, wuchs mit jedem Augenblick. Bryn krümmte sich vor Schmerz, von dem sie buchstäblich entzweigerissen wurde. Der Trick, ihn auszuhalten, war, sich von ihm forttragen, ihn gewähren zu lassen und nicht dagegen anzugehen. Leichter gesagt als getan.

Ringsherum nahmen die Schwingungen übernatürlicher Kräfte jetzt zu. Sie kamen näher. Bryn konnte nicht erkennen, von wem sie ausgingen oder welcher Art diese Kräfte waren. So weit ging ihre Wahrnehmungsfähigkeit nicht. Sie wusste nur, dass diese Bedrohung nicht von Sterblichen ausging. Und das machte die Lage gefährlich.

„Wir müssen weiter“, flüsterte sie von Panik und Schmerzen getrieben.

Danas kleine Hand klammerte sich krampfhaft an sie. Dennoch nickte das Mädchen tapfer, viel tapferer, als eine Sechsjährige sein sollte.

„Komm.“ Bryn fasste Danas Hand fester und sprintete los. Ihre Tochter folgte ihr. Sie duckten sich unter tief hängenden Ästen und hielten sich im Schatten der Bäume.

Bryns Qualen nahmen weiter stetig zu. Es fühlte sich an, als ob jemand in ihrem Bauch ein Messer umdrehte. Dennoch zwang sie sich dazu, die Abspaltung ihrer Seele aufrechtzuerhalten, um den schützenden Schild zu wahren. Währenddessen kam das bedrohliche Knistern in der Luft immer näher.

Dana stolperte und schrie auf. Bryn nahm das Kind auf die Arme, hielt es eng an sich gedrückt fest und setzte schwer atmend den Weg fort. Wie mit Hammerschlägen pochte ihr das Herz in der Brust.

Zur Linken konnte sie jetzt zwischen den Baumstämmen

hindurch Licht und die Dächer einiger Autos schimmern sehen, die auf dem angrenzenden Parkplatz standen. Sie hatten ihr Ziel fast erreicht. Nur noch den Hügel hinauf, auf der anderen Seite wieder hinunter und über den Zaun, dann waren sie auf dem Parkplatz des Bodyshops. Ihr Wagen stand in einer Ecke nahe der Ausfahrt. Das war zu schaffen. Das musste sie schaffen.

Dana hatte sich an sie geklammert wie ein Äffchen. Wenn ihre Verfolger Dämonen waren, konnte das Salz, das Bryn in einem Ring um den Parkplatz vergraben hatte, sie aufhalten, sobald sie es mit ihrem Blut benetzte. Wenn es jedoch keine waren, nützte das überhaupt nichts.

Bryn nahm die Anhöhe erfolgreich mit Anlauf. Aber das Gras unter ihren Füßen war rutschig, und als es wieder abwärts ging, glitt sie aus und fiel. Sie konnte sich gerade noch zur Seite drehen, damit Dana durch den Sturz keinen Schaden nahm, und um ein Haar hätte sie dabei die Kontrolle über ihre Zweiteilung verloren, womit ihr Schutz dahin gewesen wäre.

Mit verzweifelter Anstrengung bemühte sich Bryn, wieder aufzustehen, aber der schlüpfrige Untergrund und Danas Gewicht hinderten sie daran. Schließlich gab sie die Versuche auf und rutschte auf dem Hintern den Hügel hinunter, indem sie mit den Hacken bremste.

Der Schreck und die schmerzhafte Landung nach dem Sturz waren zu viel. Bryn konnte die Spannung nicht mehr halten. Wie von einem Gummiband gezogen schnappte ihre Seele in den Körper zurück. Ihre schützende Hülle war dahin. Jetzt half nur noch die Flucht. Noch einmal versuchte sie, auf die Füße zu kommen, schaffte es auch halbwegs, fiel dann aber wieder und rollte den Rest der Böschung hinunter, bis sie an ein Paar Bikerstiefel stieß, die sie stoppten.

Im selben Augenblick wusste Bryn, dass sie die Falschen in Verdacht gehabt hatte. Die Verfolgungsjagd hatte zwar Dana gegolten. Aber nicht weil sie Lokans Tochter, sondern weil sie *ihre* Tochter war.

In einer wogenden, sich umeinander windenden Masse umrahmten die Schlangen die erste Pforte. Ihr Zischen hallte im Tunnelgewölbe wider, sodass die Ruderer zusehends nervöser wurden. Der Vordere drehte sich zu Lokan um. Seine Augen waren weiß und glatt wie polierter Marmor. „Wir müssen zurück“, sagte er.

„Kommt nicht infrage“, antwortete Lokan. Zurück – das bedeutete, zurück an einen Ort, der weit schlimmer war als dieser hier. „Wir fahren weiter“, bestimmte er, und als der Ruderer darauf nicht reagierte, entriss er ihm das Paddel, kniete sich in das Boot und fing nun selbst an zu rudern. Dieses war die erste Pforte, die erste Station auf seinem Weg in die Oberwelt.

Der Gedanke daran feuerte Lokan an, auch wenn sich Zweifel und Sorge in seine Entschlossenheit mischten. Er hatte für gewöhnlich keine Probleme mit irgendwelchen Reptilien, nur ahnte er, dass diese hier von einer besonderen Sorte waren. Schlangen waren Wesen, die gleichzeitig als heilig verehrt, gefürchtet und verabscheut wurden. Es gab Schlangengötter ebenso wie Schlangendämonen in der Unterwelt, aber Lokan hatte keinen Zweifel daran, unter welche Kategorie diese hier fielen.

Eine Schlange dick wie sein Oberarm ließ sich vom oberen Ende der Pforte ins Wasser fallen, in dem dort gleich darauf ein wildes Getümmel entstand, bis eine andere, noch viel größere Schlange auftauchte und die erste mit weit aufgerissenem Rachen in einem Stück verschlang.

Flüche und Beschwörungen murmelnd begann jetzt der Ruderer am Heck wie ein Wilder von der Pforte wegzupaddeln, während sich die Schlangen dort zuhauf ins Wasser gleiten ließen.

„Hör auf damit“, sagte Lokan ruhig, aber bestimmt. „Panik bringt uns jetzt auch nicht weiter.“

„Du musst etwas sagen“, erklärte der Angesprochene. „Sonst müssen wir umkehren.“

„Etwas sagen? Was? Eine Zauberformel? Dann sag mir, wie sie lautet."

Sie waren jetzt fast schon unter der Durchfahrt der Pforte angelangt. Das wirre Knäuel aus Schlangen befand sich direkt über ihnen und drohte von beiden Seiten. Der Bug des Kahns war kurz davor, in die nachtschwarze Finsternis zu tauchen, die sich im Innern der Pforte auftat.

Da fiel die nächste Schlange herab, dann noch eine. Gleich darauf folgte eine dritte, dick wie Lokans Oberschenkel, die auf dem nach oben gebogenen Bug des Schiffs landete. Ihre Schuppen glitzerten im Halbdunkel.

„Los! Tu was!", schrie der Mann hinter Lokan.

„Was denn?" Lokan drehte sich kurz um, bevor er mit dem Paddel versuchte, die Schlange vom Vordersteven zu stoßen. Der andere Ruderer hatte sich derweil zum Heck geflüchtet. Er war von Kopf bis Fuß schweißüberströmt.

„Zeige, dass du reinen Herzens bist. Dass du magische Kraft besitzt und würdig bist zu passieren. Sonst sind wir verloren."

Lokan bezweifelte, dass er auch nur eine dieser Bedingungen erfüllen konnte.

„Rede. Den geheiligten, geheimen Namen. Du musst ihn aussprechen", drängte der Mann schon halb irre in seiner Panik.

Da nun keiner mehr ruderte, kam das Boot in dem stehenden Wasser nicht von der Stelle. Dicht wie Regen fielen von oben die Schlangen herab, eine größer als die andere. Mithilfe des Paddels warf Lokan eine, die direkt ins Boot gefallen war, hinaus. „Ich würde den Namen der Pforte ja gern sagen", erklärte er dabei, „wenn ich ihn nur wüsste. Warum sprecht ihr den Namen nicht aus? Ist es nicht eure Aufgabe, mich hier durchzulotsen?" Er blickte von einem zum anderen. Der am Bug Positionierte hatte sich mittlerweile zu einer Kugel zusammengerollt und lag wimmernd am Boden. Von ihm war keine Hilfe zu erwarten. Der andere starrte Lokan mit seinen weißen Augen ausdruckslos an.

„Wir sind nicht deine Führer. Wir sind nur zum Rudern da." Erschrocken hob er die Arme, als eine Schlange auf ihn herabfiel.

Lokan fluchte leise. Wie ein Baseballspieler schlug er mit dem Ruder nach dem Reptil. „Das hättet ihr mir auch gleich sagen können“, knurrte er.

Ihn beschlich ein unbehagliches Gefühl. Er hatte sich in der festen Überzeugung an das Schlangentor gewagt, dass seine Begleiter ihn hindurchschleusen konnten. Aber da sie dazu genauso wenig fähig waren wie er, brachte sie das alle in eine verdammt missliche Lage.

Die Schlange, der er den Schlag versetzt hatte, fiel zurück ins Wasser. Im nächsten Moment erschien ein gewaltiger Schatten unter dem Boot. Mit ungeheurer Geschwindigkeit tauchte das Riesenvieh wieder auf, das schon eine seiner Schwestern verspeist hatte. Sein Kopf allein war ein Drittel so groß wie das Boot. Es klappte seine enormen Kiefer weit auseinander und verschluckte die von Lokan abgewehrte Schlange wie vorhin die andere in einem Stück. Zwei Beulen in seinem mächtigen Leib waren alles, was von den Gefressenen übrig blieb.

Die Szene weckte unangenehme Erinnerungen bei Lokan. Wie diese Schlange pflegte Sutekh seinen Kiefer auszuhängen, um die Seelen zu verschlucken, die zu ihm kamen. Für diese bedeutete es das Ende, die vollständige Vernichtung ohne die Hoffnung auf eine weitere Existenz. Auf diese Weise wollte Lokan nicht enden. Er würde Dana nie wiedersehen. Oder seine Brüder. Oder Bryn.

Bryn. Lokan wunderte sich, dass sich ihr Name in diese Aufzählung wie von selbst eingereiht hatte. Aber darüber konnte er sich jetzt keine Gedanken machen.

Wieder glitt ein Schatten unter der dunklen Wasseroberfläche am Boot entlang. Der Bug wurde emporgehoben und wieder fallen gelassen. Das Wasser spritzte auf. Die schuppigen Leiber, die sie umgaben, gerieten in noch heftigere Bewegung. Lokan hielt sich an beiden Seiten fest und versuchte, das Kentern zu verhindern.

Wieder landete eine Schlange im Boot und kroch auf ihn zu. In ihrem aufgesperrten Rachen konnte er ihre Giftzähne sehen.

Der Versuch, auch sie mit dem Paddel aus dem Boot zu werfen, misslang. Das Ungeheuer schoss auf ihn zu, und Lokan konnte mit knapper Not ausweichen. Mit einem schnellen Griff erwischte er es genau hinter dem Kopf, wodurch er den langen, spitzen Fängen knapp entging. Er packte die Schlange mit der anderen Hand in der Mitte und schaffte sie nach einigem Ringen unter unmenschlichen Anstrengungen über Bord.

Lokan drehte sich zu seinen Begleitern um. Von ihnen war wahrhaftig keine Hilfe zu erwarten. Während der eine winselnd am Boden lag, kauerte der andere wie angewurzelt auf seinem Platz, kreidebleich im Gesicht, und starrte mit leeren Augen auf das Wasser. Der Name. Er brauchte den verdammten Namen, um durch dieses elende Tor zu kommen.

„Osiris", rief er aufs Geratewohl und noch einmal lauter: „Osiris!" Das war immerhin ein Name. Aber da sich nichts änderte, war es offensichtlich der falsche. Der wogende, sich windende Vorhang in der Pforte wurde jetzt so dicht, dass keine Hoffnung bestand, das Boot hindurchzusteuern.

Und was geschah, wenn sie nicht durch diese Pforte kamen? Würde er dann auf alle Ewigkeit dazu verdammt sein, auf diesem verfluchten Kanal herumzupaddeln? Wäre das dann seine neue Hölle? Lokan schauderte es. Nur das nicht. Das hatten wir alles schon, dachte er.

Wieder schäumte das Wasser. Die Riesenschlange schoss empor, bäumte sich hinter dem Boot auf und schnappte den einen der Ruderer von seiner Bank weg. Das Blut spritzte nach allen Richtungen und traf auch Lokan, der es heiß auf seiner Haut spürte. Der Schrei des Mannes hallte schaurig von den Wänden wider. Dann herrschte Stille.

Das war es also, was passieren würde.

„Zurück", befahl Lokan dem verbliebenen Bootsmann und griff sich das Ruder.

Das brauchte er nicht zweimal zu sagen. Zusammen legten sie sich ins Zeug und paddelten nach Leibeskräften von der Pforte weg.

Währenddessen dachte Lokan angestrengt nach. Er hatte nicht die geringste Ahnung, was es mit den zwölf Pforten auf sich hatte, aber anscheinend bedurfte es der Nennung eines bestimmten Namens, um sie passieren zu können. Bei dieser Pforte lag der Gedanke nahe, dass es der Name einer Schlange war. Der einzige, der Lokan einfiel, war nicht sehr vertrauenerweckend, und Lokan hatte seine Zweifel, dass ausgerechnet dieser ihnen helfen würde. Trotzdem probierte er es. „Apophis", rief er mit lauter Stimme, und als sich darauf nichts tat, versuchte er es mit einer Abwandlung desselben Namens. „Apep."

Netter Versuch, nur leider ohne Erfolg.

Stattdessen schrie der Ruderer, der jetzt hinter ihm saß, laut auf, und auch die Schlangen und mit ihnen der ganze Fluss um sie herum gerieten in Aufruhr.

„Sprich diesen Namen nicht aus", mahnte der Ruderer. „Wenn du es tust, rufst du ihn noch herbei, und das wäre unser sicherer Untergang."

Das sah Lokan ein. Apophis anzurufen war keine gute Idee gewesen. Wenn Sutekh schon der Unterweltgott des Chaos und allen Übels war, an Apophis gemessen war er noch ein Waisenknabe. Was Bosheit anging, rangierte Apophis in einer eigenen Liga. Sutekhs Handeln war, wie niederträchtig und finster seine Motive im Einzelnen auch sein mochten, immerhin noch von Vernunft gesteuert. Er verfolgte grundsätzlich das Ziel, das Kräftegleichgewicht zwischen den launischen Unterweltgottheiten zu erhalten.

Für Apophis hingegen zählten logische Erwägungen oder Motive überhaupt nicht. Dieser Gott war das Böse schlechthin, die Verkörperung allen Übels. Er kannte weder Freunde noch Verbündete. Das Einzige, worauf sein Streben ausgerichtet war, war Zerstörung und die Rückkehr zu dem Zustand, dem er selbst entstammte, zum Chaos. Und selbst da, wo Sutekh sich an seinen Schandtaten ergötzte, war Apophis ihm auf seine Weise überlegen. Apophis war jegliche Freude, selbst Schadenfreude fremd. Er bestand nur aus einem brutalen Getriebensein.

Lokan versuchte, das Boot zu wenden. Ohne den Namen als Schlüssel hatten sie keine Chance, die Pforte zu passieren. Das lag auf der Hand. Die Schlangenbrut vermehrte sich zusehends und hatte inzwischen die Einfahrt komplett ausgefüllt. Sie war eine einzige Masse aus sich umeinander windenden, grün schillernden Leibern und aufgerissenen Mäulern, aus denen das Gift troff.

Das Boot schaukelte und drohte sogar zu kentern. Lokan breitete die Arme aus und versuchte, die Schwankungen auszugleichen. Aber er schaffte es nicht, sondern landete hart auf den Knien und musste sich links und recht am Rand des Papyrusrumpfs festhalten.

Plötzlich hörte er hinter sich einen gellenden Aufschrei, der gleich darauf erstarb. Lokan drehte sich um und konnte gerade noch sehen, wie die Beine seines Begleiters im riesigen Schlund eines der Ungeheuer verschwanden. Im Boot zurück blieb der Überrest dieses Mannes, der auf dem Rücken liegend mit seinen weit aufgerissenen weißen Augen an die Decke des Gewölbes starrte.

Lokan spürte einen starken Schlag gegen den Rumpf des Boots, dann noch einen. Der Kahn kenterte, und Lokan fiel ins Wasser, das sich so kalt anfühlte wie flüssiger Stickstoff.

Diese unbeschreibliche Kälte weckte Erinnerungen in ihm, Erinnerungen an einen anderen eisigen Fluss, an einen verunglückten Eisenbahnzug an einem Tag, an dem er noch von der Gewissheit beseelt war, dass er nie sterben würde. Er wunderte sich, wenn er jetzt daran dachte, darüber, wie erbittert er seinerzeit um sein Leben gekämpft hatte. Ganz anders als später, als es um das Leben seiner Tochter ging. In jener Nacht, als Sutekh und seine fromme sterbliche Gefolgschaft kamen, um ihn zu holen, da hatte er sich wie ein Lamm zur Schlachtbank führen lassen, damit Dana gerettet wurde.

Jetzt aber war er entschlossen, sich zu wehren. Mit aller Macht würde er kämpfen, auch wenn es ihm schwerfiel zu glauben, dass er diesen Kampf gewinnen könne. Ganz gleich. Er musste ihn trotzdem aufnehmen, denn er musste zu Dana zurück, um sie zu beschützen. Und er musste seine Brüder warnen.

Etwas streifte an seinem Bein entlang, eine leichte Berührung, die sich endlos lang hinzuziehen schien. Gleich darauf wand sich ein Schlangenkörper um seinen Leib. Sosehr sich Lokan auch wehrte, die Umklammerung wurde immer fester. Eine maßlose Wut packte Lokan, als er daran denken musste, dass er alles verlieren sollte – Dana, seine Brüder, die Chance, Rache zu nehmen, auf die er brannte.

Er mobilisierte seine letzten Kraftreserven und staunte selbst darüber, dass er sie noch besaß. Mit Leibeskräften wand er sich und rang mit dem Ungeheuer, bis es ihm schließlich gelang, erst den einen und dann den anderen Arm freizubekommen, obwohl sich der Würgegriff der Schlange immer enger zuzog. Er krallte sich mit beiden Händen tief ins Fleisch der Bestie. Einen Moment lang glaubte er, gewonnen zu haben. Dann schlug das Wasser über seinem Kopf zusammen, und er wurde nach unten gezogen.

Da sah er Bryn vor sich. Ihr langes Haar umflutete sie. Sie streckte die Arme nach ihm aus.

Er hätte schwören können, dass sie es war.

5. KAPITEL

... erhöhet den großen Gott über den kleinen Gott unter den anderen Göttern im Duat, auf dass die seligen Toten ihren Platz auf ihren Thronsesseln einnehmen und die Verdammten dorthin geschickt werden, wohin das Gericht sie verdammt hat und ein elender Tod ihre Leiber verderbe.
nach dem Ägyptischen Pfortenbuch

Detroit, Michigan
Gegenwart

Ihr Herz hämmerte wie wild, als Bryn nach ihrem Sturz am Fuß der Böschung auf dem Gras lag. Nach einer Rolle am Boden kam sie auf die Knie und beugte sich schützend über Dana, die sie nicht aus den Armen gelassen hatte, entschlossen, sie mit Klauen und Zähnen und allen Mitteln, die ihr sonst zu Gebote standen, bis zum Letzten zu verteidigen. Ihre Tochter würde ihr niemand wegnehmen.

Bryn hob langsam den Kopf. Als Erstes erblickte sie ein Paar grobe schwarze Bikerstiefel, darüber ausgewaschene Jeans, dann eine abgewetzte Lederjacke, deren silberne Schnallen im Mondlicht glitzerten. Ihr stockte der Atem. Sie wusste, wen sie vor sich hatte, schon bevor sie ihrem Gegenüber ins Gesicht sah.

„Jack“, sagte sie leise und sah ihm in die blauen Augen. Hellblau mit einem dunkleren äußeren Rand.

„Lange nicht gesehen, Brynja.“ Seine Stimme, die ihr so schmerzlich vertraut war, scheuchte ein ganzes Rudel an Erinnerungen auf. Einige gute, andere ... nicht so gute.

Vor ihm halb auf dem Bauch zu liegen war entwürdigend. Also rappelte Bryn sich auf und half auch Dana auf die Beine, die sie dabei immer noch nicht losließ. Ihre Gedanken arbeiteten fieberhaft. Sie musste hier weg. Sie musste Dana von hier fortschaffen, wusste aber nicht, wie. Hundert Finten gingen ihr durch den Kopf, die sie aber alle gleich wieder verwarf.

„Was tust du hier?“, fragte sie mit unsicherer Stimme.

Er warf einen Blick auf Dana, die sich daraufhin angstvoll noch enger an ihre Mutter drängte und ihre kleinen Arme um Bryns Bein schlang.

Bryn biss sich auf die Zunge. Was für eine dumme Frage. Natürlich war Jack gekommen, um sie zu holen. Und – was noch schlimmer war – um Dana zu holen.

„Du kommst jetzt mit“, sagte er. Das war keine Aufforderung, es war ein Befehl. Nichts Neues. Jack fragte nicht. Es ging immer darum, was er wollte, und er erwartete von anderen, dass sie sich danach richteten. Er gab sich nicht einmal Mühe, ihnen den Glauben zu lassen, sie hätten so etwas wie die Möglichkeit einer freien Entscheidung.

„Leider kann ich deiner freundlichen Einladung nicht folgen.“ Bryn strich Dana durchs Haar. Würde sie ihrem Instinkt folgen, wäre sie jetzt losgelaufen, um sich mit dem Mädchen irgendwo zu verstecken. Aber sie unterdrückte diesen Impuls. Jack würde sie beide mühelos einholen und dann auch nicht wieder weglassen. Sie musste schon, wie Lokan es ihr beigebracht hatte, ihren Verstand gebrauchen anstatt in Panik zu verfallen.

Bryn konzentrierte sich, um ihre letzten Kräfte zu sammeln, die ihr nach dieser überstürzten Flucht noch geblieben waren. Sie musste sie jetzt gut einteilen. Den Trick mit der Tarnung durch die Abspaltung eines Teils ihrer Seele, konnte sie nicht mehr anwenden. Jack war jetzt darauf gefasst. Außerdem bezweifelte sie, dass sie noch einmal die Energie würde aufbringen können, die so eine Wandlung erforderte.

Sie sammelte ihre verbliebenen Kräfte. Ein knisterndes Licht umgab ihren Körper, das in der Dunkelheit geisterhaft leuchtete. So viel Energie besaß sie immerhin noch.

Jack zog verwundert die Brauen hoch. „Ich wusste gar nicht, dass du solche Tricks auf Lager hast.“

Hatte sie früher auch nicht. Als sie sich das letzte Mal begegnet waren, hatte Bryn nicht annähernd über ihre heutigen Kräfte verfügt.

„Ich bin eine andere geworden“, erklärte sie ruhig, obwohl die Anspannung, unter der sie stand, nahezu unerträglich war. Ja, sie war eine andere geworden. Die Frage war nur, ob diese andere Natur jetzt ausreichte. Nein, sie war nicht stark genug. Ihr einziger Trost war, dass er das nicht wissen konnte. Selbst wenn er eine Vermutung hatte, konnte er sich nicht sicher sein. Und Jack war nicht der Typ, der sich auf irgendwelche Vermutungen einließ.

„Pax.“ Frieden. Jack hob beschwichtigend die Hände. „Lass uns erst reden, Bryn. Nur reden.“

„Du erwartest von mir, dass ich dir traue?“

Sein Kopf schnellte zurück, als hätte sie ihm eine Ohrfeige gegeben. „Du hast mein Wort, dass ich dich gehen lasse, wenn du mir nur zuhörst, was ich dir zu sagen habe.“

Sein Wort. Wenn es jemanden gab, der hundertprozentig zu seinem Wort stand, war es Jack. Bei ihm musste man nur sehr darauf aufpassen, dass so eine Vereinbarung ihm keine Schlupflöcher ließ.

Er war der Boss. Sie war ihm nicht ebenbürtig. War es nie gewesen.

Der Gedanke wucherte wie Unkraut in ihrem Herzen. Aber sie musste ihn ignorieren. Dana brauchte sie, ihre Stärke, und deshalb würde sie auch stark sein. Den ganzen Ballast der Vergangenheit konnte sie getrost auf dem Müllhaufen verrotten lassen, wohin sie ihn schon vor sieben Jahren geworfen hatte, als sie Jack und die anderen hinter sich ließ.

„Lass uns das einmal anders formulieren“, meinte sie und war bemüht, sich nichts von ihrer Verzweiflung anmerken zu lassen. Dana fasste nach ihrer Hand und hielt sie mit ihren kleinen Fingern fest. Bryn ermutigte sie mit einem leichten Händedruck. „Der Deal ist der folgende: Ich höre, was du zu sagen hast, und wenn du fertig bist, können Dana und ich hier verschwinden, und du wirst nichts unternehmen, mich daran zu hindern.“ Sie überlegte einen Augenblick, dann drückte sie sich präziser aus: „Uns daran zu hindern. Das heißt, du lässt uns beide gehen und unternimmst nichts, um uns zu verfolgen, und setzt auch niemand anderen darauf an. Und auch künftig kommst weder du mir hinterher noch einer von deinen Leuten. Und meine Tochter lasst ihr auch in Frieden – ein für alle Mal."

Jack fasste sie scharf ins Auge, aber seine Miene verriet nichts. Dann nickte er langsam.

Bryn reichte das nicht als Zustimmung. „Ich will es von dir hören, Jack. Wiederhole meine Bedingungen und gib mir dein Wort darauf, dass du dich daran hältst."

„Na schön. Du wirst dir anhören, was ich dir zu sagen habe. Wenn du danach gehen willst, werde ich dich lassen." Mit einer Kopfbewegung in Danas Richtung fuhr er fort: „Und sie kann mit dir gehen. Ich werde euch nicht folgen."

Bryn hatte den Eindruck, als hätten diese letzten Worte ein wenig milder geklungen. Aber davon ließ sie sich nicht einlullen. „Und du setzt auch niemand anderen auf mich … auf *uns* an. Weder jetzt noch in Zukunft", ergänzte sie.

Jack verzog den Mund zu einem schiefen Lächeln. „Dann soll ich wohl außerdem auch jeden anderen, der dich verfolgen will, daran hindern."

„Ja. In groben Zügen ist es das."

„Bist du wirklich in der Position, solche Bedingungen zu stellen? Ich bin mir da nicht so sicher."

Bryn war nicht bereit, auch nur im Geringsten nachzugeben. Aufmunternd drückte sie Danas kleine Hand ein bisschen und sagte mit fester Stimme: „Und woher willst du wissen, dass ich nicht in so einer Position bin?"

Zur Bekräftigung ließ sie noch einmal das Aufleuchten ihrer Energie sehen, das sie für einen kurzen Augenblick wie ein knisterndes elektrisches Feuer umhüllte. Jack brauchte nicht zu wissen, wie erschöpft die Kraftquelle in Wirklichkeit war. Sie hoffte einfach, sie könne so ein wenig Eindruck bei ihm schinden.

Jack schien in anderer Hinsicht beeindruckt. „Wer hat dir denn dieses Verhandlungsgeschick beigebracht?", fragte er.

„Jemand, der ein brillanter politischer Kopf war." Natürlich

Lokan. Er war im Verhandeln unschlagbar. Irgendwann früher einmal hatte ein Gebrauchtwagenhändler Bryn übers Ohr gehauen. Als Lokan davon erfuhr, hatte er ihr ein paar Lehrstunden in Sachen Durchsetzungsvermögen erteilt. So hatte er ihr erklärt, wie wichtig es war, nach außen hin immer stark aufzutreten, auch wenn man sich selbst innerlich wie Wackelpudding fühlte. Daneben hatte er ihr ein paar Tricks verraten. Zum Beispiel sich unauffällig zu kneifen, damit man sich abgewöhnte, ohne nachzudenken zu reden, nur um die Pausen zu füllen. Die Pausen, die sie nicht ertragen konnte.

Er hatte ihr gesagt, dass er das um Danas willen tat. Aber insgeheim hatte sie manchmal gehofft, dass er es auch ihr zuliebe tat, dass ihm auch an ihr etwas lag. Wenigstens ein kleines bisschen.

Bryn schob den Gedanken beiseite. In dieses Fahrwasser wollte sie sich nicht begeben. Sie hatte für ihre Tochter zu sorgen und durfte sich nur auf sich selbst verlassen. Ob Lokan Krayl Interesse an ihr gehabt oder in ihr nur die Mutter seiner Tochter gesehen hatte, war vollkommen unerheblich. Er war ein Supernatural, und aus diesem Grund hatte sie einen Haufen Probleme und Sorgen am Hals. Und weil er darauf bestand, Teil von Danas Leben zu sein, hatten sie sich mehr oder weniger miteinander arrangiert. Und mit der Zeit hatte sie sich mit diesem Arrangement sogar recht wohl gefühlt.

Sie hob den Kopf und sah Jack in die Augen. „Ist das nun unsere Vereinbarung oder nicht?"

Dabei hätte sie keinen vernünftigen Grund nennen können, warum er sich darauf einlassen sollte. Er hatte die eindeutig besseren Karten in der Hand. Sie konnte nur darauf setzen, dass ihm das nicht bewusst war. Oder dass er wenigstens darüber im Zweifel war.

Nachdenklich rieb Jack sich das stoppelige Kinn. „Ich werde dich gehen lassen, wenn du mir zugehört hast. Euch beide. Aber ich kann dir nicht versprechen, dass ich nie wieder nach dir sehen werde. Wenn ich es später einmal für nötig halte, kannst du dich auf nichts berufen. Dann kannst du nur zusehen, dass ich dich nicht finde."

Das war nicht gerade ideal, aber ein besseres Angebot, als sie erwartet hatte. „Darauf gibst du mir dein Wort?"

Jack fuhr sich mit der Hand durchs dunkle Haar. Eine Geste, die Bryn seltsam vorkam. Zuerst dachte sie, es lag daran, dass sie Jack nur mit raspelkurz geschnittenem Haar kannte. Jetzt war es glatt zurückgekämmt und reichte fast bis auf den Kragen. Aber das war es nicht. Was sie wirklich verwunderte, war, dass Jack damit etwas von seinen Gefühlen preisgab. Irgendetwas bereitete ihm Sorge. Und das wiederum erschreckte Bryn. Was konnte es geben, das so gefährlich, so schlimm war, dass es einen Mann wie Jack einschüchterte?

„Wenn du mir versprichst, mir zuzuhören und mich ausreden zu lassen, hast du mein Wort."

Bryn fühlte sich ein Stück erleichtert. Das stählerne Band, das ihre Brust zuschnürte, seitdem sie die übernatürlichen Kräfte heute Nacht zum ersten Mal bemerkt hatte, schien sich ein wenig zu lockern. Sie hätte Dana jetzt gern getröstet und ihr gut zugeredet. Aber sie wollte alles vermeiden, das Jacks Aufmerksamkeit auf ihre Tochter lenkte.

So begnügte sie sich mit einem kleinen, ermutigenden Händedruck, sah Jack ins Gesicht und sagte: „Also gut. Rede."

Lokan legte den Kopf in den Nacken – langsam und vorsichtig. Jede hastige Bewegung konnte dazu führen, dass er das Gleichgewicht verlor. Oder dass er sich übergeben musste. Staunend betrachtete er die Pyramide, die sich vor ihm erhob. Tatsächlich erfasste ihn ein Schwindelgefühl. Irgendwie schien die Welt aus den Fugen geraten zu sein.

Oder vielleicht sah er auch Dinge, die … Denn diese Pyramide …

„Was ist hier los, verdammte Scheiße", murmelte er vor sich hin und stützte sich mit der Hand an der kühlen, glatten Glaswand ab. Er musste einen sicheren Stand gewinnen, um nicht hintenüberzufallen. Als er das einigermaßen hinbekommen hatte, begann er seine Gedanken zu sammeln, die ihm wie ein Hornissenschwarm wild durcheinander im Kopf herumschwirrten.

Das Letzte, woran er sich erinnern konnte, war, dass er dabei war zu ertrinken, wenn er nicht vorher von einer Schlange verschluckt wurde, deren Rachen ungefähr so groß war wie die Ladeklappe eines Kleinlasters. Ob ihn eine dieser beiden Möglichkeiten hätte töten können, konnte er nicht sagen. Denn richtig lebendig war er zu dem Zeitpunkt auch nicht, als Sutekh ihn in Stücke gehackt und seine Seele in eine Art Vorhölle verbannt hatte.

Er richtete seinen Blick nach oben und versuchte zu begreifen, was er da sah. Das düstere Gewölbe mit dem Boot und den Schlangen war verschwunden. Stattdessen hatte er das verschwommene Bild einer schwarz schimmernden Pyramide vor sich, vor deren schräg aufsteigender Wand er sich jetzt befand.

Verdammt, er war in einem erbärmlichen Zustand. Ein Schatten seiner selbst. Schmutzig, ausgehungert, von Schmerzen zerrissen, die er nun schon so lange erduldete, dass er sich kaum daran erinnerte, einmal ohne Schmerzen gewesen zu sein. Was war aus diesem mächtigen Halbgott geworden, der er einmal war? Ein hilfloses Häufchen Elend.

Lokan atmete durch, so tief er konnte. Er musste auf der Stelle von diesem Selbstmitleid-Trip herunter. Zuversicht war angesagt. Selbst wenn er die jetzt nicht spürte, musste er irgendwie einen Rest davon zusammenkratzen. Oder wenigstens so tun als ob. Sonst würde er Dana niemals wiedersehen.

Er lehnte sich ein Stück weiter zurück und betrachtete die Pyramide eingehender. An den Kanten, wo die schwarzen Glasflächen zusammenstießen, funkelten Lichterketten, die den mächtigen Bau gegen den dunklen Nachthimmel abhoben. An der Spitze strahlte ein gewaltiges Spotlight senkrecht in die Nacht.

Das war nicht die Unterwelt. Das war auch keine Todeszone. Das hier war nichts anderes als das Luxor im verdammten Vegas.

Lokan musste lachen. Dummerweise tat ihm das so weh, dass er sich die Arme um den Leib schlang, weil es sich anfühlte, als sollte er im nächsten Augenblick in tausend Stücke zerspringen. Da hatte er schon gedacht, er sei wieder in wer weiß was für eine Vorhölle geraten, und wo war er gelandet? In Las Vegas vor dem Luxor. Irgendeine Bedeutung musste das haben. Irgendwo musste es eine Botschaft geben. Aber Lokan beschloss, dass es Zeit hatte, danach zu suchen.

Von einem eisigen Strom vor der ersten Pforte der Unterwelt an die Oberwelt in einer Sekunde. Nicht schlecht. Wie hieß die Redensart vom geschenkten Gaul? Also – auch wenn diese wundersame Reise einige Fragen aufwarf, die Suche nach Antworten konnte warten. Da er nun einmal hier war, hieß es, das Beste daraus zu machen.

Wie lange schon hatte er versucht zurückzufinden? Er hatte nicht die geringste Ahnung. Die Uhren gingen anders in der Unterwelt. Es konnten Wochen gewesen sein oder Monate, vielleicht Jahre.

Dana.

Seine Tochter war sterblich, allzu sterblich. Möglicherweise hatte er ihr ganzes Leben schon verpasst, und sie war jetzt schon erwachsen. Oder schon tot und begraben. Genau das war seinem Bruder widerfahren. Alastor. Als er zum ersten Mal in Sutekhs Reich in die Unterwelt kam, hatte er von dieser unterschiedlichen Zeitrechnung zwischen den Welten noch nichts gewusst. Und als er zurück unter die Menschen ging, war seine Familie, die er dort hatte, längst ausgelöscht.

Nein, dass auch ihn dieses Schicksal ereilen würde, daran wollte er nicht einmal denken. Oder daran, dass Sutekh jetzt Danas Seele besaß.

Er musste zu seiner Tochter, musste sich Gewissheit verschaffen, dass sie in Sicherheit war. Auch seine Brüder musste er warnen. Und er musste Bryn wiedersehen.

Diesen letzten Gedanken hätte er lieber wieder gestrichen. Bryn war die Mutter seiner Tochter. Das war alles. Wenn er jetzt auch noch an sie dachte, würde ihn das nur von Wichtigerem ablenken. Dabei hatte er während seiner Verbannung in der Todeszone häufiger an sie gedacht. Etliche Male war ihm ihr Bild in seinen Fieberfantasien erschienen. Er hatte geglaubt, sie unter den Seelen an dem roten Fluss zu entdecken. Dann war ihm die Erinnerung an den Tag gekommen, als er Dana in den Park mitgenommen hatte. Aus irgendeinem Grund war sie ständig präsent und geisterte durch seine Gedanken. Und zwar so präsent, dass ihre Gegenwart buchstäblich zum Greifen nahe war.

Aber das war augenblicklich nicht das, womit er sich beschäftigen wollte. Er sah sich um und versuchte, einen Anhaltspunkt zu finden, der ihm sagte, in welchem Jahr er sich hier befand. Auf dem roten Teppich vor dem Eingang wartete eine lange Menschenschlange vor einer dicken roten Kordel auf den Einlass. Bewacht wurde sie von einem bulligen Türsteher in dunklem Anzug, der trotz der nächtlichen Stunde eine Panoramasonnenbrille trug.

Die Frauen in der Schlange trugen kurze Minikleider, die kaum das Nötigste bedeckten und jenen Fähnchen glichen, die Lokan noch vertraut waren von der Zeit, als er … als er noch lebte. Demnach hatte sich also entweder die Mode nicht geändert, oder er konnte nicht allzu lange fort gewesen sein.

Ein Portal zu öffnen, traute sich Lokan nicht, denn er war sich keineswegs sicher, ob er auf diesem Weg dorthin gelangte, wohin er wollte. Er wusste ja noch nicht einmal, was ihn plötzlich hier vor das Luxor verschlagen hatte, und wollte nicht riskieren, wieder in die Leere der Todeszone zwischen Ober- und Unterwelt verschlagen zu werden. Abgesehen davon hatte er seine Zweifel, ob er noch genügend Kraft besaß, um die Energien der beiden Welten für einen Moment zu vereinen, ob er so jenen Riss zwischen ihnen hervorrufen konnte, der ihm sonst bei jedem Ortswechsel behilflich war.

Autos hupten, irgendwoher kamen laute Musik, Zurufe, Gelächter. Es war wie eine gewaltige Welle, die über ihn hinwegschwappte und ihn zusammenzucken ließ. Zum ersten Mal kam ihm der Lärm, den die Menschen veranstalteten, richtig zu Bewusstsein, die ganze Kakophonie der Oberwelt. Es war, als sei plötzlich eine Blase zerplatzt, die ihn gegen diesen ohrenbetäubenden Krach abgeschirmt hatte.

Die Tatsache, dass er all das hörte, bedeutete: Er war wirklich hier. Keine Einbildung. Er war entkommen. Der Gedanke ließ seinen Puls schneller schlagen.

Lokan wagte sich ein paar Schritte vorwärts. Aber kaum hatte er fünf oder sechs zurückgelegt, wurde er aufgehalten, als hätte ihn plötzlich jemand am Kragen gepackt und zurückgerissen oder als ob ein Gummiband ihn wieder zu seinem Ausgangspunkt zurückzog. Lokan schluckte seinen Ärger darüber herunter und versuchte es noch einmal in die entgegengesetzte Richtung. Das Resultat war dasselbe.

Etwas hinderte ihn daran, sich frei zu bewegen.

Ihm blieb nicht viel Zeit, darüber nachzusinnen. Zu seiner Rechten wurde eine Tür aufgestoßen, und die Pyramide spuckte einen weiteren Bodyguard aus, der der Zwillingsbruder des Mannes am Haupteingang hätte sein können. Er baute sich vor Lokan auf, verschränkte die Arme über der Brust und meinte: „Der Boss will dich sehen."

Demonstrativ imitierte Lokan die großspurige Geste seines Gegenüber und fragte: „Und wer soll dieser Boss sein?" Er wusste nur von einem, der sich so nennen konnte, und das war Sutekh, sein Vater, der ihn ermordet hatte.

Der Türsteher blieb regungslos einen Meter entfernt von Lokan stehen und sah nur schweigend an ihm vorbei. Sekunden verrannen. Sonderbares Benehmen. Dann öffnete der Typ eine Tür hinter sich und machte eine Kopfbewegung, die wohl so viel sagen sollte wie: *Nun mach schon.*

Er hielt die Tür auf, aber nur so, als ließe er eine imaginäre Person ein, denn ohne sich darum zu kümmern, ob Lokan seiner Aufforderung folgte oder nicht, ging er hinein und machte die Tür hinter sich wieder zu.

Hier konnte etwas nicht stimmen. Der Mann hatte auf Lokan

überhaupt nicht reagiert. Weder hatte er ihn angesehen noch auf seine Frage geantwortet. Es war, als sei Lokan für ihn gar nicht da gewesen.

Mit einem unbehaglichen Gefühl sah Lokan zu, wie sich die Tür wieder schloss, und fluchte still vor sich hin. Er blickte sich um, betrachtete die Pyramide mit der schwarzen Glasfassade, auf der sich die Lichter von Las Vegas spiegelten. In diesem Spiegel sah er auch die Schlange der Wartenden. Nur sich selbst konnte er nicht sehen.

Also war er anscheinend wirklich nicht da.

Ein Anflug von Panik überkam ihn bei dem Gedanken, dass er sich keineswegs in Las Vegas befand, sondern immer noch in irgendwelchen Visionen verhaftet war, genauso wie die ganze Zeit vorher in seiner Todeszone, als nichts, was er gesehen oder erlebt hatte, real, sondern alles ausnahmslos Produkt seiner Einbildung gewesen war.

War er denn in Wirklichkeit noch in seiner Vorhölle gefangen? War es nur eine Illusion gewesen, dass sich sein Körper und seine Seele, sein Herz, Schatten und Name, anders ausgedrückt: sein Ka, sein Ba, Sheut, Ren und Ib wieder vereinigt hatten? Dass er wieder zu einem Ganzen geworden war? War vielleicht nur sein verzweifelter Wunsch Vater dieses Gedanken gewesen?

Eine unbändige Angst packte ihn und zwang ihn fast in die Knie. Er konnte auf nichts vertrauen, am wenigsten auf seine eigenen Wahrnehmungen.

Als er, bevor er zu Sutekh kam, noch ein normaler, sterblicher Junge gewesen war mit sterblichen Eltern und einem allzu sterblichen Bruder, der in einem trüben See ertrank, da hatte er wie jeder andere Sterbliche auch die Angst gekannt. Sie war Teil seiner Existenz gewesen. Als ihm dann seine wahre Natur offenbar wurde und er seinen Platz neben Sutekh einnahm, war Angst kein Thema mehr.

Bis zu dem Tag, an dem er feststellte, dass er eine Tochter hatte. Da kehrte die Angst zurück, die Angst um seine Tochter, die Angst davor, was passieren würde, wenn die mit Sutekh verfeindeten Herren der Unterwelt sie aufstöbern und herausfinden würden, um wen es sich bei ihr handelte. Dann war es noch schlimmer gekommen, als sein eigener Vater sich als sein Mörder und damit als die gefährlichste Bedrohung überhaupt entpuppte.

Diese Tatsache machte Lokan immer noch zu schaffen. Dabei war ihm jede Art von eigener Schwäche, sei es körperliche oder geistige, zuwider. Es gab jedoch ein Mittel dagegen. Selbst wenn der Körper ihn im Stich ließ, blieb ihm immer noch sein Verstand. Er musste nur logisch und rational überlegen, schon schwanden die Zweifel, die ihn befielen.

Das kreischende Lachen einer offenbar betrunkenen Frau, das den allgemeinen Geräuschpegel übertönte, riss ihn wieder aus den Gedanken. Mit seinem Blick versuchte er zu erforschen, woher es gekommen war. Ringsum wogte der Lärm der Menschen. Das hatte es in der Todeszone nie gegeben. Nein, es konnte kein Zweifel daran bestehen, dass er sich in der Oberwelt befand.

Noch einmal öffnete sich die Tür neben ihm. Ein Mann trat heraus, hochgewachsen, dunkles Haar, dunkle Augen, er kam Lokan irgendwie bekannt vor. Aber er konnte ihn nicht einordnen. War er ein Sterblicher? Auch wenn er keine übernatürlichen Kräfte registrierte, vermutete Lokan, dass er kein Normalsterblicher war. Als ein Seelensammler konnte er selbst seine übernatürlichen Schwingungen nach außen hin verbergen. Es gab also Grund zur Annahme, dass andere das auch konnten.

Anders als sein Vorgänger sah ihn der Mann direkt an. Lokan merkte genau, dass dieser andere ihn tatsächlich sehen konnte.

„Ich muss mich für Grahams Benehmen entschuldigen“, sagte er. „Ich hatte ihm aufgetragen, Sie höflich hereinzubitten und dabei zu erklären, dass er Sie nicht sehen konnte. Aber Sie wissen ja selbst, wie das ist. Diese Topworld Grunts … Zu nichts zu gebrauchen.“

Lokan musste erst einmal die Tatsache verarbeiten, dass jemand ihn hier in der Oberwelt nicht bloß sehen konnte, sondern auch direkt ansprach. Dann fragte er: „Wer sind Sie? Und wie bin ich hierhergekommen?“

„Mein Versäumnis. Boone Falconer. Ich würde Ihnen gern die Hand geben, aber das geht leider nicht. Wir befinden uns momentan – wie soll ich sagen? – nicht ganz auf derselben Ebene.“

Nicht auf derselben Ebene? „Soll das heißen, ich bin hier gar nicht körperlich anwesend?“

„Ja und nein. Stellen Sie es sich als eine Art extradimensionale Blase vor, in der Sie sich befinden, eine Exklave in der Oberwelt.“

Eine Blase. Das würde erklären, warum er sich nur ein paar Schritte bewegen konnte und dann an ein Hindernis stieß.

„Nachdem wir das geklärt hätten“, meinte Lokan, „nun die einfacheren Fragen. Wie haben Sie mich hierher gebracht? Und warum haben Sie das getan?“

Boone ließ kurz eine Reihe weißer Zähne aufblitzen. Lokan erinnerte das an Malthus’ Piratenlächeln, das sein Bruder immer zeigte, wenn er sich diebisch darüber freute, wenn er jemanden hereinlegen und bis aufs Hemd ausziehen konnte.

6. KAPITEL

Möge Glanz aufleuchten aus der Tiefe, die mich verschlungen hat, die angefüllt ist mit Gemetzel.
nach dem Ägyptischen Pfortenbuch

Unterwelt, Sutekhs Reich

Alastor Krayls Laune hatte einen kritischen Punkt erreicht. Seine geliebte Naphré Kurata war in den Händen der Matriarchinnen. Angeblich zu ihrem eigenen Schutz, aber dass sie dort sicher war, konnte ihm keiner weismachen. Solange Naphré mit einem Sutekhsohn verbunden war, waren sie bei den Herrscherinnen des Isisgeschlechts nicht gerade in Abrahams Schoß. Dazu war die Feindschaft zwischen Isis und Sutekh zu alt und zu tief.

Währenddessen waren Alastor die Hände gebunden. Er war dazu verdammt, in Sutekhs Reich zu verweilen, und war dazu noch mit seinem Vater konfrontiert, der Lokan, seinen Bruder, umgebracht hatte. Zum Kotzen.

Mit Wut im Bauch und dem Kopf voll finsterer Gedanken, dazu in Sorge um Naphré, strebte er in langen Schritten auf der Sandsteingalerie dem Audienzsaal Sutekhs entgegen. Aber bevor er dort ankam und auf seinen Vater traf, musste er seine Emotionen wieder im Griff haben. Sutekh weidete sich an der Wut und der Not anderer. Er hungerte geradezu danach. Und Alastor hatte keine Lust, diesem perversen Hunger Nahrung zu verschaffen.

Er stieß die Doppeltür auf und durchschritt den weitläufigen Raum zu einer weiteren Flügeltür, die am anderen Ende offen stand. Kurz davor hielt er inne und atmete einmal tief durch, um sich und die bösen Geister, die in ihm tobten, zur Ruhe zu bringen.

Dann trat er durch die Tür und gelangte in Sutekhs Garten, den er jetzt mit anderen Augen sah. Es war nicht mehr bloß diese stille Oase mit ihrem von Palmen umgebenen Teich, sondern mehr noch ein Sinnbild all dessen, was Sutekh heiß begehrte. Sechstausend Jahre lang war er durch den Waffenstillstand, dem alle Götter und die mächtigen Dämonen der Unterwelt unterworfen waren, wie diese auch an sein Reich gebunden. Er durfte es nicht verlassen. Sutekh hatte sich diesen Garten mit seinen Büschen und Palmen und dem Plätschern des Wassers geschaffen. Sogar Fische aus dem Nil hatte er sich bringen lassen, um das Wasser zu bevölkern. Eines blieb ihm jedoch versagt. Er konnte keinen Ersatz für die Sonne schaffen. Und er konnte nicht auf Erden unter den Lebenden wandeln. So hatte er Lokan umgebracht, um sich dessen Körpers zu bemächtigen und so der Verbannung in sein Unterweltreich zu entgehen. Denn Lokan hatte die Fähigkeit, zwischen den Welten oben und unten zu verkehren.

Alastor hasste diesen Garten inzwischen. Und auch für seinen Vater empfand er nichts als tiefe Abscheu. Dennoch war er – wie auch seine Brüder – immer noch von Sutekh abhängig, immer noch seinem Willen unterworfen. Und jetzt war es Alastors Erscheinen, wonach Sutekh verlangte.

„Mein Sohn", begrüßte er ihn, noch bevor Alastor etwas sagen konnte. Das war schon deshalb ungewöhnlich, weil Sutekh die Ehrerbietung derer erwartete, die vor sein Auge traten, bevor er ein Wort an sie richtete. Alastor stutzte. Was sollte das werden? Ein Friedensangebot? Bildete sich sein Vater im Ernst ein, Alastor ließe sich auf diese Weise einlullen nach allem, was geschehen war?

Die in ihm aufsteigende Wut schnürte Alastor die Kehle zu, und das war vielleicht auch ganz gut so, denn für das, was ihm sonst über die Lippen gekommen wäre, hätte er sich nicht verbürgen mögen.

Sutekh erhob sich von dem Felsblock, auf dem er gehockt hatte, und wandte sich Alastor zu. Es war entsetzlich. Sutekh hatte die Fähigkeit, nach Belieben jede äußere Erscheinung anzunehmen. In der Tat hatte Alastor nie das wahre Gesicht seines Vaters gesehen. Und an diesem Tag hatte Sutekh sich dafür entschieden, Lokans Gestalt anzulegen – Lokans Gesicht, sein gelbblondes Haar, seine schlanke, athletische Figur. Nur die Augen waren falsch. Während Lokans Augen blaugrau gewesen waren, blickten Sutekhs Augen schwarz und seelenlos, ohne Tiefe oder Regung. Welch ein Horror, ins Angesicht seines ermordeten Bruders zu schauen und dabei zu wissen, dass dieses Gesicht dem Mörder dieses Bruders gehörte.

Alastors Zorn nahm zu, und in ihm keimte der Wunsch auf, seinen Vater auszulöschen.

„Gut so", meinte Sutekh. „Stille meinen Hunger."

So lief das also. Sutekh hatte seine Verkleidung mit Bedacht gewählt, um in Alastor Hass und Schmerz zu wecken und an die Oberfläche zu holen, damit er sich daran weiden konnte. Negative Gefühle anderer waren wie Nahrung für Sutekh, und wenn Alastor schon mit leeren Händen kam und ihm keine Schwarze Seele zum Verspeisen anzubieten hatte, wollte der Herr des Chaos wenigstens auf diesen Genuss nicht verzichten.

Nun lag es allein an Alastor, seine Gefühle zu zügeln, um seinem Vater diesen Genuss zu versagen. Alastor dachte an seine Naphré, die die Fähigkeit besaß, sich nichts von ihren Emotionen anmerken zu lassen, und, wenn sie wollte, nach außen hin eine undurchdringliche, kühle Miene zur Schau trug, selbst wenn es in ihr kochte. An ihr Beispiel hielt er sich, während er die Wogen in seinem Inneren glättete.

Sutekh kniff die Augen zusammen. Alastor merkte, wie sein Vater vergeblich versuchte, an seinen Unmut und seinen Zorn zu gelangen, zu denen ihm der Zugang plötzlich verwehrt war. Äußerlich gelassen verschränkte Alastor die Arme vor der Brust und sagte nur: „Du hast mich kommen lassen?"

„Du bist wütend." Die Luft um Sutekh herum begann zu flimmern und zu flirren, und dann war es nicht mehr Lokan, der Alastor gegenüberstand, sondern jemand mit glattem, dunklem Haar und einem Lächeln, bei dem ein Grübchen in jeder Wange zu sehen war. Aber so kalt und seelenlos wie dessen Augen war auch dieses Lächeln. „So besser?", fragte Sutekh mit Naphrés Stimme.

Alastor kam es vor, als schnürte ihm ein Stahlband die Brust dermaßen ein, dass es ihm den Atem nahm. Zunächst war er wie vor den Kopf geschlagen, denn Sutekh hatte Naphré nie gesehen. Dann kam ihm die Erleuchtung. Sutekh hatte Naphrés Bild doch gesehen – in seinen, Alastors, Gedanken.

Alastor konzentrierte sich und verscheuchte jeden Gedanken aus seinem Hirn bis auf ein einziges klares Bild, das Bild, das die Kunst der alten Ägypter von Sutekh überlieferte. Sutekh mit dem Hundekopf, einer lang gezogenen Schnauze, ähnlich der des Ameisenbären, und dem gegabelten Schwanz. Und tatsächlich. Wieder umgab Sutekh das eigenartige Flimmern, und er verwandelte sich in diese Gestalt, in der er Alastor nie zuvor erschienen war. War das nun sein wahres Ich? Es spielte keine Rolle. Solange es nicht die Ebenbilder von Lokan oder Naphré waren, sollte es ihm recht sein.

„Du bist gerissen", sagte Sutekh, und Alastor war sich nicht sicher, ob das als Kompliment oder Tadel gemeint war. Aber auch das war ihm gleich. Was sein Vater guthieß oder nicht, interessierte ihn nicht mehr. „Vielleicht sollte ich dich zu meiner rechten Hand machen, jetzt, wo dein Bruder nicht mehr da ist. Du hast, glaube ich, Talent dazu."

Die Bemerkung war nur ein weiterer Versuch, Alastor aus der Reserve zu locken und seine Wut zu schüren. Aber Alastor ignorierte sie. Er hatte keine Lust, die Bestie zu füttern.

„Du bist furchtlos."

„Ist es das, was du von mir willst? Meine Furcht?"

„Ich will deine Loyalität."

„Die hast du gehabt. Von uns allen. Bis du unseren Bruder getötet hast." Und warum? Alastor hatte die Frage schon auf den Lippen, aber hielt sie zurück. Diese Blöße wollte er sich nicht geben, und er konnte sich auch nicht vorstellen, dass ihm sein Vater die Wahrheit sagen würde.

Aber Sutekh überraschte ihn und rückte tatsächlich mit einer Information heraus, sogar aus freien Stücken. Oder was bezweckte er damit? Sutekh tat nie etwas ohne Hintergedanken.

„Die Prophezeiung."

„Ja, natürlich. Das liegt ja auf der Hand. Du hast Lokan getötet, um ihm seinen Körper zu stehlen, in dem du wieder auf die Erde zurückkehren wolltest."

„Du siehst nur das Naheliegende", sagte Sutekh und winkte mit einer nachlässigen Geste eine Dienerin herbei. Die Frau trug ein Tablett mit Baklava, und Sutekh nahm sich ein Stück davon. Dann schickte er sie mit einer Handbewegung wieder weg. Als sie sich umdrehte, sah Alastor, dass ihre Augen und der Mund zugenäht waren, eine von Sutekhs Vorkehrungen, die er neuerdings getroffen hatte, um einen möglichen Verrat vonseiten seiner Diener zu unterbinden.

Die Maßnahme hatte Sutekh getroffen, nachdem sein engster Vertrauter Gahiji getötet worden war. Sutekh hatte behauptet, dass das nur ein Verräter in den eigenen Reihen getan haben konnte. Aber als Alastor die entstellten Züge der Dienerin sah, wurde ihm augenblicklich klar, dass der Täter niemand anderes als Sutekh selbst gewesen sein konnte und dieser brutale Eingriff keinem anderen Zweck diente, als Sutekhs eigene Gräueltaten zu verbergen.

Nicht dass Alastor besonders empfindlich war, wenn es um Brutalität ging. Es kam auf die Gelegenheit an. Wenn man ein Reaper war wie er, Herzen aus dem lebendigen Leib herausriss und Schwarze Seelen einsammelte, konnte man es sich kaum leisten, zartbesaitet zu sein. Aber das war dann etwas anderes. Diese Seelen gehörten eingefleischten Übeltätern und starrten vor Schmutz. Aber von dem, was Sutekh hier betrieben hatte, konnte Alastor sich nur angewidert abwenden.

„Ich sehe nur das Naheliegende? Was sollte ich anderes sehen als den zerstückelten Leichnam meines Bruders und daneben dich mit einem Schild um den Hals, auf dem ‚schuldig im Sinne der Anklage' steht?"

„Schuld ist relativ."

„Willst du ernsthaft behaupten, du hättest Lokan nicht umgebracht?“

„Nein.“

„Und im Bewusstsein dessen sollen Dagan, Malthus und ich dir weiter zu Diensten sein, sollen hier weiter die Stellung halten, dich mit Schwarzen Seelen füttern und darauf vertrauen, dass es dir nicht einfällt, den nächsten von uns in Stücke zu hauen?“

„Du kannst auch gehen. Es steht dir frei.“

„Mit *gehen* meinst du dann wohl, sich selbst aufzugeben und seine Existenz zu beenden.“

„Ja.“

„Schöne Aussichten.“

„Du hast auch die Möglichkeit, dir eine andere Gottheit zu suchen, die bereit ist, dich in ihren Reihen aufzunehmen.“

Theoretisch schon. Aber auch das war keine ernst zu nehmende Möglichkeit. Niemand würde einen Sohn Sutekhs bei sich haben wollen. Und das konnte Alastor den anderen auch nicht verdenken. Wäre er einer der Mächtigen der Unterwelt, würde er einem Spross Sutekhs auch kein Vertrauen schenken.

Doch dann überraschte Sutekh seinen Sohn mit einer ganz ungewohnten Tonart. „Es war unumgänglich, Lokan zu opfern“, erklärte er Alastor mit sanfter Stimme. „Ich habe doch den eigenen Sohn verloren. Aber das macht mir meine verbliebenen drei Söhne nur noch …“ Er verstummte, und ein merkwürdiger Ausdruck huschte Sutekh übers Gesicht. Es war, als suchte er nach einem Wort, das ihm so fremd war, dass es ihm nicht einfallen wollte. „Darum seid ihr drei mir umso lieber.“

„*Lieber?*“, fragte Alastor ungläubig nach. „Willst du mir erzählen, dass wir alle dir plötzlich ans Herz gewachsen sind? Dir?“

Sein gegabelter Schwanz zuckte, bevor Sutekh seine Erscheinung wieder wechselte und im Handumdrehen die Gestalt eines in königliche Gewänder gekleideten Jünglings mit schmalem Bart und kajalgeschminkten Augen angenommen hatte. „Auf diese Art von Unterhaltung habe ich keine Lust. Wir sind hier, um auf deine Frage einzugehen. Es hatte nur Lokan sein können. Der reine, der magische Lokan. Von euch allen taugte er allein zum Vehikel für mich."

Wie Sutekh das sagte – von euch allen –, machte es Alastor stutzig, und er begann zu überlegen, wie das gemeint sein konnte. Dann fragte er: „Warum? Warum Lokan?"

„Er verfügt über eine Gabe, die ihr nicht besitzt. Er hat das Unmögliche vollbracht und ein Kind gezeugt. Das zeigte mir, dass ihm die Kraft des Lebens innewohnte, die Kraft, die ich brauchte, um wieder zu den Menschen zurückkehren zu können."

Alastor horchte auf. Ihn beschlich ein ungutes Gefühl.

„Ich habe ein Geschenk für dich, Alastor. Für dich und ebenso für deine Brüder. Ihr dürft auf die Erde zurückkehren, um nach euren Frauen zu sehen."

„Damit du herausbekommst, ob vielleicht einer von uns auch die *Kraft des Lebens* besitzt und ein Kind zeugen kann?"

„Die habt ihr nicht. Weder du noch Dagan noch Malthus."

Alastors Vorahnungen wurden immer düsterer. Er konnte sich denken, was Sutekh im Sinn hatte.

Sutekh nickte gelangweilt. „Ich gebe euch die Erlaubnis, eure …", er verzog angewidert das Gesicht, „… Frauen aufzutreiben. Deren Fähigkeiten sollen mir helfen zu finden, wonach ich suche, das, was Roxy Tam von der Isisgarde mir genommen hat. Mein Vehikel, das aber noch nicht reif genug dafür ist."

Sein Vehikel. Nachdem die Sache mit Lokans Körper schiefgegangen war, griff Sutekh nach der nächsten Möglichkeit.

Detroit, Michigan

„Mommy?" Mit weit aufgerissenen Augen blickte Dana zu Bryn hinauf. Sie sah blass aus und klammerte sich immer noch furchtsam an Bryns Bein. „Ich möchte nach Hause."

Nach Hause. Wo war das? Das Haus, das sie gerade verlassen hatten? Oder eines von den beiden, aus denen sie zuvor geflüchtet waren? Oder das Haus in Oklahoma City, in dem sie die ersten Jahre nach Danas Geburt gelebt hatten?

Bryn lächelte, wenn ihr das auch schwerfiel. „Ich muss erst mit Jack sprechen, aber danach gehen wir.“ Die Frage war nur, wohin. Bryn hatte keinen Schimmer. Einen wirklich sicheren Ort gab es nicht.

„Jack“, wiederholte Dana den Namen. Ein wenig von ihrer Angst schien von ihr abzufallen. Vielleicht hatte Bryn ihr etwas davon nehmen können. Indem sie den Mann, der ihnen gegenüberstand, bei seinem Namen nannte, wirkte der vermutlich nicht mehr ganz so fremd und furchteinflößend.

„Jack, das bin ich. Hallo, kleiner Spatz“, sagte Jack freundlich.

Alles in Bryn wehrte sich. Sie wollte nicht, dass er mit Dana sprach. Eigentlich wollte sie gar nicht, dass er überhaupt von ihr wusste. Aber dazu war es zu spät. Nicht dass sie Angst hatte, er könne Dana etwas tun. Das würde er nicht. Im Gegenteil, er würde sie beschützen. Und Jacks Vorstellung vom Beschützen kannte Bryn nur zu gut. Sie bestand darin, jemanden einzusperren, unter eine Glasglocke zu stellen wie eine seltene Kostbarkeit. Dieser Schutz bedeutete ein Leben ohne eigenen Willen, ausweglos, ohne Hoffnung.

Bryn hatte das selbst durchgemacht. Sie hatte in diesem Käfig gesessen, und das war auch der Grund gewesen, warum sie seinerzeit so hinter Lokan Krayl her gewesen war. Um ihrem Käfig zu entrinnen, musste sie schwanger werden. Aber mit dieser Schwangerschaft hatte sich dann alles verändert. *Sie* hatte sich verändert.

„Nun sag endlich, was du von mir willst, Jack“, sagte Bryn bestimmt. Sie war entschlossen, ihre Tochter mit Zähnen und Klauen zu verteidigen.

Jack steckte gelassen die Daumen in seinen Gürtel. Er ließ sich nicht drängen. „Hat ziemliche Mühe gekostet, dich zu finden.“ Und auch diese schamlose Untertreibung war typisch für Jack. Es waren nicht weniger als sieben Jahre gewesen, die diese Mühe gekostet hatte.

Bryn atmete tief durch und bemühte sich, ihren Puls zu beruhigen. Das Blut rauschte ihr in den Ohren. „Gut. Wenn es das gewesen ist, was du mir erzählen wolltest. War nett, mit dir zu plaudern. Wir gehen jetzt. Und du wirst uns nicht folgen."

„Bryn, bitte ..." Er hielt sie am Oberarm. Nicht grob, aber fest genug, um sie zurückzuhalten. „Lass mich ausreden, ja?" Die silbernen Piercings, die Jack an beiden Ohren trug, blitzten im Mondschein auf.

Sie hatte sich schon gedacht, dass er sie nicht so ohne Weiteres gehen lassen würde. Aber es war nicht so sehr sein Griff, der sie innehalten ließ, als das Wort „bitte". Bryn konnte sich nicht erinnern, es je aus seinem Mund gehört zu haben. Ihr gegenüber schon gar nicht.

„Also ... sprich", sagte Bryn.

„Du kannst nicht länger davonlaufen, Brynja Baby ..."

„Ich will nicht, dass du mich so nennst." Bryn wunderte sich über sich selbst. Es war das erste Mal, dass sie Jack gegenüber so entschieden auftrat. Das letzte Mal, als sie sich gesehen hatten, war sie noch ein eingeschüchtertes, kleines Dummchen gewesen.

Jack kniff die Lippen zusammen. Auch seine Augen verengten sich zu schmalen Schlitzen. „Du hast keine Ahnung, wie tief du in der ..." Er unterbrach sich und sah sie an. „... in was du da geraten bist und wie tief du darinsteckst."

Sie lachte kurz auf. „Ganz bestimmt weiß ich das." Vermutlich wusste sie mehr als er, aber sie hütete sich, ihm das zu verraten. Diesen Brocken wollte sie ihm nicht vor die Nase halten. Sie wusste, dass er sofort danach schnappen würde. Bryn sah sich vorsichtig um, ob außer von Jack noch von anderer Seite Gefahr drohte. Wenn er sie aufgespürt hatte, konnten andere das auch. „Bist du allein?", fragte sie dann.

„Ja. Wir hatten das so besprochen, weil wir annehmen, dass du am ehesten mir zuhören würdest. Ich bin dir von uns wohl noch am wenigsten verhasst."

Bryn wollte etwas sagen, hielt es aber dann doch zurück.

Sie hasste keinen von ihren Brüdern. Trotzdem stellten sie eine Bedrohung für sie dar. Das war früher so gewesen, ebenso wie heute. Vor allem waren sie eine Bedrohung für Dana, denn die Gefahr bestand, dass ihre Brüder sie genauso benutzen wollten, wie sie früher Bryn benutzt hatten, bevor sie die Flucht ergriffen hatte.

Als hätte er ihre Gedanken erraten, schüttelte Jack den Kopf. „Unseretwegen solltest du dir die wenigsten Sorgen machen." Er warf einen vielsagenden Blick auf Dana. Bryn wusste sofort, was gemeint war.

„Du wirst keinen übernatürlichen Wesenszug an ihr entdecken können", sagte sie.

Jack zuckte die Achseln. „Das ist bei Kindern häufig so. Mitunter entwickeln sie die erst später." Er blickte Dana einen Augenblick aufmerksam an, ohne dass seine Miene verriet, was er dachte. „Ist sie allen Fremden gegenüber so verängstigt, oder ist sie das nur bei mir?"

Die Frage war bezeichnend. Es war sonnenklar, dass Jack nichts davon wusste, dass Dana von der Setnakht-Sekte entführt und von der Isisgarde wieder befreit worden war, sonst hätte er diese Frage gar nicht erst gestellt. Bryn beließ es dabei. Je weniger er wusste, desto besser.

Während sich Dana noch enger an ihre Mutter drängte, öffnete er den Mund, schloss ihn aber gleich wieder und warf Bryn einen fragenden Blick zu. Bryn war einen Moment lang ratlos, dann schaltete sie. Er wollte sie um Erlaubnis fragen, ihre Tochter ansprechen zu dürfen.

„Seit wann brauchst du von mir für irgendetwas eine Erlaubnis?", fragte sie, wobei sie ihre Stimme senkte.

„Ich bitte dich jetzt darum." Als Bryn stumm nickte, ging Jack vor Dana in die Hocke, damit er auf Augenhöhe mit ihr war. „Sag mal, mein Spatz, was hast du denn da im Ohr?"

Dana sah ihn zweifelnd an. „Nichts", antwortete sie zaghaft.

„Doch. Da ist was in deinem Ohr." Er hob vorsichtig die Hand, und als er merkte, dass die Kleine nicht zurückschreckte, fasste er ihr sanft an die Ohrmuschel und zeigte ihr dann eine Münze, die er scheinbar dort herausgeholt hatte.

Dana sah ihn unverwandt an, aber er hatte ihr kein Lächeln entlocken können.

„Und in dem anderen Ohr, was ist da?"

„Nichts", sagte Dana, nun aber mit fester Stimme.

Jack zauberte eine zweite Fünfundzwanzig-Cent-Münze hervor. Dana stieß einen genervten Seufzer aus und machte ein gelangweiltes Gesicht, ohne Bryn loszulassen. „Ich kenne den Trick schon. Mommy hat ihn mir gezeigt."

„Siehst du", sagte Jack, „und ich habe ihn deiner Mommy gezeigt."

Dana blickte fragend zu Bryn hinauf. Dann ließ sie sich von Jack die Münzen geben und sagte zu ihm: „Komm mal näher." Jack tat, wie ihm geheißen, und mit einer triumphierenden Geste zog auch Dana ihm eine Münze aus dem Ohr. Er fing an zu lachen, und Dana fiel in sein Lachen ein.

Bryn wurde das Herz schwer. Es war wie in Schlag ins Gesicht, als sie daran denken musste, wie es vor Lokans Tod gewesen war, als Dana den ganzen Tag gelacht hatte. Und sie erinnerte sich auch daran, wie sie selbst früher über Jacks Tricks gelacht hatte, bevor ihr bewusst wurde, dass er ihr Kerkermeister war.

„Ich … habe etwas mitgebracht", sagte Jack. „Für sie."

Bryn nickte kurz. Was immer an Fehlern und Defiziten man Jack auch nachsagen konnte, dass er Dana mit einem Geschenk schaden würde, war ihm nicht zuzutrauen.

Nachdem er ihr wortloses Okay erhalten hatte, wandte er sich wieder an Dana. „Ich habe ein Geschenk für dich, mein Spatz."

„Ich bin kein Spatz", widersprach Dana sachlich. „Ich bin doch kein Vogel. Ich bin ein Mädchen."

Jack stutzte. „Möchtest du das Geschenk haben?"

„Ja, bitte."

Er förderte ein kleines, in Geschenkpapier eingewickeltes

Päckchen aus der Jackentasche. Als Bryn es sah, war sie wie vom Donner gerührt. Das Papier war pink und verziert mit lauter kleinen weißen Kätzchen. Genau wie Dana es liebte. Das bedeutete, dass Jack sie schon wer weiß wie lange beschattet hatte. Und Bryn hatte nicht das Geringste bemerkt.

„Wie lange treibst du dich schon hier herum?“, fragte Bryn mit gedämpfter Stimme.

„Erst seit heute Abend. Ich hatte vorher einen Privatdetektiv beauftragt, einen Sterblichen. Du hättest mich bemerkt, wenn ich euch zu nahe gekommen wäre.“

Für Jacks Verhältnisse war das eine außerordentlich ausführliche Antwort. Aber vor allem legte sie damit den Finger auf einen wunden Punkt. Bryn konnte wohl die Nähe von Supernaturals orten und so eine Gefahr frühzeitig erkennen. Und was brachte das? Jemand brauchte bloß einen billigen Privatschnüffler anzuheuern und schon hatte er damit ihren Radar unterflogen. Wieso hatte sie nicht schon früher an diese Möglichkeit gedacht? Oder war sie für Gedankengänge dieser Art einfach zu naiv? Wenn das stimmte, wie konnte sie dann für die Sicherheit ihrer Tochter sorgen?

Dana stand unschlüssig da und machte keine Anstalten, das Päckchen zu nehmen, das Jack ihr hinhielt. Fragend blickte sie zu ihrer Mutter.

„Ist schon gut, Baby“, sagte Bryn. „Willst du es nicht auspacken und nachsehen, was Jack dir mitgebracht hat?“

„Gleich jetzt? Hier?“, fragte Dana verunsichert.

Natürlich war sie neugierig darauf. Aber die ganze Aufregung vorher und die Angst, die sie bei der überstürzten Flucht in die Nacht hinaus ausgestanden hatte, machten sie unsicher. Es tat Bryn im Herzen weh, dass ihre Tochter nicht einfach ein unbeschwertes Leben führen konnte, wie es sich für ein kleines Mädchen gehörte. Immer mussten sie auf der Hut sein, stets auf dem Sprung und bereit, die Flucht zu ergreifen und alles zurückzulassen. Allerdings immer noch besser als das, was ihnen sonst drohte.

„Nun mach das Päckchen schon auf", ermunterte sie Dana. „Jacks Geschenke sind immer großartig." Das stimmte. Die Geschenke waren nicht das Problem. Das waren vielmehr die Fesseln, die damit verbunden waren.

Dana riss das Papier auf und reichte es Bryn, die es zusammenfaltete und einsteckte. Zum Vorschein kam ein Karton, dessen Deckel Dana vorsichtig anhob. Hörbar verschlug es ihr den Atem. „Flopsy", flüsterte sie.

In dem Karton lag ein von inniger Liebe und täglichem Umgang reichlich mitgenommenes Plüschtier, ein weißes Kätzchen. Bryn und Dana hatten es in jener Nacht zurücklassen müssen, als Roxy Tam angerufen und sie gedrängt hatte, sofort und ohne etwas mitzunehmen ihr Haus zu verlassen.

Jack musste anschließend dort gewesen sein. Er hatte sie also offenbar schon damals im Visier. Bryn sah ihn an. Ein Schulterzucken von ihm gab die Antwort. Er hatte sie beschattet. Oder vielmehr beschatten lassen.

Wie lange ging das schon so, dass er über jeden ihrer Schritte informiert war? Und über jeden Schritt Danas? Und warum hatte er sich nicht einfach zu erkennen gegeben und das eingefordert, von dem Bryn wusste, dass er es wollte – einen Walker, der die Seelen in die Unterwelt geleitet. Wäre eine gute Gelegenheit gewesen, sich bei einigen mächtigen Gottheiten beliebt zu machen.

„Schau mal, Mommy, es ist Flopsy." Dana nahm die Kuschelkatze aus dem Karton und drückte sie liebevoll an sich. „Sie hat mich gefunden."

„Ja, das hat sie, mein Schatz."

Dana sah Jack mit einem scheuen Lächeln an. „Danke", sagte sie artig.

„Gern geschehen", antwortete er mit einem breiten Grinsen oder doch eher einem offenen, für ihn ziemlich untypischen Lächeln, das ihn für einen Moment gar nicht mehr so bedrohlich wirken ließ.

Jack richtete sich aus seiner Hockstellung, die er für Dana

eingenommen hatte, wieder auf. „Gibt es hier einen Platz, an dem wir in Ruhe sprechen können?"

„Ja, gleich hier um die Ecke." Bryn führte ihn auf einen Trampelpfad, der in eine kleine Parkanlage mit einem Kinderspielplatz mündete, die hinter dem Schulgebäude lag. „Du kannst ein bisschen schaukeln gehen, wenn du magst", sagte sie zu Dana.

„Okay." Dana ging los und summte auf dem kurzen Weg ihrem wiedergefundenen Kätzchen etwas vor. Dann nahm sie auf einer der Schaukeln Platz, auf der sie aber nahezu regungslos sitzen blieb.

Jack sah ihr eine Weile schweigend hinterher. Dann fragte er: „Sollen wir ihr ein wenig Anschwung geben oder so was?"

„Nein, sie mag das nicht. Sie sitzt lieber still auf der Schaukel." Dass das früher anders war, erwähnte Bryn nicht. Als ihr Vater noch lebte, konnte es gar nicht hoch genug für sie gehen. Sie hatte gelacht und vor Vergnügen gekreischt und ihren Daddy angefeuert, ihrer Schaukel noch mehr Schwung zu geben.

Während wieder eine schweigsame Pause eintrat, konnten sie hören, wie Dana ihrem Kätzchen einen Vortrag darüber hielt, wie gefährlich es sein konnte, einfach verloren zu gehen. Bryn beherrschte sich unterdessen, nicht zu ihr zu eilen und ihre Tochter nicht mehr aus ihren Armen zu lassen. Immer wieder musste sie sich einreden, dass Dana ja nur ein paar Schritte entfernt war und ihr nichts passieren konnte. Andererseits brauchte sie jetzt diese Zeit mit Jack allein, um mit ihm zu reden.

„Du musst mit mir kommen, Bryn", sagte er schließlich, während er den Blick auf den Fußweg heftete, den sie gekommen waren.

Bryns Augen folgten seinem Blick. War da etwas? fragte sie sich beunruhigt. Sie spürte, wie sich ihr die Nackenhaare aufstellten. „Das kannst du dir abschminken." Unbewusst machte sie einen Schritt in Danas Richtung, während Jack den Weg weiter aufmerksam im Auge behielt. „Ich denke nicht daran, in euren goldenen Käfig zurückzukehren. Und meine Tochter bekommt ihr auch nicht. Nebenbei bemerkt ist sie ein ganz normales Menschenkind."

„Das kann sich bald ändern. Sie ist noch klein. In ihrem Alter waren wir alle Normalsterbliche."

Zwei Jugendliche tauchten im Schein einer Straßenlaterne auf. Man konnte die Glut einer Zigarette in der Dunkelheit aufleuchten sehen. Vielleicht war es auch ein Joint. Als sie Jack erblickten, blieben sie stehen, änderten rasch die Richtung und schlugen den Weg über den Schulhof ein, wo sie wenig später verschwanden.

„Ich bin bis heute eine Normalsterbliche", sagte Bryn. Was nicht stimmte, so sehr sie es sich auch wünschte. Eine einfache Sterbliche war sie nicht. „Ich werde das nicht zulassen, Jack. Verstehst du? Es kommt nicht infrage."

„Du wirst ..." Jack verstummte, als er merkte, dass er so nicht weiterkam. Noch immer war sein Blick auf den Fußweg gerichtet. Er schien auf dem Sprung zu sein. „Um dich geht es gar nicht. Es geht um Lokan Krayl."

Bryn fuhr erschrocken zusammen, als sie ihn den Namen aussprechen hörte. „Pst", sagte sie und blickte besorgt zu Dana hinüber, die mit leiser Stimme unentwegt auf ihre Plüschkatze Flopsy einredete, die in ihrem Schoß lag.

„Was ist mit ihm?", fragte Bryn.

„Er war ein Reaper."

„Weiß ich." Sie hatte es herausgefunden, auch wenn sie sich anfangs getäuscht und ihn für irgendeinen beliebigen Supernatural, einen der weniger bedeutenden Dämonen oder einen Dschinn gehalten hatte. Mit der Zeit kamen immer weitere Indizien zutage, und schließlich wusste sie, was er war.

„Das ist nicht alles."

Bryn horchte auf. Dass er anscheinend mit etwas hinterm Berg hielt, beunruhigte sie, denn sonst war Jack immer geradeheraus und hatte kein Problem damit, jedem die Wahrheit schonungslos ins Gesicht zu sagen. „Okay", sagte sie gedehnt und sah ihn erwartungsvoll an.

„Sie sind auf der Jagd nach …“ Er warf einen bedeutungsvollen Blick in Richtung Schaukel, sodass Bryn sofort wusste, wer gemeint war.

Der Schreck fuhr ihr durch alle Glieder, und sie spürte plötzlich ein Summen in den Ohren wie von einem ganzen Bienenschwarm. „Wer ist es, der uns jagt?“

Er setzte eine sorgenvolle Miene auf, bevor er antwortete. „Es sind Sutekhs Reaper.“

Bryn verschlug es den Atem. Das war es also, was Jack nervös machte. Sie hatte sich gewundert, denn es gab nur wenige, vor denen er sich fürchten musste. Aber Sutekh … Das war etwas anderes. Sutekh, Herr des Chaos, Beherrscher der Wüsten, der mächtigste Gott der Unterwelt, bekannt für seine Grausamkeit und seinen blinden Zorn. Er war das Übel schlechthin – und jetzt machte er Jagd auf ihre Tochter.

„Aber warum?“, fragte sie gequält. Was konnte Sutekh von ihr und von Dana wollen? War es, weil Lokan ein Reaper war? Das konnte nicht der Grund sein. Sutekh unterhielt eine ganze Armee von Reapern. „Warum?“, wiederholte sie ihre Frage.

„Er war Sutekhs Sohn“, erklärte Jack, der offenbar wieder ihre Gedanken erraten hatte.

Einen Augenblick lang herrschte Totenstille, dann lachte Bryn laut auf, ein heiseres, hohles Lachen. Es konnte nicht stimmen, was Jack da behauptete. Lokan konnte gar nicht Sutekhs Sohn sein. Es war schon kaum vorstellbar, dass jemand es wagte, einen Seelensammler zu töten. Aber den Sohn Sutekhs?

„Lokan Krayl war Sutekhs jüngster Sohn. Also ist sie“, wieder machte er eine kaum wahrnehmbare Kopfbewegung zur Schaukel hin, „Sutekhs Enkeltochter.“

Bryn schüttelte energisch den Kopf. Ihr wurde beinahe übel bei diesem Gedanken. „Nein“, flüsterte sie entsetzt.

„Habe ich dich je belogen?“

Wieder schüttelte sie den Kopf, ohne ein weiteres Wort hervorbringen zu können.

„Bryn, es ist die Wahrheit.“

Bryn wich einen Schritt zurück. Am liebsten wäre sie jetzt weggerannt, hätte sich in irgendeinen Winkel verkrochen und losgeheult. Aber es gab keinen Winkel, in den sie sich hätte verkriechen können.

Lokan hatte in der Tat hin und wieder Andeutungen darüber fallen lassen, dass sein Vater ein sehr mächtiger – und sehr gefährlicher – Mann sei. Sie liefen darauf hinaus, dass er vorgab, Spross eines bedeutenden Mafia-Paten zu sein. Bryn ließ Lokan in dem Glauben, dass sie ihm das abkaufte. Hätte sie ihm verraten, dass sie wusste, dass er kein Sterblicher war, hätte sie zu viel von sich selbst preisgegeben, und das wollte sie nicht.

„Da ist noch etwas." Jack streckte die Hand nach ihr aus, ließ sie dann aber wieder sinken. Sie glaubte, so etwas wie Mitgefühl und Traurigkeit in seinen Zügen erkennen zu können, eine Regung, die sie noch nie zuvor bei Jack bemerkt hatte. Aber das beunruhigte sie nur umso mehr.

„Bryn ..." Jack hatte seine Stimme gesenkt. „Es war Sutekh selbst, der Lokan umgebracht hat."

Bryn fuhr mit dem Kopf herum, um nach ihrer Tochter zu sehen. Lokans Tochter. Sie war die Nächste, auf die es der Mörder ihres Vaters abgesehen hatte.

7. KAPITEL

Niemand verschließt die Pforte vor dir, und nach dir ist der Zutritt den Verdammten verwehrt.
nach dem Ägyptischen Pfortenbuch

Zugspitze, Deutschland

Dagan Krayl wusste, was es bedeutete, wenn man um seine Freiheit kämpfen musste. Und das wusste auch Roxy Tam, seine geliebte Gefährtin. Als er sie zum ersten Mal sah, war sie eine Gefangene gewesen und hatte gefesselt auf einer schmutzigen Matratze im Kellerraum einer verlassenen Fabrik in Chicago gelegen. Er hatte beobachten können, mit was für einer Energie und Ausdauer sie versucht hatte, sich zu befreien.

Jetzt war sie wieder eine Gefangene. Nur befand sie sich dieses Mal nicht in der Gewalt irgendeines perversen Bastards, der vorhatte, sie erst zu vergewaltigen und dann umzubringen. Jetzt hielten ihre eigenen Leute sie fest, die Isisgarde, die Eliteeinheit der Isis, der Roxy ein Jahrzehnt ihres Lebens gewidmet hatte. Als Sohn Sutekhs gehörten Isis und ihr Gefolge für Dagan normalerweise ins feindliche Lager. Und dennoch hatte das Schicksal ihn und Roxy zusammengeführt.

Dagan war gekommen, um Roxy zurückzuholen. Und er war nicht allein gekommen. Neben ihm am Rande eines steilen, unbewachsenen Felsabhangs stand sein Bruder Malthus. Dagan betrachtete das gewaltige Bergmassiv, das sich hinter ihm erhob, schaute dann vor sich hinunter in den Abgrund. Ganz weit da unten nahmen sich die Bäume winzig aus. Da traf es sich gut, dass er absolut schwindelfrei war. Malthus liebte Situationen wie diese und beugte sich so weit vor, wie es nur ging, ohne abzustürzen. Er konnte Herausforderungen einfach grundsätzlich nicht widerstehen.

„Irgendetwas zu sehen?“, fragte Calliope Kane hinter ihnen.

Sie war Roxys Mentorin in der Isisgarde gewesen und war nun mit Malthus zusammen. Gleichzeitig war sie Roxys Freundin und engste Vertraute. Dagan hatte ihr einmal das Leben gerettet, als sie und Roxy von Reapern angegriffen wurden. Zunächst hatte Dagan angenommen, die beiden Seelensammler seien außer Kontrolle geraten, bis er herausfand, dass sie im Auftrag Sutekhs handelten, der dadurch unter anderem den Mord an seinem Sohn Lokan verdecken wollte.

„Nichts, was uns interessieren könnte", antwortete Malthus. „Wenn es da irgendwo eine Festung geben soll, spielt sie mit uns Verstecken."

Ein eisiger Hauch machte sich bemerkbar. Dagan drehte sich um und sah, wie Alastor durch den schwarzen, rauchenden Schlund eines Portals zu ihnen trat.

„Hast du etwas über das Kind herausfinden können?", fragte Dagan den Ankömmling.

Weil sie fürchteten, Sutekh könnte ihnen zuvorkommen, hatten sie sich gleich nach dem Treffen aller Mächtigen der Unterwelt auf die Suche nach Dana begeben. Da Lokan nun nicht mehr da war, fühlten sich die Brüder für den Schutz des Mädchens verantwortlich. Dafür mussten sie es aber erst einmal finden, und damit waren sie noch nicht einen Schritt weitergekommen.

„Es ist, als hätte sie sich in Luft aufgelöst", erklärte Alastor. „Ich musste natürlich auf der Hut sein, um nicht noch andere auf ihre Spur zu locken. Es fehlte noch, dass jemand das Mädchen vor uns findet, der dann gleich losrennt, um den Tipp an Da..." Alastor verstummte abrupt, als er sich dabei ertappte, dass er aus alter Gewohnheit Sutekh beinahe Dad genannt hätte. Mit den Händen in den Hosentaschen seines maßgeschneiderten Anzugs lehnte er sich an die Felswand. „Die einzig gute Nachricht in diesem ganzen Schlamassel ist, dass unser Vater in seiner Suche bisher nicht erfolgreicher war als wir."

„Und woher hast du diese Nachricht?", wollte Dagan wissen.

„Von Kai. Er hat es mir erzählt. Er sympathisiert mit uns, nur sind ihm die Hände gebunden."

Kai Warin war Sutekhs neuer persönlicher Adjutant. Würde er sich offen gegen seinen Herren wenden, wäre das sein sicheres Ende.

„Soll das heißen, Kai weiß von Dana?“

Dagan hörte deutlich den gereizten Unterton in der Frage, die Malthus gestellt hatte, und erklärte: „Selbstverständlich weiß Kai, dass der alte Herr auf der Suche nach der Kleinen ist.“

„Aber Kai ahnt nicht, warum Sutekh hinter ihr her ist“, ergänzte Alastor.

„Und du hast mit Sutekh gesprochen?“, fragte Malthus weiter.

„Ich musste – leider. Er lag mir mit seiner Meine-Söhne-gehen-mir-über-alles-Masche in den Ohren.“

Malthus schnaubte verächtlich. „Er glaubt doch wohl selbst nicht, dass ihm das noch einer abnimmt.“

Einen Augenblick lang herrschte betretenes Schweigen, denn auch wenn keiner der Brüder sich jemals übertriebenen Illusionen über seinen Vater hingegeben hatte, waren die drei bis zu dessen jüngster Schandtat doch davon ausgegangen, dass es zwischen ihm und ihnen wenigstens so etwas wie einen gewissen gegenseitigen Respekt gab.

„Gibt es bei euch etwas Neues?“, fragte Alastor mit leicht resignierter Miene.

„Wir halten noch Ausschau“, antwortete Malthus.

„Man sollte doch annehmen, dass eine Festung, die eine ganze Armee beherbergt, nicht so leicht zu übersehen ist.“ Alastor zog die rechte Augenbraue ein Stück hoch und sah Calliope an. „Bist du sicher, dass es hier ist?“

„Absolut.“

„Aha. Und wo genau jetzt? Ich sehe nichts.“ Alastors britischer Akzent war, wie immer wenn er sich aufregte, ausgeprägter als sonst. Er war für gewöhnlich ein Muster an Selbstbeherrschung, aber seit Naphré verschwunden war, fiel es ihm zusehends schwerer, sie zu wahren. Dagan hatte Verständnis dafür. Ihm ging es nicht besser.

Empört über den Ton, in dem Alastor mit Calliope redete, fuhr Malthus herum und warf seinem Bruder einen wütenden Blick zu. Bevor die beiden jedoch ernsthaft aneinandergeraten konnten, trat sie dazwischen.

„Könntet ihr bitte überlegen, warum wir hier sind", ermahnte sie die Brüder streng.

„Verdammte Pest", knurrte Alastor und wandte sich an Dagan. „Roxy war immerhin eine von ihnen. Das könnte noch zu ihren Gunsten sprechen und sie vielleicht schützen. Aber Naphré ..." Er verstummte einen Augenblick, und man sah seine Kiefermuskeln arbeiten. „Naphré hat immer jede Verbindung zu ihnen geleugnet. Sie werden keinerlei freundliche Gefühle für sie haben."

Wen er damit meinte, war klar. *Sie* – das waren die Isisgarde und die Matriarchinnen, die machtvollen Anführerinnen der Garde.

„Wir müssen jetzt einen kühlen Kopf bewahren", mahnte Calliope erneut. „Isis hat zugesichert, dass die Garde die beiden nur zu ihrer eigenen Sicherheit zu sich geholt hat."

Dagan war nicht bereit, diese Auskunft so ohne Weiteres zu schlucken. Jedenfalls nicht ohne handfeste Beweise. „Seit dreihundert Jahren waren Isis und ihre Garde für mich Gegner", sagte er. „Seit Tausenden von Jahren sind Isis und mein Vater einander spinnefeind. Und jetzt sind meine und Alastors Frau in der Gewalt der Isisgarde. Es fällt mir da wirklich schwer, Isis' Versicherungen zu glauben."

Dagan verstummte. Er hatte schon zu viel gesagt. Er hasste es, Gefühle zu offenbaren und seine Besorgnis zu zeigen, die wie mit Rattenzähnen an ihm nagte. Gefühle waren ohnehin nicht sein Ding.

Calliope blickte zu Malthus, aber der zuckte nur die Achseln und meinte trocken: „Isis hat gesagt, Roxy und Naphré würden zurückkehren, sobald das Gipfeltreffen in der Unterwelt vorüber sei. Inzwischen ist es beendet. Es gibt keine Treffen mehr. Ihre Teilnehmer sind auseinandergegangen. Es gibt nur noch eine Unterwelt, die am Rande eines Krieges steht, in dem jeder gegen jeden ist und in dem jeder ein Stück von Sutekh haben möchte. Und wenn nicht von Sutekh selbst, dann vielleicht von uns."

„Ich glaube, was Isis genau sagte, war, dass sie die Frauen freigibt, wenn alles vorüber ist. Sie hat nichts darüber gesagt, was sie mit *alles* meinte."

Dagan fand Calliopes nüchterne Sichtweise nicht schlecht. Im Gegenteil. Ein kühler Kopf war immer besser als überbordende Gefühle, die gerade bei Seelensammlern, die außer Zorn normalerweise keine Emotionen kannten, nur zu Fehleinschätzungen und falschen Reaktionen führen konnten. Aber Lokans Ermordung und seine eigene Verbindung mit Roxy hatten bei Dagan einiges aus dem Gleichgewicht gebracht. Ihm kam es vor, als befinde er sich permanent in einem Zustand inneren Aufruhrs, und das gefiel ihm nicht.

„Ich …", begann er, aber Malthus fuhr ihm in die Parade.

„Das mag ja alles richtig sein", sagte er, „aber wir dürfen auch nicht vergessen, dass wir Lokan noch immer nicht zurückgeholt haben und auch nicht wissen, ob oder wann wir das schaffen." Mit gesenkter Stimme fuhr er fort: „Und dann haben wir es außerdem noch mit unserem Vater zu tun, der Lokan umgebracht hat und uns allen gefährlich werden kann. Da ist es wohl angebrachter, wenn wir an einem Strang ziehen und uns nicht wie Kleinkinder zanken."

Alle sahen sich betreten an. Sich wie Kleinkinder zanken war ein Ausdruck, den Lokan gerne benutzt hatte. Er war der Pragmatiker unter den vier Brüdern und der Vernünftigste von allen, weshalb es meist ihm vorbehalten war, unter ihnen Frieden zu stiften.

„Glaubt ihr, dass Lokans Seele und sein Körper wieder zusammengefunden haben?" Malthus sprach aus, woran alle dachten. Keiner von ihnen hatte seit dem Treffen in der Unterwelt, als die zerstückelten Glieder Lokans sich vereint hatten, gewagt, diese Frage laut zu stellen.

Alle Teile, die zur Erfüllung der Prophezeiung nötig waren, waren an ihrem Platz. Das Blut der Isis, Sutekhs Blut. Die Vermischung des Bluts der beiden sollte dem Gott erlauben, die zwölf Pforten zu durchschreiten und wieder auf Erden zu wandeln. Sutekhs Plan war es gewesen, sich Lokans Körper zu eigen zu machen, um auf diesem Weg die Sonne wiederzusehen. Aber sie hatten diesen Plan vereitelt. Bevor Sutekh ihn für seine Zwecke missbrauchen konnte, hatten sie sich Lokans Körper bemächtigt und ihn fortgeschickt, damit er seine Seele fände, damit es Lokan war, der wieder auf Erden wandeln konnte.

Lange Zeit sprach keiner ein Wort, dann sagte Dagan: „Wir sollten jetzt nicht darüber reden."

„Aber irgendwann werden wir darüber reden müssen", wandte Malthus ein.

„Aber nicht jetzt", entschied Alastor in einem Ton, der keinen Widerspruch duldete. „Eins nach dem anderen. Jetzt müssen wir uns erst einmal überlegen, wie wir Roxy und Naphré zurückbekommen. Und mit Roxys Hilfe werden wir auch Dana finden und können dafür sorgen, dass sie sich von Sutekh so weit wie möglich fernhält."

„Und von uns." Alle Augen richteten sich auf Dagan, als er das sagte. „Wir werden unseren Kontakt zu Dana auf ein Minimum beschränken. Die Tatsache, dass Lokan uns nie von ihr erzählt hat, zeigt deutlich, dass er diesen Kontakt nicht wollte."

„Aber die Voraussetzungen haben sich inzwischen geändert", widersprach Malthus.

Dagan hob abwehrend die Hand, ließ sie aber gleich wieder sinken. Die Geste erinnerte ihn zu sehr an Roxy. Um seine Verlegenheit zu überspielen, zog er einen Lolli aus der Hosentasche, packte ihn aus, schob das Zellophanpapier sorgfältig gefaltet wieder in die Tasche und steckte den Lutscher in den Mund.

„Das können wir immer noch bereden, wenn wir sie gefunden haben", meinte er dann. „Jetzt sollten wir uns wirklich zuerst auf die nächste Etappe konzentrieren."

„Bevor jemand auf die Idee kommt, die Festung der Garde

zu stürmen, um die Mädchen herauszuholen, halte ich es für die bessere Idee, die Matriarchinnen um eine Audienz zu bitten", meldete sich Calliope zu Wort. Ohne Frage war sie die kompetenteste Ratgeberin auf diesem Gebiet. Calliope hatte früher einen hohen Rang innerhalb der Isisgarde innegehabt. Darüber hinaus verfügte sie noch über eine besondere Gabe. Zwar konnte sie nicht geradewegs die Zukunft voraussagen, dennoch hatte sie oft ein sicheres Gespür für bevorstehende Ereignisse. Das war auch der Grund dafür, dass sie die anderen an diesen Ort führen konnte. Sie wusste, wo man suchen musste, da sie eine Vision von diesem Gebirgsmassiv mit dem Wald am Fuß des Abhangs gehabt hatte. Und so war ihr auch ungefähr klar, was sie dort erwartete. „Die Matriarchinnen wissen eine Menge. Vielleicht wissen sie auch, wo das Kind ist. Ich vermute sogar, dass sie Antworten auf Fragen haben, an die wir noch gar nicht gedacht haben."

„Meinst du? Sie haben schon einmal falschgelegen." Dagan fiel es schwer, seinen Unwillen zu unterdrücken. Trotzdem nahm er sich zurück, denn das Letzte, was er wollte, war, Malthus zu verärgern, indem er sich mit dessen Freundin anlegte. „Waren sie es nicht, die behauptet haben, dass der Verräter, der Lokan tötete, einer von Sutekhs Söhnen gewesen sein sollte?"

Calliope warf Malthus einen bitterbösen Blick zu.

„Stimmt", sagte der. „Ich habe es ihm gegenüber erwähnt."

Dann wandte sie sich wieder an Dagan. „Das stimmt so nicht. Die falsche Schlussfolgerung stammte nicht von ihnen, sondern von mir. Sie hatten nur gesagt, dass der wahre Verräter höher im Rang stehe als Gahiji. Daraus hatte ich geschlossen, dass es einer von Sutekhs Söhnen sein müsste, weil in der Hierarchie sonst niemand über Gahiji stand. Dazu haben sie sich aber nicht geäußert, und so nahm ich an, dass meine Vermutung richtig war. Dass es Sutekh selbst sein könnte, ist mir nie in den Sinn gekommen."

„Richtig. Uns auch nicht." Dagan musste zugeben, dass er deshalb Calliope den Irrtum auch nicht vorwerfen konnte.

Wieder entstand eine Pause, in der man nur den Wind in den Felswänden heulen hörte.

„Ich hätte einen Vorschlag“, erklärte Calliope dann. „Was, wenn wir uns, statt am Haupteingang zu klopfen, direkt in die Festung zu den Matriarchinnen begeben?“

„Dazu müssten wir die Festung erst einmal gefunden haben“, bemerkte Malthus.

Sie nickte. „Stimmt, müssten wir.“

„Wissen sie eigentlich, dass wir hier sind?“, fragte Dagan.

„Vermutlich. Sie sind sehr mächtig. Und im Zweifel recht nachtragend.“

„Isis und Izanami waren ja wohl beide in die Entführung von Roxy und Naphré verstrickt“, warf Malthus ein. „Hältst du es für möglich, dass Izanami es zulässt, dass einer ihrer Nachkommen etwas geschieht?“

„Nein“, antwortete Calliope. „Aber die Matriarchinnen hätten sicher keine Bedenken, mich zu opfern. Sie betrachten mich als Verräterin.“ Sie verstummte einen Moment. Dann fügte sie hinzu: „Und ich bin tatsächlich eine.“

„Aber wieso?“, wandte Alastor ein und trat einen Schritt vor. „Weil du mit einem Seelensammler zusammen bist? Nach der Logik wären Naphré und Roxy auch Verräterinnen. Das klingt in meinen Ohren nicht gerade beruhigend.“

Ohne Calliopes Antwort darauf abzuwarten, fuhr Malthus dazwischen und meinte zu Calliope: „Solltest du damit tatsächlich recht haben, hältst du dich hier zurück. Ich werde nicht zulassen, dass du dich einem Risiko aussetzt.“

Calliope sah ihn von der Seite an. Eine Braue zuckte in die Höhe. „Das hast du nicht zu bestimmen.“

Daran war nicht zu rütteln. Dagan konnte sich vorstellen, wie sehr Malthus diese Feststellung gegen den Strich ging. Aber alle drei Brüder hatten sich willensstarke Frauen ausgesucht, die sich nicht hineinreden ließen, was immer wieder zu interessanten Verwicklungen führte, wenn sich bei einem der Männer der Beschützerinstinkt meldete.

„Wir dürften einige Schwierigkeiten haben, überhaupt in die Festung zu gelangen. Es gibt jede Menge technische Sicherheitsschleusen, dazu versperren magische Barrieren jedem Eindringling den Weg. Die Matriarchinnen verstehen sich bestens darauf. Ihre Zauberkräfte sind schier unerschöpflich."

„Ich habe diese Sperren überwunden", erinnerte Malthus. Er hatte sich durch sein Portal Zugang zu Calliopes Zelle in der Bergfestung der Isisgarde im Bugaboo Provincial Park verschafft und auf demselben Weg seine Freundin befreien können. „Gegen unsere Portale sind ihre Sicherheitsvorkehrungen wirkungslos."

„Aber diese Lücke im System ist jetzt bekannt, und die Matriarchinnen haben sie inzwischen wahrscheinlich geschlossen. Nur ..." Calliope verstummte mit einem pfiffigen Lächeln auf den Lippen.

„Nur ... was?", fragte Alastor.

„Was, wenn sie die Lücke nicht geschlossen haben? Aber das ist eben auch der Haken an der Sache. Um ein Portal zu öffnen, braucht ihr einen genauen Bestimmungsort. So ist es doch, oder?"

„Genau", bestätigte Dagan. „Entweder müssen wir dort, wohin wir gelangen wollen, schon einmal gewesen sein. Oder wir brauchen eine präzise Ortung des Ziels oder wenigstens ein Bild, eine konkrete Vorstellung davon."

Alastor überlegte. „Malthus, wie hast du das eigentlich geschafft, als du in die Festung eingedrungen bist?"

„Ich war in Calliopes Träumen und habe mit ihren Augen den Raum sehen können, in dem sie sich befand. Das hat mir die Vorstellung verschafft, die ich brauchte, um das Portal zu öffnen."

Sie alle wussten, was gemeint war, denn das Phänomen, in die Träume ihrer Gefährtin gelangen zu können, kannten Alastor und Dagan auch.

„Ich weiß nicht, wie uns das helfen sollte, Kollege", meinte Alastor. „Calliope hat doch schon gesagt, dass die Matriarchinnen dieses Schlupfloch inzwischen entdeckt haben. Das bringt uns keinen Schritt weiter."

Derweil konnte Dagan förmlich sehen, wie es in Calliopes Kopf arbeitete. Ebenso Malthus, der sie auch gleich fragte: „Willst du uns nicht verraten, was dich gerade bewegt, meine Schöne?"

„Die Sicherheitsvorkehrungen und die Zugänge zum Unterschlupf der Matriarchinnen müssten mit denen in Bugaboo nahezu identisch sein."

„Woher willst du das wissen?", fragte Dagan.

„Die Anlage jeder ihrer Festungen überall auf der Erde ist immer dieselbe. Sie basiert auf der alten ägyptischen Zahlenmystik. Immer sieben Treppen aus Holz, dann sieben Treppen aus Stein, die, je weiter man gelangt, immer enger werden. Ich erinnere mich, dass der Gang am Schluss so eng war, dass ich die Wände links und rechts mit den Schultern streifte."

„Warum diese Enge?"

„Damit man nur einzeln hintereinander hindurchpasst. Für den Fall, dass der Gang verteidigt werden muss."

„Nett." Dagan ging ein paar Schritte. Er begann, Möglichkeiten zu sehen, ans Ziel zu gelangen. „Diese Sieben, hat die Zahl etwas mit Zauberei zu tun?"

„Nein. Bei den alten Ägyptern stand die Sieben für Erfolg, Vollendung, Ganzheit. Barrieren durch Magie und Zauberbann findet man eher in der Umgebung des Audienzsaals der Matriarchinnen. Ich bin dort zwei Mal gewesen und weiß, wie es dort aussieht. Und das wird hier das Gleiche sein. Vielleicht mit ein paar Abweichungen im Detail. Wenn ich den Ort jetzt genau beschreibe, könnte das genügen, um ein Portal zu öffnen?"

Dagan fuhr sich nachdenklich mit der Hand übers Kinn. „Kann sein." Er blickte kurz auf Malthus, der nur die Achseln zuckte, und meinte: „Könnte klappen."

„Was könnte schlimmstenfalls passieren?", erkundigte sich Calliope.

„Dass wir ein Portal öffnen und in irgendeiner anderen ihrer Festungen landen, wenn die alle gleich aussehen“, erklärte Alastor. „Oder wir landen im Niemandsland, im Nichts.“

Calliope runzelte die Stirn. „Klingt nicht so dramatisch.“

„Wir sprechen wirklich vom *Nichts*, Calli“, setzte Malthus ihr auseinander. „Das kannst du dir so vorstellen, als ob du irgendwo ins verdammte Weltall geschossen wirst.“

„Klingt doch dramatisch“, korrigierte sich Calliope.

„Hat jemand einen besseren Plan?“ Als niemand darauf antwortete, setzte Alastor hinzu: „Dann nehmen wir Calliopes Vorschlag, Leute.“

Malthus grinste. „Das Weltall hat mich schon immer brennend interessiert.“

Las Vegas, Nevada

„Komm rein.“ Boone öffnete die Seitentür der schwarzen Pyramide und machte eine einladende Handbewegung.

„Ich weiß nicht so recht, was das für eine Party ist, zu der du mich einlädst“, meinte Lokan. „Ich stehe nicht so auf Überraschungen.“

Boone lachte. „Bist du immer so schwierig? Es ist alles da. Ich habe für Essen gesorgt, das du bedenkenlos genießen kannst. Es gibt eine Dusche.“ Er betrachtete Lokan von oben bis unten. „Und etwas Vernünftiges zum Anziehen habe ich auch, es sei denn, du bestehst auf diesem Röckchen und dem schicken Halsband.“

Lokan wusste selbst, wie er aussah und dass ein paar anständige Kleidungsstücke ihm gut zu Gesicht stehen würden. Er trug noch immer, was er aus der Unterwelt mitgebracht hatte, den Lendenschurz aus Leinen und um den Hals die schwere Goldkette. Essen und eine Dusche – das klang noch verführerischer. Aber er war nicht der Typ, der blindlings nach jedem Köder schnappte.

„Warum sollte ich dir vertrauen?“

Boone zuckte die Achseln. „Weil du nichts zu verlieren hast. Was sollte ich mit dir machen? Dich töten? Du bist schon tot, mein Freund.“

Nicht zu bestreiten. Er war tot, sehr tot. Wie es aussah, vermochte er den Weg in die Oberwelt nicht zu finden, und ebenso wenig ein Tor, das in die Unterwelt führte. Auch wenn er hier vor dem berühmten Luxor in Vegas stand, konnte er sich nicht frei bewegen. Und obwohl sein Körper zu ihm zurückgekehrt war, steckte er möglicherweise noch immer im Niemandsland fest, nur dass er dort ein gestaltloser Schemen war und jetzt ein realer wandelnder Körper.

Boone wiederholte seine einladende Geste. „Bitte, nach Ihnen.“ Als Lokan sich immer noch nicht bewegte, fügte er hinzu: „Mir wäre es lieber, wenn wir uns an einem sichereren Ort weiter unterhalten könnten.“

„Sicher.“ Lokan überlegte kurz. „Sicher für dich oder für mich?“

„Für beide.“ Er merkte, dass Lokan ihn scharf musterte. „Na schön, vielleicht ein wenig sicherer für mich“, gestand er ein. „Es gibt nur ganz wenige, die die Dimensionen so hinbiegen können, dass sie dich zu fassen bekommen.“ Boone trat entschlossen auf Lokan zu. Dann führte er einen Handkantenschlag gegen ihn aus. Seine Hand ging durch Lokans Körper hindurch wie durch Luft, und Lokan spürte davon nicht das Geringste.

„Es gibt nichts, was dir etwas anhaben könnte, Lokan Krayl, weil es hier nichts gibt, das dich berühren kann. Also kannst du dich genauso gut waschen, umziehen und dich satt essen, während wir ein wenig miteinander plaudern.“

Nur zu wahr. Dennoch fiel es Lokan schwer, Vertrauen zu fassen. Das da drinnen konnte auch eine Falle sein.

„Du erinnerst dich nicht mehr an mich, oder?“, fragte Boone.

Lokan schüttelte den Kopf. Hatte er einmal einem nahen Verwandten oder einem Freund dieses Mannes das Herz herausgerissen? Ging es darum – um Rache? Aber das ergab überhaupt keinen Sinn. Warum sollte jemand so einen enormen Aufwand betreiben, um ihn aus dem Totenreich hierher zu locken, nur um ihn gleich darauf zu töten und wieder dorthin zurückzuschicken?

„Nach allem, was mir jüngst widerfahren ist, bin ich nicht so ganz auf der Höhe“, erklärte Lokan und sah den anderen dabei genauer an. Dunkles Haar, dunkle Augen, die Züge für einen Mann beinahe zu hübsch, wäre da nicht die kräftige Kinnlade, auf der der Schatten eines Dreitagebarts lag. Doch, irgendwie kam Lokan das Gesicht bekannt vor. Aber statt lange nachzugrübeln, sagte er: „Wie wär's, wenn du mir ein wenig auf die Sprünge hilfst?“

„Hast du es dir zur Gewohnheit gemacht, Sterbliche zu retten?“

„Nein. Hast du es dir zur Gewohnheit gemacht, Supernaturals zu retten?“

„Nein.“ Boone blickte zu Boden. „Aber ich habe beschlossen, bei dir eine Ausnahme zu machen, Reaper.“

Wieder hob er den Kopf und sah Lokan mit seinen strahlend blauen Augen an. Fast unnatürlich strahlend. Augen, die eben gerade noch braun gewesen waren. Das war wie bei …

Lokan schüttelte unwillig den Kopf. „Ich habe es geahnt. Irgendwann musste ja der Tag kommen, an dem mich die Vergangenheit einholt.“

8. KAPITEL

Möge dir Stärke verliehen sein im Himmel, Macht auf Erden und Rechtfertigung im Reiche des Gottes. Flussabwärts reist du als lebendige Seele und flussauf wie ein Reiher. Ohne Hindernis gehst du ein und aus und durchschreitest alle Pforten des Duat.
nach dem Ägyptischen Pfortenbuch

Eisenbahnbrücke über dem Spanish River, Ontario, Kanada
21. Januar 1910

Mit dem Tod hatte Lokan gerechnet, und der Tod stellte sich auch ein. Allerdings anders als gedacht. Eigentlich war Lokan derjenige, der ihn bringen sollte, und nun hatte ein dummer Zufall ihn um seinen Lohn gebracht.

Der Wind heulte bitterkalt und ohne Erbarmen von Norden her und schüttelte Lokan durch. Unter ihm hatte die eine Hälfte eines Eisenbahnwaggons ein gezacktes Loch in die sonst glatte Eisdecke des Spanish River geschlagen. Die andere Hälfte des Waggons hing noch in Flammen gehüllt an der Stahlkonstruktion der Brücke über dem Fluss. Schwarzer Rauch stieg in den grauen Winterhimmel dieses frühen Nachmittags.

Wenige Augenblicke zuvor hatte Lokan noch neben den Schienen gestanden und auf den Zug gewartet. Als der kam, sprangen mit einem Mal Flammen auf, Metall kreischte auf Metall, Funken sprühten, Schreie waren zu hören. Ein Waggon der zweiten Klasse entgleiste, drehte sich zur Seite, krachte gegen einen Brückenpfeiler und zerbarst in zwei Teile. Die eine Hälfte stürzte in den Fluss hinab. Ein Erster-Klasse-Waggon folgte und schlug ebenfalls durch das dreißig Zentimeter dicke Eis, bevor er in den eisigen Fluten versank.

Ganz hatte Lokan die Hoffnung nicht aufgegeben, seine Beute doch noch zu erwischen. Er machte einen Satz über das

Brückengeländer und schlitterte die Uferböschung hinunter. Dort allerdings musste er innehalten und einsehen, dass seine Bemühungen vergebens waren. Es war aussichtslos. Den, den er suchte, würde er nicht mehr allein zu fassen bekommen, und Publikum konnte er nicht gebrauchen.

Verflixt und zugenäht, dabei hätte es ein ganz einfacher Job sein können. Den Zug abwarten, aufspringen, sich Karl Gilbert Bell schnappen und sein Herz und seine Schwarze Seele ernten. Das war, was ein Reaper zu tun hatte. Und der gute Karl Gilbert hatte sich dieses Ende redlich verdient. Seit Jahren schon hatte er seine Anstellung bei der Bahn dazu missbraucht, kreuz und quer über den Kontinent zu fahren und unschuldige Frauen auszuspähen, die er dann bei passender Gelegenheit regelrecht abschlachtete. Ein Zielobjekt wie geschaffen für einen Reaper, eine Schwarze Seele, die vor Gemeinheit und Niedertracht nur so gen Himmel stank. Nun war es an der Zeit, dass Bell die Erniedrigung und das Grauen an sich selbst erfahren sollte. Er sollte bluten – und sterben.

Sein Name stand in Sutekhs großem Buch der ihm geschuldeten Seelen, das an zentraler Stelle auf einem Pult im Audienzsaal des mächtigsten der Unterweltfürsten ruhte. Sutekh hatte Karls Namen aus der unendlich langen Liste in seinem Buch ausgewählt. Dessen Seele war pechschwarz, verdorben, ein fauliger Schleim, mit einem Wort: ein wahrer Leckerbissen für Sutekhs unstillbaren Appetit.

Wenn Lokan von seiner Mission mit leeren Händen zurückkehrte, konnte ihn auch die Tatsache, dass er der Sohn des Wüstengottes war, nicht vor dessen Zorn bewahren. Und nach so einem Fehlschlag sah es aus, denn Karl Gilbert Bell brutzelte entweder gerade im brennenden Teil des Waggons, der an der Brücke hing, oder er lag mit der anderen Wagenhälfte am Grund des Spanish River. Von Toten die Schwarze Seele zu nehmen kam für einen Seelensammler nicht infrage. Das konnte zu reichlichem Ärger führen, da die Seele des Betreffenden möglicherweise schon einer anderen Gottheit der Unterwelt gewidmet war, die auf so einen Eingriff in ihre Rechte sehr ungehalten reagieren konnte.

Die Beute war futsch, Lokans Plan im Eimer.

Das Beste wäre jetzt, den Schauplatz zu verlassen, um sich nach einer anderen Schwarzen Seele umzusehen, die er seinem Vater als Ersatz anbieten konnte. Städte wie New York City, London, Paris oder Berlin hielten immer eine hübsche Auswahl von Jagdtrophäen dieser Kategorie bereit.

Dennoch gab es etwas, das Lokan nicht losließ. Der Winter heulte und zerrte an seinen Mantelschößen, die hinter ihm herflatterten wie die Flügel einer Krähe. Dann entdeckte er den Kopf eines Mannes, der über der Wasserfläche auftauchte. Nach Luft schnappend arbeitete sich der Kerl an den Rand des Eises heran und versuchte heraufzukriechen.

Lokan sah ihm ungerührt dabei zu. Es lag weder in der Natur noch in der Zuständigkeit eines Seelensammlers, einem mit dem Tode ringenden Sterblichen zu helfen. Vor knapp zweihundert Jahren hatte Sutekh nach Lokan geschickt und ihn aus seiner Existenz als normaler Erdenbürger gerissen. Seitdem hatte Lokan seine Zeit an der Seite seines Vaters verbracht und dessen Befehlen gehorcht. Dazu gehörte es, Herzen, die noch schlugen, ihrer sterblichen Hülle zu entreißen und den so Getöteten die Schwarzen Seelen zu nehmen. Letztere waren es, von denen Sutekh sich ernährte. Kraftnahrung.

Dabei war Lokan nicht ein beliebiger Seelensammler. Als Sohn des Gottes bekleidete er den Rang eines Prinzen und war zudem der zweite Mann hinter Sutekh in dessen Reich.

Tatsächlich war es dem Schwimmer gelungen, sich zur Hälfte auf den Rand des Eises zu hieven. Während die Beine noch im Wasser hingen, lag er mit dem Oberkörper platt auf der fest gefrorenen Decke und zitterte erbärmlich.

Wieder erfüllte ein metallisches Kreischen und Bersten von Glas die Luft. Lokan drehte sich um und sah, wie über ihm der Pullman-Waggon, der auf der Uferböschung gelandet war, abzurutschen begann, Zentimeter für Zentimeter zuerst, bis er ganz den Halt verlor und immer schneller den verschneiten Abhang hinabrutschte, wobei er tiefe Spuren im Erdreich hinterließ. Wie eine groteske Bildergalerie rauschte an Lokan die Reihe der Fenster mit den in Todesangst verzerrten Gesichtern dahinter vorbei.

Unten angekommen, schlitterte und schleuderte der Wagen übers Eis, bis er schließlich krachend in dem aus dem Fluss herausragenden Ende des Speisewagens landete und gleich darauf in den schwarzen Fluten versank, während die gellenden Hilfeschreie der Eingeschlossenen vom heulenden Wind davongetragen wurden und schließlich erstarben.

Lokan wandte sich ab und wieder dem einsam um sein Leben Kämpfenden auf dem Eis zu. Dem Mann war es inzwischen gelungen, sich ganz aus dem Wasser zu ziehen. Am ganzen Leibe zitternd versuchte er, sich aufzurichten, brach aber wieder zusammen und lag wie ein Haufen nasser Kleider auf der Eisdecke. Lokan, der die Szene weiter aufmerksam verfolgte, konnte sehen, wie der Überlebende sich bald wieder berappelte und liegend langsam zum Rand des Loches im Eis vorwärtsrobbte. Im Wasser war eine zweite Gestalt aufgetaucht, die sich an den rettenden Rand des Eislochs herankämpfte. Der Mann auf dem Eis streckte helfend die Hand aus. Jetzt sah Lokan, dass der andere etwas, das aussah wie ein Bündel, gegen die Brust gepresst krampfhaft festhielt, während er sich mit der anderen Hand versuchte, am Eis festzuhalten.

„Verdammt", fluchte Lokan in sich hinein, als er erkannte, was dieses Bündel war. Es war ein Kind.

Urplötzlich erwachte etwas in ihm, eine menschliche Seite, von der er angenommen hatte, dass sie längst in ihm ausgemerzt war. Unwillkürlich machte er einen Schritt vorwärts, dann zögerte er. Er verstand sich selbst nicht mehr. Warum sollte er sich um diese versprengten Überbleibsel von Menschenfreundlichkeit und Mitgefühl scheren? Aber das Kind …

Einen Moment lang stand er wie angewurzelt da und ließ die Katastrophe auf sich wirken, die sich vor seinen Augen abspielte, wobei er sich einredete, dass sie ihn kaltließ. Dann stürmte er Hals über Kopf die Uferböschung hinab zum Fluss, ohne eigentlich zu wissen, was er dort unten sollte oder warum er das überhaupt tat.

Noch während er mit übermenschlicher Geschwindigkeit und dabei unglaublicher Sicherheit über die spiegelblanke Eisfläche eilte, zog er sich den Mantel aus. Am Eisloch angekommen, packte er den Mann an seinem freien Handgelenk und zog ihn ohne Mühe aus dem Wasser.

„Zieh deine nassen Sachen aus und auch die von dem Jungen und legt euch den Mantel über. Los, beeil dich", fuhr Lokan den Geretteten an. Welchen Sinn hatte es, ihn aus dem eisigen Wasser zu ziehen, wenn er und das Kind dann gleich darauf erfroren? Der Junge war kreidebleich, seine Lippen blitzblau. Die Augen waren geschlossen. Aber er atmete noch, wenn auch nur schwach.

Für einen Wimpernschlag streifte Lokan eine Erinnerung an einen anderen Jungen, völlig durchnässt und bleich wie der Tod, der aber anders als dieser zierliche, dunkle Typ eher füllig und blond gewesen war und Sommersprossen auf der Nase hatte. Ein kleines Boot erschien vor seinem geistigen Auge, ein See mit einem wolkenverhangenen, bleiernen Himmel darüber. Lokan hatte seitdem immer eine Abneigung gegen Boote verspürt. Im nächsten Moment war die Erinnerung verschwunden, begraben unter anderen, angenehmeren Erinnerungen.

Die Finger des Mannes waren steif gefroren, sodass er kaum imstande war, dem Jungen das Hemd aufzuknöpfen. Ungeduldig fuhr Lokan dazwischen und riss ihm in einer schnellen Bewegung das Hemd vom Leib und warf es fort. Dasselbe tat er mit dem Erwachsenen. Dann legte er das Kind in die Arme des Mannes und deckte beide mit seinem wärmenden, trockenen Mantel zu. Um die nassen Hosen der beiden konnte er sich jetzt nicht kümmern.

Anschließend zog er seine Anzugjacke aus und gab sie dem Mann, der sich als Erster aus dem Fluss gerettet hatte. Es war eine Eingebung. Die Erwachsenen waren ihm eigentlich egal. Es ging ihm nur um das Kind.

„Rückt dicht zusammen, so könnt ihr euch gegenseitig wärmen", forderte er die Männer auf, die seinem Rat auch gleich folgten.

Erst jetzt wurde Lokan bewusst, dass er die Sterblichen sein Gesicht hatte sehen lassen. Das war zwar grundsätzlich nicht unzulässig, wurde aber trotzdem von den Seelensammlern nach Möglichkeit vermieden. In diesem Fall war es nun passiert und nicht mehr rückgängig zu machen.

Lokan begriff noch immer nicht, was er hier eigentlich tat, warum er eingegriffen hatte und jetzt hier im schneidenden Januarwind in Hemdsärmeln herumstand. Auch wenn ihm die Kälte nichts anhaben konnte, empfand er sie doch als verdammt unangenehm. Sein Blick fiel auf das leichenblasse Kind, das sich bis jetzt noch immer nicht gerührt hatte, und eine Vorahnung beschlich ihn. Er sollte so schnell wie möglich von hier verschwinden. Irgendwie wurde er das Gefühl nicht los, dass ihn die Ereignisse dieses Tages noch lange verfolgen sollten.

Blödsinn. Die Lebensspanne dieser Sterblichen war kaum mehr als ein einzelner Schlag seines unsterblichen Herzens. Sie würden altern, später sterben, und er, Lokan, war dann noch immer derselbe. Welcher Sterbliche konnte auf sein Dasein schon Einfluss nehmen? Wer von ihnen konnte ihm ernsthaft schaden? Er war ein Seelensammler, Sohn Sutekhs. Er war nicht unverwundbar, und wenn man ihn verletzte, blutete er wie andere und musste wie sie Schmerzen erleiden. Aber seine Wunden heilten schnell. Alle. Er würde niemals sterben.

Trotz des trockenen Mantels froren die drei noch immer erbärmlich. Der Junge gab ein leises Stöhnen von sich. Seine Lider zuckten. Dann öffnete er die Augen und richtete sich mit einem Ruck auf, indem er versuchte, den schweren Mantel beiseitezuschieben. Er starrte wie gebannt auf das schwarze Loch in dem bläulich-weißen Eis und versuchte, sich von den Männern, die neben ihm hockten, freizumachen.

„M-m-meine ... B-b-brüder." Die Worte aus seinen zitternden Lippen waren kaum zu verstehen. Lokan jedoch hatte den Jungen verstanden. Ihre Blicke trafen sich für einen kurzen Moment. Blaue Augen, wasserblau und um die Pupille herum mit einem dunkleren Rand außen. Und ein merkwürdiges Leuchten, als ob ein Licht hinter diesen Augen brannte. Furcht und Verzweiflung sprachen aus seinem Blick, aber Lokan entdeckte darin noch etwas anderes. Schuld.

Es fiel Lokan nicht schwer nachzuvollziehen, was in dem Jungen vorging. Er kannte dieses Gefühl, dieses Schuldgefühl, das geblieben war, als sein Bruder sterben musste, während er überlebte.

Einige Jahre später, nachdem er von Sutekh in die Unterwelt geholt worden war, erfuhr Lokan, dass sein großer Bruder Richard, der mit ihm gespielt hatte, der sein Vorbild gewesen war und von dem er so viel gelernt hatte, nicht sein leiblicher Bruder war und dass er drei „richtige" Brüder hatte: Dagan, Alastor und Malthus, Seelensammler wie er selbst.

Dass er drei Brüder hinzugewonnen hatte, von denen er vorher nichts wusste, hatte ihn über den Verlust von Richard nicht hinwegtrösten können. Aber gerade der Verlust des einen hatte ihm den Wert brüderlichen Zusammenhalts deutlich gemacht. Längst war er den drei „neuen" Brüdern so verbunden, als sei er mit ihnen groß geworden. Alles würde er für sie tun. Und er wusste, dass sie alles für ihn tun würden.

Zu sehen, wie der Junge sich gegen die Arme der Erwachsenen, die ihn hielten, um ihn zu wärmen, wehrte und versuchte freizukommen, tat Lokan in der Seele weh. Er wusste, was los war. Der Kleine wollte zurück ins eiskalte Wasser, um seine Brüder zu suchen. Wieder verfluchte Lokan sich selbst. Er hatte mit den Schicksalen der Sterblichen nichts zu schaffen, auch nicht mit dem eines Kindes. Und doch berührte es ihn.

„Ich werde sie finden."

Der Junge sah ihn an, und für eine Sekunde war alles um sie herum verschwunden – die Schreie, der Lärm, der Rauch, die

Kälte. Für eine Sekunde waren sie beide allein an einem ganz anderen Ort.

„Versprich es“, sagte der Junge mit einer Bestimmtheit, die gar nicht zu einem Kind passte.

„Ich verspreche es.“ Was Lokan nicht versprechen konnte, war, dass er die Brüder des Jungen lebend fand.

Der eisige Nordwind erhob sich erneut in voller Stärke. Mit einem unwilligen Knurren wandte Lokan sich ab und tauchte kopfüber in die dunklen Fluten. Mit kräftigen Schwimmzügen gewann er rasch an Tiefe. Die Kälte schnitt ihm bis auf die Knochen ins Fleisch. Er konnte sich nicht vorstellen, dass auch nur einer der Sterblichen in dem Waggon überlebt haben könnte. Keines dieser zerbrechlichen Wesen war imstande, diesen Temperaturen zu trotzen.

Obgleich es noch heller Nachmittag war, herrschte hier unter dem Eis eine fast undurchdringliche Finsternis. Trotzdem konnte Lokan durch die Abteilfenster leblose Körper erkennen, die im Wasser trieben, das in den Waggon eingedrungen war. Es gab welche, die tatsächlich noch am Leben waren. Eine Frau, ein Mann und zwei kleine Mädchen reckten an das Gepäcknetz geklammert ihre Hälse in eine Luftblase, die ihnen der Zufall in ihrem Abteil gelassen hatte. Von den Brüdern des geretteten Jungen keine Spur.

Lokan wollte sich wieder abwenden, zögerte jedoch. Verdammt noch mal. Genau das war der Grund, warum er Kindern meist aus dem Weg ging. Bei ihnen wurde er regelmäßig schwach. Auch hier. Die Erwachsenen hätte er, ohne mit der Wimper zu zucken, ihrem Schicksal überlassen, aber die beiden Mädchen …

Er schlug das Glas des Abteilfensters ein, ohne sich um die Schmerzen zu kümmern, die ihm die Scherben zufügten, die ihm ins Fleisch schnitten und blutende Wunden hinterließen. Das Wasser rauschte in die Kabine und verschluckte die Luftblase im selben Augenblick. Lokan versuchte, die Frau in Richtung des nun frei gewordenen Fluchtwegs zu bugsieren, doch die klammerte sich weiter fest und starrte dabei angstvoll auf die Kinder.

Da nahm Lokan das kleinere der beiden Mädchen und drückte es dem Mann in die Arme. Der warf seiner Frau einen verzweifelten Blick zu, dann schwamm er mit der Kleinen hinaus und strebte der Oberfläche entgegen. Inzwischen schnappte sich Lokan das zweite Mädchen, dann die Frau, nahm beide am Kragen und zerrte sie durch das zertrümmerte Fenster. Mit den beiden im Schlepptau schwamm er nach oben. Kein leichtes Unterfangen, denn seine Kleidung, die Schuhe und die Ledertasche, die er um die Schulter trug, behinderten ihn in der Bewegung.

Oben angekommen, hievte er die Frau und das Mädchen über den Rand des Eislochs und stellte fest, dass mittlerweile Leute eingetroffen waren, die Decken mitbrachten und helfen wollten. Einige von ihnen nahmen sich sofort des Mädchens an, während andere die Frau in Decken wickelten und wiederum andere Lokan die Hand reichten, um ihn aus dem Wasser zu ziehen.

Die beiden Männer, denen er seinen Mantel abgetreten hatte, waren nirgendwo mehr zu sehen, aber der Mantel war noch da. Darin eingehüllt saß der Junge, den Lokan zuvor geborgen hatte, am Rand des Lochs und starrte Lokan mit Furcht in den Augen an, indem er alles Zureden der anderen ignorierte. Er wartete. Lokan war klar, dass er sich nicht vom Fleck bewegen ließ, bevor er seine Brüder lebendig an die Oberfläche gebracht hatte. Genauso wie er hatte Lokan einst am Ufer jenes Sees verharrt und gewartet.

Trotz seiner übernatürlichen Kräfte überkam Lokan in diesem Moment das Gefühl von Unzulänglichkeit, fast Hilflosigkeit. Die Fähigkeiten, die ihn auszeichneten, waren darauf gerichtet, Leben zu zerstören, nicht sie zu retten.

So tauchte er ein weiteres Mal in die Tiefe, um nach den vermissten Kindern zu suchen. Seine Lungen schmerzten, als wollte es sie zerreißen. Zwar konnte er nicht den Tod durch Ertrinken finden, aber die Qualen und Schmerzen, die normalerweise damit verbunden waren, litt er trotzdem.

Und dann hatte er sie entdeckt. Fast am Ende des zerborstenen Zweite-Klasse-Waggons lagen die beiden kleinen Körper, dunkelhaarig und schmächtig wie ihr Bruder. Sie hatten die Augen offen, die in einem hellen Blau in der Dunkelheit strahlten. Aber sie waren nicht mehr am Leben. Sie konnten nicht mehr am Leben sein. Zu lange lagen sie schon hier.

Seit zweihundert Jahren verschüttete Gefühle stiegen in Lokan auf. Er hatte gedacht, dass er sich sein früheres Versagen verziehen hatte. Aber da hatte er sich getäuscht. Da war er wieder, dieser Selbsthass. Vielleicht war das ja der Grund dafür, dass er sich überhaupt auf dieses Rettungsmanöver eingelassen hatte – als eine Art Sühne.

Er packte die beiden Jungen am Kragen und zog sie mit sich nach oben. Dort angekommen, wuchtete er sie aus den eisigen Fluten und schob sie nacheinander aufs Eis.

Es herrschte eine unbeschreibliche Aufregung, als sie auftauchten. Leute kamen angerannt, um ihnen zu helfen, und mitten darin saß der Junge, der immer noch Lokans Mantel um die Schultern trug, auf dem Eis. Er wandte sich zu ihm und sah ihn an. Lokan sah zwei Mal hin. Er hätte schwören können, dass die Augen des Kindes vorhin blau gewesen waren. Jetzt waren sie braun, dunkelbraun, fast schwarz.

Schließlich stieg Lokan selbst aus dem Eiswasser, das in Bächen an ihm herunterlief. Er wollte irgendetwas sagen, aber er wusste nicht, was. Als Richard damals ertrunken war, hatten auch keine Worte geholfen.

Etliche irrten planlos umher, aber mittlerweile waren auch besonnenere Kräfte eingetroffen, die gezielt und methodisch die wenigen Überlebenden der Katastrophe versorgten, die entweder durchnässt und kurz vorm Erfrieren oder rußgeschwärzt knapp dem Feuertod entronnen waren.

Lokan wollte die beiden Kinder, die er zuletzt herausgefischt hatte, jetzt seinen Artgenossen überlassen. Für ihn blieb hier nichts mehr zu tun. Seine Aufgabe war es, Seelen zu ernten, nicht, sie wiederherzustellen. Er wandte sich ab und ging zurück zur Brücke und den Trümmern des Zugs. Ein Waggon brannte noch, ein anderer lag auf der Uferböschung auf der Seite. Er ärgerte sich über sich selbst. Seine Wut trieb ihn an, sodass er im Stakkato ausschritt. Er konnte sich nicht erklären, warum er das gerade alles getan hatte.

Aber Ärger war ein schlechter Ratgeber. Er kostete nur Kraft und verwirrte die Gedanken. Lokan zwang sich selbst, die Dinge leidenschaftslos zu betrachten, sachlich zu überdenken, wie er das Beste für sich aus der Situation machen konnte, wie er es von seinem Vater gelernt hatte. Woraus konnte er in diesem Fall seinen Vorteil ziehen? Irgendetwas gewinnbringendes musste doch aus den Ereignissen dieses Tages herauszuschlagen sein.

Ein Stöhnen, das Lokan vernahm, unterbrach seine Gedanken, und dann sah er am Fuß eines Brückenpfeilers hinter einer Schneewehe jemanden liegen. Er trat näher, und seine Laune besserte sich schlagartig.

„Hallo, Karl“, sagte er mit einem breiten Grinsen. Blut färbte den Schnee rings um die Gestalt rot. Eine Eisenstange ragte aus Karls Bauch. Lokan blickte zur Brücke hoch und dann wieder auf den Verletzten. „Sieht aus, als seist du da runtergefallen.“

Karl stöhnte auf. Seine Züge waren von Schmerz und Angst verzerrt. Mit einer schwachen Bewegung deutete er auf die Stange, die ihn aufgespießt hatte wie einen seltenen Schmetterling auf einer Korkplatte.

„Dann wollen wir doch mal sehen, was ich für dich tun kann.“ Lokan beugte sich über den Liegenden, und als ihre Gesichter sich nahe kamen, konnte er den metallischen Geruch des Bluts wahrnehmen. Hoffnung glomm in Karls Augen auf.

Lokan krümmte die Finger seiner Rechten wie Krallen, dann stieß seine Hand blitzartig vor und drang in Karls Brustkorb ein. Mit trockenem Knacken zerbarsten die Rippen, dann folgte ein schmatzender Laut, als Lokan nach dem zuckenden Herzen griff. Karl öffnete den Mund zu einem stummen Schrei. Die Hoffnung in seinen Augen war erloschen. Im nächsten Augenblick erstarb auch das Leben in ihnen, während Lokan das Herz herausriss und das Blut in hohem Bogen in den Schnee und auf die Aufschläge von Lokans Hose spritzte.

„Gut, dass ich dunkle Hosen angezogen habe", meinte Lokan zu sich selbst und stopfte das Herz in die Ledertasche, die an seiner Schulter hing. Dann griff er erneut in die offene Wunde, um die Schwarze Seele Karls hervorzuholen. „Komm schön zu Papa", lockte er sie.

Die Schwarze Seele wand sich ihm um die Finger und ums Handgelenk. Wie schmieriger, stinkender Rauch schmiegte sie sich an die Haut. Die Kälte, die sie ausstrahlte, wurde durch die frostigen Außentemperaturen und Lokans nach dem Bad im Fluss ausgekühlte Glieder wettgemacht. Dann schlang sich dieses Etwas um seinen Unterarm, immer noch zögernd, immer mal wieder zurückweichend, als könne es sich nicht entscheiden, ganz herauszukommen und sich zu ergeben. Aber Lokan ließ ihm keine Wahl.

Als die Schwarze Seele ihren Körper endlich verlassen hatte, schwebte sie schaukelnd in Höhe von Lokans Schulter. Lokan legte ein Feuerband darum, und so sah das Ganze jetzt aus wie ein hässlicher, unförmiger schwarzer Luftballon, der bei jedem Windstoß hin und her schwankte.

Lokan stieß einen erleichterten Seufzer aus. Nach all dem Frust, den er gerade durchgemacht hatte, fühlte er sich jetzt bedeutend besser und ausgeglichener. Er war hierhergekommen, um zu töten und eine Seele zu holen, und diese Mission hatte er nun glücklich erfüllt. Wenn auch auf einem kleinen Umweg. Den würde er bald vergessen haben und mit ihm den Anflug von Menschlichkeit, dem er vorübergehend ausgesetzt war. Er war ein Seelensammler, treuer Untergebener seines Vaters, ein Geschöpf der Finsternis, das den Tod brachte. Und das war er gern.

Um Karls ramponierten Zustand brauchte er sich keine Sorgen zu machen. Jeder würde die aufgerissenen Wunden für eine Folge des Unfalls halten. Lokan wandte sich zum Gehen.

Als er sich auf den Weg machen wollte, wäre er beinahe in den Jungen gerannt, der nur einen Meter vor ihm stand und geradewegs auf die Schwarze Seele blickte, die neben Lokan schwebte. Der Junge war ein Sterblicher. Normalerweise konnten Sterbliche keine Schwarzen Seelen sehen. Und jetzt bemerkte Lokan auch, dass die Augen des Jungen wieder dieses seltsam strahlende Blau hatten.

Die Vorahnung, die Lokan vorher nur gestreift hatte, traf ihn jetzt mit voller Wucht.

9. KAPITEL

Die Wahrheit ist dein, sie nährt dich. Du selbst bist die Wahrheit.
nach dem Ägyptischen Pfortenbuch

Las Vegas, Nevada
Gegenwart

Die ganze Geschichte lag für Lokan in unendlich weiter Ferne. Er musterte Boone genauer.

„Du hast also das Unglück am Spanish River überlebt?"

„Hab ich. Und meine Brüder auch. Dank deiner Hilfe." Boone verstummte für einen Moment. „Lange nicht gesehen, Lokan Krayl."

„Ich habe mir doch gleich gedacht, dass mich die Sache von damals noch mal einholt." Lokans Lippen verzogen sich zu einem süffisanten Lächeln. Drei Kinder hatte er gerettet. Jetzt waren daraus drei Erwachsene geworden. Und mehr als das: drei Supernaturals. Er fragte sich, wie das Nachspiel seiner Rettungstat wohl aussehen sollte. „Du hast mich doch sicher nicht hierher gebracht, um mit mir über vergangene Zeiten zu plaudern. Was willst du von mir?"

Boone hob abwehrend die Hände. „Warum bist du so misstrauisch?"

„Das ergibt sich ganz von allein. Wer einmal ein Messer im Rücken hatte, sieht jeden skeptisch an, der mit einem Dolch in der Gegend herumläuft."

„Du nimmst ja kein Blatt vor den Mund. Ich habe sagen hören, du seist der geborene Diplomat, ein Mann des Ausgleichs, ein geduldiger Vermittler. Habe ich mich da verhört?"

Diese Bemerkung war ein Schuss vor den Bug. Lokan ging im Geiste noch einmal sein Gespräch mit Boone durch und musste feststellen, dass er früher in der Tat anders reagiert hätte. Er hatte sich verändert. Und das nicht zu seinem Vorteil. Er war impulsiv geworden und ließ sich in Worten und Taten von Ärger und Frustration leiten. Lokan riss sich zusammen und zwang sich dazu, in Ruhe abzuwarten, was Boone als Nächstes vorhatte.

„Du glaubst, dass ich noch etwas anderes will, als mich bloß dafür zu revanchieren, dass du mir und meinen Brüdern das Leben gerettet hast?", fragte Boone. „Denn das hast du. Heute mögen wir nicht mehr zu den Sterblichen gehören. Aber damals als Kinder waren wir es."

Lokan wusste, dass das stimmte. Es war bei ihm nicht anders gewesen. Auch er war sterblich gewesen, solange er ein Kind war, und hatte seine übernatürlichen Kräfte erst gewonnen, als er erwachsen wurde. Trotzdem traute er dem Frieden mit Boone Falconer nicht ganz.

„Ich habe mich immer gefragt, warum du mir geholfen hast", sagte Boone.

„Dann weißt du ja auch, warum ich mich jetzt wundere, hier zu sein. Ja, ich glaube wirklich, dass noch etwas dahintersteckt. Ich kenne keinen Supernatural, der etwas tut, ohne seinen eigenen Vorteil dabei im Auge zu haben."

„Was für einen Vorteil hattest du, als du uns gerettet hast?"

„Lass uns nicht über mich reden", wandte Lokan ein. „Sprechen wir über dich. Ich kaufe dir diese Nummer mit der puren Dankbarkeit nicht ab. Warum hast du mich hierhergeholt, Boone?"

„Das will ich dir gerne sagen. Aber wir gehen hinein."

Zum Teufel, warum nicht? So viele andere Möglichkeiten hatte Lokan ja nicht.

Also folgte er Boone. Sie gingen einen langen Korridor entlang und landeten in einer großen Bar. Alles vom Feinsten: dunkle Farben, gedämpftes Licht, eine Art Exklusivclub innerhalb des Clubs. Es gab drei Barkeeper, und in einigen Nischen saßen in tiefen Ledersesseln ein paar Gäste. Aber Boone hielt sich hier nicht auf. Er durchschritt den Raum mit Lokan im Gefolge, und beide bogen sie in einen weiteren Korridor ein. An dessen Ende stießen sie auf eine mit Leder verkleidete Doppeltür, die sich automatisch öffnete. Lokan hatte einen Fahrstuhl erwartet. Stattdessen gab es gleich dahinter eine weitere Doppeltür aus Edelstahl. Boone nannte seinen Namen und beugte sich ein Stück vor, um einen Retina-Scan abnehmen zu lassen. Darauf glitt lautlos auch diese Tür auseinander.

Lokan blieb stehen. Er spürte magische Kräfte, die von dem schimmernden Stahl auszugehen schienen.

„Was ist?", fragte Boone über die Schulter hinweg. „Ich dachte, das mit deiner Paranoia hätten wir schon erledigt."

„Paranoia ist mein zweiter Vorname." Lokan lächelte ein wenig gezwungen. „Ich überlegte nur, dass dieser Schließmechanismus auf deine Retina und deine Stimme abgestimmt ist."

„Und?"

„Wie kann ich sicher sein, dass ich herauskomme, wenn ich es will?"

Einen Moment lang sah Boone ihn mit gerunzelter Stirn an, dann lachte er auf. „Du denkst, hinter dir schnappt die Tür zu und du sitzt in der Falle?"

„Ich muss zugeben, der Gedanke ist mir gekommen."

„Hör zu. Ich habe den Mechanismus für mich betätigt, damit ich passieren kann. Du kannst herein und heraus, wann immer du willst. Diese Türen stellen für dich kein Hindernis dar, ganz gleich, ob sie offen oder geschlossen sind. Für dich gelten andere Regeln, mein Freund."

„Ich habe draußen schon versucht, ein paar Schritte wegzugehen, aber weit bin ich nicht gekommen."

Boone streifte ihn mit einem Seitenblick. „Du bist an diese Pyramide gebunden. Aber drinnen kannst du dich frei bewegen. Draußen hast du nur einen Spielraum von drei Metern." Damit ließ er Lokan allein und verschwand durch die Tür, die sich hinter ihm schloss.

Lokan streckte die Hand nach der Tür aus. Er hatte erwartet, die kühle, glatte Oberfläche des Stahls zu fühlen, aber da war nichts. Er streckte die Hand noch ein bisschen weiter aus, und seine Finger verschwanden in dem polierten Stahl, ohne dass er einen Widerstand bemerkte, bis zu den Knöcheln. Noch weiter, und die Hand steckte bis zum Handgelenk darin.

„Kein Hindernis", wiederholte Lokan staunend, was Boone ihm erklärt hatte. „Als wäre ich irgend so ein idiotisches Gespenst." Kein gerade erfreulicher Gedanke.

Noch unerfreulicher war, dass er hier festsaß und nicht einmal ansatzweise einen Plan hatte, wie er jemals wieder wegkommen sollte. Wie es im Augenblick aussah, konnte er nur auf Boone Falconer hoffen. Also durchschritt er die geschlossene Tür und fand auf der anderen Seite Boone vor, der ihn schon erwartete. Er saß an einem großen, fertig gedeckten gläsernen Tisch. Dort war alles aufgefahren, was zu einem Festschmaus gehörte.

Ein Duft schlug ihm entgegen, der so überwältigend war, dass Lokan hätte auf die Knie sinken mögen. Es war alles da – vom saftigen Rinderbraten bis zu den in Butter gesottenen Pilzen. Alles in ihm schrie danach, sich wie ein hungriger Wolf auf die Köstlichkeiten zu stürzen.

„Und was ist der Preis dafür?", fragte Lokan dennoch vorsichtig, wobei seine Stimme in seinen Ohren klang, als sei sie gar nicht seine eigene. Nervös, angespannt, ärgerlich, verzweifelt. Vielleicht bildete er sich das auch nur ein, denn das war einfach die Verfassung, in der er sich befand.

„Den Preis hast du längst bezahlt", antwortete Boone unvermindert freundlich. „Du hast mir und meinen Brüdern das Leben gerettet. Das hier ist eine kleine Entschädigung."

Lokan nickte. Er war bereit, ihm zu glauben, auch wenn er noch nicht ganz überzeugt war. Irgendetwas schlummerte da doch noch unter der Oberfläche, außerdem hatte er so verdammt viele Fragen, vor allem was Dana betraf. Er brannte darauf, etwas von seiner Tochter zu erfahren, herauszufinden, ob Boone etwas von ihr gehört hatte, während sich gleichzeitig etwas in ihm sträubte, die Aufmerksamkeit auch nur auf ihre Existenz zu lenken. Außerdem schien es witzlos. Was sollte ein

Supernatural in Vegas von einem kleinen Mädchen wissen, das in Oklahoma City lebte?

„Nimm doch bitte Platz", forderte sein Gastgeber ihn auf. Lokan bemerkte, dass er bei seiner einladenden Geste mit der Hand durch eine Weinflasche fuhr, ohne sie umzustoßen, und er begriff, dass dieses Büfett zu seiner und nicht zu Boones Dimension gehörte.

„Wie bekommst du das hin, unsere verschiedenen Dimensionen zusammenzubiegen?" Seelensammler kannten einen ähnlichen Trick, den sie aber nur anwendeten, wenn sie ein Portal öffneten, um von einem Ort zum anderen zu kommen. Das, was Boone praktizierte, ging aber weit darüber hinaus. Lokan runzelte die Stirn. „Was bist du?", fragte er.

„Im Augenblick? Nur dein Gastgeber. Bitte iss, bevor es kalt wird. Es sei denn, du möchtest vorher noch unter die Dusche."

Lokan zögerte, dann zuckte er die Achseln. Je länger er Boone ausfragte, desto mehr Zeit ging ihm verloren, die er brauchte, um einen Weg zu finden, zurück zu seiner Tochter zu kommen. So nahm er schließlich an der Tafel Platz, nahm einen Teller und füllte sich auf, bis nichts mehr darauf passte. Er war nahe daran, das Essen wie ein Wilder in sich hineinzuschaufeln, hielt sich dann aber doch klug zurück. Das war nicht seine Art. Dazu war er auch zu vorsichtig. Solange nicht eindeutig klar war, ob Boone wirklich auf seiner Seite war, wollte er sich diese Blöße nicht geben.

Also nahm sich Lokan eine der blütenweißen Servietten, schüttelte sie aus und legte sie sich auf den Schoß. Dann griff er zum Besteck und schnitt sich einen kleinen Happen von der Bratenscheibe ab. Seine Hand zitterte kaum merklich, als er sich den Bissen in den Mund schob. Gern hätte er vor Genugtuung laut aufgestöhnt, unterdrückte es aber. Stattdessen kaute er mit Muße jeden Bissen genussvoll durch, während Boone die Unterhaltung mit den verschiedensten Belanglosigkeiten wie den letzten Neuigkeiten aus der Baseball-Liga aufrechterhielt.

Lokan merkte, wie sich sein ausgezehrter Körper mit jedem Bissen erholte. Er leerte seinen Teller und nahm sich noch einmal nach. Aber bevor er mit der zweiten Portion beginnen konnte, ergriff ihn ein Schwindelgefühl, und der Magen krampfte sich ihm zusammen, als ob ihm jemand ein Messer darin umdrehte.

Entsetzt blickte er auf Boone. Was war das? Gift? Das hätte er gemerkt. Er erhob sich halb, während sich alles um ihn herum drehte und der Schmerz in seinem Bauch wütete.

Boone hob abwehrend die Hände. „Mit dem Essen ist nichts, Lokan“, versicherte er. „Es wird dein Magen sein, der aufbegehrt, weil er so lange schon entwöhnt ist.“

Lokan wusste, dass er recht hatte, aber davon wurde ihm auch nicht besser. Der Schweiß stand ihm auf der Stirn, und ihm war, als käme ihm jeder Bissen wieder hoch, den er zu sich genommen hatte. Dann wurde ihm klar, warum Boone während des Essens alle wichtigen Themen ausgespart hatte.

„Du hast gewusst, wie es mir nach dem Essen gehen würde, oder?“, fragte Lokan.

„Ich war ein oder zwei Mal in einer ähnlichen Lage wie du. Als ich zum ersten Mal in eine andere Dimension hinüberwechseln wollte, steckte ich für drei Wochen fest. Das war nicht lustig. Dabei besitze ich die Selbstheilungskräfte nicht, die du hast.“

„Du hast keine Heilkräfte?“, fragte Lokan nach. Das war ein interessantes Detail, das er sich merken konnte, falls Boone sich doch als Gegner entpuppte.

„Doch, natürlich. Aber meine wirken nicht so schnell wie bei dir.“

Allmählich legte sich das Schwindelgefühl, und auch der Krampf im Magen löste sich langsam.

„Du siehst ziemlich fertig aus“, bemerkte Boone.

„War auch ein harter Tag für mich.“

„Tag? Ich würde sagen, das waren ein paar harte Monate.“

Monate? Lokan überlegte. War er so lange tot gewesen? „Woher willst du wissen, dass es Monate waren?“

„Es spricht sich allerhand herum. Dass einer von Sutekhs

Söhnen ermordet wurde. Dass man ihm etwas auf die Brust tätowiert und ihm die Haut von der Brust gezogen hat, um sie Sutekh in einem Plastikrahmen als Beweis dafür zu überreichen, dass er wirklich tot war.“

„Das Häuten habe ich am eigenen Leib erfahren, aber das mit dem Plastikrahmen ist mir neu.“ Merkwürdig. Warum sollte Sutekh sich selbst so eine Trophäe schicken?

„Die Gerüchte besagen auch, dass einer von Sutekhs engsten Vertrauten in den Mord verwickelt war. Wie hieß er noch gleich?“ Boone schnippte mit dem Finger, als er nicht auf den Namen kam, und sah Lokan an, als erwartete er von ihm eine Antwort.

„Gahiji“, half Lokan ihm auf die Sprünge. An jede Einzelheit des Mordes, der an ihm verübt worden war, konnte er sich mit fotografischer Genauigkeit erinnern. Er wusste noch genau, wie tödlich ihn der Verrat getroffen hatte, dem er zum Opfer gefallen war. Er wollte nichts davon hören, deshalb lehnte er sich zurück und meinte mürrisch: „Das sind doch alte Kamellen, die du da aufwärmst. Ich war zufällig dabei.“

„Tut mir leid. Ich wollte dich nicht langweilen. Wie wär’s damit: Das dürfte auch dir neu sein. Gahiji hat buchstäblich den Kopf verloren.“

Lokan zwang sich dazu, ruhig sitzen zu bleiben und sich nicht anmerken zu lassen, wie überrascht er war. „Das Werk meiner Brüder?“, fragte er und überlegte gleichzeitig, ob Sutekh sie das in seinem Zorn wohl hatte büßen lassen.

„Nach dem, was ich habe läuten hören, nicht. Es deutet alles eher auf deinen Vater hin.“

Lokan blieb bei seinem Pokerface und dachte nur bei sich, dass so etwas zu Sutekh passte. Auch von der Jahrtausende währenden Ergebenheit würde sich sein Vater nicht davon abhalten lassen, seinen treuesten Diener umzubringen. Er hatte ja nicht einmal davor zurückgeschreckt, seinen eigenen Sohn zu töten. Und das auf die hinterhältigste Weise. Er hatte Gahiji beauftragt, Dana zu entführen, um so Lokan unter Druck zu setzen, sodass dieser sich schließlich nahezu freiwillig abschlachten ließ. Nur eines war schwer zu verstehen: Warum tötete Sutekh Gahiji für etwas, das er ihm selbst aufgetragen hatte?

Boone schien Lokans unausgesprochene Frage verstanden zu haben. „Wie es aussieht", erklärte er, „hat Sutekh diesen Gahiji getötet, um den Verdacht von sich abzulenken. Es sollte so aussehen, als hätte Gahiji auf eigene Rechnung gehandelt. Hinterher hat Sutekh Krokodilstränen vergossen und praktisch jeden öffentlich verdächtigt, schuld an deinem Tod zu sein."

Lokan ging ein Licht auf. Deshalb auch die tätowierte Haut in dem billigen Bilderrahmen. Auch das war eine von Sutekhs Nebelkerzen. Wenn er nicht sogar beabsichtigt hatte, dass die Unterweltfürsten und -gottheiten gegenseitig mit dem Finger auf sich zeigten, daran alte Bündnisse zerbrachen und ein allgemeines Chaos entstand, während er dabei seine Hände in Unschuld waschen konnte.

„Bist du heute nicht zum Reden aufgelegt?", erkundigte sich Boone. „Ich hatte eigentlich erwartet, dass du nach allem vor Mitteilungsbedürfnis nur so sprühst."

Im Prinzip stimmte das wohl, dennoch entgegnete Lokan: „Dann hast du dich getäuscht. Ich rede nur, wenn ich auch etwas zu sagen habe." Gegenwärtig war er mehr darauf aus zuzuhören. „Andererseits scheinst du ja über eine Menge interessanter Dinge Bescheid zu wissen, die du gern erzählen möchtest, und ich werde mich hüten, dich zu unterbrechen."

Boone sah ihn eine Weile schweigend an. Etwas in seinem Gesichtsausdruck kam Lokan bekannt vor und auch wieder nicht. Irgendwo hatte er diesen Ausdruck schon einmal gesehen, aber nicht damals, als Boone noch ein kleiner Junge war. Es war noch nicht so lange her. Lokan konnte sich nicht darauf besinnen, wo das gewesen war.

„Dein Vater hat ein großes Treffen der Mächtigen einberufen und bei der Gelegenheit", Boone machte eine halb verlegene Geste, „deine Überreste dem Publikum präsentiert."

„Hat er sonst noch etwas … präsentiert?" Sonst noch *je-*

manden? Dana vielleicht? Die Spannung, mit der Lokan auf die Antwort wartete, war kaum zu ertragen.

Ein Schatten huschte über Boones Gesicht. „Denkst du da an etwas Bestimmtes?“

Irgendetwas wusste er. Lokan war sich ganz sicher, wollte aber nicht nachhaken. Eine falsche Bemerkung, und die ganze Unterwelt wusste von Dana. So zuckte Lokan nur scheinbar gleichgültig die Achseln und meinte: „Ich wollte mir nur ein genaueres Bild machen. Also was hat mein Vater da veranstaltet?“

„Ganz offenbar hat er geplant, sich deiner körperlichen Erscheinungsform zu bemächtigen, um so dem anwesenden Publikum seine Macht zu demonstrieren.“

„Sich meiner körperlichen Erscheinungsform zu bemächtigen. Klingt gut. Man kann es auch Leichenraub nennen.“ Es war ein Schock für Lokan, aber er war sich nicht ganz klar darüber, worüber er eigentlich schockiert war. „Und meine Brüder? Haben sie das Spiel durchschaut und ihn daran gehindert?“

„Ja.“

Das war wirklich höchst erstaunlich. Lokan hatte die Frage danach zwar gestellt, aber selbst nicht geglaubt, dass er diese Antwort erhalten würde. Seine Brüder verfügten sicher über außergewöhnliche Kräfte, aber selbst wenn sie diese zusammentaten, würden sie nicht an die Sutekhs heranreichen. „Und dann haben sie mir meinen Körper – wie auch immer – zurückgegeben. Wie haben sie das geschafft?“

„Das Blut der Isis und Sutekhs Blut. Und der Gott wird die zwölf Pforten durchschreiten und wieder auf Erden wandeln.“

Die Worte sollten Lokan vielleicht etwas sagen, aber sie taten es nicht. „Was ist das? Ein Rätsel?“

Boone musterte ihn scharf. „Eine Prophezeiung.“

„Die aber noch nicht erklärt, wie mein Körper zu mir zurückgekommen ist.“ Lokan wartete auf Boones Erklärung, aber es kam keine. So fuhr er fort: „Das erklärt allerdings, warum Sutekh mir meinen Körper rauben wollte. Es hätte ihn aus seiner Verbannung, die ihn in der Unterwelt festhält, befreit.“

„So sehe ich das auch."

„Man stelle sich vor, alle anderen Götter und Halbgötter wären noch an ihre Territorien in der Unterwelt gefesselt. Allein Sutekh hätte sie verlassen und unter die Menschen treten können. Seine Macht wäre ins Unermessliche gewachsen."

„Dafür lohnt es sich doch, einen Sohn zu opfern", sagte Boone mit leiser, eindringlicher Stimme.

Und um so ein Opfer bringen zu können, musste man erst einmal Söhne haben, fiel Lokan dazu ein, und diese Erkenntnis erschütterte ihn bis ins Mark. Die ganze Zeit hatten er und seine Brüder angenommen, Sutekh habe sie in die Welt gesetzt, weil sie seine Botschafter bei den anderen Unterweltgöttern und in der Oberwelt sein sollten. Aber vielleicht war das gar nicht der ausschlaggebende Grund. Vielleicht hatte er sie schon in dem Vorsatz gezeugt, einen von ihnen zu töten, um dann ihre Körper für seine eigenen Zwecke zu benutzen. Wie lange mochte Sutekh diesen Plan schon verfolgen? Und warum war seine Wahl auf ihn, auf Lokan, gefallen? Was hatte er, was seine Brüder nicht hatten?

Lokan machte sich nicht die Mühe, die Frage laut auszusprechen. Boone würde ihm keine Antwort darauf geben können. Es gab nur einen, bei dem sie zu finden war: bei Sutekh selbst.

„Dieser Teil über die zwölf Pforten", dachte Lokan laut nach und registrierte jede von Boones Regungen. „Der Weg durch sie hindurch führt durch Osiris' Reich, und ich kann mir nicht vorstellen, dass Osiris es zulassen würde, dass Sutekh einfach durch sein Territorium spaziert."

„Das muss nicht notwendigerweise für dich gelten." Boone zeigte auf die Gerichte, von denen Lokan noch nicht gekostet hatte. „Aber bedien dich doch, bitte."

„Was willst du mir jetzt sagen?", fragte Lokan immer noch misstrauisch, während er sich ein weiteres Mal den Teller vollud. Das Unwohlsein und die Krämpfe, die er anfangs bekommen hatte, hatten sich inzwischen vollständig gelegt. Er spürte nur noch einen unbändigen Hunger. „Willst du andeuten, dass du den Weg nach draußen kennst?"

„Du bist doch selbst schon darauf gekommen. Die zwölf Pforten."

„Da war ich schon, herzlichen Dank. War nicht besonders erfolgreich. Ich wäre beinahe von einer Riesenschlange aufgefressen worden." Er kaute gerade an einem Stück Hähnchenbrust in Aprikosensoße und ließ sich den raffinierten Geschmack auf der Zunge zergehen. „Fällt dir nichts Besseres ein?"

„Nein." Boone lächelte, doch mischte sich ein merkwürdiger Ausdruck in dieses Lächeln. Eine Art Bedauern, beinahe sah es aus wie Trauer. „Aber ich habe jemanden für dich, jemanden, der dich hindurchführen kann."

„Hindurchführen", meinte Lokan nachdenklich, während ihm etwas auffiel. Dieses Lächeln, diese Schatten, die über Boones Gesicht huschten. Irgendwie vertraut … und doch wieder nicht. Ein Anflug von Wiedererkennen. Das Gefühl machte ihm so zu schaffen, dass er glaubte, allmählich den Verstand zu verlieren.

Bryn saß im Hotelzimmer neben dem Bett und betrachtete ihre schlafende Tochter. Dana lag mit ausgebreiteten Armen da, hatte den Kopf zur Seite gedreht und die Wange an Flopsy geschmiegt.

Ein heller Lichtstreifen fiel auf den Teppichboden, als die Tür hinter Bryn geöffnet wurde. Gleich darauf war die Tür wieder geschlossen, und es wurde wieder dunkel im Raum. Obwohl er keinen Laut von sich gab, wusste Bryn, dass Jack hinter ihr stand.

Eine Weile betrachtete er sie und Dana stumm, dann sagte er: „Tut mir echt leid."

Bryn glaubte ihm. Auch ihr tat es leid, mehr, als sie in Worte fassen konnte. Sie hatte sich Jacks Argumente angehört und musste zugeben, dass er recht hatte. Es gab keine andere Möglichkeit für sie, als zu gehen. Zu lange schon war sie davongelaufen und hatte sich vor Jack oder ihren sonstigen Verfolgern versteckt, wobei sie ihre besonderen Fähigkeiten nur einsetzte, wenn es im Interesse von Danas Sicherheit unumgänglich war.

Jetzt aber war mit diesen Fähigkeiten nichts mehr anzufangen, denn ihr Verfolger hieß Sutekh. Es lag eine merkwürdige Ironie darin, dass Dana jetzt bei ihren Brüdern, vor denen Bryn sieben Jahre lang davongelaufen war, am sichersten aufgehoben war. Bryn blieb nichts anderes übrig, als Dana bei Jack und den anderen zu lassen.

Sie wandte sich halb zu ihm um und warf ihm über die Schulter einen Blick zu. „Du sorgst für ihre Sicherheit. Und du drängst sie nicht dazu, zu werden, was ich geworden bin. Weder ihr noch irgendjemand anderes darf sie zu etwas zwingen, was sie nicht will. Was immer aus ihr wird, soll ihre eigene Entscheidung sein. Dafür wirst du sorgen."

Jack nickte. Dieses Mal verlangte Bryn nicht von ihm, dass er ihr sein Wort darauf gab. Sie konnte ihm ansehen, dass er es ernst meinte. Seine ganze Haltung drückte tiefen Schmerz und Bedauern aus.

„Ihr habt die ganze Zeit gewusst, wo ich steckte, nicht wahr?"

„Ja, haben wir."

Bryn gab ein kurzes, freudloses Lachen von sich. „Hättet ihr mir das nicht sagen können? Warum habt ihr mich in dem Glauben gelassen, dass ich euch entkommen wäre?"

Eine Weile schwieg Jack. Dann sagte er mit sanfter Stimme: „Weil du uns tatsächlich entkommen bist, Brynja Baby. Als du weggelaufen bist, haben wir es kapiert. Wir haben dich zu sehr eingeschränkt und dich praktisch davongejagt. Wir hatten dich verloren." Er verstummte, dann fuhr er fort: „Und das haben wir mehr bedauert, als ich sagen kann."

Tränen stiegen ihr in die Augen, aber sie unterdrückte sie. Wenn sie jetzt anfing zu weinen, würde sie nie wieder aufhören.

„Als einzige Hoffnung blieb uns, dass du von selbst zurückkommst, wenn du dich dazu bereit fühlst."

Bryn wandte sich wieder der schlafenden Dana zu. Das Herz krampfte sich ihr zusammen. Es war die letzte Nacht, in der sie über den Schlaf ihrer Tochter wachen konnte.

10. KAPITEL

Komm denn, Wanderer, der du das Totenreich im Westen bereist.
nach dem Ägyptischen Pfortenbuch

In der Unterwelt

Ringsherum war alles dunkel. Die Erektion, mit der Lokan erwachte, war enorm.

Er hatte von Bryn geträumt, was eigentlich nicht sein konnte, weil Seelensammler nie träumen. Die fieberhaften Bilder, die ihm in der Leere des Niemandslands erschienen waren, zählten nicht. Das waren keine Träume. Es waren eher … Erinnerungen.

Vielleicht war das die Erklärung. Es war gar kein Traum gewesen, sondern eine äußerst lebendige Erinnerung an den unglaublichen Sex, den er mit Bryn in jener Nacht in Miami gehabt hatte.

Monatelang hatte er immer mal wieder versucht, ihr nachzuspüren. Zwischendurch hatte er sich gesagt, dass es besser sei, sie zu vergessen, um bald darauf noch intensiver weiterzusuchen. Von ihr gab es kein Bankkonto, keine Kraftfahrzeugregistrierung, keine Kreditkarten. Es war ihm schleierhaft, wie sie überhaupt in einer Welt existieren konnte, in der alles und jeder aktenkundig sein musste. Bryn zu finden war verteufelt viel schwieriger, als er sich das vorgestellt hatte. Es war, als wollte sie mit aller Macht verhindern, dass sie gefunden wurde.

Letztendlich war er von einem simplen Stück Gebäck auf ihre Fährte geführt worden. Er hatte einen Stopp in einem Café in Cincinnati eingelegt und dort unter einem Glassturz einen Stapel Plätzchen entdeckt. Schon nach dem ersten Bissen wusste er, wer sie gebacken hatte. Eigentlich lächerlich, aber es konnte keinen Zweifel geben. Und so hatte er das Café heimlich überwacht, bis die nächste Lieferung kam, und war dann dem Lieferanten gefolgt, der ihn zu einem Bäcker führte, der eine Reihe von Cafés mit diesen Keksen versorgte. Auf diese Weise war es ihm gelungen, sie wiederzufinden. Aber als seine Suche endlich Erfolg hatte, war es nicht allein Bryn, die er vorfand.

Er stand auf der anderen Straßenseite drei Häuser weiter. Bryn saß da und hatte den Kopf gesenkt, sodass ihr Gesicht hinter ihrem langen, dunklen Haar versteckt war. Zuerst dachte er, sie habe keine Ahnung, dass er sie beobachtete. Aber einen Augenblick später hob sie den Kopf und sah ihm direkt ins Gesicht, und er wusste, dass sie seine Gegenwart die ganze Zeit schon gespürt hatte. Irgendwie schien sie erschrocken zu sein, ihn zu sehen. Lokan war für einen Moment verwirrt. Was hatte er getan, dass sie sich vor ihm fürchtete?

Dann bemerkte er auch, worüber sie sich vorher gebeugt hatte. Es war eine grau-weiß gestreifte Kinderkarre. Er bekam Herzklopfen. Sie sah ihn mit großen Augen an. Dieser eine Blick genügte, und er hatte verstanden. Die Erkenntnis traf ihn wie der Blitz und erschütterte ihn im Innersten. Das Baby, das in dem Kinderwagen lag, war sein Baby. Bryn hatte ein Kind von ihm zur Welt gebracht.

Es war unmöglich. Er war nicht zeugungsfähig, denn das waren Seelensammler grundsätzlich nicht. Und doch hatte er ein Kind.

Als er über die Straße kam und auf sie zuging, hatte sich Bryn schon wieder im Griff und sah ihn gleichmütig an.

„Junge oder Mädchen?“ Lokan war so aufgewühlt, dass er nichts weiter herausbrachte.

Sie zögerte mit der Antwort, und er dachte erst, sie würde gar nichts sagen. Dann antwortete sie knapp: „Mädchen.“ Es schien sie Mühe zu kosten.

Ein Mädchen. Er starrte sie an, unfähig, etwas zu sagen. Er war der Vater eines kleinen Mädchens. Er musste sich zurückhalten, um die Kleine nicht aus ihrer Kinderkarre zu reißen und an sich zu drücken, um sie nie wieder herzugeben. Aber er zwang sich zur Ruhe, obwohl es in ihm tobte. Selbstbeherrschung selbst unter den widrigsten Umständen zu wahren hatte er an der Seite seines Vaters zur Genüge gelernt, und in diesem Moment war er Sutekh beinahe dankbar für diese Lektionen. Denn wenn er sich jetzt nicht im Griff hatte, würde er nie an Bryn herankommen.

„Warum hast du mir nichts davon gesagt?“, fragte er.

„Weil ich nicht wollte, dass du es überhaupt erfährst.“

Ihre Antwort überraschte ihn, und sie war wie ein Stich ins Herz. Er sollte sein eigenes Kind niemals sehen? Seine Tochter sollte aufwachsen und, da sie sterblich war, altern und sterben, ohne dass er jemals von ihr erfahren hätte?

In diesem Moment glaubte er, Bryn Carr zu hassen, und wenn er ihre Miene richtig deutete, empfand sie genau das Gleiche für ihn.

Sie versuchte nicht einmal, sich damit zu rechtfertigen, dass sie keine Möglichkeit gehabt hatte, mit ihm in Verbindung zu treten. Allerdings wäre das auch eine zu windige Ausrede gewesen, denn er hatte in dem Hotel, in dem sie zusammen die Nacht verbracht hatten, eine Kontaktadresse hinterlegt. Es war die vage Hoffnung, dass sie dorthin zurückkommen würde, um nach ihm zu fragen. Aber daran hatte er selbst nicht recht geglaubt. Und was ihn dazu brachte, derartige Hoffnungen zu hegen, wusste er selbst nicht.

„Du brauchst dir keine Sorgen zu machen, dass ich irgendwelche Ansprüche stelle. Ich erwarte nichts von dir“, versicherte sie rasch, während sie krampfhaft den Griff der Kinderkarre umklammerte.

Lokan überwand die Nachwirkungen des Schocks, schluckte seinen Ärger hinunter und meinte in sachlichem Ton: „Aber ich habe ein Recht darauf, bei ihr zu sein und sie kennenzulernen. Sie gehört mir.“

Bryn zuckte zusammen. Ihr Kopf fuhr in die Höhe. Sie holte Luft, sagte dann aber nur ruhig: „Nein.“ Bei aller Panik wirkte sie erstaunlich gefasst und entschlossen. Nichts an ihr erinnerte in diesen Augenblicken an die anschmiegsame, hingebungsvolle Frau, mit der er jene Nacht im Bett verbracht hatte. „Sie gehört niemandem und wird niemals jemandem gehören außer sich selbst", sagte sie mit fester Stimme. „Sie wird zu einem selbstbewussten und selbstbestimmten Menschen heranwachsen."

„Ja, so soll es sein." Lokan hatte nichts dagegen einzuwenden. Es entsprach genau dem, was auch er für seine Tochter wollte.

Bryn atmete tief durch und blickte ihn so eindringlich an, als wollte sie die Gedanken hinter seiner Stirn lesen. Sie war sichtlich unsicher, ob sie seinen Worten trauen konnte.

Eine Weile sagte keiner von ihnen ein Wort. Er rechnete damit, dass sie ihn weiter abwies, und war schon dabei, sich ein Dutzend Argumente zurechtzulegen. Dass sie ihn am liebsten wegschicken würde, stand außer Frage. Doch irgendetwas – vielleicht war es der Ernst, mit dem er gesprochen hatte – musste sie umgestimmt haben. Sie wendete den Kinderwagen, sodass er nun freie Sicht auf das schlafende Kind hatte. Die Kleine lag mit ausgebreiteten Armen da, die Lippen des winzigen Mundes machten ein kaum hörbares schmatzendes Geräusch.

Und dann öffnete seine Tochter die Augen und sah ihm direkt ins Gesicht. Der Blick aus diesen himmelblauen Augen senkte sich bis tief in sein Herz und hinterließ dort ein Bild, das er nie wieder vergessen sollte.

„Du kannst sie besuchen", gestand Bryn ihm nicht ohne spürbaren Widerwillen zu. Noch immer schien sie die Furcht vor ihm nicht abgelegt zu haben. Diese Reaktion schmerzte Lokan, obgleich sie im Grunde verständlich war. Er war ein Seelensammler, ein Reaper, eine Kreatur, die Tod und Verderben brachte, und sollte sich daran gewöhnt haben, dass Menschen sich vor ihm fürchteten. Aber nicht sie. Lokan wollte nicht, dass Bryn Angst vor ihm hatte.

„Aber nur an vorher festgelegten Tagen", fuhr Bryn fort. „Dann kannst du kommen und sie sehen. Und auch nur, wenn ich dabei bin. Auf den Arm nehmen darfst du sie noch nicht. Erst wenn ich dir gezeigt habe, wie man den Kopf hält, und du gelernt

hast, Windeln zu wechseln. Aber das wird noch eine Weile dauern. Du kannst zuschauen, wie ich das mache. Und sie braucht viel Schlaf. Du darfst sie nicht wecken. Und …"

„Da ist endlich die Bryn, wie ich sie kenne. Ich hatte mich schon gewundert, wo sie geblieben ist."

Sie sah ihn mit einem Stirnrunzeln an. Wie gern hätte er ihr mit sanfter Hand die Falten auf der Stirn geglättet. Wie gern ihr versichert, dass sie nichts von ihm zu befürchten hatte und er ihr versprechen würde, dass weder ihr noch dem Kind ein Haar gekrümmt wird. Bryn öffnete den Mund, um etwas zu sagen. Für einen Moment dachte er schon, sie könnten sich aussprechen. Sie würde ihm erklären, warum sie den Kontakt zu ihm abgebrochen hatte, und sie könnten die Spannung zwischen sich abbauen.

Aber dann senkte sie den Blick und nahm wieder ihre Abwehrhaltung ein. „Die Bryn, die du gekannt hast, gibt es nicht mehr. Sie hat zu viele Fehler gemacht. Die Bryn, die jetzt vor dir steht, muss klüger sein. Sie hat noch für jemand anderen zu sorgen." Sie hob den Kopf und sah ihn wieder an, aber sie hatte gleichsam die Rollläden heruntergelassen. Ihre Miene war verschlossen. „Du kannst kommen und sie sehen", wiederholte sie, „aber nur nach vorheriger Absprache."

Lokan überlegte kurz, aber die diplomatische Ader in ihm riet ihm davon ab, weiter mit ihr zu diskutieren. Abwarten, beobachten, sich einen Plan zurechtlegen, abwägen, prüfen – so hatte er es gelernt. Also nickte er nur knapp und meinte: „In Ordnung."

Lokan hielt die Bilder fest. Jede Erinnerung, die zu ihm zurückkehrte, war ihm von ungeheurem Wert.

Der Frieden, den sie damals geschlossen hatten, funktionierte recht gut. Sie waren die ganzen knapp sieben Jahre hindurch höflich und freundlich zueinander. Er würde sogar so weit gehen zu sagen, dass sie beinahe gute Freunde geworden waren. Nur das Feuer, die schrankenlose Hingabe und die Leidenschaft, die er in der ersten Nacht mit ihr erlebt hatte, kamen nicht wieder. Bryn hatte sich hinter einem Schutzwall verschanzt, der so hoch und mächtig war, dass Lokan keine Chance hatte, ihn zu überwinden.

Ihr munteres Geplauder hingegen war nicht verstummt. Sie unternahmen sogar Ausflüge zusammen, gingen später mit Dana in den Zoo und ins Kino. Ein oder zwei Mal in diesen Jahren war es geschehen, dass er sie dabei überraschte, nicht ganz auf dem Posten zu sein, flüchtige Momente, in denen er dachte, dass sie nichts dagegen hätte, wenn er sie küsste, in denen sie es vielleicht sogar wollte. Aber diese Augenblicke gingen rasch vorüber. Ansonsten ließ Bryn ihn an ihrem Schutzwall nicht einmal kratzen und machte deutlich, dass das Einzige, was sie verband, Dana war.

Sein Baby. Sein kleines Mädchen.

Alles täte er, um sie in Sicherheit zu wissen und zu beschützen. Und er *hatte* alles dafür getan. Er war für sie gestorben.

Jetzt aber ging es darum, für sie ins Leben zurückzukehren. Er musste zu ihr, denn das Opfer, das er ihr gebracht hatte, reichte nur für eine kurze Schonfrist. Er hatte sein Leben gegeben und sich von seinem Vater ermorden lassen im Tausch gegen den heiligen Eid, dass Dana nichts geschehe. Aber Sutekhs Schwüren war nicht zu trauen.

Der erste Schritt, der Lokan nun in die Oberwelt bringen sollte, musste darin bestehen, den Führer zu finden, den Boone ihm versprochen hatte. Doch wie er sich hier umblickte, war er von undurchdringlicher Finsternis umgeben. Das machte ihn vor allem deshalb nervös, weil er sonst sehr wohl imstande war, auch im Stockdunkeln wie normale Menschen bei Tageslicht sehen zu können. Sosehr er sich auch bemühte, nicht das Fünkchen eines Lichts war zu entdecken, sodass er es schließlich aufgab und sich darauf konzentrierte, gleichmäßig zu atmen, Ruhe zu bewahren und seine Gedanken zu sammeln. Wenn ihm der Blick nach draußen verwehrt war, musste er ihn eben nach innen richten.

Geduld. Was dieses Wort wirklich bedeutete, darüber hatte er allerhand erfahren, als er in der vollständigen Leere der Todeszone gefangen war. Er hatte gedacht, er hätte sich schon früher in Geduld geübt, als er an der Seite seines Vaters dessen Geschäfte und die Verhandlungen mit den anderen Gottheiten führte. Aber das war nichts dagegen, was er hier erlebte.

Ganz allmählich wurde die Dunkelheit lichter. Schwarz wechselte zu Grau und verwandelte sich schließlich in einen Sepiaton wie auf einer alten, verblassten Fotografie, auf der jetzt Stück für Stück seine Umgebung zum Vorschein kam. In der Ferne war eine Bergkette zu sehen. Die weite Ebene davor bestand aus Sand, Sand und nochmals Sand.

Das Luxor war nicht mehr da. Natürlich nicht. Die Luft fühlte sich anders an. Er wusste, dass er sich nicht in der Oberwelt befand und auch nicht mehr in einer dieser extradimensionalen Blasen.

Als er sich weiter umblickte, entdeckte er auf einem sich bauschenden Tuch einen Falken. Er hatte bernsteinfarbene, wachsame Augen. Der Wind sträubte sein braunes Gefieder.

„Nur um sicherzugehen …“ Lokan war sich klar darüber, dass seine Nachfrage müßig war. Er wusste die Antwort vorher. „… Du bist nicht zufällig mein Führer hier …?“

Mit einem heiseren Schrei erhob sich der Vogel zum Himmel hinauf in die Lüfte.

„Das darf ich wohl als ein Nein verstehen.“

Im nächsten Augenblick waren der Himmel, die Berge in der Ferne und die sandige Ebene davor verschwunden, und Lokan fand sich allein an einem Ort wieder, an dem alles grau in grau war – Steine, Felsen, alles. Er selbst lag auf einer kalten Steinplatte auf dem Rücken und hatte die Arme wie ein Toter kreuzweise über die Brust gelegt.

Mit einem Ruck richtete er sich auf und musterte mit einem raschen Rundblick seine Umgebung und sich selbst. Er fühlte sich sauber und trug noch immer die schwarzen Hosen und das schwarze T-Shirt, das ihm von Boone nach seiner Dusche ins

Bad gelegt worden war. Der Aufwand, den Boone da betrieben hatte, ein komplett eingerichtetes Badezimmer samt Dusche und Wasseranschluss in seine außerirdische Blase zu befördern, war kaum zu ermessen.

Was Boones Motiv anging, machte sein Handeln Lokan nur noch misstrauischer. Sich für seine Rettung zu revanchieren war eine Sache. Aber dieser Kerl hatte die Messlatte so verdammt hoch gelegt, dass sie schon nicht mehr in Sichtweite war. Irgendetwas ging hier vor.

Spannung lag plötzlich in der Luft, und Lokan hatte das Gefühl, als sollte das Rätsel gleich gelöst werden. Er konzentrierte sich auf die Schwingungen und versuchte herauszufinden, aus welcher Richtung diese Energie kam. Bis tief unter die Haut ging das Kribbeln.

Jemand war hier, Lokan konnte ihn jedoch nicht orten. Auch waren die Signale, die bei ihm ankamen, keine, die er kannte. Wer immer der Supernatural war, der sich ihm näherte, Lokan war sicher, dass er ihm nie zuvor begegnet war. Er stand auf und drehte sich um. Aber nichts war zu sehen als grauer Fels und dunkle Schatten.

Wenig später sah er doch etwas. Ein Stück weiter weg bewegte sich im Dunklen verborgen ein Schatten. Wenn es jemand anderer als der ihm versprochene Führer war, musste er auf der Hut sein. Lokan setzte sich auf die Steinplatte zurück und wartete ab. Die erste Bewegung sollte von dem anderen kommen, nicht von ihm.

Wieder spürte er einen Luftzug, aber so schwach, dass er ihn vielleicht gar nicht bemerkt hätte, wäre er nicht darauf gefasst gewesen. Wer immer das dort war, er kam langsam näher.

Noch näher … noch ein Stück. Die Stille ringsum war ohrenbetäubend.

Mit einem Satz sprang Lokan auf, hatte den Gegner an der Gurgel gepackt und hielt mit der anderen Hand dessen Handgelenk fest. Er war drauf und dran, durch die Rippen seines Gegenübers zu stoßen und die Finger um das noch schlagende

Herz zu krallen. Sein Blut war vor Zorn und Verbitterung derart in Wallung gekommen, dass es laut in seinen Ohren rauschte. Jetzt ein sauberer Todesstoß, und der Dämon in ihm wäre fürs Erste besänftigt.

Nach dieser ersten Aufwallung zügelte sich Lokan. Die weit vernünftigere Reaktion war, zunächst einmal nachzufragen. Mit einem schnellen Griff drehte er seinem Gegner den Arm um, sodass der andere mit dem Rücken zu ihm stand. Dann hörte er einen leisen Aufschrei. Es war der Schrei einer Frau. Und erst da fielen ihm die zierliche Figur und die ganz und gar unmännlichen Kurven dieser Gestalt auf. Und der niedliche runde Po, den er in seiner Leistengegend spürte. Gleichzeitig stieg Lokan ein zarter Duft in die Nase. Vanille.

„Verdammte Scheiße, das darf doch nicht wahr sein."

Lokan ließ los und sprang unwillkürlich einen Schritt zurück. Dann stand er da, atmete in raschen Stößen und verstand die Welt nicht mehr.

„Lokan", sagte sie leise und rieb sich das Handgelenk, an dem er sie gepackt hatte.

„Du bist …" *Du bist es doch nicht wirklich*, wollte er sagen. Aber sie war es wirklich. Kein Zweifel.

Ein hässlicher Gedanke kam ihm, und alles in ihm krampfte sich zusammen. Wenn sie hier war, wo war … „Bryn", rief er aus. Seine Stimme klang rau. „Wo ist Dana? Hat er sie …?"

Sie legte ihm die Hand auf den Arm. Die Berührung elektrisierte ihn und rief ihm schlagartig in Erinnerung, wie lange es schon her war, dass ihn jemand berührt hatte.

„Sag, was los ist", brachte er mit Mühe hervor.

„Es geht ihr gut. Sie ist in Sicherheit." Die Antwort beruhigte ihn für einen Moment, dennoch fiel es ihm schwer, das zu glauben. Logisch sprach alles dagegen. „Sie …" Bryn verstummte.

„Was?"

„Sie vermisst dich."

Bei diesen Worten kam es ihm vor, als hätte Bryn ihm das Herz bloßgelegt. Sie schmeckten so süß und waren doch so schmerzhaft. „Wo ist sie?“, drang er ungeduldig in sie. „Sag mir, dass er sie nicht bekommen hat. Sag mir, dass sie nicht bei Sutekh ist.“

Bryn antwortete nicht gleich, und Lokan gefror das Blut in den Adern. So musste es sich anfühlen, wenn man flüssigen Stickstoff intravenös injiziert bekommt. „Sie ist bei meinen Brüdern“, erklärte Bryn endlich.

Bei ihren Brüdern. Lokan musste sich erst einen Augenblick besinnen, bevor ihm einfiel, dass sie in ihrer ersten Nacht ihre Brüder einmal erwähnt hatte. Sie hatte erzählt, dass sie drei Brüder habe. Aber in den sieben Jahren, in denen sie um Danas willen zusammen waren, war nie wieder ein Wort über sie gefallen. Auch Dana hatte nichts von irgendwelchen Onkeln erzählt, sodass Lokan zu der Annahme gekommen war, dass das Mädchen ihnen nie begegnet war. Ebenso wenig wie seinen Brüdern, denn er hatte streng darauf geachtet, dass niemand etwas von der Existenz seiner Tochter erfuhr.

Aber warum hatte Bryn sie so vor ihren Geschwistern abgeschirmt?

„War es für Dana denn okay, dass sie zu wildfremden Leuten kommt?“

Er hatte ins Schwarze getroffen. Bryns Zusammenzucken verriet es ihm. Aber rasch hatte sie sich wieder im Griff und sagte: „Von Jack war sie sofort angetan. Er hat ihr Flopsy wiedergebracht, und sie strahlte wie ein Honigkuchenpferd.“ Bryn schluckte und wurde ernst. „Tatsächlich hatte ich keine andere Wahl, Lokan. Es gab keine andere Möglichkeit.“

„Es gibt immer eine andere Möglichkeit.“ Er schüttelte den Kopf. „Sie schaffen das nicht. Bei ihnen ist sie nicht sicher.“

Ihre Züge verhärteten sich. „Sie tun verdammt noch mal ihr Bestes. Und sie sind besser dazu in der Lage als jeder sonst, den ich kenne.“

„Und die Nummer, die ich dir gegeben habe, die von den Isistöchtern?“

„Sie haben mir Dana zurückgebracht, als sie von den Leuten der Setnakht-Sekte geholt worden war." Bryn war so angespannt, dass sie am ganzen Leib zitterte. „Wie auch immer, es ist nun einmal so, Lokan. Dana ist bei meinen Brüdern, und es hat keinen Zweck, jetzt noch darüber zu diskutieren, was besser gewesen wäre. Ich kann nicht zurückgehen und es rückgängig machen. Und um die Wahrheit zu sagen, würde ich es auch nicht tun. Ich bin davon überzeugt, dass unsere Tochter bei meinen Brüdern am besten aufgehoben ist."

Es kam ihm vor, als stände eine Fremde ihm gegenüber. Sie klang so fest und kühl und sicher in dem, was sie sagte. Sie klang kein bisschen nach Bryn. Dann stutzte er. In seinem Kopf begann es zu arbeiten. Wie kam sie überhaupt hierher? „Bryn, was zum Teufel hast du hier zu suchen?"

Sie sah ihn mit erhobenen Brauen an. Nun gut, so hätte er das vielleicht nicht sagen sollen, aber nun war es heraus.

„Ich werde es dir erklären, versprochen. Wir werden unterwegs eine Menge Zeit zum Reden haben", sagte sie.

„Unterwegs wohin?"

„Ich habe auch ein paar Fragen an dich. Aber nicht jetzt. Jetzt müssen wir uns auf den Weg machen."

„Und Dana?"

„Sie ist in Sicherheit. Ich schwöre es dir. Du musst mir das schon glauben."

„In Sicherheit? Bryn, du hast keine Ahnung, was da hinter ihr her ist." Sutekh. Ein Gott, skrupellos genug, um seinen eigenen Sohn bei lebendigem Leib die Haut abzuziehen und ihn anschließend in Stücke zu hauen. Das bewies zur Genüge, dass vor ihm auch seine Enkelin nicht sicher war. Dass Bryn davon nichts ahnte, daran hatte Lokan selbst Schuld, schließlich hatte er sie nicht eingeweiht. „Es gibt keinen sicheren Ort für sie."

„Es gibt einen. Wenigstens eine Zeit lang. So lange, bis du zurück bist." Sie streckte ihre Hand aus, aber anstatt ihm beruhigend über den Arm zu streichen, ballte sie sie zur Faust und ließ sie wieder sinken. „Alles ... okay mit dir?"

Er musste fast darüber lachen, dass ihr, die sonst um Worte

nie verlegen war, nichts anderes einfiel. „Ja“, sagte er und nahm sich endlich Zeit, sie in Ruhe anzusehen.

Irgendwie war ihr Anblick Balsam für seine Wunden, und er wusste nicht einmal, warum das so war. Er sah sie mit einem Teller voll mit Keksen und einem Glas Milch vor sich. Im Geiste hörte er das helle Lachen seiner Tochter. In ihm breitete sich ein Gefühl von Wärme aus – und von Liebe. Aber der Gedanke daran war ihm unangenehm. Oder lag dieses ungute Gefühl einfach daran, dass sich Bryns plötzliche Unruhe auf ihn übertrug? Sie blickte nervös und besorgt um sich, als ob sie etwas Bestimmtes erwartete, etwas, das ihm das Gefühl gab, dass sie am liebsten von hier verschwinden würde.

„Ich dachte, du wärst tot“, sagte sie und schaute angestrengt in alle Richtungen, nur nicht zu ihm.

Ja, ich war tot. Und in gewisser Weise bin ich das noch immer. Aber ich werde einen Weg finden, das rückgängig zu machen.

Als sie ihn dann wieder ansah, schwammen Tränen in ihren Augen. Er hätte ihr gern die Tränen mit dem Daumen weggewischt und anschließend den Daumen in den Mund gesteckt, um sie zu kosten.

„Du weinst um mich?“, wunderte er sich.

„Ich weine gar nicht.“ Sie fuhr sich mit der Zungenspitze über die Lippen.

Da überkam es ihn. Ohne nachzudenken, legte er ihr die Hand in den Nacken und zog sie an sich. Sie sträubte sich nicht. Im Gegenteil. Sie schmiegte sich an ihn und atmete tief ein.

„Du riechst nach dir“, flüsterte sie. „Ich meine, du riechst auch nach einer Seife, die du sonst nicht benutzt. Aber dadurch hindurch riechst du genau wie du.“

„Wonach denn? Nach Limettenkuchen?“

Sie schüttelte den Kopf. „Nach dir.“

Der vertraute Klang ihrer Stimme und die warme Haut, die er spürte, ließen ihn an Dinge denken, an die er nicht denken sollte. Er hatte eine gefühlte Ewigkeit in der Leere des Niemandslands verbracht und keine andere Gesellschaft gehabt als seinen eigenen Schmerz. Und nun lag Bryn in seinen Armen. Bryn selbst. Nicht nur eine Fata Morgana, die ihm die Erinnerung vorgaukelte. Er konnte ihren weichen, warmen Körper spüren, der sich an seinen lehnte. Er konnte den Duft ihrer Haut riechen, ihre Atemzüge hören, die jetzt leicht und flach waren. Wenn er sich noch ein Stück weiter vorbeugte, würde er sie schmecken können. Alles Beweise dafür, dass sie wirklich da und er nicht mehr allein war.

Bauch und Kopf trugen einen heftigen Kampf miteinander aus. „Oh, verdammt!", entfuhr es ihm unwillkürlich.

Dann beugte er sich über sie, und seine Lippen fanden die ihren.

11. KAPITEL

Ich bringe die Barke der Unterwelt, die meine körperliche Gestalt trägt, dazu umzukehren, und wahrlich fahre ich zu der verborgenen Wohnstatt, um auszuführen, was an Plänen dort geschmiedet wurde.
nach dem Ägyptischen Pfortenbuch

Bryn erstarrte. Lokan hatte sie vollkommen überrumpelt, als er sie enger an sich gezogen und geküsst hatte. Hart und fordernd war sein Kuss gewesen, als sei sie der Quell des Lebens, ohne den er nicht sein konnte.

Für ein paar endlose Sekunden hatte sie ihn gewähren lassen. Es fühlte sich so gut an, wie er ihr den Mund auf die Lippen presste, wie sie unter ihrer Hand sein Herz schlagen fühlte, als sie sie ihm auf die Brust legte.

Ja, sein Herz schlug. Er war am Leben. Er hatte eine feste Form und Substanz. Er, den sie für immer verloren glaubte, war wirklich da, lebendig.

Warm und fest fühlten sich seine Lippen an, und Bryn schmolz bei seinem Kuss dahin, obgleich sie wusste, dass das nicht richtig war, dass es besser gewesen wäre, ihn wegzustoßen. Aber als er es war, der schließlich die Lippen von ihr löste, musste sie sich sogar noch beherrschen, ihn nicht zurückzuhalten und wieder an sich zu ziehen.

„Es tut mir leid“, sagte er leise und klang dabei etwas verstört.

„Was? Dass du mich geküsst hast?“

Darauf gab er ihr keine Antwort. Vielleicht tat es ihm auch leid, dass er fortgegangen war, dass er Dana mit ihr allein gelassen hatte. Dass er ihr in so vielen Dingen nicht die volle Wahrheit gesagt hatte.

Ganze sieben Jahre hindurch hatte er ihr verschwiegen, wer und was er war, hatte sie direkt belogen, indem er vorgab, ein Sterblicher zu sein. Natürlich hatte sie es besser gewusst und schließlich sogar herausgefunden, dass er ein Reaper war. Nur auf eines wäre sie nie gekommen: dass er Sutekhs Sohn war.

Seine Lügen und Halbwahrheiten hatten Dana in Gefahr gebracht. Allein dafür müsste sie ihn hassen. Aber dann müsste sie ebenso sich selbst verurteilen, denn ihre Lügen und Halbwahrheiten waren um keinen Deut besser.

„Lokan“, flüsterte sie, aber sie wusste in diesem Moment gar nicht, was sie sagen sollte. Sie legte den Kopf in den Nacken, um ihm ins Gesicht zu sehen. Mit einem dunklen Laut tief aus der Kehle küsste er sie erneut. Bei aller Leidenschaft glaubte sie, eine Spur Verzweiflung in diesem Kuss entdecken zu können. Es war ein Kuss, der sich von allen anderen unterschied, die sie sich bisher gegeben hatten. Er hatte nichts von der heißen Begierde jener ersten Nacht und noch weniger von den freundschaftlichen Küsschen auf die Wangen, die sie während der sieben Jahre mit Dana ab und zu getauscht hatten.

Bryn wollte ihm mit beiden Händen ins Haar greifen. Nur zu gern hätte sie sich ihm ganz hingegeben. Dieser eine Kuss war Labsal für ihre durstende Seele. Sie wehrte sich nicht. Sie hatte ihn verloren geglaubt und um ihn getrauert, wenn sie das auch nicht recht wahrhaben wollte.

Sie legte ihm beide Hände flach auf die Brust und spürte wieder das Pochen seines Herzens. Seine Lippen forderten ihre Lust heraus und weckten zärtliche Gefühle in ihrem Herzen. Eine Euphorie kam in ihr auf, dass sie seinen kräftigen Körper fühlen konnte, dass er da war, real, dass sie ihn berühren konnte und er sie berührte – beinahe wie in jener ersten, so lang zurückliegenden Nacht.

Nein, sie durfte dem Verlangen nicht nachgeben. Sie würde daran zerbrechen. Es war einfacher, Distanz zu wahren. Sie hatte schon so viele Fehler begangen. Diesen wollte sie nicht auch noch begehen. Aber sie wusste, dass das nicht das war, was sie wirklich im Innersten fühlte.

Nach einer Weile ließ er von ihr ab und lehnte nur sanft seine Stirn an ihren Kopf. Sie waren beide ein wenig außer Atem geraten. Auch Bryn konnte das nicht ganz verbergen, obwohl sie sich sonst bemühte, sich nichts von dem Tumult der Emotionen anmerken zu lassen, der in ihr tobte.

Lokan hob den Kopf und sah sie aus seinen blaugrauen Augen an. Die gleichen Augen wie die seiner Tochter. Sein Haar war ein wenig länger geworden, und um die Augen herum zeigten sich einige Falten, die vorher nicht da waren. In den sieben Jahren, die sie sich jetzt kannten, war er kein bisschen gealtert, und sein Aussehen war unverändert geblieben. Jetzt sah er zwar auch nicht älter aus, wirkte aber … härter, markanter, fast ein bisschen ausgemergelt.

Ganz in Gedanken strich sie ihm sanft über die Wange. Sie schauten sich in die Augen. Dann gab Bryn einen leisen Seufzer von sich und ließ die Hand sinken.

„Boone meinte, du sähest grauenhaft aus“, sagte sie, während sie sich wieder hinter ihren Schutzwall zurückzog.

„Boone“, wiederholte Lokan. „Dann bist du also der Führer.“ Er schüttelte den Kopf und lachte ungläubig auf. „Du bist ein Supernatural, und ich Idiot hatte keine Ahnung davon. Das ist ja wohl nicht zu glauben.“

„So ist es aber.“ Sie konnte ihm seine Reaktion nicht verdenken.

„Die ganze Zeit war mir, als erinnerte mich Boone an jemanden. Aber ich habe geglaubt, dass ich spinne. Und Boone ist …?“

„Mein ältester Bruder.“

Lokans Gesicht verriet mit keiner Miene, was er dachte. „Und bei ihm ist Dana jetzt?“

„Bei ihm und Jack und Cahn.“

„… deinen anderen Brüdern?“

Bryn nickte.

„Und wie zum Teufel wollen sie für Danas Sicherheit sorgen?“

„Mit den gleichen Mitteln, mit denen es ihnen gelungen ist, dich nach Las Vegas zu bringen. Sie bündeln ihre Kräfte und schaffen für Dana einen Raum außerhalb der Oberweltdimensionen, so einen wie den, in dem du dich befunden hast. Niemand gelangt dort hinein oder heraus."

Lokan schwieg eine Weile, dann meinte er: „Das ist ein Käfig, Bryn."

Wer wusste das besser als sie? Sie hatte den größten Teil ihres Lebens in so einem Käfig verbracht.

„Trotzdem ist es der einzige Ort, auf den Sutekh keinen Zugriff hat. Solange du nicht zurück bist, ist es ihr Schutz."

Lokan stieß ein freudloses Lachen aus. „Und wenn ich zurück bin, was dann?"

„Dann übernimmst du Danas Schutz."

„So wie ich mich selbst geschützt habe?" Sein Tonfall war bitterster Sarkasmus.

Bryn war bestürzt, ihn so zu hören. Das klang gar nicht nach ihm, nicht nach dem Lokan, den sie kannte. „Ich weiß, dass du dich für Dana geopfert hast", sagte sie dann. „Boone hat es mir erzählt."

„So? Boone scheint ja über eine Menge Sachen gut Bescheid zu wissen. Was hat er noch erzählt?"

„Dass du dich hast töten lassen, damit sie verschont bleibt. Dass dein Vater einen Eid geschworen hat, sie am Leben zu lassen, wenn du deines dafür gibst, und dass er ihr dann nichts tun würde."

Er legte ihr die Hände auf die Schultern. „Auf die Eide meines Vaters kannst du scheißen." Rasch zog er die Hände wieder zurück, als hätte er sich an ihr verbrannt.

„Immerhin konnte Roxy Tam unsere Tochter retten und heil und gesund zu mir zurückbringen."

„Aber auch nur, weil Sutekh da noch keine Verwendung für sie hatte. Da noch nicht. Mach dir nichts vor, Bryn. In dem Moment, in dem Sutekh meint, dass Dana ihm von Nutzen sein könnte, wird er versuchen, sie sich zu holen. Er wird sie für seine Zwecke missbrauchen und auch töten, ob sie nun seine Enkeltochter ist oder nicht."

Das war ihr auch klar. Deshalb hatte sie auch ihre Entscheidungen getroffen, nachdem sie sich mit Jack unterhalten hatte. Dana bei ihren Brüdern zurückzulassen war ihr so schwergefallen wie nichts anderes je zuvor. „Es hat ihn ja auch nicht gekümmert, ob du sein Sohn bist oder nicht."

Lokan nickte. Dann runzelte er die Stirn und fragte: „Wer ist Roxy Tam?"

„Isisgarde. Sie war diejenige, die geschickt wurde, als ich die Nummer angerufen habe, die du mir genannt hast."

„Dann haben sie dir tatsächlich geholfen. Ich hatte gehofft, dass sie das tun. Es war das Einzige, was mir unter den gegebenen Umständen einfiel." Sein Lächeln wirkte müde und traurig. Bryn ahnte, was er in jener Nacht durchlitten haben musste.

Die Luft um sie herum begann zu vibrieren. Sie war plötzlich so spannungsgeladen, dass Bryn meinte, ein Summen vernehmen zu können. Es blieb ihnen keine Zeit mehr.

„Wir müssen los", mahnte sie und wollte sich einen Schritt von Lokan entfernen.

Aber der hielt sie am Arm fest. Nicht so fest, dass er ihr wehtat, aber fest genug, dass sie nicht fortkonnte. „Bryn …"

„Nein, wir müssen …" Die Worte blieben ihr im Halse stecken. Starr vor Schrecken schaute sie auf die Felswand direkt hinter ihnen. Es sah aus, als würde das massive Gestein schmelzen, als bewegte sich der Fels wie eine riesige, schleimige Schnecke auf sie zu, wobei er trotzdem zusammenzuschrumpfen schien. Sie zeigte mit einer Kopfbewegung in die Richtung und sagte, als Lokan sich danach umdrehte: „Nichts wie weg hier. Du musst mir vertrauen."

Er zog eine Augenbraue hoch. „Vertrauen? Mit dem Vertrauen ist es bei mir nicht mehr weit her."

Wie kam das? Weil er von seinem eigenen Vater hintergangen worden war? Weil er wusste, dass Bryn ihm über Jahre hinweg nicht die volle Wahrheit gesagt hatte? Aber das waren Fragen, die sie sich für später aufheben mussten.

Noch immer behielt er die sich zu einer wabernden Masse

wandelnde Felswand im Auge. „Ich werde dir nicht einfach blindlings folgen, Bryn. Das kann ich nicht. Du musst mir schon irgendetwas anbieten."

Nach allem, was ihm widerfahren war, konnte sie seine Bedenken nachvollziehen. „Okay. Was ist das hier? Das ist ein provisorischer Zugang, den Boone und Jack geschaffen haben, ein Eingang, den wir passieren müssen. Es brauchte einen neutralen Ort, an dem ich dich finden konnte. Das hier alles existiert in Wirklichkeit gar nicht, das ist eine Illusion, die allein mit ihrer Gedanken- und Willenskraft geschaffen wurde. Aber sie hält nicht ewig, zumal Boones Kräfte schon reichlich erschöpft sind, nachdem er einiges davon aufbieten musste, um dich nach Vegas zu holen, damit er mit dir reden konnte. Dazu kommt, dass er und Jack noch für Danas Sicherheit sorgen müssen. Wir müssen hier raus, bevor das alles zusammenbricht. Wenn nicht, gehen wir mit unter."

Er verzog den Mund zu einem schiefen Lächeln. „Na, das war ja schon eine ganze Menge."

Sie konnte ein Lächeln nicht unterdrücken. Er hatte ihr zugehört und offenbar jedes Wort, das sie gesprochen hatte, ernst genommen. Noch nie war ihr von jemandem so viel Aufmerksamkeit geschenkt worden.

Er bückte sich und hob einen schwarzen Rucksack auf seine Schultern, den, wie sie annahm, Boone ihm mitgegeben hatte. Dann nahm er sie bei der Hand. „Komm, gehen wir."

„Moment mal", wandte sie ein. „Du wirst *mir* folgen und nicht umgekehrt. Dafür bin ich hier."

Würde er ihr widersprechen? Halbwegs erwartete sie es, denn an sich war er derjenige, der den Ton angab. Nur einmal hatte sie ihm mit Erfolg die Stirn geboten, als sie ihm klargemacht hatte, dass er Dana nur zu ihren Bedingungen sehen könnte. Danach gab es Auseinandersetzungen dieser Art nicht mehr, sei es, dass sie ihr Quantum an Heldenmut aufgebraucht hatte, sei es, dass er sich so einsichtig gezeigt hatte, dass es zu derartigen Situationen gar nicht mehr kam. Besonders wenn es um Dana ging, hatten sie prächtig harmoniert, da sie beide alles andere dem Wohl ihrer Tochter untergeordnet hatten.

Jetzt aber war sie an der Reihe, die Führung zu übernehmen, und als Erstes mussten sie hier verschwinden. Ein brüllendes Tosen erhob sich um sie herum, und die Wände der Höhle, in der sie sich befanden, begannen immer ungestümer zu wogen. Ihre kleine Wiedersehensparty war vorbei.

„Es fällt in sich zusammen", rief Bryn. Sie drehte sich um und begann zu laufen, wobei sie Lokan mit sich zog. Mit klopfendem Herzen rannte sie, so schnell sie konnte, und er hielt sich an ihrer Seite, ohne ihre Hand loszulassen.

Die Wände pulsierten, der Lärm wurde so laut, dass Bryn wie von Windstößen die Haare ins Gesicht schlugen und ihr die Kleider am Leib klebten. Der Fels unter ihren Füßen war ebenfalls in Bewegungen geraten. Er hob und senkte sich, wogte, als sei er lebendig geworden, und machte jeden Schritt riskanter.

Bryn warf einen Blick über die Schulter zurück. Hinter ihnen stürzten die Wände, ballte sich der Fels zusammen. Der Boden schwand immer weiter nur wenige Meter hinter ihren Schritten, dort, wo sie gerade ihren Fuß hingesetzt hatte. Aber Bryn meisterte ihre Angst und konzentrierte sich allein darauf, wohin sie treten konnte, ohne zu straucheln. Das Tosen war jetzt so gewaltig, dass sie meinte, das Trommelfell werde ihr gleich platzen. Von hinten erreichte sie eine klirrende Kälte. Eiskristalle bildeten sich auf ihrem Gesicht und hingen ihr in den Wimpern. Vor sich sah sie weiß ihren Atem flattern. Lokan lief jetzt vorneweg, und nun war er es, der sie mit sich zog.

Das Dahinschwinden des Bodens erreichte ihre Fersen. Dann bäumte sich der Untergrund auf wie ein scheuendes Pferd, das seinen Reiter abwerfen will. Sie kam ins Stolpern, verlor das Gleichgewicht, Lokans Hand entglitt ihr. Mit einem Schrei fiel sie nach hinten. Mit ausgebreiteten Armen suchte sie irgendwo nach Halt, aber in dieser eisigen Leere gab es nirgends Halt.

Bryn fiel und fiel und fiel.

Zugspitze, Deutschland

Dagan war der Erste, der ankam. Er ließ die Kälte des Portals hinter sich und drehte sich um, um nach Alastor und Malthus zu sehen, die ihm folgten. Malthus hielt Calliope eng umschlungen, die sich aber gleich nach Verlassen des Portals von ihm löste, beiseitetrat und sich prüfend nach allen Seiten umsah.

Sie standen auf einem Treppenabsatz. Nach oben und nach unten führte jeweils eine Holztreppe aus sieben Stufen. Calliope bedeutete den anderen mit einer stummen Geste zu bleiben, wo sie waren. Dann ging sie die Treppe nach oben, wobei sie mit dem Rücken zur Wand hinaufstieg, um vorsichtig die Lage auf dem nächsthöheren Absatz zu erkunden. Dagan unterdrückte seinen Unwillen darüber, dass sie sich ungefragt an die Spitze des Unternehmens setzte. Aber das hier war ihr Terrain, und es war das Klügste, ihr das Auskundschaften zu überlassen. Außerdem machte sie ihre Sache gut, indem sie sich geschickt im Schatten hielt und sich lautlos wie ein Geist bewegte. Das musste auch Dagan anerkennen.

Dann gab sie ihren Gefährten ein Zeichen, dass die Luft rein war. Der flüchtige zärtliche Blick, mit dem sie Malthus dabei streifte, erinnerte Dagan daran, wie Roxy ihn manchmal ansah, und das Herz wurde ihm schwer. Er vermisste sie höllisch.

Die Dauer von rund zehn Menschengenerationen hatte er ohne sie verbracht und wusste dabei noch nicht einmal, dass er zu solchen Gefühlen für eine Frau überhaupt fähig war. Und nun, da sie nicht da war, litt er Höllenqualen.

Er wusste, dass Alastor an seine Naphré dachte, so wie er an Roxy, und dass es seinem Bruder ähnlich ging wie ihm. Zwischen den Brüdern gab es eine Art geistige Verbindung, die sie in die Lage versetzte, Leiden oder Gefahren der anderen, egal wo sie sich befanden, zu spüren. Das war von Vorteil, weil sie sich im Ernstfall zu Hilfe kommen konnten. Dennoch tat sich gerade Dagan, der sich nicht gern in die Karten schauen ließ, schwer damit, besonders wenn es um Emotionen ging. Aber daran ändern konnte er sowieso nichts.

Calliope war inzwischen von ihrer Erkundung zurückgekehrt. Sie machte sich jetzt auf den Weg zur Treppe hinab und bedeutete den anderen, ihr zu folgen. Doch Malthus hielt sie am Arm fest.

„Wissen sie, dass wir hier sind?“, fragte er.

„Die Matriarchinnen? Ohne Zweifel“, antwortete Calliope. „Ich kann meine Ausstrahlung nicht so abschirmen wie ihr. Außerdem bin ich Mitglied der Garde. Sie haben meine Schwingungen wahrscheinlich schon aufgefangen, als wir noch draußen am Berghang standen.“

Sie ging die Treppe hinunter, und Malthus folgte ihr. Dagan und Alastor wechselten einen Blick. Sie waren draußen noch dafür gewesen, dass Calliope zurückblieb und sie und Malthus allein hineingingen, um Roxy und Naphré zu retten. Aber Malthus hatte seine Freundin darin unterstützt, dass sie allein wegen ihrer Kenntnis der Örtlichkeit eine unersetzliche Hilfe sei, und dem hatten die beiden dann nichts mehr entgegenzusetzen.

So marschierten sie los, Calliope vorneweg, Dagan bildete die Nachhut.

„Findest du es nicht auch komisch, dass sich hier niemand blicken lässt?“, fragte Alastor seinen Bruder mit gedämpfter Stimme. „Wenigstens so etwas wie einen förmlichen Protest hätte man doch wohl erwarten können.“

„Es sei denn, unser Eindringen ist genau das, was sie wollen.“

Alastor runzelte die Stirn. „Denkst du, sie führt uns in eine Falle?“

„Absichtlich, meinst du? Nein.“ Dagan war zwar von Natur aus misstrauisch, aber bei Calliope sah er längst keinen Grund mehr dafür. Zwar war ihre Loyalität zwischen Malthus und der Isisgarde geteilt, wenn es aber ernst wurde, würde sie immer zu Malthus stehen. Das hatte sie schon hinlänglich bewiesen.

„Was aber nicht heißt, dass es keine Falle gibt“, fügte Dagan hinzu. „Nur wenn sie zuschnappt, sitzt sie genauso drin wie wir.“

„Du kannst einem immer so schön Mut machen“, seufzte Alastor.

Schweigend setzten sie ihren Weg fort. Der Durchgang wurde immer enger. Dagan musste sich ein bisschen verdrehen, um mit seinen Schultern durch den schmalen Gang zu passen. Unten angekommen landeten sie der Enge wegen einer hinter dem anderen stehend vor einer stählernen Sicherheitstür, die mit einem biometrischen Scanner ausgerüstet war.

„Sie erwarten uns bereits“, sagte Calliope. „Wir können hereinkommen.“

„Sind wir eingeladen?“, fragte Alastor mit seinem unerschütterlichen britischen Humor. „Wenn ja, wozu? Zum Fünf-Uhr-Tee oder zu einem kleinen, intimen Schlachtfest?“

„Es könnte sich auch um beides handeln“, entgegnete sie. „Diese Tür da hat einen Selbstzerstörungsmechanismus. Jedenfalls hatte die entsprechende Tür in der Festungsanlage in Kanada, aus der Malthus mich herausgeholt hat, einen.“

„Mit anderen Worten: Sobald wir hindurchgehen, fliegen wir alle in die Luft?“

„So ähnlich kann es passieren.“

„Roxy ist hier“, meldete sich Dagan. „Ich spüre es.“ Sein Blick ging zu Alastor, der nur stumm nickte. Auch er hatte Naphrés Nähe geortet.

Dagan drängelte sich an seinen Brüdern und Calliope vorbei, die sich flach an die Wand drücken mussten, um ihn durchzulassen. Calliope funkelte ihn aus ihren dunklen Augen an, sagte aber zunächst nichts. Ohne zu zögern, trat Dagan durch die Tür in einen Korridor, der dahinterlag.

„Halt!“, rief Calliope, als er weitergehen und auf die zweite Tür am Ende des Ganges zuschreiten wollte. „Keinen Schritt weiter, sonst verdirbst du uns alles.“

Dagan zögerte, ob er stehen bleiben sollte. Schließlich war es Calliope, die sie vor möglichen Fallstricken warnen sollte. Genau deshalb war sie ja mitgekommen. Aber es drängte ihn weiter, und er konnte keine Gefahr erkennen. Und wenn es jemanden erwischen sollte, dann ihn. Er war der Älteste und trug die Verantwortung für die anderen. Dass er in Lokans Fall versagt hatte, lag ihm schon schwer genug auf der Seele.

„Zum Donnerwetter, bleib stehen und hör auf, dich zu benehmen wie ein Arschloch“, knurrte Malthus und packte ihn am Arm. „Calliope kennt sich hier aus und weiß Dinge, die wir nicht wissen.“

„Arschloch ist mein zweiter Name“, knurrte Dagan zurück, aber im nächsten Moment hatte er sich schon wieder unter Kontrolle.

„Da sagst du mir nichts Neues.“ Malthus' Grinsen sah etwas verkniffen aus.

Alastor und Calliope traten hinzu. Mit leeren Händen umzukehren kam nicht infrage, auch wenn sie damit rechnen mussten, hier gemeinsam unterzugehen.

Die Tür hinter ihnen glitt lautlos zu und schloss mit einem leisen Klick.

Malthus horchte auf. „Was war das?“

„Der Selbstzerstörungsmechanismus.“

„Ich dachte es mir.“ Er drängte zu Calliope, als wollte er sie mit seinem Köper gegen jegliches drohende Unheil abschirmen. Genau dasselbe hätte Dagan getan, wenn es sich um Roxy gehandelt hätte, und er musste beinahe schmunzeln, als er bemerkte, dass Calliope genauso reagierte, wie Roxy reagiert hätte. Sie warf Malthus einen bitterbösen Blick zu.

„Warten wir eigentlich auf etwas Bestimmtes?“, wollte Dagan dann wissen.

Calliope wandte sich zu ihm um. „Ja“, sagte sie und fügte nur ein paar Sekunden später hinzu: „Darauf.“

Da bemerkte er es auch. Zunächst war es nur so etwas wie eine magische, unwirkliche Atmosphäre, die sich um sie verbreitete. Dann spürte er etwas wie ausgestreckte Fühler, die ihm feucht über die Haut fuhren, ein … fieses Gefühl, bei dem man sich fragen musste, ob hier ein guter oder ein böser Zauber im Spiel war. Vielleicht eine Mischung aus beidem.

Calliope blieb äußerlich unbeeindruckt. Ob dieses aufdringliche Abtasten sie störte oder nicht, sie ließ es sich nicht anmerken, wobei es sicherlich eine Rolle spielte, dass sie das Ganze schon einmal durchgemacht hatte. „Gehen wir", meinte sie trocken, als sich die ekligen Fühler zurückgezogen hatten, und schritt abermals voran den Gang hinunter.

„Keine Frage", brummte Alastor. „Sie wissen hundertprozentig, dass wir hier sind."

„Ich kann es kaum erwarten zu erfahren, was sie mit uns vorhaben", feixte Malthus.

„Dir scheint das ja einen Riesenspaß zu machen", sagte Calliope. Aber sie klang nicht sehr überrascht. Malthus war ein echter Adrenalinjunkie. Ins feindliche Lager vorzustoßen oder riskante Prüfungen wie diese zu überstehen, gab ihm gerade erst den richtigen Kick.

„Seht mal da", meinte Alastor und machte eine Kopfbewegung, mit der er auf die Bilder deutete, die an den Wänden hingen. Auf ihnen waren die zwölf Pforten des Osiris dargestellt.

„Ist das ein Zufall?", fragte Malthus.

„Wohl kaum", erwiderte Dagan.

„In der Prophezeiung war vom Blut der Isis und dem Sutekhs und den zwölf Pforten die Rede", sagte Alastor. „Die Matriarchinnen hätten alles Mögliche an ihre Wände malen können. Aber ausgerechnet dafür haben sie sich entschieden. Bin gespannt, warum."

Sie gingen weiter, Dagan, der nun die Führung übernommen hatte, vorweg. Die zweite Stahltür vor ihnen öffnete sich, und dieses Mal gingen sie, ohne stehen zu bleiben, hindurch.

Ein Stück weiter prallten sie gegen eine Glaswand. Dagan wirbelte herum. Aber zu spät. Die Tür hinter ihnen hatte sich bereits geschlossen. Malthus warf sich mit einem unterdrückten Aufschrei dagegen.

Sie waren in die Falle getappt, dort hinein, wo die anderen sie haben wollten.

Und Calliope war nicht mehr bei ihnen.

12. KAPITEL

Der große Gott kommt zu dieser Pforte und durchschreitet sie, und die Götter dahinter jubeln ihm zu.
nach dem Ägyptischen Pfortenbuch

In der Unterwelt

Lokan erwischte Bryn gerade noch am Hemd, riss sie zu sich zurück und hielt sie fest, indem er gleichzeitig einen Satz rückwärts machte, um dem näher kommenden Abgrund zu entgehen. Dann stellte er sie wieder auf die Füße und vergewisserte sich, dass sie den Schock einigermaßen überwunden hatte.

Es war keine Zeit mehr, auf Empfindlichkeiten Rücksicht zu nehmen, und so schnappte sich Lokan Bryns Handgelenk und rannte mit ihr los. Er hatte alles verloren, selbst sein Leben. Jetzt auch noch sie zu verlieren kam nicht infrage.

Sie rannten, während das imaginäre Gebilde aus Felsstein hinter ihnen zerbröselte und von einer schwarz gähnenden Leere verschluckt wurde. Zwei Ausgänge tauchten vor ihnen auf.

„Welcher ist es?“, fragte Lokan und steuerte schon auf den linken zu.

„Der rechte“, rief Bryn.

Nachfragen konnten sie sich nicht mehr leisten. Wenn Boone sie geschickt hatte, um ihn hier herauszuholen, sollte sie entscheiden. Was nicht hieß, dass er gewillt war, das Kommando komplett aus der Hand zu geben.

Sie änderten also die Richtung und liefen auf den rechten Ausgang zu. Wurde der Boden jetzt sicherer unter ihren Füßen? Lokan versuchte, es bei jedem Schritt herauszufinden, und allmählich wuchs seine Überzeugung, dass es so war. Das Tosen hinter ihnen schien ebenfalls ein wenig abzuebben. Über die Schulter warf er einen Blick zurück. Tatsächlich war ihnen das Chaos längst nicht mehr so dicht auf den Fersen. Mehr und mehr gewannen sie Abstand.

Im nächsten Moment bogen sie um eine Ecke und befanden sich unvermittelt in einer neuen Umgebung, einem langen, von mächtigen Steinquadern eingefassten Gang. Das wirkte schon einigermaßen vertrauter.

„Halt!", rief Bryn atemlos und zog Lokan am Arm und gleich darauf, als er nicht gleich auf sie hören wollte, noch einmal etwas stärker. Endlich ließ er sie los, und sie konnte stehen bleiben. Sie rang nach Luft und war schweißüberströmt. Vorwärtsgebeugt stützte sie die Hände auf die Knie und ließ den Kopf hängen, während sie rasselnd Atem holte.

„Wir müssen weiter, Bryn."

Sie schüttelte den Kopf. „Es ist schon gut", keuchte sie. „Hierher kommt es uns nicht nach."

Misstrauisch warf er einen weiteren Blick zurück, aber sie schien recht zu haben. Der Tunnel, die Ecke, um die sie gebogen waren – es war noch alles da.

„Du hattest wohl recht mit deinem Ausgang", bemerkte er.

Sie wendete ihm das Gesicht zu und sah ihn durch die Strähnen ihres dunklen Haars an. Unwillkürlich hatte er das Bild seiner Tochter vor Augen. Dana liebte es, sich das lange, goldblonde Haar ins Gesicht fallen zu lassen und dahinter wie hinter einer Gardine hervorzulugen. *Kuckuck!* Helles Kinderlachen. Eine unbeschreibliche Sehnsucht ergriff Besitz von ihm. Es fühlte sich an wie körperlicher Schmerz.

„Wo wir jetzt sind, habe ich immer recht", sagte sie und riss ihn aus seinen Gedanken. „In dieser einen Hinsicht mache ich keine Fehler."

Etwas in ihrem Ton ließ ihn aufhorchen. „Könntest du mir freundlicherweise verraten, was *diese eine Hinsicht* ist? Sag mir mal, was hier überhaupt gespielt wird. Sieben Jahre haben wir miteinander verbracht, und während der ganzen Zeit ist dir nie eingefallen, mir reinen Wein einzuschenken und mir zu verraten, dass du keine Sterbliche bist?"

„Wir waren sieben Jahre zusammen, ohne dass du es für nötig befunden hast zu erwähnen, dass du ein Reaper bist", konterte sie. „Und nicht bloß irgendeiner, sondern Sutekhs Sohn."

Lokan fragte sich im Stillen, in welchen Dingen sie ihm noch die Wahrheit verschwiegen haben mochte. Was in Teufels Namen stellte Bryn nun in Wirklichkeit dar? Und welche Konsequenzen ergaben sich daraus? Zum Beispiel für Dana.

Andererseits hatte Bryn recht. Wer war er, dass er mit dem Finger auf andere zeigen konnte? Ein Reaper, Sutekhs Sohn. Und welche Konsequenzen hatte *das* für Danas Dasein?

Bryn richtete sich auf und schaute ihm mit funkelnden Augen gerade ins Gesicht, als wollte sie ihn mit ihrem Blick versengen. Bryn derart in Rage – das hatte er noch nicht allzu oft erlebt. Genau genommen noch gar nicht. Sie war eigentlich immer nur die ausgeglichene, redselige Bryn gewesen, ein Ruhepol, der es ihm erlaubte, einfach nur er selbst zu sein.

Lokan wunderte sich, wie er auf so einen Gedanken kommen konnte, und schob ihn beiseite. Dennoch war er versucht, ihr zu sagen, wie sehr er sie vermisst und wie oft er an sie gedacht hatte, wie ihr Bild immer wieder vor seinen Augen aufgetaucht war. Er wollte seine Hand nach ihr ausstrecken, aber just, als er sie berühren wollte, hatte sie das Visier schon wieder heruntergelassen. Es war, als sei sie einen Schritt vor ihm zurückgewichen, obwohl sie sich keinen Zentimeter bewegt hatte. Und alles, was Lokan schon auf der Zunge lag, verschwand in der Versenkung, aus der es gekommen war. War wohl auch besser so.

Lokan zuckte die Achseln. „Es ist eben nie zur Sprache gekommen", meinte er schließlich.

„Dito", antwortete Bryn kühl.

So hatte er das gar nicht sagen wollen, denn auch das war nicht die ganze Wahrheit. Sie hatte ihm genügend Gelegenheit gegeben, von sich zu erzählen, und er hatte sie in dem Glauben gelassen, dass er der Sohn eines einflussreichen Gangsterbosses war. In einer gewissen Weise war das ja nicht einmal ganz falsch. Nur dass sein Vater keiner der üblichen Gangsterbosse war. Umgekehrt hätte auch sie die Chance gehabt, von sich zu erzählen, hatte es aber dabei belassen anzudeuten, dass sie mit ihrer Familie gebrochen hatte. Lokan wollte auf jeden Fall verhindern, dass seine Tochter in dieses Gestrüpp aus Lügen und Halbwahrheiten geriet.

„Ist Dana ...", er machte eine vage Handbewegung, „dasselbe, was du bist, was immer es ist?"

Er konnte sie nicht einordnen. Als Gesandter seines Vaters war er weit in den verschiedenen Reichen der Unterwelt herumgekommen, und so kannte er sich unter den verschiedenen Spezies der Supernaturals aus wie sonst kaum jemand – von Izanamis Shikome bis zu Xaphans Feuerbräuten. Dass sie nicht zur Isisgarde gehörte, wusste er, da er sie schon nackt gesehen und nirgends an ihr das dunkle Zeichen der Isis entdeckt hatte. Sie gehörte zu einer Art, der er bislang noch nicht begegnet war.

Bryn sah ihn unter ihren langen Wimpern hindurch an. „Dana ist eine Sterbliche", sagte sie, ohne näher auf die andere Frage einzugehen.

„Bryn, ich war selbst ein Sterblicher, bevor ich heranwuchs. Und das war bei dir vermutlich nicht anders. Natürlich ist Dana ein menschliches Wesen – noch. Aber was ist sie in zehn oder zwanzig Jahren?"

Bryn starrte auf ihre Fußspitzen. „Ich weiß es nicht."

„Du weißt es nicht? Oder willst es nur nicht sagen?" So billig wollte Lokan sie nicht davonkommen lassen. Er griff nach ihrem Arm, und als sie den Kopf hob, blickte er in ein Gesicht voller Sorge, Furcht und Schmerz.

„Ich weiß es wirklich nicht", wiederholte sie. „Ich weiß nur, dass sie jetzt sterblich ist. Und das heißt auch, dass jemand sie töten kann. Zum Beispiel dein Vater Sutekh." Sie nannte diesen Namen, als spuckte sie einen giftigen Brocken aus. Genau das, was Sutekh auch war.

„Und deshalb bin ich auch hier, Lokan. Du musst zurückkommen." Atemlos und immer eindringlicher redete sie auf ihn ein. „Du musst sie beschützen. Du bist der Einzige, der das kann. Jeder andere würde über kurz oder lang daran scheitern. Wenn Sutekh hinter ihr her ist, wird er sie bekommen. Es sei denn, du hältst ihn davon ab."

Was sie sagte, versetzte Lokan einen Stich ins Herz. „Glaubst du denn nicht, dass ich das auch will? Jede Sekunde, die ich hier unten bei klarem Verstand verbracht habe, habe ich an sie gedacht, habe ich sie vermisst, habe ich ..." *... dich vermisst.* Es fehlte nicht viel, und er hätte es ausgesprochen, aber er hielt sich gerade noch rechtzeitig zurück.

Dabei stimmte es. Er hatte Bryn vermisst. Aber seit wann zum Teufel bedeutete sie ihm so viel? Sie war die Mutter seiner Tochter. So stellte sie sich ihm doch dar, oder nicht? Wenn er an sie dachte, dachte er an eine freundlich lächelnde, warmherzige Frau, die munter mit ihm plauderte, während sie Dana etwas zu essen machte. Die Male, da sie ihn fragte, ob er nicht bleiben wolle, wurden häufiger, und überbackener Nudelauflauf wurde mit der Zeit so etwas wie sein Leibgericht.

Sie war einfach nur ... da. Und ihm war gar nicht bewusst geworden, dass ihm das Zusammensein schon längst zur Selbstverständlichkeit geworden war. Bis jetzt, da sie vor ihm stand, das Kinn herausfordernd vorgestreckt und mit funkelnden Augen.

Er war davon ausgegangen, dass sie eine großartige Mutter sein würde. Und er war auch davon ausgegangen, dass sie perfekt miteinander auskommen würden. Sie zog die Kleine auf, er schaute gelegentlich herein, um Dana als ihr etwas zu groß geratener Spielkamerad den Tag zu versüßen. Er hatte durchaus seinen Anteil daran, wenn es darum ging, Dana zu bemuttern und zu trösten, wenn sie krank war, oder sie auf ihrem ersten Zahnarztbesuch zu begleiten. Er hatte sich das selbst so ausgesucht, wobei er nicht den leisesten Zweifel daran hegte, dass Bryn sich selbst um solche Aufgaben gekümmert hätte, wenn er zufällig mal nicht da war. Sie sorgte mit bewundernswerter Hingabe für ihre Tochter.

Bryn war eben nicht nur die liebe, freundliche Plaudertasche, bei der er sich aufgehoben fühlte. Sie war auch die tatkräftige, kompetente Bryn, die mit allem fertig wurde, was ihr in den Weg kam. Auch hiermit. Wie gern hätte er sie jetzt in die Arme genommen, ihr das Haar aus dem Gesicht gestrichen und sie auf die Stirn geküsst.

Er sah Bryns fragenden Blick und überlegte, ob sie wohl gerade dasselbe dachte wie er.

„Was ist?", fragte sie. „Warum starrst du mich so an, als ob …?"

„Als ob – was?"

„Als ob du mich zum ersten Mal siehst."

Das war vielleicht gar nicht so verkehrt.

Sekunden verrannen. Er konnte nicht anders. Sacht strich er ihr mit den Fingerrücken über die Schläfe. Sie rührte sich nicht, sondern schloss nur die Augen, während ihr der Atem stockte. Er beugte sich über sie.

Er wollte mehr als nur einen Kuss, wollte sich auf sie werfen, ihr die Jeans herunterziehen und in sie eindringen. Das wäre ein schlagender Beweis, dass er wieder am Leben wäre. Aber sich das zu beweisen war nicht der wirkliche Grund, warum er derartige Wünsche hegte. Damit würde er sich ganz schön in die eigene Tasche lügen.

Bryn drehte sich von ihm weg. „Wir müssen uns auf den Weg machen", mahnte sie. „Das Zeitfenster ist nur begrenzt, und wenn wir es nicht nutzen, hängen wir hier fest. Stell dir das mal vor, Lokan Krayl. Du kämst hier nicht mehr weg und hättest auch noch für ewige Zeiten mich auf dem Hals. Wie würde dir das gefallen?"

Sie wartete nicht auf eine Antwort, sondern setzte sich in Bewegung und marschierte den Gang entlang.

Nein, an diesem Ort wollte Lokan gewiss nicht bleiben. Mit Bryn allein zu zweit zu sein war etwas anderes und keine so schlechte Idee.

„Hier war ich doch schon mal", bemerkte Lokan, als sie eine Strecke des Tunnels hinter sich gebracht hatten.

„Wann?" Während sie fragte, machte Bryn einen Bogen um eine große Servierplatte, auf der gefüllte Tauben mit Safranreis angerichtet waren. Die Speise der Toten. Nichts für sie. Nicht bevor sie das essen *musste*.

Lokan fuhr nachdenklich mit den Fingerspitzen über die Felsblöcke, die die Wände des Tunnels bildeten. „Kurz bevor ich ... in dieses Boot gestiegen bin", antwortete er zögernd. Er blieb stehen. „Du willst mir doch nicht erzählen, dass das der Weg sein soll, der hier herausführt? Das hatte ich alles schon und wäre fast von einer Riesenschlange zum Frühstück verspeist worden."

Sie stießen auf eine Unmenge von Seelen, die in einer langen Zweierreihe standen und warteten. Vorne lag ein Boot aus den Schilfblättern des Papyrus im Wasser.

„Boone hat dir doch angekündigt, dass er dir jemanden schickt, der dich durch die zwölf Pforten geleiten kann." Sie schien Lokans Bedenken nicht zu teilen.

„Und der einzige Weg hindurch muss mit dem Boot bewältigt werden?"

„Hast du etwas gegen Boote?", fragte sie zurück. Dann erinnerte sie sich aber an eine Szene von früher. Sie waren an einem sonnigen Tag unterwegs gewesen und fuhren auf einer Fähre. Lokan hatte die ganze Überfahrt über an der Reling gestanden, ins Wasser gestarrt und sich geweigert, Danas Hand auch nur für einen Moment loszulassen.

Zögernd legte sie ihm die Hand auf den Arm. Sie fühlte seine warme Haut und die Stärke seiner Muskeln. Ein angenehmes Gefühl. Sie betrachtete die goldenen Härchen auf seinem Unterarm, dann schaute sie ihm ins Gesicht und fragte unverblümt: „Was ist los mit dir?"

„Was los ist? Ich bin Sutekhs Sohn, und dies hier ist zufällig der Wartesaal zu Osiris' zwölf Pforten. Und dann war da ja noch diese unangenehme Geschichte, dass mein Vater Osiris tötete und ihn in Stücke zerlegte.“ Lokan verstummte, und Bryn wurde reichlich beklommen zumute, weil sie unwillkürlich daran dachte, wie Lokan gelitten haben musste, als Sutekh dasselbe mit ihm gemacht hatte. „Ich bin das letzte Mal nur hier herausgekommen“, fuhr Lokan fort, „weil dein Bruder mir dieses Schlupfloch zwischen Raum und Zeit gelassen hat. Ich bezweifle, dass es ein so brillanter Plan ist, mich ein zweites Mal auf diesen Trip zu begeben.“

„Nur haben wir keinen anderen Plan. Ich dachte, Boone hätte dir erklärt, dass er sich darum gekümmert hat. Er hat mit Osiris einen Deal gemacht. Osiris wird dir keine Hindernisse in den Weg legen.“

Lokan ließ sich nicht irremachen. Er hatte genau auf Bryns Wortwahl geachtet. „Er wird mich nicht hindern, aber er wird mir auch nicht gerade helfen. Heißt es das?“

„Es heißt, wenn du den Weg durch die Tore findest, wird sich Osiris dir nicht in den Weg stellen.“

„Und Boone kann das alles voraussagen? Ist er Hellseher?“ Ein leicht gereizter Unterton lag in Lokans Worten. Bryn konnte das verstehen. Wenn einen schon der eigene Vater ans Messer liefert, kann man schon mal misstrauisch werden. Und was sie ihm angeboten hatte, waren bisher auch nur Garantien aus zweiter Hand. Warum sollte er darauf bauen?

„Ich führe dich durch die Pforten“, sagte sie mit sanfter Stimme und hätte gern noch mehr gesagt. Wenn sie ihm jedoch die ganze Wahrheit offenbarte, würde er bestimmt nicht mit ihr gehen, befürchtete sie. Das war so gewiss, wie gewiss war, dass kein anderer Weg hier herausführte. „Es wird dir nicht gehen wie das Mal zuvor, weil ich jetzt bei dir bin. Du bist gescheitert, weil du weder die Zauberformeln kanntest noch im Besitz der nötigen Magie warst.“

„Und du bist im Besitz der nötigen Magie, Bryn? Wo hast du dein Wissen versteckt?“

Wie um das Gesagte zu unterstreichen, musterte er sie von Kopf bis Fuß und dann noch einmal eingehender in umgekehrter Richtung. Ziemlich ungeniert starrte er ihr dabei auf die Brüste. Das war neu. Die ganzen bewussten sieben Jahre hindurch hatten sie miteinander Mahlzeiten eingenommen, waren spazieren gegangen oder hatten auf der Couch gemeinsam ferngesehen, alles mit Dana zwischen sich. Nie hatte er sie – abgesehen von ihrer ersten Nacht in Miami – so angesehen wie jetzt. Und nie war ihr bei einem Blick von ihm so heiß geworden. Sie musste sich wirklich fragen, was zum Henker in sie gefahren war, dass sie ausgerechnet hier und jetzt auf solche Gedanken kam.

„Ich besitze diese Dinge nicht", korrigierte sie Lokan schließlich, „man könnte sagen, ich *bin* diese Dinge. Ich trage dieses Wissen in mir."

Er verschränkte die Arme vor der Brust. „Bryn, sprich. Klar und deutlich, weil ich dieses Drumherumgerede nicht mehr hören kann." Mit einem schiefen Lächeln fügte er hinzu: „Was eigentlich ein Witz ist, wenn gerade ich so etwas sage. Denn sonst bin ich es meistens, der um den heißen Brei redet."

„Du meinst als Botschafter deines Vaters?"

Er hob kurz die Brauen. „Hat Boone dir das erzählt?"

„Ja."

Es folgte eine Pause, in der sich das Schweigen lange hinzog. Lokan wartete noch immer auf eine Erklärung, und Bryn fühlte sich zunehmend in der Klemme. Wenn sie ihm die Wahrheit darüber sagte, wie diese Reise enden würde, würde er keinen Schritt weiter tun. Wenn sie sich weigerte, ihm eine Erklärung zu geben, würde vermutlich dasselbe passieren. Und zu lügen kam auch nicht mehr infrage. Jetzt und an dieser Stelle musste es mit den Lügen und Halbwahrheiten vorbei sein. Sollten dieses die letzten Erinnerungen sein, die er an sie haben würde, sollten die nicht mit Unwahrheit befleckt sein. Es gab noch immer so viele Dinge, die sie nicht gewagt hatte, ihm anzuvertrauen, und ihm auch jetzt noch nicht anvertrauen konnte. Aber es war möglich, ihm ein paar Einzelheiten anzubieten, von denen sie sicher war, dass sie wahr waren.

„Wie genau das funktioniert, weiß ich selbst nicht", begann sie und wählte ihre Worte sorgfältig. „Meine Brüder haben mich lange im Unklaren gelassen. Sie hatten sich nur meiner Fähigkeiten bedient, ohne zu sagen, woher sie kommen."

Lokan runzelte die Stirn, aber Bryn unterbrach seinen möglichen Einwand, indem sie abwehrend die Hand hob.

Über ihren Groll gegen ihre Brüder war sie zwar schon hinweg, aber immer noch haderte sie mit sich selbst. Wie hatte sie so naiv sein können zu glauben, dass sie bloß schwanger werden musste, um all ihre Probleme loszuwerden?

Das hatte natürlich nicht geklappt – im Gegenteil. Die Probleme hatten sich nur verschärft. Während ihrer Schwangerschaft war etwas mit ihr geschehen. Ein Zeitpunkt dafür ließ sich nicht nennen. Es war ein stiller, allmählicher Wandel gewesen, der sich bei ihr vollzog.

Die letzte Gewissheit stellte sich erst später ein. Nicht in dem Augenblick, da sie Dana zum ersten Mal im Arm hielt, nicht einmal, als sie sie zum ersten Mal stillte. Es war komischerweise der Augenblick, wo sie ihrer Tochter zum ersten Mal die Windeln wechselte. Bryns Kenntnisse über Babys waren recht begrenzt. Sie war noch nicht einmal sicher gewesen, ob die Windeln schon nass waren. Aber just als die Kleine nackt auf ihrer Windel lag, begann sie, ihr Pipi zu machen, sodass es Bryn über beide Hände lief. Dana öffnete ihre himmelblauen Augen und sah ihre Mutter mit einem Lächeln an, das man hätte verschmitzt nennen können.

Es war die Sekunde dieses Lächelns, in der sich Bryn rettungslos in ihr Kind verliebte. War es vorher ihr Plan gewesen, Dana jemandem in Obhut zu geben und dann das Weite zu suchen, kam jetzt nur noch eine gemeinsame Flucht mit Dana infrage. Und so lernte Bryn, sich zu tarnen, ihre Spuren zu verwischen, sich vor ihren Brüdern zu verbergen.

Hatte sie gedacht. Nur war dem nicht so. Ihre Brüder wussten zu jeder Zeit, wo sie zu suchen war, hatten aber beschlossen, sie nicht aufzustöbern. Das Verrückteste an der Geschichte war, dass Dana inzwischen bei Boone, Jack und Cahn am sichersten aufgehoben war, nachdem Bryn alles Menschenmögliche dafür getan hatte, sie von ihnen fernzuhalten.

Lokan wartete noch immer auf eine Erklärung, die Bryn zögerte, ihm zu geben, bis sie sich endlich dazu durchrang, doch damit herauszurücken. Um Danas willen musste er Bescheid wissen.

„Ich bin eine Führerin der Seelen. Der Fachausdruck dafür heißt Psychopomp. Ich bin aber nicht das, was die Jungianer unter dem Begriff verstehen. Ich vermittle nicht zwischen dem Bewussten und dem Unbewussten. Obwohl man bei etwas großzügiger Betrachtung da sogar eine Verbindung ziehen könnte, denn ich kann mich in Träume einklinken. In manche, nicht in alle ..."

„Bryn ... bitte." Lokan hob leicht die Brauen. Mehr brauchte er nicht zu sagen. Bryn verstand, dass sie wieder ihrer alten Gewohnheit verfallen war, ins Blaue hineinzureden und ihre Unsicherheit hinter einem Schwall von Worten zu verstecken. Lokans kurze Ermahnung hatte durchaus nicht unfreundlich geklungen, sondern ein wenig amüsiert, beinahe liebevoll, sodass ihr ein leichter Schauer über den Rücken lief.

„Das mit den Träumen ist nicht das Entscheidende. Ich bin ein Walker." Tatsächlich gelang es Bryn im zweiten Anlauf, in wenigen Worten auf den Punkt zu kommen. Es war besser so. Sie musste ihm nicht lang und breit von ihren sonstigen Fähigkeiten erzählen, davon, dass sie ihre Seele von sich abspalten konnte, dass sie sich zweiteilen konnte. Sie hatte keinen Grund, all ihre Geheimnisse auszuplaudern, und ein paar gute Gründe, das nicht zu tun.

„Ein Walker ... ein Psychopomp ...", sinnierte Lokan.

Etwas in dem Ton, in dem er das sagte, ließ sie aufhorchen. „Hast du schon einmal von unserer Spezies gehört?"

„Von einem Walker nicht, aber von einem Psychopomp. Soweit ich weiß, ist das jemand, der die Seelen in die Unterwelt geleitet. War das nicht auch die Aufgabe der Walküren, die früher die ehrenvoll Gefallenen von den Schlachtfeldern nach Walhalla führten? Die Japaner kennen so etwas Ähnliches auch, die Shinigamis, Totengeister. Lässt sich das mit dem Walker vergleichen?"

Bryn nickte.

„Und dein Bruder Boone, ist der auch ein Walker?"

„Nein. Die Walker sind ausschließlich weiblich." Letztlich war das der Grund, warum sie vor Jahren hatte die Flucht ergreifen müssen. Sie hatte etwas, was Boone, Jack und Cahn nicht hatten. Und diese Fähigkeit war ihren Brüdern so wichtig, dass sie Bryn im übertragenen Sinne in einen Käfig – in gefährlichen Zeiten sogar in einen richtigen Käfig – gesperrt und sie nur herausgelassen hatten, um sich ihrer besonderen Gaben zu bedienen. Sie wurde behütet und umsorgt, aber auch eingeengt und fremdbestimmt. Von all dem sagte Bryn jedoch nichts. Denn jetzt ging es darum, dass Lokan auf Boones Hilfe vertraute.

Die Art, wie Lokan sie ansah, beunruhigte sie. Es kam ihr vor, als könne er ihr an den Augen all das ablesen, was sie so gern für sich behalten würde. Bis zurück zu jener Nacht in Miami. Das Motiv, das sie damals angetrieben hatte, war zu erbärmlich. Sie könnte es nicht ertragen, wenn er jemals herausbekäme, warum sie damals schwanger werden wollte. Dass sie ihr Kind hingeben wollte, damit es ihren Platz einnähme und sie endlich frei sein konnte.

„Und was ist mit Dana? Wird sie auch ein Walker?"

Bryn fuhr vor Schreck zusammen, als Lokan ihren Namen nannte. Dann besann sie sich und stellte erleichtert fest, dass er ihre Gedanken offenbar doch nicht lesen konnte.

„Ich sagte es schon. Ob sie einmal wird wie ich – keine Ahnung. Ich habe auch keine Vorstellung, was aus einer Verbindung zwischen einem Reaper und einem Walker hervorgeht."

„Zwischen einem Sohn Sutekhs und einem Walker", korrigierte er.

Bryn wollte nichts davon hören, aber sie wusste auch, dass sie es nicht ändern konnte. Sie musste nach vorn blicken. Es ging jetzt allein um Danas Sicherheit, und das bedeutete, dass sie alles in ihren Kräften Stehende tun musste, um Lokan hier heraus und in die Oberwelt zu schaffen, damit er Dana beschützen konnte.

„Kümmern wir uns jetzt lieber um die praktischen Fragen." Er klang ruhig und sachlich, obgleich sie sich vorstellen konnte, dass ihn das, was er gerade von ihr erfahren hatte, nicht ganz unberührt ließ. „Erzähl mir, wie du uns hier herausbringen wirst."

Ihr war nicht entgangen, dass er nicht gesagt hatte, herausbringen *willst*, sondern herausbringen *wirst*. „Du glaubst mir also, dass ich das kann?"

„Ja. Ich will nur hören, wie es funktioniert. Ich habe sieben Jahre lang Zeit gehabt, dich kennenzulernen, Bryn, und ich weiß, dass du nicht diejenige bist, die behauptet, etwas zu können, das sie in Wirklichkeit nicht kann." Er überlegte einen Augenblick. „Erinnerst du dich nicht an den Eisenbahnkuchen?"

Natürlich erinnerte sie sich daran. Zu ihrem vierten Geburtstag hatte sich Dana einen ganz besonderen Geburtstagskuchen gewünscht. Er sollte die Form einer Eisenbahn haben. Also nicht bloß eine Torte mit dem Bild von einer Eisenbahn darauf oder große Kekse in Form von Eisenbahnwaggons, sondern einen richtigen Zug in 3D mit Lokomotive, Rädern, Schienen und allem Drum und Dran. Bryn hatte den Kuchen gebacken. Sie hatte gesagt, sie macht es, und so geschah es. Jetzt wunderte sie sich darüber, dass Lokan sich überhaupt daran erinnerte.

„Das war ein Kuchen", wehrte sie ab. „Was wir hier vor uns haben, ist von etwas anderem Kaliber."

„Wie auch immer. Ich wollte damit nur ausdrücken, dass man sich darauf verlassen kann: Wenn du etwas sagst, dann tust du es auch."

Es brauchte einen Moment, bis sie die Bedeutung seiner Worte richtig erfasst hatte. Und da waren es nicht nur sein Lächeln und seine strahlend blauen Augen, weshalb ihr warm ums

Herz wurde, sondern diese neue Erkenntnis. Er traute ihr etwas zu. Sie wunderte sich selbst, dass ihr das so viel bedeutete.

„Wo du die Walküren erwähntest … Ich stamme in gerader Linie von der Walküre Kára ab."

„Du bist eine Walküre? Dann nimmst du mich gleich mit nach Walhalla, oder wie? Ich frage mich, ob uns das wirklich weiterbringt."

Sie wollte etwas mehr sagen, aber alles in ihr wehrte sich dagegen. Und doch musste er es wissen, um zu ermessen, was aus Dana werden konnte. Wie sollte er ihr Kind sonst wirkungsvoll beschützen? So gab sie sich schließlich doch einen Ruck und sagte: „Ich stamme in einer anderen Linie ebenfalls von Izanami-no-mikoto ab. Ich bin auch eine Shinigami."

Lokan runzelte die Stirn. „Walküre *und* Shinigami?"

Ihr war aufgetragen, dieses Geheimnis niemandem zu verraten. Es sollte, so war es ihr beigebracht worden, nur zwischen ihr und ihren Brüdern bestehen. Und jetzt war sie dabei, es Lokan zu offenbaren, ausgerechnet einem Reaper und Sohn Sutekhs. Dennoch war es unumgänglich. Nur so würde er verstehen, dass jede der Unterweltgottheiten Jagd auf Dana machen würde, wenn sie eines Tages tatsächlich den Weg ihrer Mutter beschritt.

Da sie es nicht über sich brachte, das Geheimnis direkt auszuplaudern, beließ Bryn es bei einer weiteren Andeutung: „Eine andere meiner Linien geht zurück auf die Seelenbegleiter der Inuit."

Sie betrachtete ihn und wartete ab. Sekundenlang blieb sein Gesichtsausdruck ratlos, dann hörte sie es förmlich in seinem Kopf klicken. Die Puzzleteile hatten zueinandergefunden.

Er kniff die Augen zusammen und fragte: „Sonst noch Vorfahren?"

Man konnte sich eben auf Lokans analytischen Verstand verlassen.

„Jeder, der dir einfällt", sagte sie und schaute ihm dabei mutig ins Gesicht. „Nenne einen beliebigen Namen, und ich zeige dir die Linie, die mich zu ihm führt. Ich bin ein Schmelztiegel.

Mein genetischer Code ist ein Flickenteppich der Götter und Dämonen der gesamten Unterwelt."

„Werde mal ein bisschen deutlicher, Bryn."

Aber das brauchte sie gar nicht. Er hatte schon begriffen.

Sie verschränkte die Arme und rieb sich die Oberarme, als ob sie frieren würde. Lokan sah sich das nicht lange mit an. Er nahm ihre Hände und hielt sie still.

„Ich trage das genetische Material in mir. Ich kenne mich in jedem beliebigen Territorium der Unterwelt aus, auch wenn ich noch nie dort gewesen bin. Praktisch *bin ich* die Karte. Ich könnte jede Seele an jede Stelle der Unterwelt führen."

Für eine Weile herrschte vollkommene Stille. Lokans Miene verriet nicht, was er dachte. Dann sagte er in nüchternem Ton: „Du bist der verdammte Generalschlüssel zur Unterwelt. Keines der Tore ist dir verschlossen. Du gelangst hin, wohin du willst." Nach einer nachdenklichen Pause fuhr er fort: „Das heißt, du könntest jedes Reich der Unterwelt infiltrieren und bräuchtest nicht einmal fürchten, entdeckt zu werden?"

Sie schluckte, dann nickte sie.

„Und die merken es nicht einmal."

Nun war es heraus. Sie hatte sich so sehr davor gefürchtet, dass es irgendwann an den Tag käme. Wenn es herauskam, musste sie damit rechnen, dass sie verfolgt wurde, dass man ihr eine Falle stellte, sie einsperrte und sie dann irgendeinem Gott oder Dämon mit ihren besonderen Gaben zu Diensten sein musste. Und nun war es Lokan Krayl, der Sohn des finstersten, hinterhältigsten und mächtigsten Gottes der Unterwelt, mit dem sie dieses Geheimnis teilte.

Was er noch nicht wusste, war, dass es für ihn bereits zu spät war, dieses Wissen für sich auszunutzen. Es war ihre Bestimmung, Seelen in die Unterwelt zu geleiten, nicht heraus. Der Übertritt in die Unterwelt kostete immer eine Seele. Wenn sie Lokan also durch die zwölf Pforten herausbrachte, wurde die Bezahlung fällig – eine Seele zum Ausgleich für die, die sie entführt hatte. Und das würde ihre eigene sein.

Boone hatte mit seinem und ihrem Vater gesprochen, und der war zu Osiris gegangen und hatte mit ihm den Deal ausgehandelt.

Niemals würde sie frei sein.

Sie war hier gefangen, dazu gezwungen, die Seelen, die die Vorhalle betraten, zu begrüßen und sie vor Osiris' Angesicht zu führen. Die zwölf Pforten – das war demnächst einzig und ausschließlich ihre Welt.

Letztlich war es ihre Entscheidung gewesen, eine Entscheidung, die getroffen werden musste. Um Danas willen.

Sie würde Lokan hier herausschaffen, sodass er wieder auf die Erde und unter die Menschen kam. Und dann war für die Sicherheit ihrer Tochter gesorgt. Lokan war der Einzige, der dafür sorgen konnte.

Nur den Preis dafür kannte er noch nicht.

13. KAPITEL

Es herrscht Dunkelheit auf dem Weg durchs Totenreich Duat.
nach dem Ägyptischen Pfortenbuch

Bryn bestand darauf, die Ruderer zurückzulassen und den Weg allein fortzusetzen. Nur sie beide allein. Lokan spürte kein Bedürfnis, dem zu widersprechen. Die Ruderer, die ihn bei seinem ersten Versuch hierher bis an die erste Pforte begleitet hatten, waren wahrlich keine große Hilfe gewesen. Dennoch lag ihm ihr schreckliches Ende auf dem Gewissen. Es hatte, wie er es sah, in seiner Verantwortung gelegen, sie heil durch das Tor des Osiris zu schleusen, und er hatte es nicht vermocht.

Lokan und Versagen. Das ging nicht gut zusammen. Jeder neue Fehlschlag nagte an seinem Selbstvertrauen, und das war etwas, das er überhaupt nicht gebrauchen konnte, nicht jetzt, wo es darum ging, zusammen mit Bryn wieder in die Oberwelt zu gelangen. Nicht wenn es darum ging, seinem Vater gegenüberzutreten. Er musste darüber hinwegkommen. Nichts einfacher als das.

Der Fluss sah genauso trügerisch ruhig aus wie beim ersten Mal, spiegelglatt und ohne jede Strömung, sodass das Boot auf der Stelle ruhte, wenn man nicht paddelte.

„Bryn, geh auf dem Weg zurück, auf dem du hergekommen bist." Es war sein dritter Versuch, sie dazu zu überreden, seitdem sie das Boot bestiegen hatten. Er wollte sie nicht hier haben, nicht nachdem er erfahren hatte, was dies für ein Ort war. „Wenn irgendeiner der Unterweltgötter erfährt, wer und was du bist und dass du hier bist, werden sie hinter dir her sein."

„Ich hab dich doch bei mir", erwiderte sie.

„Und du meinst, ich kann dich beschützen?"

Sie sah ihn mit einem unergründlichen Blick aus ihren dunklen Augen an. „Ja", sagte sie.

Welch unerschütterliches Vertrauen. Schade nur, dass er es nicht teilen konnte. Die Zeiten seines unerschütterlichen Selbstvertrauens waren vorbei, seitdem man ihn umgebracht hatte. Auf diese Art seine Grenzen zu erfahren war schon äußerst bitter. Über Jahrhunderte hatte er als Seelensammler niemanden fürchten müssen und war als Sohn Sutekhs, des mächtigsten Gottes der Unterwelt, so gut wie unantastbar gewesen.

Er war Sutekhs Botschafter, hatte mit den hartnäckigsten Gegnern seines Vaters zu tun gehabt und sich Gehör verschaffen können. Er war ein guter Diplomat. Er hatte sich unbezwingbar gefühlt, und den Nervenkitzel, wenn er wieder Feindesland betrat, hatte er immer mehr als Lust denn als Frust empfunden.

Mit Sutekh selbst hatte er verhandelt, als er in jener Nacht mit seinem eigenen Leben das Leben seiner Tochter freigekauft hatte. Nun ging es um das Leben und die Sicherheit der Mutter seiner Tochter. Und jetzt war sie es selbst, die er überzeugen musste, und sie war weiß Gott eine harte Nuss.

„Du brauchst mir doch bloß die Richtung zu sagen und mir eine Liste mit den Namen der Pforten zu geben, die ich passieren muss. Dann komme ich schon durch“, meinte er. „Wir sehen uns oben in der Oberwelt wieder, und wenn ich zurück bin, machen wir mit Dana einen schönen Ausflug nach Disneyland.“

Bryn tauchte das Paddel ein. Ein Mal, zwei Mal. Schließlich meinte sie: „Das kann ich nicht.“

„Du kannst nicht oder du willst nicht?“

„Es geht nicht.“

Lokan unterdrückte seine Ungeduld. Sie half ihm jetzt nicht weiter. „Und warum nicht?“

„Aus verschiedenen Gründen. Hauptsächlich deshalb, weil ich selbst den Weg nicht kenne, bis er genau vor mir liegt, und auch den Namen einer Pforte erst weiß, wenn sie vor uns auftaucht. So funktioniert das nun einmal.“

Etwas in ihrem Ton verriet ihm, dass das nicht der entscheidende Grund war. „Du weißt also nicht, was uns hinter der nächsten Biegung erwartet? Und das Losungswort, das wir aussprechen müssen, um durch eine Pforte zu kommen, fällt dir immer erst kurz davor ein?"

„So ist es."

Lokan überlegte einen Augenblick. Dann durchschaute er den Sinn, der hinter diesem System steckte. „Ich verstehe. Das ist so eine Art Schutz für dich, nicht wahr? Wenn du einmal in die Situation kommst, dass jemand dich zwingt, ihn durch das Totenreich zu geleiten, muss er dich am Leben erhalten. Er braucht dich in jedem Augenblick." Er merkte, wie sich ihre Schultern anspannten, als er das sagte. Warum beunruhigte es sie so, da er doch über nichts weiter sprach als über einen Mechanismus, der sie schützte? Vielleicht war sie an ihre Geheimniskrämerei schon so gewöhnt, dass jede Kleinigkeit sie wurmte, die er herausbekam. Dafür hatte er sogar ein gewisses Verständnis.

Bryn sagte nichts mehr, und das verhieß nichts Gutes.

„Bryn?"

„Die erste Pforte ist direkt vor uns. Ich muss mich konzentrieren."

Einen Moment lang wunderte sich Lokan. Es war sonst nicht ihre Art, ihm so rigoros das Wort abzuschneiden. Aber sie hatte recht. Die Pforte war vor ihnen aufgetaucht. Links und rechts an den Wänden wimmelte es von Schlangen, die sich umeinander und übereinander windend die Tunnelwände hinauf- und hinunterkrochen. Auch unter ihrem Bootskiel begann es sich zu regen. Schlangen kamen an die Oberfläche des Flusses und wühlten das eben noch ruhige, spiegelglatte Wasser auf.

„Wäre nicht schlecht, wenn dir jetzt bald das Zauberwort einfiele", meinte Lokan, während er mit einem Schlag mit der flachen Seite seines Paddels eine der kleineren Schlangen abwehrte, die von oben ins Boot zu fallen drohte. „Ich habe keine Lust, den ganzen Horror noch einmal durchzumachen."

Ihm stand noch vor Augen, wie seine beiden Ruderer von diesen bösartigen Riesenreptilien mit Haut und Haar verschlungen worden waren, als er das erste Mal diese Stelle erreicht hatte, und diese Erinnerung drückte wie eine Zentnerlast auf sein Gemüt.

Er konnte nicht zulassen, dass Bryn dasselbe widerfuhr. Das Problem war nur, dass seit der Nacht, in der Sutekh ihn hingeschlachtet und gehäutet hatte, seine Reputation als Beschützer außerordentlich gelitten hatte. Was wäre, wenn er Bryn nicht beschützen …

Nein, er durfte an so etwas gar nicht denken. Das würde nur die schwarze Bestie füttern, die seitdem in ihm hockte und versuchte, ihm Angst zu machen, um ihn zu zerbrechen.

Also versuchte Lokan, sich mit anderen Gedanken abzulenken. Er dachte daran, wie es in Bryns Küche duftete, wenn sie, was sie so gerne tat, Kekse buk. Er dachte an den Klang ihrer Stimme, wenn sie wie üblich unbeschwert über Gott und die Welt redete wie ein Wasserfall. Es half. Der Druck auf ihm ließ nach.

Sein Blick fiel auf Bryns Rücken. Sie saß ganz still am Bug des Boots – zu still. Lokan stand auf und kroch zu ihr nach vorne. Er zögerte einen Moment, dann nahm er sie bei den Schultern und drehte sie zu sich, sodass er ihr ins Gesicht sehen konnte.

Rote Striemen liefen ihr über die Wangen. Sie weinte. Sie weinte Tränen aus Blut und sah Lokan dabei mit einem seltsam leeren Blick aus wasserblauen Augen an. Es war erschreckend. Denn Bryns Augen waren braun, dunkelbraun, fast schwarz.

„Verdammt“, presste Lokan durch die Zähne und wehrte eine Schlange ab, die sich ihm um den Arm wickeln wollte. „Bryn!“ Er hielt ihre Schultern und schüttelte sie.

„Saa-Set“, kam es mit schwacher Stimme aus Bryns Mund.

Lokan hob den Kopf und rief den Namen laut aus, den Bryn geflüstert hatte. „Saa-Set.“

Ein anschwellendes Konzert von giftigem Zischen antwortete ihm. Bewegung kam in die Masse der die Wände entlangkriechenden Leiber. Sie schien sich zu vervielfachen und rückte näher. Lokan richtete sich auf und stellte sich breitbeinig über die zusammengesunkene Gestalt Bryns. Das Paddel hielt er wie einen Baseballschläger, bereit, jeden Angriff abzuwehren.

„Saa-Set“, rief er noch einmal, aber das wimmelnde, sich windende Riesenknäuel von Angreifern rückte unbeirrt näher. Von unten gab es einen Schlag gegen den Rumpf des Bootes. Lokan ahnte, dass es nicht bei diesem einen bleiben würde.

Da rührte sich Bryn zu seinen Füßen. Sie hob den Blick zu ihm. Ihre Stimme war nicht mehr als ein leises Krächzen. „Zusammen“, flüsterte sie. „Wir müssen es zusammen sagen.“

„Dann los“, befahl Lokan, und im Chor riefen sie beide jetzt den Namen aus. „Saa-Set!“

Augenblicklich wichen die Schlangen zurück.

Lokan stand immer noch schützend über Bryn. Er atmete schwer. Sein Puls raste. Dann warf er das Paddel ins Boot und beugte sich hinunter, um sie in die Arme zu nehmen. Sie war deutlich geschwächt. Ihr Kopf fiel nach hinten, als er sie ein Stück aufhob, und ein Schrecken durchfuhr ihn wie ein eisiger Windstoß. Auf den Wangen klebten ihr noch die Spuren ihrer blutigen Tränen. Tiefe Ringe zeichneten sich unter den Augen ab.

„Gute Zusammenarbeit. Macht sich doch immer bezahlt“, meinte er leichthin, denn er wollte ihr um keinen Preis zeigen, dass er einen Augenblick lang daran gezweifelt hatte, dass sie es durch diese Pforte hindurchschaffen würden.

Sie gab ein kurzes, dunkles Lachen von sich. „Das kann man so sagen.“

„Bist du okay?“

Bryn wischte sich übers Gesicht und betrachtete dann entgeistert ihre blutbeschmierten Finger. Eine Weile schien sie sprachlos. Dann schaute sie Lokan an und sagte: „Das ist neu.“

„Ist das früher nie passiert?“

Sie schüttelte den Kopf. Sie wirkte auf eine merkwürdige Art verletzlich und standhaft zugleich. Es fühlte sich gut an, sie in den Armen zu halten. Sein Blick fiel auf ihre Lippen. Er wollte sie küssen, den Geschmack ihrer Lippen kosten. Und so geschah es dann auch. Lokan beugte sich über sie und küsste sie. So viel Unaussprechliches lag in diesem einen Kuss.

Für einen kurzen Moment erwiderte Bryn ihn. Sie öffnete die

Lippen und kam ihm entgegen. Doch dann zog sie sich zurück. Sie schob ihn mit der Hand weg. Man konnte spüren, wie groß ihre Angst sein musste, dass er ihr zu nahe kam.

„Wir müssen weiter“, mahnte sie.

Lokan stieß einen tiefen Seufzer aus. „Ja, wir müssen weiter.“

Trotzdem wollte er sie nicht loslassen. Er hatte die merkwürdige Vorstellung, dass er, wenn er sie losließe, etwas unermesslich Wertvolles aus der Hand geben würde, das er nicht zurückgewinnen konnte.

Bryn machte sich von ihm frei und griff nach ihrem Paddel. So blieb Lokan nichts weiter übrig, als wieder auf seinen Platz zu rutschen und wie sie anzufangen zu paddeln. Vielleicht war es wirklich besser so. Die ganzen Gefühle, die in ihm aufkamen, machten ihn ganz wirr im Kopf.

Die Pforte war ein mächtiges in Blau und Gold eingefasstes schwarzes Rechteck. Er ruderte in starken, gleichmäßigen Zügen, und bald hatten sie es passiert. Das Wasser war glatt und sah aus wie polierter Onyx. Die Wände des Tunnels waren rau und grau.

„Geht das bei den nächsten Toren genauso einfach?“, fragte Lokan. Er wurde das Gefühl nicht los, dass diese Durchfahrt beinahe zu mühelos war. Er traute dem Frieden nicht. Über welch außergewöhnliche Gaben Bryn auch verfügen mochte, sie befanden sich doch in Osiris’ Hoheitsgebiet, und Osiris ging mit Eindringlingen normalerweise nicht sehr freundlich um. Irgendwie konnte das bisher Erlebte nur die Spitze des Eisbergs gewesen sein.

Wenn Bryn, wie sie erklärt hatte, überall unbemerkt hindurchschlüpfen konnte, galt das noch lange nicht für ihn. Und da er nun einmal der Sohn des ärgsten Feindes von Osiris war, schien es Lokan zu Recht ungewiss, was der König der Toten mit ihm anstellen würde, wenn er ihn auf seinem Territorium erwischte. Das letzte Mal, dass sie sich gegenübergestanden hatten, war Lokan noch offiziell als Botschafter seines Vaters unterwegs gewesen und stand sowohl unter Sutekhs Schutz als unter dem seines Diplomatenstatus. Stände Lokan jetzt vor dem mächtigen Gott, könnte er sich auf keines von beiden berufen.

Bryn hatte sich auf seine Frage hin zu ihm umgedreht. „Einfach?“, wiederholte sie. Ihre Blässe unterstrich das Leuchten ihrer großen, dunklen Augen. Ihr Mund war zu einem freudlosen Lächeln verzogen. „Das bezweifle ich.“

Lokan griff nach dem Rucksack, den Boone ihm mitgegeben hatte, wühlte eine Weile darin herum und förderte dann eine Tüte mit Lollis zutage. Es war nicht seine Lieblingssorte, aber sie bestanden überwiegend aus Zucker und erfüllten so ihren Zweck. Zwei nahm er heraus, einen davon reichte er an Bryn weiter. „Hier, nimm. Das hilft“, sagte er.

Sie schwang die Beine über die Bank und drehte sich zu ihm um. So saßen sie sich an den entgegengesetzten Enden des Boots gegenüber und lutschten an ihren Lollis.

„Wieso hat Boone dir eine Tüte Lollis eingepackt? Ich weiß ja, dass du ein Schleckermaul bist, aber ist das nicht ein bisschen sehr albern?“

„Es ist ein Energie-Kick“, antwortete Lokan. „Die Grundlage des Stoffwechsels. Was immer Menschen essen, wird letztendlich in Glukose umgewandelt. Die wiederum ist der Brennstoff für die Körperzellen. Aber da ich ein Halbgott bin, funktioniert mein Stoffwechsel etwas anders. Auch wenn ich nicht hungers sterben kann, da ich ja nicht sterblich bin, brauche ich mehr Brennstoff, mehr Energie als ein durchschnittlicher Mensch.“

„Heißt das, du kannst zwar nicht verhungern, aber die Qual des Verhungerns müsstest du trotzdem durchleiden?“

„Das trifft es ungefähr.“

Unverwandt schaute sie ihn an. Er fragte sich, ob sie wohl gerade daran dachte, wie es ihm im Niemandsland der Todeszone ergangen sein mochte. Aber er wollte ihr Mitleid nicht. Er wollte etwas ganz anderes von ihr. Aber was genau? Was genau wollte er von Bryn? Um nicht weiter daran denken zu müssen, meinte er lapidar: „Süßigkeiten sind eine zuverlässige Kraftquelle. Sie wirken sehr schnell.“

Sie nickte zustimmend, wenn auch nicht gerade enthusiastisch.

Nach einer Weile fragte er dann: „Wir lange weißt du es schon?"

„Weiß ich was?"

„Dass ich kein Sterblicher bin."

Für den Bruchteil einer Sekunde wich sie seinem Blick aus, aber es genügte, ihm zu zeigen, dass sie ihm mit ihrer Antwort ausweichen würde. Wieder nur Lügen und Halbwahrheiten. Das traf ihn empfindlich. Er war so schockiert gewesen, sie hier zu sehen, dass er diesen Aspekt ihrer gemeinsamen Vergangenheit, an dem er ja genauso beteiligt war wie sie, ganz ausgeblendet hatte.

„Aber sag jetzt bitte die Wahrheit", ermahnte er sie, indem er die dunklen Erinnerungen und Gefühle unterdrückte. Spätestens jetzt, in ihrer Lage hier, sollten sie anfangen, ehrlich zueinander zu sein. „Wir haben uns gegenseitig schon so viel Lügen erzählt, dass man damit den Weg zur Hölle pflastern könnte, meinst du nicht?"

Sie biss ein Stück von dem Lolli ab, und er konnte hören, wie sie die harte Zuckermasse zwischen den Zähnen zermalmte.

„Ich wusste es von dem Augenblick an, in dem ich dich zum ersten Mal gesehen hatte", antwortete sie endlich. „Eigentlich schon vorher, denn ich hatte mir diesen Klub ausgesucht, weil Jack häufiger dort hinging und ich wusste, dass man, wo er abhängt, sicherlich auch weitere Supernaturals trifft. Ich habe darauf gezählt, dass wenigstens einer davon männlich sein würde. Und siehe da – da warst du. Ich hatte dich schon beim Hereinkommen wahrgenommen."

Die Bilder dieser Nacht zogen an ihm vorbei wie bei einem Diavortrag. „Soll das heißen, dass es auch jeder beliebige andere Supernatural hätte sein können?"

Gedankenverloren lutschte Bryn an ihrem Lolli, zog ihn zwischen den Lippen hin und her, leckte ihn mit der Zunge ab, was dazu führte, dass Lokan die Bilder jener ersten Nacht immer lebendiger in Erinnerung kamen. Wie sie in der Dusche vor ihm gekniet hatte. Dieselben Bewegungen, dasselbe leise Geräusch.

Er zog den Rucksack zu sich heran und nestelte ausgiebig an einer Reißverschlusstasche herum, weil er das nicht länger mit ansehen konnte, ohne komplett aus der Fassung zu geraten. Er war jetzt schon hart wie Stahl.

„Das ist ja sehr schmeichelhaft", kommentierte er ihr bejahendes Nicken. *Du siehst gut aus, auch wenn das in diesem Fall keine Rolle spielt.* Dieser Satz, den sie gleich zu Anfang ihrer Bekanntschaft gesagt hatte, fiel ihm wieder ein. Damals hatte er dieser Bemerkung nicht viel Gewicht beigemessen. Jetzt wusste er, dass er es hätte tun sollen. „Willst du mir nicht wenigstens jetzt erzählen, was damals eigentlich gespielt wurde? Worum ging es in dieser Nacht, als wir uns kennenlernten? Du hast nach einem Supernatural Ausschau gehalten, mit dem du …"

Sie zuckte zusammen, und Lokan tat es im selben Moment leid. Er hätte es so nicht sagen sollen.

„Wo ist denn dein diplomatisches Feingefühl geblieben?", fragte sie.

Endlich schob sie sich den vermaledeiten Lutscher ganz in den Mund. Er starrte sie eine Weile an, bis er merkte, dass sie ihn dabei beobachtete. Zwei senkrechte Falten standen zwischen ihren zusammengezogenen Augenbrauen. Für eine Sekunde dachte Lokan, sie hätte seine Gedanken erraten. Aber der fragende Ausdruck auf ihrem Gesicht sprach dagegen. Nein, sie hatte keine Ahnung. Keine Ahnung von dem Verlangen, das er nach ihr verspürte. Und das war auch besser so.

„Wenn ich es recht verstehe", sagte Lokan nun deutlich milder, „ging es dir um Sex an jenem Abend. Aber es musste ein Supernatural sein. Kannst du mir verraten, warum?"

„Nein, das kann ich nicht. Und das will ich auch nicht. Aus dem einfachen Grund, weil ich nicht lügen will. Und die Wahrheit wirst du von mir darüber nicht erfahren. Jedenfalls jetzt noch nicht. Lass es uns dabei belassen, was ich dir schon darüber gesagt habe. Was ich dir ehrlich beantworten kann, will ich dir sagen. Aber keine Lügen mehr, Lokan. Von keinem von uns."

Darauf schwang sie die Beine wieder über ihre Sitzbank und drehte ihm den Rücken zu. Netter Abgang, das musste man ihr lassen. Hätte er seine Sinne beisammen und wären die nicht von Gefühlen benebelt, die er gar nicht zulassen durfte, wäre ihm sicherlich eine angemessene Antwort darauf eingefallen. So unternahm er nur einen letzten, etwas lahmen Versuch: „Du sagtest, *jetzt noch nicht*. Heißt das, dass du es mir später erzählst?"

Die einzige Antwort, die er bekam, war ein kurzer Blick über die Schulter.

„Schon gut. Du hast gewonnen", murmelte er.

Seine verführerische kleine Bryn zeigte Facetten, die er nicht erwartet hatte. Was für eine vielschichtige junge Dame. Aber Lokan schwor sich im Stillen, alle diese Schichten freizulegen und zu ihrem Kern vorzudringen, bevor dieser Bootsausflug vorüber war.

„Ich möchte, dass du zurückgehst."

Bryn verdrehte genervt die Augen. „Lokan, du wiederholst dich. Das hatten wir schon. Ich kann nicht zurückgehen. Ich kann nur vorwärts. Du musst dir vorstellen, dass ich so etwas wie ein Reiseführer auf einer Einbahnstraße bin. Die Pforten vor uns öffnen sich, und wenn wir sie passiert haben, schließen sie sich hinter uns wieder. Da gibt es kein Zurück."

„Das glaube ich nicht. Ich glaube, dass du auf demselben Weg, auf dem du hier hereingekommen bist, auch wieder herauskannst. Geh zurück, geh zu Dana. Kümmere dich darum, dass sie in Sicherheit ist."

Sie holte ihr Paddel aus dem Wasser und legte es sich quer über die Knie. Sie ließ sich Zeit mit ihrer Antwort. Sie wollte um jeden Preis verhindern, dass ihre ganzen Ängste und ihre Unsicherheit offenbar wurden, wenn sie jetzt allzu spontan antwortete. Verzweifelt klammerte sie sich an den kleinen Rest Hoffnung, den sie für sich, für Lokan, aber vor allem für ihre Tochter hatte.

Sie drehte ihm weiter den Rücken zu, richtete den Blick starr geradeaus und antwortete ihm schließlich betont unterkühlt und ohne sich zu ihm umzudrehen. „Mal angenommen, ich käme hier wirklich heraus und wäre wieder bei Dana. Wie sollte ich sie beschützen? Wie stellst du dir das vor? Dass ich deinen Vater austrickse? Meine Brüder sind stark und mächtig, aber Sutekh sind sie trotzdem nicht gewachsen. Er wird Dana finden und mit sich nehmen. Und er wird mit ihr machen, was er mit dir getan hat." Bryn konnte den schrecklichen Gedanken kaum aussprechen, ohne dass ihr davon übel wurde. „Ich habe gar keine andere Wahl. Ich muss dich hier herausführen. Du bist der Einzige, der wirklich für Danas Schutz sorgen kann."

Lokan gab einen unwilligen Laut von sich. „Ich habe noch nicht einmal für meinen eigenen Schutz sorgen können."

Sie hörte deutlich die Selbstvorwürfe und die Frustration aus seiner Stimme heraus, Regungen, die sie selbst gut kannte. Es gab fast täglich eine oder mehr Situationen, in denen sie sich über sich selbst und ihre Unzulänglichkeit ärgerte. Vielleicht war es an der Zeit, daran etwas zu ändern.

Jetzt drehte sie sich doch zu ihm um und erschrak fast, dass er so dicht hinter ihr war. Viel zu dicht. Seine Augen schienen in diesem Zwielicht dunkler zu sein als gewöhnlich, und es war auch nicht mehr das Blau in ihnen, das überwog, sondern ein Grau wie die Farbe einer Gewitterwolke. Sein Gesicht war so nah, dass sie jede einzelne Wimper und jedes kleine Fältchen in seinen Augenwinkeln unterscheiden konnte. Sie sah die schärfer gewordenen Züge um seinen Mund, Spuren dessen, was er durchgemacht hatte.

„Vielleicht ist es für uns die einzige Möglichkeit voranzukommen, wenn wir die Vergangenheit loslassen. Ich meine damit nicht vergessen, sondern nicht mehr daran festhalten, daraus lernen, um es uns künftig leichter zu machen als bisher."

Seine Lippen waren zu einem dünnen Strich zusammengepresst. Er schwieg. Dann setzte er sich zurück auf seinen Platz am Heck und nahm das Paddeln wieder auf. Bryn streckte ihr

Ruder seitwärts aus dem Boot und ließ die Spitze an der Felswand entlangschaben.

„Es ist seit einer Weile enger geworden“, bemerkte Lokan.

Sie fragte nicht nach, was er mit *einer Weile* meinte. Wahrscheinlich hätte er es auch selbst gar nicht genauer benennen können. Und sie selbst konnte, selbst wenn ihr Leben davon abhinge, längst nicht mehr einschätzen, wie lange sie beide schon hier unten waren – ein Jahr, zehn Minuten, einen Tag. Theoretisch stand jede der Pforten für eine Nachtstunde. Zwölf Pforten musste der Sonnengott Ra auf seiner nächtlichen Reise durch die Unterwelt durchqueren, ehe er den Menschen wieder im Osten am Horizont erschien. Und doch gingen die Uhren in der Unterwelt auf eine verzwickte Art anders.

Da Bryn jeder Augenblick, den sie in Danas Leben verpasste, das Herz brach, wog diese Ungewissheit umso schwerer. Sie hatte noch gar nicht begonnen, sich damit auseinanderzusetzen, dass sie den ganzen Rest von Danas Leben verpassen würde. Sie wollte auch jetzt nicht daran denken. Sie musste sich darauf konzentrieren, Lokan hier herauszubringen. Noch bevor sie am Ziel waren, hatte sie ihm außerdem noch einiges zu erklären. Aber wie und wann sie ihm diese Dinge mitteilen sollte, wusste sie auch noch nicht.

„Ein eigenartiges Muster hier an der Wand“, meinte Lokan nachdenklich.

Tatsächlich markierten dicke, dunkle Linien die Wände links und rechts von ihnen. Bryn reckte den Hals, um zu sehen, wie weit sie zurückreichten, aber das war nicht weit. Dafür wurden die Striche hinter einer leichten Kurve, um die sie gerade bogen, deutlich dicker.

„Was mag das zu bedeuten haben?“ Sie drehte sich zu ihm um, als sie ihn das fragte, aber er zuckte nur die Achseln. „Es stinkt hier“, stellte Bryn als Nächstes fest, „nach Schwefel.“

„Vielleicht eine heiße Quelle – Bryn!“, rief er fast im gleichen Augenblick und hechtete mit einem Satz nach vorn und riss sie an den Schultern herunter. Das Boot fing an, gefährlich zu schaukeln, während sie flach im Bauch des Bootes landete. Keine Sekunde zu früh, denn um ein Haar wäre sie von einer Felsnadel aufgespießt worden, die plötzlich aus der Wand ragte. Immerhin reichte es noch dazu, dass die scharfe Spitze ihr eine tiefe Schramme an der Schulter zufügte. Ein scharfer Schmerz durchzuckte sie, und sie spürte, wie ihr warm das Blut den Arm hinabrann.

Lokan hatte ebenfalls auszuweichen versucht, aber die tückische Spitze hatte auch ihn erwischt, wenn es auch nur dazu gereicht hatte, ihm das Shirt zu zerreißen.

Sein sorgenvoller Blick fiel auf ihre blutende Schulter. „Alles okay mit dir?“

„Ist nur ein Kratzer“, wiegelte sie ab. Sie schaute nicht nach. So genau wollte sie es gar nicht wissen.

„Bleib unten“, riet er.

Aber darauf wäre sie auch allein gekommen, denn jetzt schossen an den unterschiedlichsten Stellen die gefährlichen Felsnadeln in alle Richtungen aus den Wänden, stachen heraus, zogen sich wieder zurück und bildeten ein tödliches, undurchdringlich scheinendes Gewirr, hinter dem in einem matten Gold die nächste Pforte schimmerte.

Dann drehte sie den Kopf ein wenig, sodass sie Lokan sehen konnte, der sich in unfassbarer Geschwindigkeit und Geschicklichkeit um diese steinernen Speere herumwand und es dabei noch schaffte, weiterzupaddeln und das Boot in Bewegung zu halten. Seine Miene verriet nicht eine Spur von Sorge oder Furcht. Er sah konzentriert und entschlossen aus, das Kinn ein wenig vorgeschoben. Das Ebenbild eines Halbgottes, der er schließlich auch war. So wie jetzt hatte Bryn ihn noch nie gesehen.

Da sie nicht wie Lokan über ein derartiges Reaktionsvermögen verfügte, hielt sie es für klüger, im Boot liegen zu bleiben. Und um ihn nicht abzulenken, verhielt sie sich ruhig, bis sie wieder ihren Part übernehmen musste. Lange konnte es nicht mehr dauern, denn schon türmte sich das Tor über ihnen auf, und mit jedem Ruderschlag rückten sie näher.

Dann sah sie, wie sich in den dunkleren Winkeln zu beiden Seiten der Pforte etwas regte, und ihr stockte der Atem. Sie sah einen glänzenden Widerschein von Schuppen, Reptilienschuppen. Es waren Schlangen, noch viel gewaltiger als die, denen sie bei der ersten Pforte begegnet waren. Diese hier konnten ohne Probleme mit einem Biss einen ausgewachsenen Mann in Gänze verschlingen. Nein, noch viel mehr: ein Auto mitsamt den Insassen.

Wieder stach Bryn der Geruch von Schwefel in die Nase. Sie blickte sich die geschwärzten Wände um sie herum genauer an. Die Linien oder Striche, die sie gesehen hatte, waren nicht aufgemalt, sie waren eingebrannt.

Bedrohlich richteten die Schlangen sich auf.

„Lokan!“, entfuhr Bryn ein unterdrückter Angstschrei.

„Ich sehe sie. Wir sind offenbar zum Barbecue eingeladen – als Hauptgang.“

Er erhöhte beim Paddeln seine Schlagzahl, immer auf der Hut vor den vorspringenden Felsnadeln. Und doch erwischte ihn eine am Scheitel. Die Wunde blutete stark, und das Blut färbte sein blondes Haar dunkel.

„Runter!“, schrie Bryn, die das Gefühl hatte, als wollte ihr das wie rasend schlagende Herz die Brust zersprengen. Aber Lokan hatte die drohende Spitze schon gesehen, wahrscheinlich schon vor ihr erahnt und manövrierte geschickt darum herum.

Je näher sie ihnen kamen, zu einer umso gigantischeren Größe schienen die Schlangen anzuwachsen. Ihre gespaltenen Zungen zuckten zwischen ihren weit aufgerissenen Kiefern hervor, aus denen ungeheure Giftzähne ragten. Der Schwefeldampf wurde immer intensiver. Dann schoss mit sengender Hitze ein Feuerstrahl aus einem der Rachen.

In heilloser Verwirrung suchte Bryn bei sich nach dem Namen dieser Pforte oder einem Hinweis auf den Weg, den sie einschlagen mussten. Aber alles entglitt ihr. Alles schien in Nebel gehüllt, und als sich endlich eine Antwort zeigte, konnte das unmöglich die richtige sein. *In die Flammen*, lautete der Befehl.

Sie war kurz davor, Lokan zu sagen, er solle zurückrudern. Es war einfach ein Gebot der Selbsterhaltung. Alles in ihr wehrte sich dagegen, sich freiwillig in das Feuer zu begeben, das sich vor ihnen entzündet hatte, das jetzt unter der Decke des Tunnels loderte und dessen Flammen auf dem Wasser tanzten. Das konnte nur der sichere Untergang sein.

Und doch siegte ihre Bestimmung.

„In die Flammen", sagte sie mit einer Stimme, die nicht klang wie ihre. Es kam ihr vor, als hörte sie ihre eigenen Worte, wie sie ihr aus einem langen Tunnel entgegenhallten. Waren es überhaupt ihre eigenen Worte? Sie schienen ohne ihr Zutun aus ihrem Mund gekommen zu sein. Wie schon zuvor bei der ersten Pforte. Nur war der Eindruck dieses Mal noch stärker. Sie merkte, wie ihr das Gesicht feucht wurde, und stellte sich vor, dass ihr wieder die blutigen Tränen die Wangen herunterliefen.

Mit fast übermenschlicher Anstrengung zwang sie sich, den Kopf zu heben und nach Lokan zu schauen. Sie sah ihn und sah ihn doch nicht. Seine Züge waren nur ganz verschwommen in einem flimmernden, golden und bronzefarben glänzenden Umriss zu erkennen. Es war die Aura seiner Seele, die sie sah. Statt der körperlichen Gestalt die Aura zu erblicken, war ihr nicht neu. Sie hatte das schon häufig erlebt, wenn sie Seelen durch die Unterwelt geleitete. Aber eine Aura wie diese war ihr noch nicht begegnet. Licht und Dunkelheit verschmolzen zu einer Farbe und einer Struktur, die beides zugleich war: schön und Furcht einflößend.

„In die Flammen", wiederholte sie, während sie sich zurücksinken ließ. Die Pforte erstrahlte so hell, dass sie den Anblick kaum ertragen konnte. Und da entdeckte sie, was ihrem Blick bisher verborgen geblieben war. Es war eine weitere Schlange, die aus kalten, bösen Augen ihr Nahen beobachtete, und deren riesiger Körper den Zugang zum dritten Bereich des Duat, der Unterwelt, ausfüllte. Das war das Reich des Osiris, des Königs der Toten.

Bryn fühlte sich unendlich schwach. Ihre Glieder fühlten sich wie Gummi an, ihre Muskeln waren restlos erschlafft, sodass es sie eine unglaubliche Anstrengung und eine halbe Ewigkeit kostete, noch einmal den Kopf zu heben und den Blick nach hinten zu richten. Eine unerklärliche Furcht oder Vorahnung trieb sie dazu. Was sie dort sah, ließ ihr das Blut in den Adern gefrieren. Es war die Windung eines Schlangenkörpers, der gerade ins Wasser tauchte. Es war das Übel, der Terror schlechthin, schlimmer als alles, was vor ihnen lag.

Apophis.

Vor ihnen lag die sichere Aussicht, zu Asche zu verbrennen, von hinten drohte die Verkörperung alles Bösen, schlimmer noch als Sutekh. Aber es gab keine andere Wahl mehr, hatte vielleicht nie eine andere gegeben. Es war jetzt nur noch ihr Instinkt, der sie antrieb und ihr die Worte in den Mund legte. Eine über Jahrtausende vererbte Erinnerung sprach aus ihr.

„Ins Feuer hinein", sagte sie und sah Lokan bei seinen kräftigen Ruderschlägen zu, sah, wie seine Muskeln sich anspannten. „Die Flammen werden die Kräfte neu beleben. Die Flammen werden die Kräfte neu entfachen. Und der Gott wird wieder auf Erden wandeln."

Die schwefligen Dünste wurden dichter. Jetzt stachen sie nicht mehr allein in die Nase, sondern auch in die Augen. Der Geschmack von Schwefel legte sich selbst auf die Zunge.

Mit einem Mal bemerkte sie, dass Lokan rückwärtspaddelte, weg von der Pforte und den Feuer speienden Schlangen. Er traute ihr nicht, und sie dachte, dass er wahrscheinlich niemandem traute, nicht einmal sich selbst.

„Ins Feuer", wiederholte sie, und wieder kam ihre Stimme aus einem Teil von ihr, der ihr selbst unbekannt war. „Durch die Pforte des Apepi."

Sie wollte ihn ansprechen, bitten, dass er ihr vertraute, ihm sagen, dass sie weiter voranmüssten. Sie wollte ihn bitten, ihr zuzuhören, wie er ihr in der Vergangenheit zugehört hatte. Aber all das blieb ihr im Hals stecken. Das Einzige, was sie herausbrachte, war wieder und wieder der Name.

Erneut öffneten die Schlangen ihre Rachen und schleuderten einen Feuerstrahl heraus, der den ganzen Raum ausfüllte und eine glühende Hitze verbreitete. Die spitzen Felsnadeln schnellten wieder häufiger aus den Wänden hervor. Ihr Wille gehorchte ihr nicht mehr. Sie fühlte sich kraftlos und ausgelaugt. Vor ihnen lag die Feuerwand in Rot und Orange, hinter ihnen lauerte Apophis. Und das Boot bewegte sich langsam rückwärts.

Nein.

Hör mir zu.

Lokan, bitte.

Sie drehte sich um, und ihre Blicke trafen sich. Sie musste ihn irgendwie dazu bringen, dass er in ihren Augen lesen konnte, dass sie recht hatte. Es gab keinen anderen Weg als vorwärts. Bryn wusste nicht, was er in ihren Augen sah. Sah sie sich überhaupt ähnlich, oder sah er in diesem Augenblick eine Fremde vor sich mit blutigen Tränenspuren auf den Wangen?

Während die Flammen um sie herum wüteten, hielt sie seinem Blick stand. Es schien eine Ewigkeit zu dauern. Dann erhob sie ihre Stimme und sprach das einzige Wort aus, das auszusprechen sie imstande war: „Apepi."

Lokan kniff die Lippen zu einem dünnen Strich zusammen. *Tick, tick, tick,* tickten die Sekunden ihrer Existenz dahin. Wie feiner Sand rannen sie ihnen durch die Finger. *Tick, tick, tick.* Dann endlich packte er das Paddel fester und ruderte auf die Pforte zu.

„Jetzt", sagte er, als sich links und rechts neben ihm die Schlangen aufrichteten, um sie ein weiteres Mal in Flammen zu hüllen. Und der Gott dieser Pforte erschien selbst, riesig und bedrohlich, und hieß sie mit weit aufgesperrtem Rachen willkommen. Bereit, sie zu verschlingen. Bereit, sie auszulöschen.

„Apepi", riefen sie zur gleichen Zeit.

Die Flammen schlugen hoch und durch sie hindurch.

14. KAPITEL

Komme du zu uns, du, der du in deiner Barke dahinfährst.
nach dem Ägyptischen Pfortenbuch

Zugspitze, Deutschland

Dagan fuhr herum und verschaffte sich einen Eindruck von dem Gefängnis, in dem sie festsaßen. Hinter ihnen war die Stahltür, der Rest bestand aus einer soliden Glaskuppel. Dagan klopfte probeweise dagegen.

„Ich tippe auf kugelsicheres Glas mit einer schlagfesten Beschichtung." Malthus' Stimme bebte vor Zorn. Jetzt war auch noch seine Calliope verschwunden. Dagan glaubte die Taktik der Matriarchinnen zu durchschauen. Vermutlich setzten sie darauf, dass er und Alastor den Verdacht schöpften, dass Calliope sie bewusst in diese Falle gelockt hatte. Damit wollten sie, rechnete Dagan sich aus, Misstrauen säen und einen Keil zwischen die Brüder treiben. Aber darauf fiel er nicht herein. Dazu kannte er seine Brüder zu gut.

„Wenn das so ist, hält die Hülle auch einer Panzerfaust stand", bemerkte Alastor trocken.

In seiner Wut holte Malthus aus und schlug mit ganzer Kraft gegen die Glaswand. Das Einzige, was dabei herauskam, waren blutige Knöchel. Am Glas war nicht die kleinste Schramme zu sehen. „Und anscheinend auch uns", zog er die Schlussfolgerung.

Es gab hier nichts als die Glaskuppel und einen Untergrund aus Felsgestein. Dagan dachte über andere Möglichkeiten nach. Wenn er es schaffte, die Enden der Kräfte der Oberwelt und der Unterwelt für einen Moment nur miteinander zu verbinden, könnte er ein Portal öffnen, durch das sie hier herauskämen. Zwar konnte er den Strom dieser Kräfte spüren, aber je verbissener er versuchte, sie zu fassen zu bekommen, desto weiter entfernten sie sich von ihm.

Alastor schüttelte den Kopf. Er hatte mit dem gleichen Erfolg dasselbe versucht. Das Gleiche galt für Malthus. Alastor ging nun mit geballten Fäusten auf die Tür los. Nicht blindwütig, sondern methodisch schlug er auf den Stahlpanzer ein. Aber auch hier war nicht einmal die kleinste Beule als Ergebnis seiner Mühen zu erkennen.

Nach einer Weile griff Dagan ein. „Warte", sagte er, während er ihn am Handgelenk zurückhielt.

Außerhalb der Kuppel war es heller geworden. Zunächst schien es nur ein unendlich weiter, leerer Raum zu sein, der allmählich erleuchtet wurde. Dann waren Gegenstände zu erkennen: drei Sessel auf einem steinernen Podest, die an den goldenen Thron erinnerten, der in Sutekhs Audienzsaal stand.

„Gleich drei? Gab es die im Sonderangebot?", spottete Malthus.

Wenig später begann die Luft zu knistern. Ein Energiestrom traf sie mit der Gewalt einer Lawine. Dagan blickte gespannt auf die Sessel, denn aus dieser Richtung kam das Kraftfeld.

Und dort tat sich etwas. „Showtime", sagte Dagan leise zu sich selbst.

Mit Alastor und Malthus an seiner Seite trat er vor und sah eine Art bewaffnete Leibwache, die einen Halbkreis um drei weibliche Gestalten bildete, die in weinrote, mit schwarzem Faden durchwirkte Gewänder gekleidet waren, die sie vom Scheitel bis zur Sohle komplett einhüllten. Nicht einmal die Hände ragten aus den weiten Ärmeln hervor. Die Matriarchinnen waren erschienen.

Es waren jedoch nicht sie, die Dagans Aufmerksamkeit in Anspruch nahmen. Es war die Frau, die in ihrem Gefolge erschienen war.

Mit einem unartikulierten Laut schnellte Dagan vor, um sie gegen die Glaswand zu werfen. So weit kam er aber nicht. Alastor hatte reaktionsschnell seinen Arm ausgestreckt. Dagan prallte mit der Brust dagegen. Von hinten hielt ihn Malthus am Hemd fest.

„Ruhig, Alter“, mahnte Alastor, der selbst aufs Äußerste angespannt war.

Dagan nahm ihn kaum wahr. Er sah nur Roxy. Sie sah müde und besorgt aus. Aber der Blick aus ihren grünlich-braunen Augen war fest und furchtlos. Sie stemmte eine Hand in die Seite und stellte die Hüfte ein wenig heraus. Es war eine herausfordernde Pose, die hier eigentlich deplatziert wirkte, die Dagan jedoch sofort richtig deutete. Es war ihre Art zu zeigen, dass mit ihr alles in Ordnung war. Dagan atmete tief durch. Seit dem Auftreten der Matriarchinnen hatte er die Luft angehalten. Das merkte er erst jetzt.

Gleich hinter Roxy war Naphré Kurata aufgetaucht. Alastors Freundin wirkte ruhig und gefasst. Ihre Miene war ausdruckslos. Erst als sich Alastors und ihre Blicke trafen, huschte ein kaum wahrnehmbares Lächeln über ihr Gesicht. „Keine Sekunde zu früh … schon wieder. Reife Leistung“, sagte sie leise. Dennoch schien ihre Stimme die Stille um sie alle herum zu zerreißen. Dagan wusste mit diesen Worten nichts anzufangen, Alastor hingegen schon.

Die Matriarchinnen drehten sich zu der Sprecherin um. Man konnte sicher sein, dass Naphré dadurch, dass sie das Schweigen brach, auch die protokollarischen Regeln verletzt hatte. Dagan war auf dem Sprung, bereit, Alastor zurückzuhalten, sollte der jetzt vom Zorn übermannt werden. Zu seinem Erstaunen jedoch blieb sein Bruder ruhig, und es geschah nichts weiter, als dass die drei vermummten Gestalten ihren Weg fortsetzten, wobei man nicht sicher entscheiden konnte, ob sie in ihren langen, bis auf den Boden reichenden Gewändern gingen oder knapp über dem Boden schwebten, so ebenmäßig und fließend war ihre Bewegung.

Als sie das Podest erreicht hatten, setzten sie sich auf ihre Plätze. Die Wachen, die sie umgeben hatten, wichen in den Hintergrund zurück. Wieder herrschte tiefes Schweigen. Niemand sagte ein Wort, und je länger das Schweigen andauerte, desto unbehaglicher wurde es. Die Matriarchinnen schienen auf etwas zu warten, während Dagan sich alle Mühe gab, eine spitze Bemerkung darüber zu unterdrücken, wer hier den höheren Rang einnahm und wem demzufolge eine angemessene Begrüßung gebührte. Eine unbedachte Äußerung wäre kein guter Einstieg in ein Gespräch gewesen.

Sein kurzer Ausflug in die Gefilde des Osiris, bei dem er sich hatte das Herz herausschneiden müssen, um es auf Ma-ats Waage der Gerechtigkeit zu legen, hatte ihn gelehrt, bei manchen Gelegenheiten die Zunge besser im Zaum zu halten. So kreuzte er nur die Arme vor der Brust und wartete gelassen ab. Seine Brüder folgten seinem Beispiel.

Die Gestalt zur Linken ergriff zuerst das Wort. „Ich bin Amunet." Dann zeigte sie auf die neben ihr Sitzenden und nannte ihre Namen: „Beset, Hathor."

Dagan stellte nun seinerseits sich und seine Brüder vor, aber kaum hatte er ausgesprochen, als Malthus ein einziges Wort ausrief: „Calliope!"

Diejenige der drei, die als Beset vorgestellt worden war, zuckte kaum merklich zusammen, genug allerdings, um Dagan zu zeigen, dass sie überrascht war. Dann drehte sie sich um und machte nach hinten ein Zeichen. Gleich darauf trat Calliope aus dem Schatten. Sie war begleitet von schwarz gekleideten Wachen in doppelter Anzahl wie die der Eskorte für Roxy und Naphré.

Malthus fluchte vor sich hin. Dann trat er einen Schritt weiter vor und erklärte: „Sie kann nichts dafür. Ich habe sie gezwungen, uns hierher zu bringen. Ich habe ihr gedroht für den Fall, dass sie sich weigern sollte. Wenn jemand dafür verantwortlich ist, dann bin ich es. Ich will …"

„… etwas entschuldigen, das unentschuldbar ist", ergänzte Beset, indem sie ihm brüsk ins Wort fiel. „Ein Mitglied der Garde hat unseren Feind hier in unsere Mitte geführt."

Der Feind meines Feindes ist mein Freund. Dieser Satz von Malthus klang Dagan in den Ohren, aber etwas dabei irritierte ihn. Ihm war, als ob er die Worte gesprochen hörte – aber nicht mit Malthus', sondern mit Lokans Stimme. Als er sich zu den anderen beiden umdrehte, war denen nichts anzumerken. Entweder hatte er diese seltsame Eingebung allein gehabt, oder Malthus und Alastor wussten ihre Regungen besser zu verbergen.

Malthus hatte nur Augen für Calliope. „Alles in Ordnung bei dir, meine Schöne?", fragte er. Ein fast nicht wahrnehmbares Nicken antwortete ihm, aber das reichte aus. Malthus trat so dicht an die Wand der Kuppel heran, dass sich sein Atem auf der Glasfläche niederschlug, als er die Matriarchinnen ansprach. „Sie hätte uns gar nicht hierher bringen können, wenn ihr das nicht zugelassen hättet", sagte er in einem scharfen Ton. „Ihr wolltet uns hier haben. Was sollen also diese politischen Mätzchen? Das ist doch nur Zeitverschwendung. Sagt uns, was ihr von uns wollt. Und wo wie gerade dabei sind, könntet ihr uns auch gleich vorschlagen, wie wir unseren Bruder zurückbekommen."

Die Kapuzen verbargen ihre Gesichter und somit auch die Reaktion auf Malthus' Worte, aber aus einem unbestimmten Grund hatte Dagan das Gefühl, dass die Matriarchinnen eher amüsiert als eingeschnappt waren.

Hathor wandte sich an Calliope. „Er ist reichlich frech."

„Das will ich nicht abstreiten", antwortete Calliope.

„Und? Wird er mit uns zusammenarbeiten?"

Zusammenarbeiten. Das war Musik in Malthus' Ohren.

Calliope schaute ihm durch den Glaspanzer hindurch in die Augen. „Dazu wären alle drei bereit. Unter Umständen können auch Gegner zu Verbündeten werden, wenn sie ein gemeinsames Ziel haben."

„Und was für ein Ziel wäre das?", fragte Dagan dazwischen.

„Ich möchte hier noch einmal in aller Form meine Missbilligung zum Ausdruck bringen", sagte eine Frau, die aus dem Dunkel hinter den Matriarchinnen nach vorne getreten war. Sie war von hohem, elegantem Wuchs, hatte dunkle Haut, dunkle Augen, hoch stehende Backenknochen und volle Lippen. Die dichten Locken waren kurz geschoren.

Hathor sah sie an. „Sehr richtig bemerkt, Zalika."

Zalika. Calliope hatte diesen Namen erwähnt. Sie schätzte sie und vertraute ihr. Und wie es aussah, taten das auch die Matriarchinnen.

„Und dein Einwand ist berechtigt", fuhr Hathor fort. „Und doch ist dieses die beste Lösung. Die Gemeinschaft ist wichtiger als die Interessen des Einzelnen. Du wirst deine Vorbehalte gegen die Reaper zurückstellen, Zalika. Wir werden mit ihnen für ein höheres Ziel zusammenarbeiten."

Dagan brauchte nicht auf seine Brüder zu sehen. Er spürte auch so die Spannung, unter der sie standen, so stark, als wäre er einem blank liegenden elektrischen Kabel zu nahe gekommen. Welch ein höheres Ziel konnte es geben, als Lokan zurückzugewinnen? Für ihn, für Alastor und Malthus war das selbstverständlich. Natürlich sahen sie das so. Aber er konnte sich nicht vorstellen, welchen Vorteil das für die Isistöchter haben sollte.

Zalikas dunkle Augen wanderten von einem zum anderen und ruhten schließlich auf Malthus, den sie prüfend betrachtete. Dann verneigte sie sich und trat in den Hintergrund zurück, und während sie das tat, berührte Calliope sie leicht am Arm. Es war eine kleine, ermutigende Geste, ein Freundschaftsbeweis. Vielleicht war das die Erklärung für diesen auffallenden Blickkontakt. Zalika wollte Malthus eine Warnung zukommen lassen: *Wenn du meine Freundin betrügst, geht es dir schlecht.* Merkwürdigerweise fand Dagan das ganz sympathisch an ihr.

„*Wir* werden zusammenarbeiten?", wiederholte Dagan skeptisch. Er blickte zu Roxy hinüber. Er wollte aus diesem Glaskäfig heraus, sie in die Arme nehmen, sich – und nicht nur durch den bloßen Augenschein – vergewissern, dass sie unversehrt war. Er hatte sie schon einmal fast verloren. Das Bild der klaffenden Wunde in ihrer Brust, nachdem Gahiji versucht hatte, ihr das Herz herauszureißen, stand ihm noch lebendig vor Augen. Ihm gefiel diese Situation nicht. Wie konnte ihm auch etwas gefallen, das Roxy in Gefahr brachte? Dass sie nur ein wenig müde, aber sonst heil und gesund aussah, half ihm, die Beherrschung nicht zu verlieren. „Wie wäre es, wenn ihr uns vorher mal fragt, ob wir Lust haben, uns auf euren Schmusekurs einzulassen? Oder noch besser, ihr erzählt uns zuerst, worin genau unser angeblich gemeinsames Projekt besteht."

Noch bevor er ausgesprochen hatte, stand Beset direkt vor ihnen. Nur die Glaswand trennte sie. Aus dieser geringen Entfernung konnte Dagan sogar den schwarzen Kettfaden erkennen, der durch das Gewebe ihres dunkelroten Gewandes lief. Jetzt entdeckte er auch die goldene Kette um ihren Hals. Nur das Gesicht und die Augen blieben ihm weiter verborgen. Dennoch spürte er, wie Besets Blick auf ihm ruhte. „Du lässt mich nicht in deine Gedanken schauen", bemerkte sie.

„Was du nicht sagst." Dann erinnerte sich Dagan, dass es von Vorteil sein könnte, etwas diplomatischer zu sein, und korrigierte sich. „Ich wollte sagen, das ist richtig. Meine Gedanken sind meine Privatangelegenheit."

„Roxy." Roxy kam dazu. Er beobachtete sie genau. Die Art, wie sie in ihrem gewohnt wiegenden Gang näher kam, zeigte ihm, dass ihr offenbar wirklich nichts fehlte. Auch konnte er jetzt sehen, dass ihre Arme und Handgelenke unverletzt waren. Es waren keine Spuren einer Fesselung zu erkennen, auch keine Kratzer oder blauen Flecken, wie er einigermaßen erleichtert feststellte.

Als sie neben Beset stand, nahm er sich die Zeit, ihren Anblick zu genießen.

„Hast du eine mentale Verbindung zu ihm?", fragte Beset.

„Sicher." Das galt besonders, seitdem Roxy ihr erstes Blut von ihm getrunken hatte.

„Dann wirst du mir damit helfen, das zu erfahren, was ich wissen möchte."

„Nein, das werde ich nicht. Ich verrate die Garde nicht, aber werde auch ihn nicht verraten. Durch mich gelangst du nicht in seine Gedanken."

„Würdest du uns an ihn verraten?"

„Genauso wenig wie umgekehrt."

Beset schwieg. Aber Dagan spürte deutlich, wie sie versuchte, sich einen Weg in seine Gedanken zu bahnen, wie sie fieberhaft nach einer Lücke suchte, durch die sie hindurchschlüpfen und ihn ausspionieren konnte. Keine Chance. Seine Abwehrmechanismen waren in jahrhundertelanger erfolgreicher Abwehr von Sutekhs Zudringlichkeiten perfektioniert worden, und der war noch ein ganz anderes Kaliber als Beset. Obgleich er zugeben musste, dass Besets Kräfte nicht gering waren.

„Hör doch damit auf“, beschwerte sich Dagan. „Wenn du etwas wissen willst, frag mich doch einfach. Ich werde dir antworten.“

„Und würdest du auch die Wahrheit sagen, Reaper?“

„Würde ich. Unter der Bedingung allerdings, dass ihr alle unsere Gefährtinnen freilasst und sie nicht mehr bedroht. Dann können wir uns ganz entspannt miteinander unterhalten.“

„Und wenn ich mich weigere?“

Dagan atmete einmal tief durch. Dann schnellte seine Hand vor, durchdrang mühelos die Glaswand und packte Beset an der Gurgel. Er drückte zu, nicht so fest, dass er sie strangulierte, aber fest genug, um sie sicher im Griff zu halten. Er trat durch das Glas hindurch und stand mit einem Mal außerhalb der Kuppel dicht vor ihr.

„Dann, fürchte ich, hast du ein Problem“, meinte er.

Unterwelt, die Pforten des Osiris

Das Boot trieb noch, als Lokan den Rucksack durchstöberte und schließlich eine Wasserflasche hervorholte. Damit kroch er nach vorne zu Bryn. Ihr Gesicht war von den Tränen aus Blut verschmiert. Rote Streifen liefen über ihre Wangen. Folgen des Feuers waren jedoch nicht zu erkennen. Weder war ihre Kleidung verbrannt noch ihr Haar angesengt noch konnte er auf ihrer Haut Brandblasen entdecken. Er sah an sich herunter und betrachtete seine Hände. Auch er war unverletzt geblieben.

Stattdessen fühlte er sich stärker und erholter als zuvor. Bryn hatte gesagt, die Flammen würden die Kräfte erneuern, und sie hatte recht gehabt. Er fühlte sich, als hätte er ein Pfund Zucker gegessen oder zwölf Stunden durchgeschlafen.

Bryn rührte sich nicht. Auch nicht, als er ihren Kopf anhob, um ihn auf seinen Schoß zu betten. Er machte sich Sorgen um sie. Er stellte die Flasche auf dem Boden des Boots ab und riss vom unteren Saum einen Streifen Stoff aus seinem T-Shirt. Den feuchtete er mit dem Trinkwasser an und wischte damit Bryn das Gesicht sauber. Dann machte er sich daran, die Wunde an ihrer Schulter zu reinigen. Es war mehr als ein Kratzer, wie sie behauptet hatte, aber allzu tief war die Wunde dennoch nicht.

Bryns Lider zuckten. Dann öffnete sie die Augen und sah ihn an. Die Erleichterung war überwältigend. Ein warmes Gefühl durchströmte Lokan. Die schöne, süße, schlehenäugige Bryn. Sein Blick fiel auf ihren Mund. Sie musste sich bei der gerade bestandenen Feuerprobe auf die Unterlippe gebissen haben, denn er konnte darauf die Abdrücke ihrer Schneidezähne erkennen. Er hatte große Lust, die Stelle zu küssen. Er beugte sich über sie, aber kaum war er ihr näher gekommen, folgte die Ernüchterung auf dem Fuße. Sie rückte von ihm ab und setzte sich auf. Dann griff sie nach der Wasserflasche, schraubte sie auf und nahm einen Schluck, ohne ihn eines Blickes zu würdigen.

Alles an ihrem Gehabe sagte ihm, dass sie sich auf seine Annäherungsversuche nicht einlassen wollte. Er wusste, dass es besser war, das so hinzunehmen. Vielleicht sollte er sich lieber sein Paddel greifen und anfangen zu rudern. Und doch konnte er es nicht lassen. Sacht griff er nach ihrem Kinn und drehte ihr Gesicht zu sich, sodass sie ihm in die Augen sehen musste.

„Ich möchte dich küssen“, sagte er. „Ich möchte dich in die Arme nehmen und deinen Herzschlag spüren.“

Er fuhr ihr mit den Fingerspitzen den Hals entlang, wo er ihren Puls spüren konnte, und weiter bis zum Ausschnitt ihres Hemds. Sie stand unter Spannung, wich aber trotzdem nicht zurück. „Ich möchte dich hier küssen … und hier.“ Er ließ seine Finger bis zum Ansatz ihrer Brüste gleiten. Bryn schnappte nach

Luft. „… und hier." Dann fuhr er mit der Hand über die feste Wölbung und strich über die harte Knospe. Bryn schloss die Augen und schluckte. Aber sie hielt noch immer still. „… und hier. Und du wirst mich lassen, nicht wahr?"

Plötzlich riss sie die Augen weit auf und sah ihn entsetzt an. Lokan war erschüttert, sie so zu sehen, denn offensichtlich litt sie Höllenqualen.

„Lokan, bitte … Lass …" Kopfschüttelnd zog sie seine Hand weg. „Es tut mir leid."

Sie griff nach ihrem Paddel und krabbelte, so schnell sie konnte, nach vorn auf ihren Platz. Lokan ließ sie gehen. Es hatte keinen Sinn, sie jetzt zu bedrängen. Damit würde er nichts gewinnen. Da hieß es, die Zeit abzuwarten und zu beobachten. Wenn es so weit war, konnte er Bryn immer noch ermutigen, über ihre widerstreitenden Gefühle und Ängste zu reden.

So ruderten sie eine ganze Weile weiter. Lokan kam es vor, als seien es Stunden, aber wo sie sich befanden, konnte man sich auf das normale Zeitempfinden nicht verlassen. Stunden in der Unterwelt konnten nach menschlicher Zeitrechnung Jahre sein – oder auch nur Sekunden. Das hing mitunter auch davon ab, in welchen Gefilden der Unterwelt man sich gerade bewegte.

Die Wasseroberfläche war spiegelglatt. Nach wie vor gab es nicht die geringste Strömung. Lokan legte sich ein bisschen mehr ins Zeug. Je schneller sie vorankamen, desto besser. Bryn vor ihm ließ die Schultern hängen. Sie machte selbst aus der Entfernung von seinem Platz aus einen erschöpften Eindruck.

„Warum legst du dich nicht ein wenig hin und ruhst dich aus?", schlug er vor.

Bryn zögerte. „Du hast recht. Ist ein guter Vorschlag. Aber nur unter Protest."

„Komm her zu mir." Er klopfte sich mit der Hand auf die Knie. „Leg deinen Kopf in meinen Schoß." Ein Gedanke, der Lokan außerordentlich gut gefiel.

„Du musst doch paddeln", wandte sie ein.

„Das geht schon. Ich paddle ja nicht mit den Beinen."

Sie drehte sich um. Zwischen ihnen lag etwa in der Mitte des Boots der Rucksack. Bryn zog ihn zu sich heran, nahm ihn als Kopfkissen und streckte die Beine in Richtung Bug aus.

„Angsthase“, meinte er spöttisch.

„Was hat mich verraten? Meine langen Ohren?“ Sie rutschte ein wenig hin und her, um die bequemste Lage zu finden. Dann schloss sie die Augen. Ihr langes, dunkles Haar breitete sich fächerartig über dem Rucksack aus. Lokan stellte sich das wunderbare Gefühl vor, mit den Fingern durch die glatten, seidigen Strähnen zu fahren, seine Nase zwischen ihr Haar zu stecken und den Duft einzuatmen. Doch – er musste es sich eingestehen. Was immer es war, was er für Bryn empfand, es war schon seit Längerem vorhanden. Er hatte es nur nicht zulassen wollen.

Und dieser Reiz, diese Gefühle – das war nicht nur einseitig. Aber Bryn hatte ihm immer ein großes, rotes Stoppschild vor die Nase gehalten, und er musste einen Weg finden, sie dazu zu bringen, das Ding endlich wegzunehmen.

Lokan ruderte weiter. Die eintönigen grauen Felswände der lang gezogenen Höhle blieben stets dieselben, hier und da von einer Spalte im Gestein oder einer dunklen Nische unterbrochen. Die ganze Zeit über begleitete ihn das Gefühl, als würden aufmerksame Blicke ihnen folgen, Augen, die sie aus der Dunkelheit anstarrten. Aber Lokan sah lieber nicht so genau hin. Wenn sich ihnen wirklich eine Bedrohung in den Weg stellte, würde er damit schon fertig werden.

Eine Weile später rührte sich Bryn wieder. Sie holte die Wasserflasche aus dem Rucksack, nahm einen Schluck und reichte sie an ihn weiter. Darauf nahm sie sich einen Energieriegel, brach ihn in zwei Teile und gab ihm die größere Hälfte. Es war ihm nicht entgangen. Ihre Blicke trafen sich, ihre Hände berührten sich.

Dann wendete sie den Blick wieder ab.

Er hatte im Prinzip nichts dagegen, mal eine Weile gemeinsam zu schweigen, aber er war dennoch leicht enttäuscht, dass sie noch immer nichts sagte. Bryn, wie er sie kannte, hatte immer etwas zu erzählen. Stets war sie ein munterer Quell gewesen, reihte einen Gedanken an den nächsten. Ihre Gedankensprünge waren nicht immer ganz nachzuvollziehen, aber es war immer … einfach süß.

Nur war diese Bryn anders. Es war, als ob eine andere Persönlichkeit in sie hineingeschlüpft sei, seitdem sie hier in der Unterwelt waren.

Als Lokan noch in jenem Zwischenreich, in dem leeren Niemandsland der Todeszone war, befand er sich allein mit seinen Gedanken, Erinnerungen und Bildern, die er in sich wachgerufen hatte, um nicht ganz allein zu sein. Damals war er eingeschlossen in eine tödliche Stille. Jetzt wollte er Bryns Stimme hören, ihr sanft dahinplätscherndes Geplauder, das ein wesentlicher Teil von ihr war. Wenn er an die Jahre zurückdachte, in denen sie zusammen gewesen waren, wurde ihm jetzt klar, wie gern er ihr zugehört hatte, diesem nicht abreißenden Strom von allem Möglichen, ob es nun einen tieferen Zusammenhang hatte oder nicht.

Lokan kaute an seinem Stück Energieriegel und betrachtete ihn gedankenvoll, aber auch leicht angewidert. „Was für eine Geschmacksrichtung ist das denn?“

Bryn schaute noch einmal auf die Packung, bevor sie sie in den Rucksack zurücklegte. „Schoko-Marshmallow. Warum?“

„Schmeckt wie Sägespäne.“ Aber woran erinnerte ihn das? „Weißt du noch, wie du diese Haferflockenkekse gebacken hast? Die mit dem Schokoguss? Du hast goldbraun geröstete Marshmallows obendrauf geklebt.“ Ihm war, als hätte er den Geschmack jetzt noch auf der Zunge.

Sie warf ihm einen flüchtigen Blick über die Schulter zu. Er konnte es nicht so genau erkennen, aber er meinte, er hätte ein Zucken in ihrem Mundwinkel gesehen, ein winziges Lächeln.

„Mach mir wieder welche davon, wenn wir zurück sind.“

Dieser Satz war der Stimmungskiller. Schlagartig verkroch sich Bryn in ihr Schneckenhaus, indem sie sich verdrossen über ihren angeknabberten Riegel beugte. Lokan war sofort klar, dass er jetzt kaum noch an sie herankam. Aber er wollte es. Er wollte sie streicheln. Er wollte ihr entlocken, was zum Teufel mit ihr los war, warum sie mitunter so zickig war. Und er wollte sie trösten, ihr versprechen, dass er auf sie aufpassen würde und dass sie bald zu Hause bei ihrer Tochter wären. Schön und gut. Der Haken war allerdings, dass *sie* hierhergekommen war, um *ihn* herauszuholen, und nicht umgekehrt. Vormachen konnte er ihr auch nichts.

„Wie hast du diese Kekse noch genannt?“, fragte er harmlos, um das Gespräch wieder in Gang zu bringen. Es täte ihm so gut, ihre Stimme zu hören. So hatte er diese Frage auch ganz bewusst gestellt, denn über Backrezepte und Ähnliches konnte Bryn sich schier endlos auslassen.

„S’mores“, antwortete sie und sah ihn kurz dabei an. Dann nahm sie ihr Paddel, ruderte los und ließ ihn mit dem unbestimmten Gefühl allein, dass ihm irgendetwas weggenommen worden war, etwas sehr Wichtiges.

15. KAPITEL

O, ihr heiligen Schlangen, die ihr diesen See bewohnt, an euch ist es, eure Flammen zu hüten und eure Feuer zu bewahren, auf dass ihr sie den Feinden entgegenschleudert und mit eurer Glut jene versengt, die lästerlich reden.
nach dem Ägyptischen Pfortenbuch

Wie ein glitzerndes, dunkles Band lag der Flusslauf vor ihnen, als Lokan die Augen aufschlug. Sie hatten sich mit dem Schlafen abgewechselt. Einer hatte gerudert und Wache gehalten, während der andere sich ausruhte. Sonderlich bequem war es nicht. Mit dem Rucksack als Kopfkissen war es erträglich. Und im Vergleich zu den Qualen in der Todeszone geradezu paradiesisch. Alles relativ.

In einiger Entfernung konnte Lokan ein riesiges Tor erkennen und dahinter züngelnde Flammen. Als sie etwas näher gekommen waren und er genauer hinsehen konnte, entdeckte er, dass es nicht allein Flammen waren, sondern auch Seelen, wohl solche, die der Verdammnis anheimgefallen waren und sich nun in Todesqualen wanden, während das Feuer sie verzehrte.

„Die Feuerseen", bemerkte er. „Schade, dass Malthus nicht hier ist. Er hat eine Schwäche für ein paar von Xaphans Bräuten. Schon deshalb würde ihm das gefallen."

„Xaphan?" Bryn saß ihm gegenüber mit dem Rücken zum Bug und legte nach der Plackerei eine Pause ein. Für Lokan fühlte es sich so an, als seien sie hier schon endlos lange unterwegs. Und ihr musste es noch viel länger vorkommen, denn sie verfügte ja nicht über seine außerordentlichen Kräfte. Trotzdem hatte sie darauf bestanden, ihren Anteil zu leisten, und er hatte das akzeptiert.

Lokan steuerte auf die Uferböschung zu und setzte das Boot dann mit dem Bug auf den felsigen Untergrund. Er stieg aus und bot der verwirrten Bryn hilfreich die Hand. Ihre Blicke trafen sich, als er sie zu sich hochzog, und er musste sich zurückhalten, um sie nicht in die Arme zu nehmen und an sich zu drücken, denn das war es, wonach er sich sehnte.

„Pause. Ich muss aus diesem Boot raus. Ich bin schon steif wie ein Brett." Verräterische Wortwahl.

Bryn schaute an ihm vorbei. „Also, wer ist Xaphan?", insistierte sie.

„Der Hüter der Flammen auf den Feuerseen."

„Kennst du ihn? Könnte er uns helfen?"

„Ja, ich kenne ihn. Ich hatte im Laufe der Jahre als Abgesandter meines Vaters häufiger mit ihm zu tun, so wie mit den meisten Mächtigen der Unterwelt."

„Und kann er uns helfen?"

„Er könnte. Die Frage ist allerdings, ob er das auch will. Da habe ich erhebliche Zweifel. Xaphan ist nicht der Typ, der etwas tut, ohne dass ihm daraus unmittelbar ein Vorteil erwächst, und ich wüsste nicht, was er davon hätte, uns zu helfen."

„Und seine *Bräute*? Was hat es mit denen auf sich?"

„Sie sind Feuerdämoninnen."

Sie sah ihn erstaunt an. „Dein Bruder Malthus geht mit Feuerdämonen ins Bett? Ist das nicht gefährlich?"

Lokan schmunzelte. Kaum etwas liebte Malthus so sehr wie die Gefahr. „Ja, ist es. Aber ihm gefallen Dinge, die eine gewisse Würze haben."

Wortlos wandte Bryn sich plötzlich ab und ließ den Kopf hängen.

„Was ist?", wollte er wissen. Er merkte, dass etwas sie unangenehm berührt haben musste, konnte sich aber nicht vorstellen, was das gewesen sein könnte.

„Schläfst du auch mit Xaphans Dämoninnen?", platzte es aus ihr heraus. Ihm schwante, dass sie sein Grinsen falsch gedeutet haben musste. „Ich meine", fügte sie hastig hinzu, „nicht dass es mich etwas anginge. Es interessiert mich eigentlich gar nicht. Ich hätte nicht fragen sollen."

„Stimmt."

Sie stieß einen tiefen Seufzer aus.

„Ich will nicht behaupten, dass ich lebe wie ein Mönch. Das wäre glatt gelogen. Und lügen wollen wir ja nicht mehr. Aber ich renne bestimmt nicht jedem Rock hinterher, der vorbeikommt."

„Machst du nicht."

Er war sich nicht sicher, ob das eine Frage oder eine Bestätigung sein sollte. Lokan schüttelte den Kopf. „Das weißt du doch selbst. Du hast es selbst mitbekommen. Wie viele Nächte habe ich schon bei dir auf der Couch geschlafen?" Es waren viele gewesen. Anfangs nicht, aber als Dana älter geworden war, blieb er häufiger bei Bryn und schlief im Wohnzimmer. Nicht, weil er musste. Es wäre für ihn ein Leichtes gewesen, ein Portal zu öffnen, um in sein eigenes Bett zu gelangen. Aber es war einfach zur Routine geworden.

Bryn hatte ihm die Möglichkeit angeboten dazubleiben, und er hatte sie gern wahrgenommen. Er wollte gar nicht weg. Ihm gefiel der Gedanke, mit seiner Tochter unter einem Dach zu schlafen und da zu sein, wenn sie morgens aufwachte. Dann fing sein Tag mit ihrem hellen Kinderlachen an, und er freute sich darauf, in ihre strahlend blauen Augen zu sehen. Ihm gefiel auch der morgendliche Anblick von Bryn in ihrem purpurroten Flanellpyjama, das Haar zu Rattenschwänzen zusammengebunden. Es war, als ob sie …

Nein – nicht daran denken.

Eigenartig. Plötzlich ging ihm auf, dass Bryn immer da gewesen war. Ob er überraschend und unangemeldet vorbeikam oder morgens aufwachte – Bryn war da. Und niemals war ein anderer Mann bei ihr gewesen. Ihm wurde erst jetzt richtig bewusst, dass es ihm ziemlich an die Nieren gegangen wäre, wäre es anders gewesen. Schöne Doppelmoral. Er hatte sich – aus welchen Gründen auch immer – nie ernsthaft um sie bemüht. Er wäre aber ausgerastet, wenn ein anderer es getan hätte.

Lokan bückte sich nach einem flachen Stein, wog ihn in der Hand und ließ ihn dann über die glatte Wasserfläche springen. Der Stein setzte einmal auf, ein zweites Mal, dann tauchte der Kopf einer Schlange auf und schnappte ihn sich.

„Oh", stieß Bryn leise hervor. Sie war schreckensbleich. Lokan konnte es ihr nicht verdenken. Die Schlange war groß genug, um sie beide mitsamt Boot zu verschlingen.

„Es hat bei dir nie einen anderen Mann gegeben", bemerkte er und richtete dabei den Blick unverwandt auf den Fluss. Denn wenn er sie angesehen hätte, hätte er sie auf der Stelle an sich gepresst und sie leidenschaftlich geküsst, ihr unmissverständlich gezeigt, dass er sie wollte. „In all diesen Jahren hattest du keine einzige Verabredung mit jemandem."

„Was …?" Sie lachte laut auf, aber es klang reichlich unecht. Dann seufzte sie, weil sie sich selbst ertappt hatte, Theater zu spielen, und sagte sachlich: „Nein, es gab keinen." Er hob einen weiteren Stein auf, den er dann übers Wasser hüpfen ließ. Wieder tauchte eine Schlange auf, die ihn auffing und verschluckte. „Und warum grinst du dabei so selbstzufrieden?"

„Weil ich mich irgendwie *selbstzufrieden* fühle."

Beinahe hätte sie sich verschluckt. Ihre Abwehrschilde ließen sie für einen Moment im Stich, als sie ihn erstaunt und sichtlich überrascht ansah. Und noch ein anderer Ausdruck lag in ihrer Miene, etwas, das er nicht so richtig deuten konnte. Eine Art Bedauern vielleicht, dachte er. Gleich darauf war sie wieder so verschlossen wie zuvor. Er hatte das schon häufiger bei ihr erlebt. Sie machte dieses Gesicht jedes Mal, wenn sie ihn in die Schranken weisen wollte, um ihm mitzuteilen, dass es ein Tabu für ihn gab, dass *sie* dieses Tabu war.

Abgesehen von ihrer gemeinsamen Liebe zu ihrer Tochter und der gemeinsamen Fürsorge war ihr Verhältnis bei näherer Betrachtung immer oberflächlich geblieben. Ihm kam das erst jetzt richtig zu Bewusstsein. War er so sehr mit sich selbst beschäftigt gewesen, dass er das nie bemerkt hatte? Er schämte sich bei diesem Gedanken.

Behutsam hob er die Hand und zog ihr das Haarband heraus, sodass ihr schönes dunkles Haar über ihre Schultern fiel.

„Weißt du noch, wie ich das zum ersten Mal gemacht habe?",

fragte er. Seine leise Stimme klang beinahe ein wenig melancholisch.

„Ja." Ohne sich dessen bewusst zu sein, fuhr sie sich mit der Zungenspitze über die Unterlippe.

„Und weißt du noch, was ich dazu gesagt habe?"

„Dass es so hübscher aussieht."

„Das stimmt auch."

Er beugte sich zu ihr. Sie wich mit dem Kopf zurück. Er kam ihr noch ein Stück näher. Dieses Mal verharrte sie unbeweglich. Sie zitterte am ganzen Körper. Er genoss den Duft ihrer Haut und ihres Haars und sog ihn tief ein. Sie rührte sich noch immer nicht. Sie wagte nicht einmal zu atmen.

„Bitte."

Gern hätte er dieses eine Wort von ihr so verstanden, dass sie ihn bat, sie endlich zu küssen. Die Wahrheit war, dass sie darum bat, Abstand zu halten, und das wusste er auch. Aber er wollte es nicht. Ihre Lippen waren nur einen Fingerbreit auseinander, und alles in ihm drängte darauf, diese letzte winzige Distanz zu überwinden und Bryn zu küssen. Aber er spürte, wie sie ihn wortlos anflehte, von ihr abzulassen. Und so gab er nach und wich zurück. Er sah noch ein Flackern und so etwas wie Trauer in ihren Augen. Im nächsten Moment war auch das verschwunden.

„Wir müssen hier weg", sagte sie. „Nur darum geht es jetzt."

„Na schön. Aber wenn wir hier herauskommen, Bryn, haben wir einige Dinge zu klären. Ich habe immer geglaubt, dass du eine Sterbliche bist, und da ich nicht sterblich bin, sah ich damals keine Chance für uns."

„Es gibt noch immer keine Chance. Nicht die geringste."

„Und warum machst du dann so ein trauriges Gesicht, wenn du das sagst?"

„Ich …" Sie kniff die Lippen zusammen und gab einen verzweifelten Laut von sich. Dann wandte sie den Blick dem Fluss zu und betrachtete die Flammen, die weiter hinten loderten. „Wir sollten jetzt aufbrechen."

Sie hatte recht. Sie mussten weiterkommen. Je früher sie sich wieder auf den Weg machten, desto eher kamen sie – vielleicht – an Osiris vorbei.

Lokan hielt das Boot fest, während sie einstieg, und kam dann hinterher. Mit harten Ruderschlägen setzte er ihre Barke in Bewegung.

„Was weißt du über die nächste Pforte?"

„Wer sie durchquert, wird gerichtet", antwortete sie in sachlichem Ton. „Die Flammen prüfen die Seele, suchen nach Flecken darauf und verzehren diejenige, die unrein ist."

Gerichtet werden – das war nichts Neues für Lokan. Jetzt stellte sich die Situation allerdings anders dar, ganz anders. Er legte sein Paddel weg und rutschte zu ihr nach vorne. Mit der Hand an ihrem Arm hinderte er sie daran weiterzurudern. Erstaunt drehte sie sich zu ihm um.

„Aber du bist doch geschützt, nicht wahr? Wenn du eine Führerin der Seelen bist, unterliegst du doch nicht diesen Regeln. Du bringst mich hin und stehst lediglich dabei, während ich dieser Prüfung unterzogen werde, stimmt's?"

„Die Begleiter der Seelen sind im Allgemeinen geschützt."

Ihm genügte diese Antwort nicht. Sie war nicht eindeutig, und das alarmierte ihn. „Bryn, unterliegen die Walker der Prüfung oder nicht?"

„In der Regel nicht."

Er fluchte. „Aber was wir hier veranstalten, ist nicht die Regel, oder?"

Sie zögerte mit der Antwort, und er wusste sofort, dass sie nicht mit der Sprache herauswollte.

„Oder?"

„Nein. Denn normalerweise geleite ich eine Seele in die Unterwelt hinein und nicht hinaus, und das macht den Unterschied. Der Preis dafür ist, dass mich dasselbe erwartet wie dich. Mich trifft dasselbe Urteil wie dich."

„Dasselbe Urteil? Du meinst, dass die Reinheit – oder vielleicht auch Unreinheit – meiner Seele über dein Schicksal entscheidet?“ Es fehlte nicht viel daran, dass er in Panik geriet. Er war sich sicher, dass ihre Seele unbefleckt war. Sie würde, wenn es danach ginge, unbeschadet die Flammen durchqueren. Von sich konnte er das nicht behaupten. Das war nicht so tragisch, wenn es um ihn allein ging. Es würde schmerzhaft werden, aber mit den Schmerzen wurde er schon fertig. Seine Heilkräfte waren stark genug, um es durchzustehen. Aber ihre waren es nicht.

Dass sie für seine Taten einstehen sollte und brennen musste, sollte er nicht bestehen, konnte er nicht zulassen. „Sag mir bitte, dass du allein nach deinen eigenen Verdiensten beurteilt wirst.“

„Ich …“

Lokan verstärkte seinen Griff, als sie sich von ihm abwenden wollte. Bryn schaute auf seine Hand hinunter. Er merkte, wie sich ihre Muskeln anspannten.

„Bryn …“ Er wollte noch mehr sagen, aber er fand nicht die richtigen Worte. Ausgerechnet er fand keine passenden Worte. Er, der versierte Verhandlungsführer, wusste weder genau, was er sagen sollte, noch, wie er es sagen sollte. Irgendwie war er nicht mehr derselbe, und daraus, was mit ihm passiert war, wurde er noch immer nicht schlau.

Er hatte nicht das Recht, sie in seinen Sumpf hineinzuziehen. Schlimm genug, dass sie sich in Gefahr gebracht hatte, indem sie hier aufgetaucht war, um nach ihm zu sehen, und ihre gemeinsame Tochter dafür allein lassen musste. Und er durfte es nicht noch schlimmer machen, indem er seinen ganzen Mist an Gefühlen auf sie ablud. In den kurzen Augenblicken, in denen sie vergaß, sich hinter ihrem heruntergelassenen Visier zu verstecken, sprach jetzt schon ein ungeheurer Schmerz aus ihren Blicken.

Inzwischen waren sie der Pforte näher gekommen. Dahinter waren die Schreie der Verdammten zu hören, die in den Flammen gefangen waren, und das machte es in diesem Augenblick schwierig, ihr sein Herz auszuschütten. So sagte er nichts, als sie sich abwandte, und konnte nur hoffen, dass sie den Durchgang durch diese Pforte bewältigten und er Gelegenheit hatte, ihr zu sagen …

Ja, was eigentlich zu sagen? Er wusste es selbst nicht.

„Denkst du, bei diesem Trip geht es allein um dich?" Bryn musste ihre Stimme erheben, damit er sie hinten verstand.

„Nein. Es geht genauso um dich. Und um Dana."

„Das ist nicht alles. Osiris gestattet dir, die zwölf Pforten zu passieren. Er macht dir den Weg nach draußen frei. Was glaubst du, was das auslöst? Er nimmt ein großes Risiko auf sich. Wenn Sutekh sich nun herausgefordert fühlt und ..."

„Wird er nicht", unterbrach Lokan sie. „Sutekh hat seine Karte ausgespielt. Er wollte meine Seele aus dem Weg räumen, um sich meines Körpers zu bemächtigen."

Ein Aufschrei ließ sie für einen Moment verstummen. Bryn schauderte es. „Warum hat er ausgerechnet dich ausgesucht? Er hätte doch einen Sterblichen oder irgendeinen Supernatural nehmen können. Wieso dich?"

„Das habe ich mich auch schon gefragt, und ich denke, ich weiß die Antwort. Ein Sterblicher hätte seinen Zwecken nicht genügt. Wenn es ihm gelungen wäre, die sterbliche Seele auszulöschen, und er sich im Besitz des Körpers befinden würde, hätte er immer noch das Problem, als Gott in einer Hülle zu stecken, die altert und schließlich stirbt. Oder im schlimmeren Falle hätte seine göttliche Kraft diese Hülle zerstört. Insofern war meine halb menschliche, halb göttliche Natur die ideale Lösung des Problems."

„Und was hält ihn davon ab, dich weiter zu verfolgen?" Nichts natürlich. „Was spricht dagegen, dass Sutekh dasselbe noch einmal versucht, sobald du die zwölfte Pforte hinter dir hast?" Auch nichts. Der Gedanke, dass alles wieder von vorn losging, war wenig erhebend.

„Inzwischen habe ich seine Pläne ja durchschaut", meinte er, um sie zu beruhigen. „Ich werde auf der Hut sein. Und da meine Brüder es offenbar irgendwie geschafft haben, mir meinen Körper zurückzugeben, heißt das wohl, dass sie wissen, was Sutekh getan hat. Der Rückhalt, den er bei ihnen hatte, dürfte damit restlos zerstört sein. Wenn er uns also nicht alle verlieren will, wird er sich hüten, sich gegen einen von uns zu wenden, und nach einer anderen Möglichkeit suchen."

„Dana", sagte Bryn mit einem Beben in der Stimme.

Großartig. Er hatte sie beruhigen wollen, und nun hatte er sie auf eine noch schrecklichere Idee gebracht. Neuerdings besaß er wirklich ein Talent, kein Fettnäpfchen auszulassen.

„Jetzt noch nicht", erklärte er. „Sie ist noch ein Kind, und er wird nicht in den Körper eines Kindes fahren wollen. Außerdem ist sie – wenigstens noch eine Zeit lang – sterblich. Das heißt, so könnte es gar nicht funktionieren."

Eine ganze Weile schwieg Bryn. Dann meinte sie: „Vielleicht gibt es noch einen anderen Grund, warum er dir nicht noch einmal nachstellen wird. Vielleicht hat dich all das verändert, und du bist nicht mehr derselbe."

„Das bin ich in der Tat nicht mehr."

Sie nickte nur, sagte aber nichts weiter. Lokan überkam das Gefühl, dass sie etwas wusste, aber nicht damit herausrücken wollte. Offenbar wartete sie darauf, dass er von selbst darauf kam.

Als sie der Pforte noch näher gekommen waren, bemerkte Lokan: „Hier sind ja gar keine Wachen."

Auch Bryn war das aufgefallen. Eigenartig war außerdem, dass sich ihr dieses Mal kein möglicher Name für die Pforte aufdrängte.

„Ich glaube nicht, dass es eine der zwölf Pforten ist", entschied sie.

„Aber es sieht doch aus wie eine Pforte."

„Wie ein Torbogen, ja. Aber deshalb muss es nicht unbedingt eine der Pforten sein. Mir würden sonst blutige Tränen aus den Augen treten, und ich würde spontan irgendwelche Namen rufen."

„Also ist das hier keine der zwölf Pforten, sondern nur ein Durchgang oder eine Durchfahrt. Vielleicht die Durchfahrt zu einer Pforte?"

Als sie sich noch dichter davor befanden, konnten sie erkennen, dass sich auf der anderen Seite des Torbogens ein grünlicher See mit brackigem Wasser ausbreitete. Alles mögliche Grünzeug schwamm auf der Oberfläche, ein Gewirr aus Stängeln und Blättern, die ein Aroma von Thymian, Salbei und anderen, weniger angenehmen Gerüchen verbreiteten. Bryn musste an Teufelsdreck denken, eine asiatische Pflanze, aus der ein übel riechendes Harz gewonnen wurde. Aber noch etwas mischte sich da hinein: der Gestank nach versengtem Haar und verbranntem Fleisch.

Durch Flammen hindurch waren schemenhaft sich windende Menschenleiber auszumachen. Es waren genau zwölf, hatte Bryn nachgezählt. Und wenn eine der Gestalten mit einem letzten, entsetzlichen Aufschrei versank, trat aus einer endlos scheinenden Warteschlange am Ufer eine nächste Seele an den Uferrand und wagte die ersten zaghaften Schritte in die grüne Brühe.

Einen Augenblick lang dachte Bryn, dieser hier würde es überstehen. Die Wasser verbrannten nur die, die sich schuldig gemacht hatten, und Bryn war sicher, dass es unter den Wartenden auch einige reine Seelen gab. In diesem Falle war es keine. Mit einem Fauchen ergriffen die Flammen die Gestalt, und ein durchdringender Schmerzensschrei mischte sich in die Schreie der anderen. Bryn umfasste ihr Ruder fester und ruderte weiter, indem sie ihre ganze Kraft in jeden einzelnen Zug des Paddels legte. Sie wollte weg von diesem Ort. Er ängstigte sie mehr als all die anderen, die sie schon hinter sich hatten. Möglicherweise lag es daran, dass das hier keine wirkliche Pforte war und ihr so auch die magischen Namen und Sprüche nicht zu Hilfe kamen. Hier gab es nur sie, Lokan und das Feuer für die verdammten Seelen.

Bald wurde ihr klar, dass, ganz gleich wie eifrig sie paddelte, das Boot sich nicht von der Stelle rührte. Mit einem Blick über die Schulter überzeugte sie sich davon, dass Lokan sich im Takt mit ihr ebenfalls ins Zeug legte. Er blickte auf, als er spürte, dass sie ihn ansah, und meinte: „So kommen wir nicht weiter. Wir müssen aus dem Boot steigen."

Der Gedanke, den Feuersee schwimmend durchqueren zu müssen, war der blanke Horror. Bryn warf einen Blick auf die Schlange der Wartenden. Wenn sie sich dahinter anstellen sollten, war nicht abzusehen, wie lange sie hier festgehalten werden würden.

Lokans Lächeln wirkte etwas verkrampft. „Auf die brauchen wir nicht zu warten." Dann legte er sein Paddel beiseite, schwang sich über die Bordkante und ließ sich ins Wasser gleiten.

Bryn blieb das Herz fast stehen.

Lokan stand im Wasser. Eine Weile passierte gar nichts. Dann knisterten plötzlich Funken an seinen Händen. Von den Fingerspitzen liefen sie bis zu den Schultern die Arme hinauf. Sein Gesicht verzog sich zu einer schmerzverzerrten Grimasse. Bald sah es aus, als beginne seine Haut zu schmelzen. Dennoch ließ er das Boot nicht los, sondern versuchte, es zu dem in einiger Entfernung liegenden Ufer zu schieben. Sein Atem ging schwer, und Bryn bemerkte, dass das Boot trotz all seiner Anstrengungen nicht von der Stelle kam.

Es lag an ihr. Es ging nicht vorwärts, weil sie noch immer an Bord war. Da konnte er sich abmühen, wie er wollte. Bevor sie nicht auch ins Wasser stieg, nützte es alles nichts.

Sie zitterte wie vom Fieber geschüttelt, und kalter Schweiß brach ihr aus. Was von Lokan aus dem Wasser ragte, war jetzt von züngelnden Flammen umgeben, und er stöhnte bei jedem Atemzug. Die Schmerzen, die er litt, mussten unvorstellbar sein. Bryn wollte sie sich gar nicht vorstellen. Sie war drauf und dran, sie selbst erdulden zu müssen. Die Angst davor fraß sie regelrecht auf. Tränen rannen ihr übers Gesicht. Aber dann dachte sie an ihre Tochter und hielt sich Danas Bild vor Augen. Sie war doch der Grund dafür, dass sie all das durchmachte. Mit einem Aufschrei ließ sich Bryn ins Wasser fallen.

Rings um sie herum gellten die verzweifelten Schreie derer,

die in Flammen standen. Krampfhaft hielt Bryn sich am Boot fest und versuchte mit aller Kraft, Lokan beim Schieben zu unterstützen. Währenddessen stand sie eine entsetzliche Angst aus, Lokan könnte die Etappe durch den Feuersee nicht heil überstehen. So wenigen war es vorbehalten, den Flammen zu entgehen. Und erst in diesem Augenblick fiel ihr auf, dass sie selbst vom Feuer verschont blieb. Es dauerte nicht lange, und sie wusste auch, warum.

Instinktiv, gleichsam automatisch hatte sie ihre Seele von sich abgespalten, so wie sie es in jener Nacht gemacht hatte, um Dana zu schützen, als sie vor Jack weggelaufen waren. Deshalb war es auch reine Kraftvergeudung, das Boot bewegen zu wollen. Sie konnte ihre Fähigkeiten besser nutzen.

Sie litt unsäglich. Es kam ihr vor, als würde sie mit Messern und Sägen gefoltert werden. Aber Bryn wusste mit diesem Schmerz umzugehen. Sie stellte sich nicht dagegen, erduldete ihn nicht nur, hieß ihn geradezu willkommen. Jede Welle nahm sie bewusst mit und nutzte sie, um den Schutzschild ihrer Seele auszuweiten, sodass dieser auch Lokan umfing und sie gewissermaßen beide wie in einer Blase steckten, die das Feuer von ihnen abhielt.

Gleichzeitig stöhnten sie auf, Lokan vor Erleichterung und sie vor Schmerz. Der Terror und die Hitze übertrugen sich auf Bryn, da das Feuer unablässig an die schützende Hülle prasselte, die sie mit ihrer von sich losgerissenen Seele bildete.

„Was zum Teufel machst du da?", fauchte er. Sein Hemd hing in verkohlten Fetzen an ihm herunter. Auf seinem Oberkörper und an den Armen war die Haut bis auf das rohe Fleisch verbrannt. Die sprühenden Funken hatten deutliche Spuren bis zu seinem Gesicht hinauf hinterlassen und ihm die Haarspitzen angesengt. Was unterhalb der Wasseroberfläche lag, konnte sie nicht sehen, aber sie vermutete, dass er dort nicht weniger arg zugerichtet war.

„Ich versuche, dir den Arsch zu retten", brachte sie stockend hervor, wobei die Anstrengung, mit der sie ihre Seele von sich abspaltete und über sie beide ausbreitete, sie beinahe überwältigte, sodass sie sich jedes Wort einzeln abringen musste. Die Flammen brandeten unvermindert an, und wenn sie nicht standhielt, drohten sie, sie zu verzehren und nichts weiter von ihr übrig zu lassen als einen leeren, ausgebrannten Kokon. „Schwimm", befahl sie ihm.

Lokan warf ihr einen zornigen Blick zu, aber er gehorchte und begann zu schwimmen. Zug um Zug, Zentimeter um den nächsten qualvollen Zentimeter, näherten sie sich nun dem Ufer, während das Feuer nicht aufhörte, sie zu martern.

Nein, lange konnte sie es nicht mehr ertragen.

„Bryn!", hörte sie ihn rufen und konnte hören, wie unsäglich er litt. Dabei litt er noch mehr mit ihr als unter seinen eigenen Qualen. „Was immer du da auch treibst – hör auf damit. Mir wird nichts passieren. Mit meinen Heilkräften stehe ich das schon durch."

Schon möglich, aber sicher konnte er sich nicht sein, und sie konnte es nicht riskieren, dass er sich täuschte. Er musste durchkommen, koste es, was es wolle. Und sie konnte, sie würde es schaffen. Es gab gar keine andere Möglichkeit.

Minuten wurden zu Stunden. Das An- und Abschwellen der Schreie der gemarterten Seelen erfüllte die Luft ringsum mit einer schauderhaften Sinfonie.

„Da!", rief Bryn. Schon für diesen kurzen Ausruf musste sie, so kam es ihr vor, ihre letzten Reserven mobilisieren. Aber es genügte. Lokan wandte den Kopf und sah, dass sich hinter der Wand aus Flammen die Pforte erhob. Mit kräftigen Zügen schwamm er darauf zu. Bryn ließ sich von ihm mitziehen und hielt dabei das Boot fest.

Näher und näher kamen sie. Hoch ragte das Tor vor ihnen auf. Bryn kämpfte darum, das Bewusstsein nicht zu verlieren. Fremdartige Worte kamen ihr in den Sinn, Stimmen wurden in ihr laut. Der magische Name drängte sich mit Macht auf ihre Lippen. Der Druck war ungeheuer, zumal sie durch die unerträglichen Schmerzen, die sie erduldete, ohnehin geschwächt war. Aber wenn sie jetzt wie beim Mal zuvor in ihre Trance fiel, würde ihre Seele zu ihr zurückschnellen, und sie beide wären dem Feuer schutzlos ausgeliefert.

Sie sah ihm in die Augen, in denen sich das lodernde Feuer spiegelte. Auch sich selbst konnte sie darin erkennen – winzig klein, so klein, wie sie sich angesichts des Flammenmeers und der riesigen Pforte vorkam.

Dann schien alles, was sie sah und hörte, in weite Ferne zu rücken. Sie war da und doch nicht mehr da. Die Kontrolle entglitt ihr.

„Tchetbi." Mit einem Keuchen stieß sie den Namen hervor. Im selben Augenblick fiel die schützende Hülle, die ihre Seele gebildet hatte, in sich zusammen.

Lokan warf sich nach vorn, packte Bryn hinten am Hemd und warf sie mit einer kraftvollen Drehung ins Boot. „Tchetbi", riefen sie beide gleichzeitig, so laut sie konnten.

Das Boot schaukelte bedenklich und drohte zu kentern. Dunkel und feucht glänzend tauchte der gewaltige Leib einer Schlange auf, die größer war als alle, die sie zuvor gesehen hatten. Bryn wollte sich an etwas festhalten, an einem Ruder, am Boot, an Lokan – an irgendetwas. Aber sie war in ihrer Benommenheit gefangen, zu nichts weiter imstande, als sich rückwärts ins Boot fallen zu lassen. Die Schlange verschwand wieder in den Fluten und sandte mit dem Eintauchen eine hoch spritzende Welle ins Boot, die Bryn als eine Woge aus Feuer über sich hereinbrechen sah. Eine höllische Hitze, wie sie sie noch nie erlebt hatte, ging davon aus. Sie schrie – sie wollte schreien, aber kein Laut drang aus ihr hervor. Sie schrie nur nach innen, als die Feuerwoge auf sie niederschlug.

16. KAPITEL

Ich bin gekommen, auf dass ich die Schuld mit meinem Körper begleiche.
nach dem Ägyptischen Pfortenbuch

Zugspitze, Deutschland

„Dagan." Roxy schüttelte ihre Wächterinnen ab und trat auf ihn zu. Mit einer Kopfbewegung deutete sie auf seine Hand, die die Matriarchin noch immer an der Gurgel gepackt hielt.

„Ich weiß nicht recht, aber ich vermute, dass es in die Rubrik schlechtes Benehmen fällt, seine Gastgeberin zu erwürgen", sagte sie und fügte mit einem Lächeln um ihre hübschen, vollen Lippen hinzu: „Du hast ja nicht lange gebraucht, um hierherzukommen."

„Du weißt doch, was wir gesagt haben." Er erwiderte ihren Blick und musste an sich halten, sie nicht auf der Stelle hier vor allen anderen abzuküssen und irgendwohin abzuschleppen. „Wenn du abhaust, finde ich dich trotzdem."

Sie verdrehte die Augen. „Ich bin nicht abgehauen. Es war mehr – sagen wir mal – eine ziemlich nachdrückliche Einladung, die ich nicht ausschlagen konnte. Und nun lass sie los. Sie haben nicht vor, einen Krieg anzuzetteln. Aber wenn du so weitermachst, tust du es."

Dann trat sie ganz zu ihm und legte ihm die flache Hand auf die Brust. Dagans Puls ging schneller, und ihm fiel ein Stein vom Herzen, als er feststellte, dass er sie wirklich wiederhatte.

Er sah sich nach den anderen um. Alastor und Malthus hatten sich inzwischen auch durch den Spalt gezwängt, den er der Glaskuppel beigebracht hatte, und standen jetzt bei ihren Frauen. Niemand von der Garde machte Anstalten, sie aufzuhalten, was Roxys Behauptung, dass die Matriarchinnen nicht auf einen Konflikt aus waren, noch unterstrich.

„Siehst du“, meinte sie und deutete auf die Szene. „Niemand hat eingegriffen. Es ist nichts zu befürchten.“

„Nichts zu befürchten?“ Dagan warf einen Seitenblick auf Beset. „Und warum wurden wir dann unter diese Käseglocke gesperrt?“

„Um sicherzugehen, dass ihr euch friedlich und besonnen verhaltet“, erklärte Beset.

„Das hat ja dann auch prächtig funktioniert.“

Roxy trat dazwischen. „Wir müssen jetzt zusammenarbeiten.“

„Zusammenarbeiten ... mit Isis ...“ Dagan glaubte, nicht richtig gehört zu haben, und konnte sein Befremden nicht verhehlen. Alastors leichtes Zucken der Augenbraue und Malthus’ Mimik verrieten ähnliche Empfindungen. Der Gedanke an eine Zusammenarbeit zwischen Sutekhs Söhnen und den Töchtern der Isis schien einfach zu absurd.

Andererseits waren drei von ihnen mit Isistöchtern vereint. Damit war schon eine Verbindung hergestellt, die kaum enger sein konnte. Eine vollkommen verfahrene Situation.

„Hier geht es um mehr als um kleinliche Animositäten. Alle müssen jetzt an einem Strang ziehen“, belehrte Beset, die schon wieder auf ihrem Platz weiter hinten thronte, wie Dagan verwundert feststellte. „Du bist stärker, als ich angenommen hatte, Reaper. Und weniger aggressiv. Ich hätte damit gerechnet, dass du versuchen würdest, mir das Licht auszulöschen, als du mich in der Hand hattest. Du hättest deinem Vater damit sicher eine Freude gemacht.“

„Ich habe augenblicklich keine Veranlassung, meinem Vater Freude zu machen. Und was dich betrifft, habe ich mit dir nichts zu schaffen.“ Dagan deutete auf Roxy. „Solange es ihr gut geht, ist zwischen dir und mir alles okay. Wenn du ihr allerdings zu nahe kommst, dann ...“ Er zuckte die Achseln und ließ den Satz unvollendet.

„Wie maßlos ... primitiv“, ließ sich Hathor vernehmen.

„Ja, so sind wir nun einmal. Primitiv bis auf die Knochen.

Und da wir das nun besprochen haben, könntet ihr uns vielleicht erklären, was hier eigentlich gespielt wird."

Die Matriarchinnen schwiegen.

Dann griff Alastor ein. „Ihr sagtet, alle müssen an einem Strang ziehen. Hättet ihr wohl die Güte zu erklären, wen ihr mit *alle* meint?"

Ob es nun an Alastors etwas geschliffeneren Manieren lag oder daran, dass er die Frage etwas gezielter gestellt hatte, er bekam, was ihnen bisher versagt geblieben war. Eine Antwort.

„Isis sowie ihr Bruder und Gemahl Osiris haben ein gewisses Interesse am Hergang von Lokans Ermordung und daran, welchen Ausgang die Sache nimmt", erläuterte Hathor.

„Ein politisches Interesse?", fragte Dagan nach.

Einen Moment lang herrschte wieder Schweigen. Dann sagte Amunet: „Ja, auch ein politisches, aber ebenso ein persönliches Interesse." Es hörte sich an, als fiele ihr diese Auskunft unendlich schwer. Die Frage war daher, warum Amunet sie überhaupt gab.

„Weil wir grundsätzlich niemandem von euch und eurer Spezies trauen", beantwortete Amunet diese Frage, obwohl keiner sie ausgesprochen hatte. „Und doch hat jeder von euch dreien mit euren jüngsten Taten ein kleines Stück Vertrauen gewinnen können. Beinahe ein Paradox." Obgleich ihr Gesicht verhüllt war, hatte Dagan das Gefühl, als würde sie Roxy, Naphré und Calliope der Reihe nach ansehen. „Ihr habt sie beschützt."

„Nicht Isis zuliebe", meinte Dagan. „Das haben wir für uns selbst getan. Roxy zu verlieren ...", er sah zu seinen Brüdern hinüber, „... kommt nicht infrage."

„Ehrlichkeit und echtes Gefühl – und das aus Sutekhs Brut? Höchst ungewöhnlich."

„Wieso denn?", widersprach Alastor. „Weil unser Vater eine falsche Schlange und imstande ist, seinen eigenen Sohn zu ermorden, meint ihr, der Apfel fiele nicht weit vom Stamm, oder was?" Er unterbrach sich, um seinen Unwillen zu zügeln. Dann fuhr er mit ruhigerer Stimme fort: „Lasst euch gesagt sein, dass es auch ‚Äpfel' gibt, die, um im Bild zu bleiben, meterweit vom Stamm fallen."

Er handelte sich einen strengen Blick von Naphré ein. „Alastor, bitte! Sie sind die Matriarchinnen, die Ältesten und Angesehensten unserer Art." Bei aller Sanftheit ihres Tons klang das deutlich nach einer Zurechtweisung.

„Also, was tun wir hier?", schaltete sich Dagan wieder ungeduldig ein. „Warum habt ihr unsere Frauen gekidnappt und uns hierhergelockt? Ich bin mir sicher, ihr wusstet, dass wir kommen."

„Wir haben überhaupt niemanden gekidnappt", erwiderte Beset. „Wir haben nur für den Fall unseren Schutz gewährt, dass es eurem Vater einfällt, unsere Töchter als Druckmittel für seine Machenschaften zu benutzen."

„Sagen wir mal, wir nehmen euch das ab. Dann erklärt das immer noch nicht, warum ihr sie nicht wieder freigelassen habt, als das große Treffen in der Unterwelt vorüber war."

„Weil es nicht vorüber ist", mischte sich eine neue Stimme ein. Ein Mann, den Dagan nie zuvor gesehen hatte, trat aus dem Schatten. Er war groß, hatte dunkles Haar und Augen von ungewöhnlicher Farbe. Sie waren eisblau und kalt mit einem dunkleren äußeren Rand. Irgendetwas Seltsames lag in diesen Augen. Sie strahlten so hell, als würden sie von innen her leuchten. Und wenn Dagan seinen Kopf ein wenig drehte, begannen die Konturen dieser Gestalt zu verschwimmen, ein eigenartiges Flirren umgab sie, als strahlte der Körper eine große Hitze aus. Oder als wäre er gar nicht da.

Er war kein Sterblicher. Dennoch konnte Dagan die Schwingung, die von ihm ausging, nicht einordnen. Er war keiner von den Supernaturals, denen Dagan je begegnet war. Dagan blickte kurz auf seine Brüder, aber die sahen genauso ratlos aus wie er selbst.

„Das Treffen ist lediglich vertagt und jetzt um ein oder zwei Schlüsselfiguren ärmer", fuhr der Fremde fort. „Wenn die Zeit gekommen ist, wird man wieder zusammentreten, und alle Gottheiten werden anwesend sein."

„Und wovon hängt dieser Zeitpunkt ab?", fragte Dagan.

„Von Lokans Wiederkehr."

Schlagartig war es still im Raum geworden, so still, dass Dagan das Blut in seinen Ohren rauschen hörte.

Lokan.

Er hatte es nicht mehr zu hoffen gewagt.

„Weißt du etwas, wovon wir noch nichts wissen?"

Der Fremde lächelte dünn. „Ich denke schon."

„Und wir sollen das alles glauben? Warum?"

„Gestattet, dass ich mich vorstelle. Mein Name ist Cahn Falconer. Ich bin hier, weil wir gewissermaßen das gleiche Anliegen haben." Er verstummte für einen Moment. „Ich bin der Onkel mütterlicherseits von deiner Nichte. Und ich frage mich, ob Sie, meine Herren, nicht etwas dazu beitragen könnten zu verhindern, dass Ihr Vater das Kind in seine dreckigen Fänge bekommt."

Dann richtete der Sprecher seinen Blick auf Roxy. „Roxy Tam?" Sein Lächeln wurde breiter und wärmer, sodass Dagans Nackenhaare sich schon zu sträuben begannen. „Dana hat nach dir gefragt."

In der Unterwelt

Bryn öffnete vorsichtig die Augen und hielt die Luft an. Sie war auf Schmerzen gefasst, aber sie verspürte keine. Nichts.

Als sie sich umdrehte, sah sie Lokan ein paar Meter entfernt an einen Felsblock gelehnt auf dem Boden sitzen.

„Hey", sagte sie. Es war kaum mehr als ein Krächzen. Sie hatte ein Gefühl im Mund, als hätte sie Watte gegessen, aber sonst schien mit ihr alles okay zu sein.

Lokan erhob sich, und ihr fiel auf, dass er nur seine schwarze Hose trug. Weder Hemd noch Schuhe. Bilder schossen ihr durch den Kopf, Erinnerungsfetzen. Sie hatte Lokans Stimme gehört, wie er sie beim Namen rief, sie erinnerte sich an das Gefühl, wie er sie auf seinen starken Armen hielt, sie sich an seine breite Brust lehnte und die Arme um seinen Hals geschlungen hatte. Es war ein Gefühl, als sei er der einzige Halt auf der Welt, den sie hatte.

Es war ein Gefühl von Sicherheit. Aber seit wann stand Lokan für sie für Sicherheit? Seit wann hatte sie so ein Vertrauen zu ihm?

Vor Jahren hatte sie es gehabt. Irgendwann hatte sie aufgehört, ihn als Feind anzusehen, und ihn stattdessen als Partner akzeptiert, mit dem sie zusammen ihre Tochter aufzog. Sie fragte sich nie, wie es dazu gekommen war. Es hatte sich einfach so ergeben.

„Was ist mit deinen Schuhen passiert?"

„Einen hat die Schlange", antwortete er trocken. „Den Fuß darin hätte sie beinahe auch noch erwischt. Und mit dem anderen allein konnte ich nichts anfangen."

Die Schlange.

„Und dein Hemd?"

„Opfer der Flammen." Er klang leicht genervt, fast ärgerlich.

Sie schlang sich die Arme um den Leib und nickte. Dann blickte sie sich um und betrachtete das unebene Gestade. Das Boot lag dort und schien vollkommen unversehrt. Nicht die geringsten Brandspuren. Es sah genauso aus wie zu Beginn ihrer Reise – ein Boot aus Schilfblättern mit einem aufwärtsgebogenen Bug und ebensolchem Heck, bemalt mit Symbolen der Unterwelt.

„Keine Lust, wieder an Bord zu gehen?" Es schwang ein Unterton in seiner Frage mit.

„Kein bisschen." Sie lachte unsicher.

Lokan kam zu ihr herüber. Er stand dicht vor ihr, und sie starrte auf seine bloßen Füße. Sie fand den Anblick merkwürdig vertraut. Und es war besser so, als ihm auf den nackten Oberkörper zu starren.

Er hockte sich zu ihr und hielt ihr eine Wasserflasche hin, sodass ihr gar nichts anderes übrig blieb, als ihn anzusehen. Sein Brustkasten war kräftig gewölbt, und kein Gramm Fett war an ihm zu entdecken. Eine dünne Linie von braunem Haar führte über seinen Nabel hinweg abwärts. Bryn verfolgte diese Linie bis zum Hosenbund.

Sie hatte ihn mehr als einmal halb nackt gesehen, damals in den Jahren, da er die Nächte auf ihrer Couch verbracht hatte. Warum konnte sie plötzlich ihre Augen nicht mehr abwenden? Warum überkam sie das Bedürfnis, ihm die Hand flach auf die Brust zu legen, um seinen Herzschlag zu fühlen?

Lag es daran, dass sie ihn beinahe verloren hätte? Oder dass sie ihn – und er sie – am Ende dieser Reise verlieren würde?

Sie schloss die Augen und atmete einmal tief durch. Wenn sie nur wüsste, was mit ihr los war. Aber was immer es war, es gefiel ihr nicht. Es war, als hätte jemand ihre Mauern niedergebrannt und sie schutzlos ihren Gefühlen ausgeliefert.

Dann öffnete sie die Augen wieder und nahm von Lokan die Flasche. In gierigen Zügen wollte sie das Wasser hinunterstürzen, aber er stoppte sie, indem er die Hand festhielt, in der sie das Wasser hielt. „Langsam", sagte er bestimmt, und sie fragte sich, warum er so entnervt wirkte.

Sie setzte ab, zählte im Stillen bis drei und nahm dann einen kleineren Schluck. Wieder fiel ihr Blick auf seinen durchtrainierten Körper. „Was ist mit dem Tattoo passiert?"

„Woher weißt du von dem Tattoo?"

„Boone hat es mir erzählt."

„Hat er dir auch alles andere erzählt?"

Boone hatte ihr berichtet, dass Lokan, nachdem man ihm das Zeichen der Isis auf die Brust tätowiert hatte, bei lebendigem Leibe gehäutet worden war. Die Haut mit der Tätowierung wurde dann als eine Art Trophäe seinem Vater zugeschickt. Nur dass sein Vater Sutekh selbst hinter diesem Mord steckte und die Trophäe nichts anderes war als ein Manöver, um den Verdacht von sich selbst abzulenken. Ihr war schlecht geworden, als sie die Einzelheiten darüber hörte, was Lokan widerfahren war. Vorher hatte sie davon keine Ahnung gehabt. Sie wusste nur, dass Lokan tot war.

„Das Tattoo wurde herausgeschnitten", meinte Lokan sachlich, als ob es das Normalste von der Welt war. „Und die Wunde ist verheilt. Das verdanke ich dem göttlichen Erbteil in mir. Ich heile schnell."

„Ist das auch der Grund, warum du keine Brandwunden hast?" Bryn erschauderte, als sie an das Feuer und den Schmerz dachte. Aber dann fiel ihr ein, dass sie ja auch unverletzt war. Selbst ihre Kleidung hatte keinen Schaden genommen. Als ob nichts geschehen und sie nicht diesem Flammenmeer ausgesetzt gewesen war. „Warum bin *ich* nicht verletzt?"

„Weil die Seelen der Verdammten von den Flammen verzehrt werden." Wieder lag diese Schärfe in seinem Ton. Als müsste er sich jedes Wort abringen.

„Aber diese Flammen …", widersprach sie. „Sie waren überall um uns herum. Ich habe das Feuer gesehen, es gespürt. Deine Arme waren verbrannt, dein ganzer Körper. Und meiner auch. Ist das alles schon verheilt? Bei dir – und auch bei mir?"

„Weder noch. Mir konnte das Feuer aus einem anderen Grund nichts anhaben."

„Und warum klingst du dann so sauer?"

Lokan nahm ihr die Flasche aus der Hand mit einer Vorsicht, als müsse er sich ganz darauf konzentrieren. Seine Berührung fühlte sich warm an. Er drehte den Verschluss zu und stellte die Flasche ab. Dann nahm er ihr Kinn zwischen Daumen und Zeigefinger und blickte ihr tief in die Augen. Er war nicht nur sauer. Er bebte förmlich vor unterdrücktem Zorn.

„Mir konnte das Feuer nichts anhaben, weil es *dir* nichts anhaben konnte. Du hast irgendetwas gemacht, was mich schützte. Du hast mich auf eine Art abgeschirmt. Und dabei wärst du beinahe selbst draufgegangen." Man merkte, wie er sich zurückhielt.

Bryn schüttelte den Kopf. Vielmehr wollte sie es, aber er hielt ihr Kinn fest. Er war auf sie wütend, weil sie ihn beschützt hatte?

„Du hast verdammt noch mal dein Leben für mich aufs Spiel gesetzt." Es fiel ihm schwer, die Beherrschung nicht zu verlieren. „Bildest du dir ein, dass ich das will? Glaubst du, ich kann das gebrauchen, noch mehr Schuld auf mich zu laden? Dana ist den Setnakhts meinetwegen in die Hände gefallen. Ich habe meine Tochter in Gefahr gebracht, und damit muss ich schon leben. Und jetzt bist du hier, an einem Ort, wo nichts und niemand sicher ist." Er nahm die Hand weg und strich sich durchs Haar. „Ich ertrage es kaum, dass du hier bist."

Was er sagte, traf sie bis ins Mark. Er ertrug es kaum, dass sie hier bei ihm war? Der Schmerz, auf den sie gefasst gewesen war, kam nun mit Verspätung und traf sie mit voller Wucht. Allerdings war es kein körperlicher Schmerz, sondern der Schmerz von zutiefst verletzten Gefühlen. Es fühlte sich an, als hätte man sie über den Boden geschleift und blutend und zerschunden liegen gelassen.

Ihre Ängste, ihre Furcht vor ihm und die Wut, die sie auf ihn gehabt hatte, all das, was sie längst überwunden glaubte, war mit einem Mal wieder da und brach sich nun Bahn. Mit einem Aufschrei warf sie sich zur Seite, um von ihm wegzukommen, und sprang auf. Schwer atmend starrte sie ihn an. „Du kannst also kaum ertragen, dass ich hier bin, ja? Ich habe dir den Arsch gerettet. Ich habe mich buchstäblich für dich zerrissen ..."

Unvermittelt stand er neben ihr. Es war so schnell gegangen, dass sie seine Bewegung gar nicht hatte wahrnehmen können. Lokan packte sie am Arm und drehte sie zu sich, sodass er ihr gerade in die Augen sehen konnte.

„Ja, du hast mir den Arsch gerettet, aber genau das ist das Problem. Ich will nicht, dass du dich in Gefahr begibst. Und ich will nicht, dass du hier bist. Ich will, dass du in deiner Küche stehst und mit deiner Tochter Kekse backst."

„Du hast mir gar nichts vorzuschreiben", brach es aus ihr heraus. Ihre ganze Verzweiflung, ihr aufgestauter Zorn und die Ängste, die sie so lange unter Verschluss gehalten hatte, lagen in diesen Worten. Was bildete er sich ein? Dass sie das hier gewollt hatte, dass sie sich darauf eingelassen hätte, wenn es für sie eine andere Möglichkeit gegeben hätte? „Wie kommst du darauf, dass du irgendetwas zu sagen hast? Ich …“

Lokan ließ sie nicht ausreden. Mit einem Ruck zog er sie an sich. Voller Gier und Inbrunst küsste er sie, und sie erwiderte seinen Kuss. Mit geöffneten Lippen kam sie ihm entgegen. Sie war aufgewühlt. Sie biss ihm in die Unterlippe, trommelte mit den Fäusten gegen seine Brust. Sie wollte ihn schlagen, ihm wehtun. Dafür, dass er gestorben war und sie mit Dana allein gelassen hatte; dafür, dass er Sutekhs Sohn war; für die ganzen Nächte, in denen sie wach gelegen hatte, während sich ihr die Tränen in die Augen drängten, während sie ein ums andere Mal vergebens ihre Fühler nach der Unterwelt ausgestreckt hatte, um herauszufinden, wo er war.

Er packte sie an den Handgelenken und hielt ihre Arme nach unten. Er ließ keinen Zweifel aufkommen, dass er es war, der jetzt den Ton angab. Sein Kuss raubte ihr den Atem – und den Verstand, machte sie willenlos. Sie spürte die harte Wölbung zwischen seinen Beinen und die kalte Oberfläche des Steins an ihrem Rücken, als er sie mit seinem ganzen Gewicht gegen den Felsblock drückte.

Mit einer freien Hand strich er ihr über den Rücken, den Po, den Oberschenkel und umfasste wieder ihren Po. Seine Berührungen waren alles andere als sanft und rücksichtsvoll, aber darauf legte sie auch keinen Wert.

Sie machte die Hände aus seiner Umklammerung frei und wollte ihn wegschieben. Glatte Haut, harte Muskeln. Er fühlte sich genauso an wie in jener lang zurückliegenden Nacht in Miami.

Nein, nicht ganz. Er war noch drahtiger geworden, härter. Und das nicht nur körperlich. Jede Spur von Verspieltheit war verschwunden und einem unbändigen, triebhaften Hunger gewichen.

Sie löste sich von seinem Kuss und presste ihm die Lippen auf die Brust. Über der Stelle, wo sein Herz schlug, biss sie zu.

Die Zähne gruben sich ins Fleisch und hinterließen eine deutliche Spur, worauf Lokan ihr ins Haar griff und ihr den Kopf zurückbog. Er küsste ihren halb geöffneten Mund, der sich ihm darbot. Ihre Zungen trafen einander. Noch ungestümer drängte er sich an sie, sodass ihre weichen Kurven mit seinen Ecken und Kanten verschmolzen.

Bryn stellte sich auf die Zehen und schmiegte sich an ihn. Getrieben von einer unersättlichen Lust wollte sie seine nackte Haut spüren. Alles, was sich zwischen ihnen befand, war im Weg, und so riss sie sich das Hemd vom Leib und nestelte an dem Verschluss ihres BHs. Endlich hatte sie sich davon befreit.

„Oh, fuck", murmelte er, während er ihr mit den Schneidezähnen den Hals entlangfuhr. „Du bist so verdammt schön, meine süße Bryn." Die Hand auf ihrem Po, drückte er sie an sich. Deutlich fühlte sie seine Erektion zwischen ihren Beinen. Mit der anderen Hand streichelte er eine ihrer Brüste und umspielte mit der Kuppe des Daumens die Brustwarze. „Fuck", sagte er noch einmal leise, bevor er sich zu ihr beugte, die Spitze in den Mund nahm und so fest daran sog, dass es sich anfühlte wie ein Stromschlag, der ihr in den Unterleib fuhr.

Mit den Hüften drückte er sie hart an den Felsen, sodass sie dort wie hilflos hing und mit den Fußspitzen kaum noch den Boden berührte. Diese Stellung nutzte er nun, um ausgiebig ihre Brüste zu liebkosen. Keuchend wand sie sich unter den rhythmischen Stößen seines Beckens. Sie bäumte sich auf und streckte sich ihm immer ungeduldiger entgegen, je länger er das zarte, empfindliche Fleisch mit den Lippen, der Zunge und den Zähnen traktierte.

„Bitte … Lokan, bitte …", stammelte sie.

Er fuhr ihr mit der Hand ins Haar, bog ihr den Kopf in den Nacken und hatte sie da, wo er sie haben wollte, um sie mit offenem Mund feucht und wild zu küssen.

Mit zitternden Fingern knöpfte Bryn ihm den Hosenbund auf und zog den Reißverschluss und anschließend die Jeans hinunter, bis er nackt vor ihr stand. Die Lust pulsierte heiß wie flüssiges Metall in ihren Adern, als sie zugriff, die Finger um sein Glied schloss und die samtene Oberfläche in der Hand fühlte. Er zuckte zusammen und stieß die Luft aus der Nase, als sie ihn anfasste.

Dann zog er ihr mit einer entschlossenen Bewegung die Jeans bis über die Knie herunter und bedeckte ihren Hals und die Brüste erneut mit Küssen. Bryn schaffte es, sich wenigstens aus einem Hosenbein zu befreien. Zu dem anderen kam sie nicht mehr, denn da hatte Lokan schon ihre Oberschenkel ergriffen und sie zu sich hochgehoben, um sie in die richtige Position zu bringen. Bryn lag nun mit dem Rücken auf dem Felsblock, die Beine weit gespreizt und um seine Hüften geschlungen. Längst war sie feucht und bereit für ihn. Sie erwartete ihn mit brennender Ungeduld.

Er drang in sie ein und bahnte sich den Weg. Dann zog er sich ein kleines Stück zurück und stieß darauf mit voller Kraft vor, sodass er sie vollständig ausfüllte.

Bryn schrie auf. Diese Attacke war fast zu viel für sie. Der Kopf fiel ihr in den Nacken, als er mit tiefen, harten Stößen weitermachte. Sie gab sich seinem Rhythmus vollkommen hin. Sie wollte ihn nur noch in sich fühlen.

Bis zum Schaft drang Lokan in sie ein, und er musste die Zähne zusammenbeißen, damit die Wonne, diese reine Wollust, die er da erlebte, ihn nicht überwältigte und er vorzeitig kam. Eigentlich war es weder klug noch umsichtig, was sie hier taten. Das hier war weder die Zeit noch der Ort dafür. Aber das kümmerte ihn jetzt nicht. Alles, wonach ihm der Sinn stand, war, die wunderbare feuchte Enge von Bryns Versteck zu spüren – und die Fingernägel, die sie ihm in den Rücken bohrte.

„Du bist so heiß. Oh, mein Gott, fühlst du dich gut an", murmelte er, während er sein Gesicht zwischen Hals und Schulter in ihrem Haar verbarg.

Es wusste selbst nicht genau, was das für Turbulenzen waren, in die seine Gefühle gerieten. Er wusste nur, was immer es war, es beherrschte ihn, trieb ihn voran, brachte ihn fast um den

Verstand. Unvermindert tief und hart waren seine nicht nachlassenden Stöße. So lange schon hatte er das gewollt. Immer hatte er es abgelehnt, es ihr zu sagen oder zu zeigen, weil er, wenn es zwischen ihnen nur dieses lockere Kameradschaftsverhältnis geben konnte, wenigstens das behalten wollte. Bryn hatte von vorneherein die Grenzen gezogen und klargemacht, dass es einen tiefen Graben zwischen ihnen gab. Mehr als sechs Jahre lang hatte sie keinen Zweifel daran gelassen.

Zum Teufel mit all den Gräben und Grenzen, und verdammt, sie war ihm eigentlich eine Erklärung schuldig, warum er nicht schon die ganze Zeit hatte mit ihr in ihrem Bett schlafen dürfen. Sie gehörte ihm. Ihm allein. Und jetzt war der Zeitpunkt gekommen, seinen Anspruch geltend zu machen, bevor einer von ihnen hier unterging und er nie mehr die Gelegenheit dazu bekommen würde.

Bislang hatte er sich über seine Gefühle nie Rechenschaft abgelegt. Bis er gesehen hatte, wie sie von einem Meer von Flammen umgeben war, Flammen, die drohten, sie zu verschlingen, und da merkte er, dass er bereit war, die gesamte Unterwelt in Stücke zu schlagen, um sie zu retten. Allein, um sie noch einmal in den Armen zu halten.

Vielleicht kamen sie nicht mehr heraus. Es konnte gut sein, dass einer von ihnen auf der Strecke blieb. Das musste doch ein verdammter Weckruf sein. Er ließ sich nicht länger vertrösten.

Bryn griff ihm ins Haar und zog ihn unsanft zu sich heran. Sie wollte seinen Kuss, hart und fordernd, während er nicht nachlassen sollte. Und er tat ihr den Gefallen gerne. Ohne nachzudenken. Lokan wollte überhaupt nicht mehr denken – nur fühlen. Fühlen, wie heiß sie war, wie sie ihn festhielt, wie sie ihn anstachelte. Alles wollte er von ihr: ihren Mund, ihre Brüste, ihren Schoß.

Bryn stöhnte auf, ohne die Lippen von seinen zu lösen. Sie klammerte sich an ihn, so fest sie konnte, nahm den Takt auf, in dem seine Stöße kamen, und erwiderte sie wild und ungestüm.

Ein Beben ging Lokan durch den ganzen Körper. Es war, als sei er in einen Strudel hineingerissen worden. Alles andere war vergessen. Es gab nur noch Bryn. Sie war sein. Sie war immer schon sein gewesen. Er schob seine Hand zwischen ihre Körper, suchte und fand in ihrem feuchten Versteck die Perle und ließ sie über die Fingerkuppe hin- und hergleiten.

Wieder stöhnte Bryn auf. Sie hatte die Augen geschlossen. Mit jedem Ausatmen hauchte sie seinen Namen, und ihre Stimme klang tief und kehlig dabei. Ihre Nägel bohrten sich ihm noch tiefer ins Fleisch. Im nächsten Augenblick war es um sie geschehen. Berauscht von einem Gefühl unendlicher Erlösung ließ sie sich fallen.

Mit einem mächtigen letzten Stoß kam gleich darauf auch er. Es war, als ob eine gewaltige Welle ihn verschlingen würde. Er spürte das Pulsieren in ihr und hielt sie fest.

Er hatte nicht die Absicht, sie je wieder loszulassen.

17. KAPITEL

Dieser Gott kommt zu seinem Tempel und tritt durchs Eingangsportal, und die Götter im Verborgenen jubeln ihm zu.
nach dem Ägyptischen Pfortenbuch

Bryn wagte kaum zu atmen. Noch immer hielt sie sich an Lokan fest. Er fühlte sich warm und stark an, und für diesen Moment gehörte er ihr. Wie sollte sie ihn je loslassen? Wie konnte es sein, dass sie ihn wieder verlieren sollte?

Das Herz krampfte sich in ihrer Brust zusammen. Sie würde ihn verlieren. Daran war nicht zu rütteln. Sie hatte sich bereit erklärt, den Preis zu zahlen, den ihre Brüder mit Osiris ausgehandelt hatten. Osiris würde Lokan passieren lassen, sein Geleit aber musste in der Unterwelt bleiben. Eine Seele für die andere. Das war das eherne Gesetz.

Boone hatte Tränen in den Augen gehabt, als er ihr das eröffnete. Er hatte sie gebeten, es nicht zu tun und Dana weiter seinem, Jacks und Cahns Schutz anzuvertrauen.

Dennoch wusste jeder von ihnen, dass es nur eine Möglichkeit für Bryn gab, ihre Tochter zu schützen. Sie musste Lokan zurückholen.

Sie sah ihn an, sein weizenblondes, zerrauftes Haar, seine strahlend blauen Augen, die auf sie herabblickten, als würden sie die Tiefen ihrer Seele erforschen.

Aber das konnten sie nicht. Und so musste sie ihm eigentlich sagen, wie es sich verhielt. Wie der Handel aussah, den sie abgeschlossen hatte. Er hatte ein Recht darauf zu wissen, dass es nur einen von ihnen gab, der wieder unter die Lebenden zurückkehren konnte. Aber wie sollte sie ihm das sagen? Ausgerechnet jetzt.

Er beugte sich zu ihr und küsste sie zärtlich. Lange weilten seine Lippen auf ihrem Mund. Dann hob er sie auf die Arme und ging mit ihr ans Flussufer.

„Essen oder trinken dürfen wir hier nichts“, sagte sie, während sie auf die glatte Wasseroberfläche blickte. „Aber da wir schon durch den Feuersee geschwommen sind, könnte ein Bad vielleicht nicht schaden. Nur …"

„Nur … was?"

„Ich dachte gerade an die Schlangen."

Er lachte. Der tiefe, raue Klang ging ihr unter die Haut und verstärkte gleichzeitig ihre Gewissensbisse. „Ich werde schon auf dich aufpassen."

Sie lehnte den Kopf an seine Schulter und verbarg das Gesicht an seinem Hals. Ja, das würde er. Darauf konnte sie zählen. Dabei ging es ja gar nicht so sehr um sie selbst. Sie war sicher, dass er alle Hebel in Bewegung setzen würde, um ihre Tochter vor Unheil zu bewahren, und allein darauf kam es an.

Sie selbst konnte gegen Sutekh nichts ausrichten. Lokan wäre dazu in der Lage. Durch den Aufenthalt in der Unterwelt hatte sich mit Lokan ein Wandel vollzogen, wie Boone erklärt hatte, und seine Rückkehr würde ein Übriges tun. Dieser Wandel würde ausreichen, um seinem Vater Paroli zu bieten. Kein zweites Mal sollte Sutekh seinen Sohn überwinden können. Bryn wusste nicht genau, wie das möglich war. Darüber hatte sich Boone nicht weiter ausgelassen, sondern sie nur mit dem Spruch abgespeist, je weniger sie wisse, desto besser. Seine Antwort hatte in ihr den Verdacht geweckt, dass er über die Zusammenhänge selbst auch nicht so genau Bescheid wusste.

Einen Punkt hatte Boone allerdings unmissverständlich klargestellt: Lokan musste die Wandlungen, die sich an ihm vollzogen hatten, selbst erkennen. Selbst das wenige, was sie wusste, durfte sie ihm nicht verraten. Nicht die besten Voraussetzungen für ihren guten Vorsatz, künftig nur noch ehrlich zu ihm zu sein.

Inzwischen war Lokan mit ihr so weit ins Wasser gegangen, dass es ihm bis zu den Hüften reichte. Er setzte sie ab und begann, sie zu waschen, indem er ihr mit den Händen über Arme, Beine, Bauch und Rücken fuhr. Sie revanchierte sich auf gleiche Weise. Sie genoss es, alle Teile seines kräftigen Körpers unter ihren Händen zu spüren. Von der Feuersbrunst waren nicht einmal mehr Narben geblieben. Auch deutete nichts darauf hin, wie man ihn einst zugerichtet hatte, dass ihm die Haut abgezogen und sein Körper zerstückelt worden war. Äußerlich jedenfalls waren keine Spuren davon zu erkennen.

„Du hast dich verändert", meinte sie in der stillen Hoffnung, dass so eine Andeutung ihn vielleicht dazu bringen könnte, sich selbst genauer zu betrachten.

Er wich ein Stück zurück und sah sie an. Dann strich er ihr eine Haarsträhne aus dem Gesicht und fragte: „Meinst du?"

Bryn lächelte, aber sie wusste, dass er ihre Traurigkeit, die sich hinter diesem Lächeln verbarg, erkannte. „Dein Haar ist länger", antwortete sie und fuhr ihm mit den Fingerspitzen über die Schläfe. „Und deine Züge sind ein wenig härter geworden."

In Wirklichkeit ging der Wandel viel tiefer, und Bryn musste sich auf die Zunge beißen, um nicht mit all den Fragen und Vermutungen herauszuplatzen, die ihr durch den Kopf gingen.

Lokan zuckte nur die Achseln. „Nichts bleibt, wie es ist."

Sie wartete zwischen Hoffen und Bangen, dass noch mehr von ihm kam. Aber er sagte nichts mehr. Stattdessen fuhr er fort, sie zu streicheln, und konnte offenbar gar nicht genug davon bekommen. Als er dann dazu überging, sie zu küssen, und seine Liebkosungen immer eindeutiger wurden, hielt sie ihm die Hände fest und meinte: „Wir sollten uns jetzt wieder auf den Weg machen." Es war nicht das, was sie eigentlich sagen wollte. Sie hätte sich sehnlichst gewünscht, dieses Zusammensein mit ihm fortzusetzen – wenn vielleicht auch nicht gerade an diesem Ort.

„Ja." Er gab ihr noch einen Kuss, der mehr sagte als tausend Worte. Dann legte er ihr den Arm um die Taille und ging mit ihr aus dem Wasser dorthin, wo sie ihre Kleider abgelegt hatten.

Als sie sich angezogen hatten, half er ihr ins Boot und stieg dann selbst ein. Er setzte sie an seine Seite und meinte: „Versuch, ein wenig zu schlafen, Bryn. Ich halte Wache."

Sie wollte protestieren. Aber tatsächlich hatte er die Worte noch nicht ganz ausgesprochen, fühlte sie sich mit einem Schlag schrecklich müde. Die Glieder wurden ihr bleischwer, und ihr war, als wollte ihr jeden Moment das Kinn auf die Brust sinken.

„Sprich zu mir, Bryn. Lass mich ein wenig deine Stimme hören."

„Soll ich mir selbst eine Gute-Nacht-Geschichte erzählen?"

„Wenn es hilft …"

Sie lachte. Aber im Augenblick fiel ihr überhaupt nichts ein. Sie wusste, was er hören wollte. Er wollte, dass sie über Gott und die Welt redete, über alles Mögliche, das ihr gerade durch den Kopf ging, so wie sie es getan hatte, als sie in der Küche den Teig für ihre Kekse anrührte. Andererseits fürchtete sie, dies könnte die letzte Chance sein, dass sie in Ruhe über Dinge sprechen konnten, die wirklich wichtig für ihn waren. Über sie und über Dana zum Beispiel.

Die Müdigkeit wollte sie schier überwältigen, aber sie zwang sich dazu, wach und aufmerksam zu bleiben. „Dana wird mindestens bis zu ihrer Pubertät eine Sterbliche bleiben", begann sie dann.

Mit seinen Atemzügen hob und senkte sich sein Brustkasten unter ihr. „War das auch der Zeitpunkt, da du deine besonderen Fähigkeiten entdecktest?"

Sie lachte leise. „Ich war ein Spätentwickler. Diese Talente kamen erst ein paar Jahre, bevor wir uns getroffen haben, zutage. Boone hat mir das ziemlich knapp und trocken erklärt. Er hat mir nur gesagt, was ich bin und was meine Brüder von mir erwarteten."

Lokan ließ eine Strähne ihres Haars durch seine Finger gleiten und wiederholte es wieder und wieder. „Deine Brüder … Genau die, denen du meine Tochter überlassen hast."

Bittere Worte. Aber sein Ton klang nicht bitter. Es lag keine Spur von Vorwurf in seiner Stimme, sodass sie sicher war, dass er wusste, dass sie keine andere Wahl gehabt hatte. Dass er der Sache skeptisch gegenüberstand, machte sie ihm nicht zum Vorwurf. Er machte sich Sorgen, und sie wusste es zu schätzen, dass er sie deswegen nicht angriff. Sie hatte es auch nicht anders erwartet, denn das war der Lokan, den sie gekannt hatte, bevor man ihn tötete.

„Ja, genau die", antwortete sie. „Ich allein kann Dana nicht beschützen. Nicht vor deinem Vater, aber auch nicht vor irgendeiner anderen Gottheit, die von ihr inzwischen vielleicht Wind bekommen hat. Meine Brüder können es. Wenigstens so lange, bis du zurückkehrst. Und du wirst sie von deinem Vater fernhalten."

„... und so werden wir glücklich leben bis ans Ende unserer Tage."

Sie drehte sich zu ihm und sah ihn an. „Lokan ..."

„Ich werde sie daraus befreien." Er sagte das mit vollster Überzeugung. Wieder glitt ihr Haar durch seine Finger. „Ist es das, was du gewollt hast? Dich befreien?"

„So schlimm war es nicht, Lokan. Aber ich musste das Leben hinter mir lassen, das sie für mich vorgesehen hatten. Ich musste dieser ständigen Kontrolle entfliehen. Frei sein – um zu *leben*."

„Ja? Und hat es bei dir geklappt?" Das kurze, trockene Auflachen, das diese Worte begleitete, brachte sie auf die Frage, ob er dabei vielleicht an sein eigenes Leben dachte. Soviel sie wusste, waren die Seelensammler unabhängig von allen Freiheiten, die sie sonst genossen, und der Macht, die sie besaßen, vollständig von Sutekh abhängig.

„Nicht ganz so, wie ich mir das vorgestellt hatte." Sie suchte nach den richtigen Worten, aber wie auch immer sie es auszudrücken versuchte, es klang grauenvoll. Weil es auch wirklich grauenvoll war. Was sie für Pläne geschmiedet hatte, was sie getan hatte – sie hatte es gründlich vermurkst. Sie war ein junges, rebellisches Mädchen gewesen, und wie andere junge, rebellische Mädchen hatte sie Mist gebaut. Nur dass die anderen jungen Mädchen einfach nur jung und naiv waren und keine übernatürlichen Zeitbomben.

„Bryn, erzähl weiter."

„Das ist keine schöne Geschichte." Sie zögerte. „Sie lässt mich nicht gerade im besten Licht erscheinen."

Er lehnte leicht das Kinn an ihren Kopf. Sie schloss die Augen und wünschte, er würde … Dann richtete er sich wieder auf, tauchte das Paddel ein und sagte: „Erzähl sie mir trotzdem."

„Meine Mutter habe ich nie kennengelernt. Sie ging fort, sobald ich auf die Welt gekommen war."

„Sie war ein Supernatural, ein Walker, oder?"

„Ja." Nein, das war zu bitter. Sollte sie jetzt wirklich in allen Einzelheiten jeden Fehltritt, jede ihrer Fehlentscheidungen offenbaren und die ganze hässliche Wahrheit hervorkramen? Aber wenn sie es nicht tat, kehrte er unvorbereitet zurück, und Dana hätte darunter zu leiden. „Meine Brüder haben mich aufgezogen."

„Und dein Vater?"

Oh nein, nicht auch noch das. Dieses Fass wollte sie nicht auch noch aufmachen. „Trat nicht in Erscheinung", beschied sie kurz.

„Du hast mal gesagt, deine Brüder seien ein ganzes Stück älter als du."

„Rund fünfundsiebzig Jahre."

Er schwieg für einen Augenblick. „Ich habe ihnen das Leben gerettet. Wusstest du das?"

„Nein – das heißt, doch. Aber bis vor Kurzem hatte ich keine Ahnung davon. Boone hat mir von dem Zugunglück berichtet, kurz bevor ich hierherkam."

„Du warst damals noch gar nicht geboren."

Sie lachte. „Nein. Ich bin wirklich siebenundzwanzig und nicht hundert. Weißt du, als ich noch klein war, ist mir nie aufgefallen, dass etwas in meinem Leben oder mit meinen Brüdern nicht stimmte. Sie haben Kindermädchen engagiert und etliche Bodyguards. Ich dachte immer, die wären dazu da, mich vor den Feinden meiner Brüder zu beschützen. Vor sterblichen Feinden. So war es auch. Aber sie waren auch dazu da, mich vor Supernaturals zu beschützen."

Sie hatte die Wange an seine Brust gelehnt und konnte spüren, wie sein Herz schlug. Mit geschlossenen Augen achtete sie auf jedes Pochen und dachte dabei, wie gut es war, es zu hören, und wie gut es war, so nahe bei ihm zu sein. Sie hatte sich nie eingestanden, wie sehr sie sich danach gesehnt hatte, wie tief sich die Erinnerung an jene Nacht in Miami in ihre Seele eingegraben hatte.

„Sprich weiter." Seine Aufforderung zerriss den Schleier ihrer abschweifenden Gedanken.

„Als Kind hatte ich mir gar keine Gedanken darum gemacht, dass meine Brüder die ganze Zeit Endzwanziger blieben. Das waren sie, als ich fünf war, und sie waren es immer noch, als ich zehn war. Als ich fünfzehn wurde, habe ich sie damit aufgezogen, dass sie wohl einen verdammt guten Schönheitschirurgen haben mussten. Mit achtzehn habe ich sie nicht mehr damit aufgezogen. Da hatten sie mich eingeweiht, was ich und was sie in Wirklichkeit waren."

Sie spürte, wie sich Lokans Muskeln anspannten. „Und von da an benutzten deine Brüder dich und haben deine Fähigkeiten zu ihrem eigenen Vorteil eingesetzt."

Merkwürdigerweise hatte Bryn das Bedürfnis, sie zu verteidigen. Das war ein bisschen verrückt, weil sie ihre Brüder Jahre hindurch gehasst hatte, sie und all die Einschränkungen, die sie ihr auferlegt hatten. Jede Sekunde ihres wachen Daseins hatte sie auf die Chance gewartet, sich von ihnen frei zu machen. Aber dann bekam sie ihre Tochter und sah das Verhalten ihrer Brüder plötzlich mit anderen Augen.

„Nicht dass ich sie in Schutz nehmen will oder ich den Gedanken ertragen könnte, Dana müsste so ein Leben führen wie ich damals. Aber ich bin inzwischen zu der Überzeugung gelangt, dass sie das, was sie taten, aus Liebe getan haben." Bryn musste beinahe lachen. „Die dummen Kerle. Man sperrt doch nicht ein, was man liebt."

Lokan versank in längeres Schweigen. Dann meinte er: „Nein, das tut man nicht. Trotzdem verstehe ich langsam, warum sie das getan haben."

Sie richtete sich auf und sah ihn an. „Aber Dana würdest du doch so etwas nie antun?"

„Nein."

Natürlich hatte sie das nicht ernsthaft angenommen. Trotzdem bedeutete es ihr viel, es noch einmal von ihm in dieser Klarheit bestätigt zu bekommen. „Ich glaube, dass die Dienste, die ich meinen Brüdern geleistet habe, dem gar nicht unähnlich sehen, was du für deinen Vater tust." Sie erschrak. Das hätte sie lieber nicht sagen sollen. Die Dienste für seinen Vater hatten ihn immerhin das Leben gekostet. „Oder vielleicht dem, was du für deine Brüder tust", fügte sie hastig hinzu.

„Ich hatte die Wahl", erwiderte er, „aber es klingt nicht so, als ob du sie gehabt hättest."

„Hattest du eine andere Wahl? Wirklich, Lokan?", fragte sie sanft.

Er zog sie sacht wieder an sich. Einen Moment lang schien er sich zu besinnen, dann meinte er: „Eine Geschichte nach der anderen. Lass uns erst einmal bei deiner bleiben."

„Zu Anfang fand ich es beinahe ... spannend. Ich tat meine Pflicht und folgte ihren Anweisungen, indem ich die Seelen in die Unterwelt zu der Gottheit geleitete, mit der sie sich gerade gut stellen wollten. Ich stand unter ihrem Schutz, aber das hieß natürlich in Wirklichkeit, dass ich total unter ihrer Kontrolle stand. Dann änderte sich die Lage. Als ich älter und etwas erfahrener wurde, fing diese Kontrolle an, mich einzuengen. Sie trieb mich zur Verzweiflung und nahm mir die Luft zum Atmen. Ich war nie für mich allein – nicht eine Sekunde lang. Kannst du dir vorstellen, was das bedeutet? Zu jeder Tages- und Nachtzeit waren Wachen um mich herum." Sie schluckte. „Selbst im Badezimmer. Sie behaupteten, das geschehe zu meinem Schutz, und nach dem, was ich heute weiß, war es zum Teil wohl auch so. Aber damals bin ich mir wie eine Gefangene vorgekommen. Ohne die geringste Hoffnung, dem Käfig zu entrinnen."

„Haben sie dir etwas angetan?" Sie konnte aus seiner Frage heraushören, dass er imstande war, ihren Brüdern etwas anzutun, wenn das der Fall gewesen wäre.

„Nein, nichts dergleichen. Sie haben mich verwöhnt und verhätschelt. Alles, jede Belastung, jede Bedrohung haben sie von mir ferngehalten. Jack hat mir Geschenke mitgebracht. Die ganze Zeit. Schmuck, Kleider, Bücher. Ich hatte eine Küche, mit der jeder Fünf-Sterne-Koch glücklich wäre."

„War das der Grund, warum du das Backen angefangen hast?"

Sie nickte. „Eines Tages hatte einer meiner Bodyguards irgendwoher ein paar Zutaten mitgebracht. Es war der verzweifelte Versuch, mich abzulenken, als ich eines Tages einen Ausraster hatte, wie das bei Teenagern manchmal vorkommt. Und es hat geklappt. Danach hat Jack mir die Küche eingerichtet. Aber es war wie ein goldener Käfig. Ich kam heraus, um die Seelen zu begleiten und abzuliefern. Und danach ging es zurück in den Käfig."

„Aber in einem Käfig warst du nicht, als wir uns getroffen haben."

„Ich bin weggelaufen."

„Wie das, wo sie doch so gut auf dich aufgepasst haben?"

„Es ist ihnen nie in den Sinn gekommen, dass ich ausreißen könnte. Meine Bodyguards waren mehr auf Gefahrenabwehr als auf Bewachung programmiert, und als ich das erkannte, habe ich mit meiner Wühlarbeit begonnen. Einen der Guards hatte ich von klein auf. Meiner Erinnerung nach war er immer da gewesen. Ein bärbeißiger Typ, nicht sehr gesprächig. Crandall Butcher hieß er. Er hat mir ein paar Tricks beigebracht, wie man sich versteckt und wie man überlebt. Für den Fall des Falles. Ich glaube nicht, dass er je auf die Idee gekommen ist, ich könnte das, was ich von ihm gelernt habe, gegen meine Brüder verwenden. Er war es auch, der mich über einige Fakten aufgeklärt hat, die mich betrafen. Ich wusste, dass ich eine Halbschwester meiner Brüder war. Derselbe Vater, aber unterschiedliche Mütter. Ich hatte immer gedacht, meine Mutter wäre bei meiner Geburt gestorben. Aber es war anders. Ich war der Preis, den sie für ihre Freiheit bezahlt hatte. Sie war ein Walker wie ich, und so hat sie mich praktisch als Ersatz dagelassen, als sie abgehauen ist. Ein Walker für den anderen Walker."

Er nahm sie ein wenig fester in den Arm. „Was hat dich dann nach Miami verschlagen? Was hattest du in dieser Nacht da zu suchen?"

„Dich", sagte sie und hätte sich gewünscht, dass es wahr wäre. War es aber nicht. Zu ihrer Schande musste sie sich eingestehen, dass sie auf der Suche nach einem Mann gewesen war, nach einem Supernatural – nach *irgend*einem Supernatural. Den Club hatte sie sich auserkoren, weil Jack ständig davon gesprochen und erzählt hatte, dass viele Supernaturals dort verkehrten. In jener Nacht allerdings war Lokan der Einzige gewesen.

„Klingt nicht schlecht", meinte Lokan trocken, aber dennoch leicht amüsiert. „Aber wir wissen wohl beide, dass das ein klein wenig geschmeichelt ist."

Sie holte tief Luft, bevor sie sich beeilte zu erklären: „Ich war auf der Flucht. Vor Boone, vor Jack und Cahn. Ich hatte das über Monate geplant, hatte mir Geld beiseitegelegt und mir falsche Papiere besorgt. Ich habe alles getan, was mir einfiel, um mir den Weg zu ebnen. Als ich dann …" Sie merkte, wie ihr die Hitze in die Wangen stieg. Es gab einfach kein angemessenes Wort, um das auszudrücken, was sie sagen wollte.

„Als du …?"

„Wie soll ich sagen? Bei Tieren sagt man, glaube ich, läufig. Ich wusste, dass mir das in meinem Leben nur vier Mal passieren würde. Walker haben nur ein sehr schmales Zeitfenster, um schwanger werden zu können. Wenn es sich schließt, ist es vorbei damit. All die Male war ich also auf der Suche nach einem Mann, mit dem ich ein Kind zeugen konnte." Oh Himmel, war das hart. Ihr wurde fast übel davon, das sagen zu müssen. Sie fühlte sich wie der letzte Dreck.

Lokan musste ihre Verlegenheit bemerkt haben, denn er küsste sie sanft auf die Stirn und meinte: „Du warst damals fast noch ein Kind. Was immer du auch getan hast, du warst ein Kind. Du weißt doch, was man sagt: Hinterher lässt sich immer klug reden."

„Wünschst du dir, jene Nacht wäre anders verlaufen?" Kaum hatte sie es ausgesprochen, senkte Bryn den Blick und biss sich insgeheim auf die Zunge. War sie von allen guten Geistern verlassen, ihn so etwas zu fragen?

Lange Zeit schwieg Lokan. Es kam ihr vor wie eine Ewigkeit. Endlich sagte er nur: „Ja." Mehr nicht. Bryn hielt den Atem an und wartete auf eine Erklärung, aber es kam keine, bis er ruhig bemerkte: „Das ist deine Geschichte, Bryn. Ich möchte auch den Rest davon hören."

Sie verzog den Mund und fuhr sich mit der Zunge über die Lippen. „Ich brauchte dringend jemanden, um schwanger zu werden. Aber ich war nicht gut in diesen Dingen und konnte auch keinen Supernatural auftreiben. Ich habe es mit normalen Sterblichen versucht, jedoch vergebens. Ich wurde nicht schwanger von ihnen. Später habe ich einen Topworld Grunt getroffen, einen von diesen Unterwelt-Hiwis, der wenigstens eine Spur von übernatürlichen Kräften besaß. Aber der war so besoffen gewesen, dass er eingeschlafen ist, bevor es dazu kam." Sie schluckte einmal. Dann machte sie sich aus seinem Arm frei und straffte den Rücken, wobei sie ihm gerade in die Augen sah. Sie wollte sich nicht mehr wegducken. „Ja, und dann kamst du. Ich bin schwanger geworden. Meine ursprüngliche Absicht war es, das Baby meinen Brüdern zu überlassen und meine Freiheit dagegen einzutauschen, genau wie meine Mutter es getan hatte. Ein Kind als Nachfolgerin, damit sie mich gehen ließen. Ein … Deal."

Seine Augen wurden dunkel, die Pupillen waren weit geöffnet. Es war Lokans einzige Reaktion auf ihre Worte. Sie wusste nicht, ob er sie jetzt verabscheute, sie hasste, sie verachtete. Was immer es für Gefühle bei ihm sein mochten, sie waren nichts gegen das, was sie sich selbst gegenüber empfand.

Lokan fühlte sich, als hätte er einen Huftritt in die Magengrube bekommen. Dana. Seine Tochter. Sie war Gegenstand eines Deals geworden. Bryn hatte sich mit dem Mädchen ihre Freiheit erkaufen wollen.

Wut stieg in ihm auf – nicht auf Bryn, sondern auf ihre Brüder.

Aber er kämpfte die Wut nieder. Eine derartige Gefühlsaufwallung entsprach ihm nicht. Er war der kühle Taktiker, politisch geschult, alle Blickwinkel im Auge zu behalten, ohne die Nerven zu verlieren. Schließlich hatte Bryn den Deal mit Dana ja gar nicht vollzogen. Sie hatte ihre Tochter nicht hergegeben, sondern alles dafür getan, sie zu beschützen. Wenn überhaupt, war er selbst es gewesen, der seine Tochter einer Gefahr ausgesetzt hatte – allein durch das, wer und was er war. Und Bryns Brüder, die seinen Zorn heraufbeschworen hatten, waren im Augenblick die Einzigen, die zwischen Dana und seinem mörderischen Vater standen.

Bryn schüttelte den Kopf. „Ich hatte mir das alles ausgedacht: einen Supernatural finden, schwanger werden, mein eigenes Leben zurückgewinnen, indem ich meine Tochter dafür hergebe – wie meine Mutter." Ein unterdrücktes Lachen kam von ihr, das wie bitterste Selbstironie klang. „Ich hatte mir das alles so einfach vorgestellt. Aber so einfach war es dann doch nicht, einen Supernatural zu finden. Nach drei Pleiten in Folge blieb mir nur noch eine letzte Chance. Und in dieser Nacht bin ich dann auf dich getroffen. Du warst diese letzte Chance."

„In der Tat sehr schmeichelhaft", murmelte er. Richtig gekränkt war er dennoch nicht. Irgendwie konnte er sie verstehen. Er erinnerte sich daran, wie er früher treu in Sutekhs Diensten gestanden hatte und wie diese Treue belohnt worden war.

Eines blieb dennoch unerklärlich. Er war ein Seelensammler, und die konnten keine Kinder zeugen. Was also war in jener Nacht in Miami genau passiert? Hatte er plötzlich auf magische Weise Spermien produziert, weil sie ein Walker war? Das war doch kompletter Unsinn.

All die Jahre schon hatte er sich gefragt, wie er Dana hatte zeugen können, aber da war er noch davon ausgegangen, dass sie eine normale Sterbliche war. Weil er sich jedoch scheute, jemandem von der Existenz seiner Tochter zu erzählen, hatte er auch niemanden fragen können. Noch eines der Rätsel, die er lösen musste, sollte er jemals hier herauskommen.

„Ich habe dich nach unserer Nacht überall gesucht“, sagte er, „und eine grauenvolle Zeit verbracht. Hatten deine Brüder dich versteckt gehalten?“

Sie nickte. „Das war ihr Verständnis davon, für meine Sicherheit zu sorgen.“

„Aber als wir uns trafen, nachdem ich dich bei dem Bäcker wiedergefunden hatte, warst du ihnen doch entkommen?“

„Dachte ich jedenfalls.“

„Du dachtest es nur?“

„Wie es aussieht, wussten sie die ganze Zeit, wo ich steckte, und haben mich aus der Entfernung im Auge behalten. Jack sagte, sie hätten es später aufgegeben, mich zu verfolgen, weil es keinen Sinn mehr machte. Jedes Mal, wenn sie in meine Nähe gekommen waren, hatte ich wieder die Flucht ergriffen. Also ließen sie mich in Ruhe und warteten einfach darauf, dass ich von mir aus wieder Kontakt zu ihnen aufnahm.“

„Und dass sie ein Einsehen gehabt hatten, war für dich einer der Gründe, warum du ihnen Dana anvertraut hast?“

„So etwa, ja. Aber ich hatte ja selbst dazugelernt. Mir war klar geworden, dass ich Fehler gemacht hatte. Vor allem in einer Hinsicht hatte ich mich völlig verschätzt, und zwar zu denken, ich bräuchte bloß eine Tochter zu bekommen, sie abliefern und könnte meiner Wege gehen. Ich hätte niemals gedacht, dass …“ Bryn schüttelte traurig den Kopf.

„… dass du das Kind so lieben würdest.“

„Genau“, flüsterte sie.

„Mir ist es mit Dana genauso gegangen.“ Und nicht nur mit Dana, sondern auch mit ihr, Bryn. So war es doch. Er liebte sie.

Wie hatte das passieren können? Wie hatte er sich in Bryn

verlieben können? Und *wann* war das geschehen? Wenn er jetzt genauer darüber nachdachte, wurde ihm bewusst, dass er sich jedes Mal darauf gefreut hatte, Bryn zu sehen, wenn er Dana besuchte. Er hatte Gefallen daran gefunden, wie sich alles zwischen ihnen entwickelte. Es war so unbeschwert, so natürlich gewesen. Niemals hatte Bryn sich beklagt, wenn er die verabredeten Zeiten nicht eingehalten hatte. Mittwochabends und sonnabends lautete die Verabredung. Aber manchmal kam er auch schon freitags oder erschien auch am Sonntag. Sie machte ihm deshalb keine Vorwürfe, sondern ließ ihn einfach daran teilhaben, was immer sie und Dana sich für den Tag vorgenommen hatten.

Ja, eigentlich hatte er sogar das Gefühl, dass sie das sogar gerne sah. Sie waren … eine Familie. Er sollte es aussprechen, es ihr sagen.

Bryn aber legte ihm die Finger auf die Lippen und schüttelte den Kopf. „Nicht. Sag es nicht."

Sie konnte beim besten Willen nicht wissen, was er gerade sagen wollte. Lokan vermutete, dass sie dachte, er wolle einen Kommentar zu dem abgeben, was sie erzählt hatte. Nichts lag ihm ferner. Er wusste besser als irgendjemand sonst, was es hieß, Entscheidungen treffen zu müssen, wenn man von vorneherein wusste, dass man nur die Wahl zwischen Pest und Cholera hatte. Dabei hatte sie aus ihrer vertrackten Situation noch das Beste gemacht. Das verdiente Anerkennung, sogar Bewunderung.

Er strich ihr übers Haar. Dies war nicht der richtige Zeitpunkt, ihr von seinen frisch entdeckten Gefühlen zu erzählen. Das musste er ihr nicht antun, erst recht nicht, da er selbst nicht wusste, wie ihm geschah. Aber auch, weil immerhin das Risiko bestand, dass sie diese Gefühle vielleicht gar nicht teilte.

So kurz nach dem Verrat, den sein Vater an ihm verübt hatte, konnte er mit solchen Dinge nicht umgehen. Ja, wahrscheinlich war es wirklich besser, damit ein wenig zu warten, bevor er ihr reinen Wein einschenkte.

18. KAPITEL

Seine Feinde winden sich unter seinen Füßen. Vor ihm sind die Götter und Dämonen versammelt. Er ist feind allen Verdammten im Reiche Duat. Osiris hält die Feinde in Schach, er zerstört sie, und er richtet ein Gemetzel an unter ihnen.
nach dem Ägyptischen Pfortenbuch

Sie schafften es durch die fünfte Pforte, aber auch nicht weiter. Ganz gleich, wie eifrig sie ruderten, das Boot bewegte sich kein Stück vorwärts. Bryn schaute sich um. Ihr Gefühl sagte ihr, dass sie eine Station auf ihrem Weg übersehen haben mussten.

„Dort“, rief sie plötzlich aus und zeigte auf einen schattenhaften rechteckigen Umriss, der sich in der Felswand des weiten Tunnels abzeichnete. Kaum hatte sie diese Entdeckung gemacht, zog es das Boot auf die Stelle zu, als werde es von einem unsichtbaren Strick gezogen.

Der Umriss erwies sich als ein in den Felsen gehauener Tunnel, eine Art Korridor, an dessen Ende Bryn undeutlich eine Tür erkennen konnte.

„Sieht aus, als sei das der einzige Weg, der uns weiterführt.“

„Bist du sicher, dass wir den Fluss verlassen sollten?“, fragte Lokan.

Nein, sicher war sie keineswegs. Sie konnte sich nur von ihrem Instinkt leiten lassen, der Produkt Jahrtausende alter genetischer Engramme war. Und der sagte ihr, dass sie hier aussteigen mussten, wenn sie weiterkommen wollten.

Lokan lenkte das Boot ans Ufer. Als der Bug anstieß, sprang Bryn heraus und zog es aufs Trockene. Sekunden später stand Lokan an ihrer Seite, um ihr zu helfen. „Ich kann mir nicht vorstellen, dass es abtreibt. Es gibt überhaupt keine Strömung hier“, meinte er.

„Sollten wir zu einem schnellen Rückzug gezwungen sein,

und das Boot ist nicht mehr da, sehen wir ganz schon alt aus. Das Risiko will ich lieber nicht eingehen."

Er lachte. Ein warmer, voller Ton, der Dinge in ihr anrührte, die sie besser unter Verschluss halten sollte. Dann drehte er sich zu ihr. Sein Gesicht war ihrem so nah, dass sie seinen Atem spürte. Er schaute ihr in die Augen. „Als wäre dieses ganze Unternehmen nicht ein einziges, verdammt unkalkulierbares Risiko."

Unkalkulierbar? Nein, das war es für sie nicht. Sie wusste jetzt schon genau, wo sie am Ende landen würde, hier eingeschlossen für die Ewigkeit. Das Risiko bestand für sie darin, dass sie ihn diese Ewigkeit lang vermissen würde, dass sie sich nach ihm verzehren, sich nach seiner Stimme und seinem Lachen sehnen würde. Einen Vorgeschmack davon hatte sie schon bekommen, oben, als sie noch unter den Menschen weilte und er so lange fort war. Und dieses Mal kam erschwerend hinzu, dass sie auch ihre Tochter für immer verlor.

Bryn wandte schnell den Blick ab.

„Wer nicht wagt, der nicht gewinnt", meinte sie nur und machte sich auf den Weg den Korridor entlang. Lokan folgte ihr. Sie zuckte zusammen, als er ihre Hand nahm. Die Finger ineinander verschlungen, gingen sie weiter wie ein Paar, das friedlich durch einen Park spaziert, und nicht wie zwei Wesen, die an einem der unheimlichsten und gefährlichsten Orte unterwegs waren, die es gab.

Vor der Tür blieben sie stehen. Es war weder ein Türgriff noch ein Schloss zu sehen, nur ein Türflügel aus glattem, blank poliertem Holz. Bryn wartete einen Augenblick schweigend ab, ob ihr ein magisches Wort, ein Name, ein Zauberspruch in den Sinn kam, der ihnen den Zugang frei machte. Als nichts dergleichen geschah, drehte sie sich zu Lokan um und sah ihn fragend an. „Irgendwelche Vorschläge?"

Er zuckte nur die Achseln, langte über ihre Schulter hinweg und gab der Tür mit der Handfläche einen Stoß.

Ohne Weiteres schwang sie auf, und Bryn lachte ungläubig.

Als sie eintraten, sahen sie sich zu beiden Seiten von gewaltigen Säulen umgeben, die so hoch waren, dass sich ihre oberen Enden in der Dunkelheit verloren.

Lokan streckte die Hand nach der Säule aus, die ihm am nächsten stand, und fuhr mit den Fingerspitzen über die Zeichen, die in die Oberfläche gemeißelt waren. Dann blickte er sich genauer in dem Halbdunkel um. „Hier müssten eigentlich Wachen stehen – bei jeder Säule eine."

„Kennst du das hier?"

„Ich war schon einmal hier. Dieser Gang führt zu der Halle der Wahrheit und Gerechtigkeit."

Darunter konnte sie sich nichts vorstellen. Dennoch jagte der Name ihr einen Schauer über den Rücken, als ob sie tief im Innern *doch* eine Ahnung hatte. „Wann warst du hier?"

„Als ich von meinem Vater zu einer Unterredung mit Osiris geschickt worden bin."

„Oh, muss ... interessant gewesen sein."

Er gab einen Laut von sich, bei dem man nicht sicher sein konnte, ob es ein Lachen oder nur ein unwilliges Knurren war. „Selbst erklärte Feinde haben ab und zu mal das Bedürfnis, sich miteinander zu unterhalten."

„War es das, was ihr gemacht habt? Euch unterhalten?" Sie wurde das Gefühl nicht los, dass sich hier ein dunkles Geheimnis verbarg.

Er schob das Kinn vor. Seine Miene verriet, dass die Erinnerung an diesen Ort alles andere als angenehm war.

„Was machst du für ein Gesicht?", fragte sie. „Das hier kann doch nicht schlimmer sein als all diese Schlangen- und Feuergeschichten, die wir schon durchgemacht haben."

„Es ist schlimmer. Bryn ..."

Weiter kam er nicht, denn eine furchterregende, geisterhafte Stimme unterbrach ihn. „Ihr werdet gerichtet werden."

Bryn spähte ringsum in die Dunkelheit, konnte aber nichts entdecken. Es war niemand da und nichts zu sehen als die endlose, leere Flucht zwischen den monströsen Säulen, die jetzt allerdings durch ein gespenstisch grünliches Licht schwach erleuchtet wurde.

„Lokan Krayl mag passieren“, fuhr die fremdartige Stimme fort, „aber Lokan Krayl ist tot.“

„Danke für den Hinweis, aber Lokan Krayl *war* tot“, entgegnete Lokan trocken. „Vergangenheit. An deiner Grammatik musst du noch arbeiten.“

„Du wirst gerichtet werden.“

„Hatten wir alles schon. Ich weiß, wie das läuft.“

Die Ankündigung, gerichtet zu werden, bedeutete in der Unterwelt selten etwas Gutes. Bryn wusste zwar nicht genau, was da auf sie zukam, aber fest stand, dass es unerfreulich wurde.

Lokan nahm sie wieder an die Hand und führte sie den Gang hinunter, den nun nach und nach vor ihnen das seltsame grüne Licht erfüllte, das ihnen den Weg wies. „Es kann auch alles gut werden“, meinte er. Sehr überzeugend klang das allerdings nicht. „Vielleicht erleben wir ja auch nur die Kurzversion. Überlass das Sprechen mir. Und die Sauerei hinterher auch.“

„Die … Sauerei?“ Bryn hatte keine Ahnung, wovon die Rede war. Aber sein Tonfall schien ihre Befürchtungen zu bestätigen.

Ein kratzendes Geräusch wie von den Krallen einer Ratte ließ sie aufhorchen. Im Augenblick glaubte sie eine verhüllte Gestalt mit glühend roten Augen und dem Kopf eines Schakals gesehen zu haben. Aber als sie genauer hinschaute, war nichts mehr zu sehen. Und auch als sie sich nach dem gleichen Geräusch dicht hinter ihr umdrehte, blickte sie nur in die leere Dunkelheit.

„Die Wachen“, sagte Lokan mit gedämpfter Stimme. „Kümmere dich nicht um sie. Sie sind nicht einmal die Schlimmsten hier unten.“

Sehr ermutigend.

Als sie eine Weile weitergegangen waren, tauchte vor ihnen eine riesige Steintreppe aus der Dunkelheit auf. Lokan blieb stehen und hielt auch Bryn fest. Oben stand eine Kreatur mit menschlichem Körper und dem Kopf eines Schakals. In der

Armbeuge ruhte der traditionelle Dreschflegel, eines der Abzeichen des Osiris. In der anderen Hand hielt die Gestalt das Ankh, das Symbol des Lebens.

„Anubis", grüßte Lokan mit einer flüchtigen Verbeugung, die gerade genug Respekt bezeugte, ohne unterwürfig zu erscheinen. Bryn fragte sich, wie Lokan das hinbekam. Ein Produkt sehr langer Übung vermutlich.

„Lokan Krayl." Die Stimme des Anubis hallte auf unheimliche Weise in Bryns Kopf wider. „Du bist nicht tot."

„Leider auch nicht wieder ganz lebendig", antwortete Lokan.

Aus den Augenwinkeln sah Bryn etwas schimmern. Auf einem Thron aus getriebenem Gold sitzend, war eine zweite Gottheit aufgetaucht. Bryn stockte der Atem, als der Gott ihr das Gesicht zuwandte und sie aus unergründlichen, schwarzen Augen ansah, die von Kajal umrandet waren. Seine Haut war grün und sein Gewand so leuchtend weiß, dass es einen fast blendete. Auf dem Kopf trug er die weiße Atef-Krone mit Straußenfedern an den Seiten. In den Händen hielt er seine Insignien, den Krummstab und den Dreschflegel.

Der heimliche Händedruck, den Bryn spürte, war offenbar eine Warnung. Dieses Mal verbeugte sich Lokan etwas tiefer. „Sohn der Nut und des Geb, Gott der Lebenden und der Toten. Osiris. Ich entbiete dir meinen Gruß und meine Verehrung."

„Lokan Krayl, Sohn des Sutekh." Osiris' Ton war ausdruckslos und seine Stimme so kalt, dass sie Bryn wie ein eisiger Strahl ins Herz fuhr. Darauf wandte sich Osiris wieder ihr zu, und sie wusste, dass es nun an ihr war, etwas zu sagen.

Indem sie Lokans Händedruck erwiderte, begann sie: „Grüße und Verehrung, Osiris, Gott über Leben und Tod. Ich bin Brynja, Tochter der Izanami, der Daena und der Kriegsgöttin Sachmet, der Beschützerin der Pharaonen, Tochter der Walküren und Shinigami."

„Du bist die Führerin."

„Ja." Im Stillen beschwor sie Osiris, nichts weiter zu sagen.

Dieses wäre der ungünstigste Moment, den Deal zu erwähnen, den ihre Brüder mit Osiris gemacht hatten, ein Geschäft, das Bryn auf immer und ewig zur Gefangenschaft hier in Osiris' Reich verdammen würde.

Ein Schatten regte sich hinter Osiris, und Bryn wich unwillkürlich einen Schritt zurück, als eine mächtige Gestalt vortrat, die sowohl durch ihre Größe als auch durch ihre Erscheinung Furcht einflößend wirkte.

„Ammut“, flüsterte sie. Ammut, die die Herzen verschlingt, die Knochenfresserin. Sie war eine monströse Dämonin, eine Mischung aus Löwe, Flusspferd und Krokodil, die Verkörperung der endgültigen Vernichtung schlechthin.

„Dein Geblüt ist mir bekannt, Tochter“, sagte Osiris. Bryn bemerkte Lokans Anspannung sofort, als der Gott sie so anredete. Es war nicht zu leugnen. Sie war seine Tochter. Denn auch Osiris' Blut pulsierte in ihren Adern – vermischt mit dem all der anderen Gottheiten.

Lokan beugte sich ein kleines Stück zu ihr. „Hätte ich mir doch denken können“, murmelte er im Flüsterton. „Wie sonst hättest du dich so gut hier unten auskennen können, wenn du nicht einen genetischen Abdruck von ihm in dir hättest.“

Sie schloss für eine Sekunde die Augen und stieß die Luft durch die Nase. Wann würde sie endlich klug werden? Natürlich konnte Lokan das nicht entgehen. Keine Lügen und keine Halbwahrheiten mehr, hatte sie sich vorgenommen. Und das hier gehörte ganz oben auf die Liste der Dinge, die sie ihm hätte vorher anvertrauen sollen. Allerdings hatte sie nicht damit gerechnet, dass zur Sprache kommen würde, dass auch Osiris in ihre illustre Ahnenreihe gehörte.

„Warum begleitest du Sutekhs Sohn?“, fragte Osiris.

Ein Schwindel ergriff Bryn. Mit dieser Frage hatte sie überhaupt nicht gerechnet. Boone hatte ihr versichert, dass der Deal mit Osiris in trockenen Tüchern sei: Osiris hätte zugestimmt, dass Lokan unter ihrer Führung versuchen konnte, die zwölf Pforten zu passieren. Im Gegenzug herrschte Einigkeit darüber, dass Bryn bei Osiris in der Unterwelt blieb und sich in die Schar derer einreihte, die in seinen Diensten standen.

Warum also fragte Osiris, was hier vor sich ging, wenn er es doch genau wissen musste?

Bryns Mund war trocken. Ihr Herz pochte. Jetzt eine falsche Antwort, und alles war verloren. „Er ist nicht als Sohn Sutekhs gekommen, sondern nur als Durchreisender. Ich führe ihn auf diesem Weg."

Osiris' Miene blieb unbewegt. Da jedoch keine Reaktion von ihm erfolgte, schien es das zu sein, was er hören wollte. Er machte lediglich eine rasche Handbewegung, und vor ihnen tauchte eine Waage von enormer Größe auf.

„Lokan Krayl, du wirst gerichtet werden."

Dann winkte er sie zu sich heran.

„Nur mal so aus Neugier gefragt", flüsterte Lokan, als sie die glatt polierten Stufen hinaufstiegen, „bei deiner ganzen erlauchten Ahnengalerie: Gehört Isis auch dazu? Bist du vielleicht auch eine Isistochter?"

„Nein. Die Isistöchter sind direkte Abkömmlinge der leiblichen Töchter der Isis. Zu ihnen gehöre ich nicht."

Er glaubte ihr. Und doch gab es noch etwas, das sie ihm verheimlichte. Nur jetzt, da sie von Osiris und Anubis erwartet wurden und die goldene Waage über ihr Schicksal entscheiden sollte, war nicht der Augenblick, weiter in sie zu dringen. Möglicherweise waren es Dinge, die sie vor den anderen nicht aussprechen wollte. Das war zu verstehen, und so gab er sich fürs Erste zufrieden.

Die eine Schale der Waage war leer, auf der anderen lag schimmernd eine weiße Feder. „Das ist die Feder der Ma-at", erklärte er Bryn, „die Feder der Wahrheit. Weißt du, wie diese Zeremonie abläuft?" Lokan blickte ihr aufmerksam ins Gesicht.

Sie schüttelte den Kopf. Sie sah blass aus, und ihre Pupillen waren geweitet. Lokan war sich sicher, dass sie noch blasser werden würde, wenn sie gleich miterlebte, was ihm gleich bevorstand. Nach einem Seitenblick auf Anubis verschloss sich Osiris vollständig. Nichts verriet, was man mit ihnen vorhatte. Aber eines stand für Lokan fest: Bryn durfte auf keinen Fall den Preis für die Weiterreise mit ihrem Blut bezahlen. Er würde schon einen Weg finden, sie vor dieser entsetzlichen Qual zu bewahren. Er hatte zwar nicht die geringste Ahnung, welchen Regeln Walker wie Bryn unterworfen waren, aber diese Prüfung durfte sie nicht erdulden. Das war seine Sache.

„Hat sich an deinem Bekenntnis etwas geändert, seitdem du das letzte Mal diesen Gang angetreten hast?“ Anubis’ Stimme dröhnte in seinem Kopf, ohne dass dieser den Mund aufgetan hatte. Ein Blick auf Bryns verstörtes Gesicht genügte, und er wusste, dass sie die Stimme des Schakals in ihrem Innern auch vernommen hatte. „Es geht um das negative Glaubensbekenntnis“, erläuterte er flüsternd. „Zweiundvierzig Sünden, die man bekennen muss, nicht begangen zu haben.“

Das Bekenntnis in vollem Umfang abzulegen wäre, das wusste Lokan, eine allzu offensichtliche Lüge und der direkte Weg ins Verderben. Die volle Wahrheit zu bekennen garantierte ihm das Weiterkommen aber auch nicht. „Meine Erklärung ist dieselbe wie beim letzten Mal“, sagte er. Es gab nichts hinzuzufügen und nichts wegzulassen. Dass er von seinem Vater ermordet worden war, sprach ihn nicht von der Last seiner eigenen Sünden frei.

„Die Zeremonie will es, dass du dein Herz hergibst“, sagte Anubis und hielt Lokan das goldene Ankh, den Lebensschlüssel hin.

„Das Verfahren ist mir bekannt.“ Lokan wusste, worum es ging, und er war nicht begeistert davon.

Das Ankh schmiegte sich in seine Hand. Es lag perfekt darin. Als er es hob, hatte sich das untere Ende in eine Klinge verwandelt, die im Licht aufblitzte.

„Lokan?“ Bryns Stimme klang alarmiert und besorgt.

„Alles gut“, meinte er nur und bemühte sich, sie nicht anzusehen. Er wollte die Angst und die Sorge um ihn nicht in ihren

Augen sehen. Es hätte alles nur noch schwerer gemacht. Stattdessen blickte er starr auf die Waage und sagte mit gedämpfter Stimme. „Großer Osiris, darf ich dir eine Frage stellen?"

„Du hast nichts zu bieten, was einer Antwort wert wäre."

Gut gekontert. „Wenn ich diese Prüfung bestehe und mein früheres Selbst wiedererlange, hätte ich dir etwas zu bieten."

„Du wirst dein früheres Selbst nie wiedererlangen. Hat dir das deine Führerin nicht gesagt?"

Die Worte trafen ihn wie ein Blitz aus heiterem Himmel. Er fuhr zu Bryn herum. „Was?", rief er.

„Nein." Panik flackerte in ihrem Blick. „Es ist nicht so, wie es sich anhört. Du kannst zu den Lebenden zurückkehren. Du wirst nur nicht mehr derselbe sein, der du warst. Hast du das wirklich angenommen, nach allem, was du durchmachen musstest? Hast du im Ernst geglaubt, es geht einfach alles so weiter – du bist wieder Sutekhs Reaper und sein Botschafter? Hättest du das überhaupt gewollt?"

Es stimmte. Alles, was sie sagte, klang vollkommen einleuchtend. Trotzdem war da noch etwas anderes, etwas, das ihm nicht einfallen wollte, obgleich er wissen müsste, was es war.

„Ich kann also unter die Lebenden zurückkehren", wandte er sich an Osiris. „Ich wäre nur nicht mehr der, der ich einmal war."

Osiris senkte das Haupt. „Vorausgesetzt, du bestehst die Prüfung."

„Und wie würde ich mich verändern? Werde ich zu einem Sterblichen?"

Zu seiner Überraschung erschien ein flüchtiges Lächeln auf Osiris' Gesicht. „Nein, Lokan Krayl. Du wirst niemals zu einem Sterblichen werden."

Wieder erklang Anubis' Stimme in seinem Kopf und brachte die Unterhaltung zu einem abrupten Ende. „Fahren wir in der Zeremonie fort, Lokan Krayl, oder du verwirkst das Recht auf die Prüfung."

„Was ist mit Bryn? Muss sie sich auch der Zeremonie unterziehen?"

„Nein, das muss sie nicht."

Ein Stein fiel ihm vom Herzen. „Danke, das war die Antwort, die ich brauchte."

Er drehte die scharfe Klinge des Ankh mit einer schnellen Bewegung um, sodass die Spitze auf seine Brust zeigte, dann markierte er zwischen Daumen und Zeigefinger seiner Linken den Zwischenraum zwischen der vierten und fünften Rippe. Er tat das nicht zum ersten Mal. Er war genau demselben Ritual unterworfen gewesen, als er als Sutekhs Botschafter hier an Osiris' Hof gekommen war. Nur damals diente die Prüfung seines Herzens lediglich dazu zu ergründen, ob er irgendwelche finsteren Absichten gegen Osiris hegte. Dieses Mal sollte sein Herz beweisen, dass es tatsächlich rein von Sünde war, ein Gedanke, den er zum Lachen gefunden hätte, ginge es hier nicht ums Ganze.

Er blickte zu Bryn hinüber. Sie zitterte am ganzen Leib. Ihre Augen waren weit aufgerissen. Mit einem aufmunternden Lächeln versuchte er, sie zu beruhigen, dann stieß er zwischen den Fingern mit der Klinge zu. Mit einem tiefen Schnitt durchdrang sie Haut und Muskeln. Auch wenn er nur ein unterdrücktes Keuchen von sich gab, war der Schmerz mörderisch.

Bryn schrie auf. Die Hände zu Fäusten geballt, trat sie einen halben Schritt vor. Aber Lokan hielt sie fern, indem er kurz den Kopf schüttelte. Unsicher wich sie wieder zurück. Und doch war Lokan irgendwie stolz auf sie. Das war seine Bryn, sanft, warmherzig, süß wie die Schokolade auf ihrem Gebäck, aber auch unglaublich tapfer, wenn es sein musste.

Das Blut rann ihm in Strömen über die Brust und klatschte in dicken Tropfen auf den Boden. Erneut drehte er den Dolch in seiner Hand und reichte ihn, den Griff voran, Anubis zurück, der ihn nahm und an seinem Gewand abwischte. Derweil biss sich Bryn so heftig auf die Lippen, dass sie das Blut in ihrem Mund schmeckte.

Lokan musste beide Hände zu Hilfe nehmen, um in den Schnitt zu greifen und die Rippen auseinanderzubiegen. Die

Knorpel knackten hörbar. Der Schmerz war kaum auszuhalten. Dazu kam die schreckliche Vorstellung, welche Nöte Bryn auszustehen hatte. Aber er musste es durchstehen, und er hatte es schon einmal hinter sich gebracht. Damals war es eine Laune Sutekhs gewesen, die das von ihm verlangte. Dieses Mal ging es um sein Leben.

Er griff sich in die Brust und umklammerte mit den Fingern sein Herz. Er konnte sein Pulsieren und Zucken spüren. Dann riss er es heraus. In weitem Bogen spritzte das Blut. Es traf Anubis, ergoss sich über die Waage und selbst über Bryns Schuhe.

Sie stöhnte auf, aber sie wich nicht zurück. Im Gegenteil. Er wollte seinen Augen nicht trauen, als sie vortrat und die leere Waagschale festhielt, in die er sein Herz legte, damit es gegen Ma-ats Feder aufgewogen wurde. Noch immer schlagend, lag es da, während sich die goldene Schale mit seinem Blut füllte.

Die Seite der Waage, auf der sich sein Herz befand, neigte sich nach unten, was Lokan nicht verwunderte, denn die Taten, die er im Laufe seines Daseins vollbracht hatte, wogen schwer. Doch hob sich die Schale wieder, langsam, Zentimeter für Zentimeter, bis sie auf halbem Wege stehen blieb und wieder absackte.

Aus dem Schatten hinter Osiris kam mit gebleckten Krokodilzähnen Ammut hervor, bereit, Lokans Herz und seine Seele zu verschlingen.

„Nein!“, rief Bryn aus. Sie war schon im Begriff, Ammut in den Weg zu treten, als Lokan sie mit ausgestrecktem Arm zurückhielt.

Dann ergriff ihn ein Schwindel. Er wurde im Kreis herumgeschleudert. Vielleicht drehte sich auch der Raum um ihn herum im Kreis. Er konnte es nicht unterscheiden, sondern merkte nur, dass es keinen Halt für ihn mehr gab, nichts, wonach er greifen, nichts, was ihn retten konnte. Wie in einem Zeitrafferfilm kamen ihm Bilder der Vergangenheit in Erinnerung, dunkle, blutige Bilder. Bis eines kam, das stehen blieb, als sei der rasende Film angehalten worden. Eine Winterlandschaft, eisiger, schneidender Wind, ein Paar, ein Mann und eine Frau, dazu zwei kleine Mädchen. Sie waren aus dem Wasser gekommen und standen auf dem Eis. Dann waren da drei Jungen mit leuchtend blauen Augen.

Und plötzlich war Lokan wieder zurück. Wieder war die Waage vor ihm. Er war auf die Knie gesunken und stützte sich mit einer Hand auf dem Boden ab. Kraftlos war sein Kopf nach vorne gefallen. Die freie Hand hielt Lokan an die Brust gepresst. Blut sickerte ihm dort durch die Finger, und in jeder Zelle seines Körpers pochte der Schmerz.

Aber die Waagschale vor ihm war leer und die Wunde in seiner Brust geschlossen. Er hatte die Prüfung bestanden. Irgendwie hatte er es geschafft.

Bryn kniete sich neben ihm hin. Sie legte sich seinen Arm um die Schultern und stand langsam auf, sodass er taumelnd wieder auf die Beine kam. Anubis und Osiris standen vor ihm, Ammut war verschwunden.

Lokan fiel auf, wie sehr sich diese Szene von denen unterschied, als er im Auftrag seines Vaters hier gewirkt hatte. Damals war nur Anubis anwesend gewesen. Die Waage entschied darüber, ob er vor Osiris treten durfte oder nicht. Die Prüfung dieses Mal war weitaus härter gewesen, und Osiris hatte ihr persönlich beigewohnt. Der Unterschied war leicht zu erklären. Statt um die Formalitäten einer Akkreditierung ging es um nicht mehr und nicht weniger als um die Erlaubnis, die zwölf Pforten zu passieren und mit der Sonne ins Licht der Erde zu treten.

Lokan wandte sich an Osiris. „Das war's dann wohl. Da ich noch hier vor dir stehe, nehme ich an, dass ich für würdig befunden wurde, meinen Weg fortzusetzen."

„So ist es", entgegnete Osiris.

Lokan wies mit einer Kopfbewegung auf Bryn. „Und was ist mit ihr?" Seine Tätigkeit im diplomatischen Dienst seines Vaters hatte ihn Vorsicht gelehrt.

Osiris kniff kurz die Augen zusammen. In all den Jahren,

in denen Lokan ihm begegnet war, hatte er bei dem Herrscher über die Toten noch nie auch nur die Spur einer Gemütsregung bemerkt, nicht einmal eine so flüchtige wie diese. Heute jedoch war es, das Lächeln vorhin mitgezählt, schon die zweite. Erstaunlich genug. Lokan war auf der Hut.

„Ihr könnt beide passieren."

„Ich danke dir." Lokan meinte seinen Dank aufrichtig. Er verbeugte sich in angemessenem Respekt, erneut ohne unterwürfig zu erscheinen. Dann fügte er hinzu: „Um eine Gunst würde ich dich gern noch bitten, Osiris."

„Sprich. Ich werde sehen, ob ich sie gewähren kann."

„Da ich nicht zum ersten Mal zu dir komme, weiß ich, dass du die Macht hast, den Gang der Dinge voranzutreiben. Deshalb glaube ich nicht, dass es notwendig ist, dass Bryn und ich zu dem Boot zurückkehren. Du könntest uns einen anderen Weg weisen."

Er merkte, wie Bryn neben ihm nach Luft schnappte. „Lokan …", sagte sie ängstlich. Was hatte sie nur? Er konnte sich nicht vorstellen, dass sie sich nach dem endlosen Fluss mit all seinen Schlangen zurücksehnte.

Osiris sah ihn scharf an. „Das könnte ich tun. Ist es wirklich dein Wunsch, den Weg abzukürzen?"

Die Frage machte Lokan stutzig. Sieben Pforten würden noch vor ihnen liegen. Wem konnte schon an einer Wiederholung der Abenteuer auf dem Feuersee oder an einer weiteren Begegnung mit Apophis gelegen sein?

„Es käme auf den Preis an." Mit seinen blutverschmierten Händen kehrte er seine leeren Hosentaschen nach außen. „Momentan bin ich etwas klamm."

„Der Preis wurde bereits im Voraus entrichtet", sagte Osiris. Sein Blick streifte Bryn.

Jetzt war es Lokan, der nach Luft schnappte. Nicht Bryn. Sie durfte nicht der Preis dafür sein. Er wollte gerade etwas sagen, aber Osiris fuhr fort: „Ihr könnt gehen. Ich gebe euch den Weg zur letzten Stunde im Duat frei."

Die letzte, die zwölfte Stunde. Das bedeutete, dass es nur noch eine letzte Pforte zu durchqueren gab. Das klang gut. Lokan konnte nur nicht begreifen, warum Bryn neben ihm außer sich zu sein schien. Sie zitterte am ganzen Körper, und kalter Schweiß drang ihr aus allen Poren. Ihre Lippen waren blau.

Lokan überfiel ein höchst unangenehmes Kribbeln in der Magengegend, als hätte er zwei Hände voll lebender Maden verschluckt.

19. KAPITEL

Sie sind es, die die verborgene Pforte von Ament bewachen, und im Gefolge dieses Gottes schreiten sie vorwärts.
nach dem Ägyptischen Pfortenbuch

Sie fanden sich in einer Art Korridor wieder, durch den ein Feuersturm fegte. Auf der ganzen Länge waren in die Wände Nischen eingelassen. Hier gab es weder einen Fluss noch ausgedehnte Höhlen, nur eine hohe Decke und Wände aus Steinquadern, ein Tunnel, der sich schnurgerade bis ins Unendliche zu erstrecken schien. Eben hatten sie noch vor Osiris in der Halle der Wahrheit und Gerechtigkeit gestanden, jetzt, einen Wimpernschlag später, waren sie hier – nur sie beide allein.

Bryn fragte sich, ob Lokan wirklich an so etwas gedacht hatte, als er Osiris um eine Abkürzung auf ihrem Weg durch die Unterwelt gebeten hatte. Vielleicht spekulierte er auf eine direkte Rückkehr in die Welt nach oben, aber das wäre zu einfach gewesen. Außerdem hätte sie ihm auf diesem Weg nicht folgen können.

Natürlich war sie nicht ganz undankbar dafür, dass ihnen die unwägbaren Widrigkeiten beim Passieren der Pforten, die noch verblieben wären, erspart blieben. Aber sie grämte sich auch bitterlich um die Zeit, die sie mit Lokan auf dem Weg dorthin noch hätte verbringen können.

Ein Feuerstoß rollte durch den Korridor heran und hätte sie getroffen, hätte Lokan sie nicht im letzten Moment am Arm gepackt und in die nächste Nische gezogen. Hier war es klamm und dunkel. Brust an Brust standen sie aneinandergedrängt in der Enge.

Er betrachtete sie aufmerksam. „Du siehst blass aus“, bemerkte er. „Und du zitterst.“ Aus seiner Gesäßtasche kramte er einen rot-weiß gestreiften Pfefferminzbonbon hervor. Es war einer von denen, die Boone in den Rucksack gepackt hatte.

„Hier. Zucker – wird dir guttun. Dann bekommst du wieder ein bisschen Farbe ins Gesicht."

„Zucker? Ist das dein Patentrezept für alles?" Sie bemühte sich, sich im Zaum zu halten, was ihr aber kaum gelang.

Er zwinkerte ihr zu. Offenbar war er nach dem Auftritt bei Osiris bester Laune. „Nicht für alles."

Die nächste Feuerwalze kam brüllend den Gang herunter. Lokan zog sie tiefer in die Nische und versuchte, sie mit seinem Körper zu schützen.

Bryn bemühte sich, tapfer zu lächeln. „Ich bin froh, dass wir das Boot los sind. Aber dieses dauernde Feuer geht mir allmählich auch auf die Nerven."

„Wenn wir hier raus sind, nehme ich euch mit zu einem Skiurlaub in die Alpen. Ich weiß, dass dir Schnee nicht besonders liegt. Aber vielleicht denkst du ja nach diesen Erfahrungen anders darüber."

Skiurlaub in den Alpen? Das war leider ein unerfüllbarer Traum. Dennoch nickte sie stumm. Sie brachte kein Wort heraus. Was hätte sie auch sagen sollen? *Oh ja, die Alpen – wie schön.* Natürlich wäre es schön. Aber auf sie würden Dana und er verzichten müssen. „Das würde Dana bestimmt gefallen", sagte sie dann, während sie vor sich auf den Boden starrte und an ihrem Pfefferminzbonbon lutschte, der sich in ihrem Mund langsam auflöste.

Er fasste ihr mit dem Zeigefinger unters Kinn und richtete ihren Kopf wieder auf. Dann beugte er sich zu ihr und drückte ihr die Lippen auf den Mund, den sie sogleich einladend für ihn öffnete. Sie genoss das Gefühl seines Kusses, seines ganzen Körpers, an den sie sich schmiegte. Vielleicht war es der letzte Kuss, die letzte Gelegenheit, mit ihm allein sein zu können. Und dabei blieb noch so vieles ungesagt.

Sie hielt ihn weiter fest, als er die Lippen schon von ihr löste. Sie wollte dieses schöne Gefühl seiner Umarmung, seiner Nähe nicht verlieren. All dies wenigstens in der Erinnerung bewahren: den Geruch seiner Haut, den Blick, mit dem er sie manchmal ansah, als gäbe es niemand anderen für ihn auf der Welt als sie. Genau dieses Gefühl, dass sie ihm etwas bedeutete, hatte sie auch, weil er ihr *zuhörte*. Das war von Anfang an so gewesen – egal ob sie ihm etwas über ihre Keksrezepte erzählt hatte oder über Danas Tag auf dem Spielplatz im Park. Dass ihr das so immens wichtig war, hing nicht zuletzt damit zusammen, dass sie als Kind und als junges Mädchen nie nach ihrer Meinung gefragt worden war und ihr nie jemand richtig zugehört hatte.

Lokan nahm ihr Gesicht zwischen die Hände und schaute ihr in die Augen. In dem Halbdunkel waren seine Pupillen weit geöffnet, sodass die Iris nur einen schmalen blauen Rand bildete. Sie strich ihm über die Wange und nahm noch einmal bewusst seine Züge wahr, um sie unauslöschlich im Gedächtnis zu behalten. Der kaum sichtbare Höcker auf seinem Nasenrücken. Sein schöner Mund und die Art, wie er lächelte. Die feinen Fältchen in seinen Augenwinkeln, die vorher nicht da gewesen waren.

Was sie in diesem Moment aufnahm, musste für eine Ewigkeit reichen.

Ihr fiel ein, wie es gewesen war, als sie sich zum ersten Mal gesehen hatten. Sie erinnerte sich an das Gesicht, das er bei seiner ersten Begegnung mit Dana gemacht hatte. So vieles fiel ihr plötzlich ein. Aber vor allem gab es eines, das er nie vergessen durfte. Etwas enorm Wichtiges.

Sie brauchte Gewissheit, dass er es wusste. Sie musste es ihm sagen – jetzt. Wer konnte wissen, ob sie je wieder eine Gelegenheit dazu hatte.

„Lokan, ich liebe dich“, flüsterte sie. Dann stellte sie sich auf die Zehenspitzen und küsste ihn. Wieder spürte sie die Wärme seiner Lippen, schmeckte aber auch, als sie ihre Lippen von ihm löste, das Salz ihrer Tränen. Er hatte schon Luft geholt, um etwas zu sagen. Aber sie legte ihm den Finger auf die Lippen. Er sollte sie zu Ende anhören.

„Ich liebe dich. Ich werde dich bis in alle Ewigkeit lieben. Das musst du wissen. Und du musst auch wissen, dass, was immer ich getan habe, ich nach meinem besten Wissen und Gewissen entschieden habe. Bitte …" Sie hielt inne und holte tief Luft. „Bitte hasse mich nicht dafür, auch wenn es falsch war."

Lokan nahm ihre Hand und gab ihr einen Kuss in die Handfläche. „Wenn du mich nicht dafür hasst, was ich falsch gemacht habe." Er sah sie ernst an.

Irgendwie ahnte er, dass etwas nicht stimmte. Sie konnte es ihm an den Augen ablesen. Was es war, wusste er nicht, und sie konnte es ihm auch nicht sagen. Jedenfalls jetzt noch nicht.

„Bryn …"

„Nein, Lokan, bitte. Hör mich erst zu Ende an. Ich glaube, ich habe dich die ganze Zeit schon geliebt. Aber es fällt mir schwer, Vertrauen zu fassen. Noch schwerer, irgendetwas von mir preiszugeben. Ich habe in meinem Leben so viele Fehler gemacht, dass ich das Risiko scheute, mit dir einen weiteren zu begehen. Umso mehr, als es dann ja nicht mehr nur um mich allein ging. Wenn es zwischen uns nicht mehr geklappt hätte, hätte Dana darunter gelitten. Aber jetzt sollst du es wissen." Ratlos zuckte sie die Achseln. Sie wusste nicht, was sie sonst sagen sollte. „Ich liebe dich."

Mit einer raschen Bewegung zog er sie an sich und nahm sie fest in die Arme. Ein einziger Kuss genügte, und sie hatten alles um sich herum vergessen. Hier gab es nur noch sie und ihn und keine Unterwelt mehr, keine drohenden Gefahren, keine Gedanken an Lügen und Halbwahrheiten. Wohl ein letztes Mal gehörten sie ausschließlich sich ganz allein.

Voller Hingabe streichelte sie seinen nackten Oberkörper. Es war so gut, seine warme Haut zu spüren. Und voller Zärtlichkeit und Hingabe war auch ihr Kuss. Sie legte ihr ganzes Gefühl hinein. Er sollte merken, wie ihr das Herz überging. Das immerhin konnte sie ihm noch auf den Weg geben. Genau so sollte er sie in Erinnerung behalten. Und genau so wollte sie es tun.

Bryn griff nach seinem Hosenbund. Sie öffnete den oberen Knopf und zog den Reißverschluss herunter. Dann sank sie vor ihm auf die Knie. Was jetzt kam, wollte sie unbedingt.

Sie fuhr mit der Zungenspitze von seinem Nabel abwärts bis

zum Bund seiner Boxershorts. Dann hob sie den Kopf und sah ihn an. Das Himmelblau seiner Augen schien jetzt mehr die Farbe eines grauen Winterhimmels anzunehmen. Ohne ihn aus den Augen zu lassen, setzte sie ihr Zungenspiel fort. Das Lächeln auf seinem Gesicht gefror, und seine Augen wurden noch eine Nuance dunkler. Er fuhr ihr mit der Hand durchs Haar.

Die deutliche Wölbung unter seinen Shorts lockte sie. Sie zog die Unterhose herunter und legte ihn frei. Dann ließ sie die Zunge vom Ansatz bis zur Spitze gleiten. Das Lächeln auf seinem Gesicht war verschwunden. Die Hand in ihrem Haar ballte sich zur Faust. Ein Flattern begann in ihrer Magengrube. Seine Erregung machte sie noch heißer.

Noch einmal ließ sie die Zunge um den glatten, dunklen Kopf kreisen. Dann stülpte sie die Lippen darüber und sog ihn tief in sich hinein. Er war hart und groß. Es war ihr unmöglich, ihn in seiner ganzen Länge in den Mund zu nehmen. Dafür streifte sie ihn leicht mit den Zähnen, während sie den Kopf langsam auf und ab bewegte. Er antwortete darauf mit einem leisen Zischen durch die Zähne, ein Geräusch, das ihr unter die Haut ging.

Sie nahm ihn so tief in den Mund, wie sie konnte. Sie wollte mehr, sie wollte ihn ganz.

Lokan streckte sich ihr entgegen und begann automatisch, sich stoßweise zu bewegen.

„Oh, fuck“, knurrte er leise, während er sich zurückzog. Dann kniete auch er sich hin, sodass sie sich wieder Auge in Auge gegenüber waren. Er küsste sie so wild und leidenschaftlich, dass es ihr den Atem nahm und sie vor Lust verging.

In der vollkommenen Stille hörte es sich fast unnatürlich laut an, wie er ihr den Reißverschluss herunterzog. Dann streifte er ihr die Hose über die Hüfte und die Oberschenkel. Mit ein paar Verrenkungen befreite sie sich ganz davon. Nackt, von der Taille abwärts, kniete sie vor ihm. Sie war feucht und bereit.

Er zog seinerseits seine Hose ein Stück weiter herunter und ließ sich auf die Fersen nieder, das Zepter hoch vor ihm aufgerichtet. Er holte sie zu sich heran, sodass sie mit gespreizten

Schenkeln rittlings über ihm war, und küsste sie noch einmal. Seine Hände fühlten sich auf ihren Hüften warm an. Dann fasste er mit der rechten Hand zwischen ihre Beine und fand schnell die feuchte Quelle ihrer Lust. Ihr stockte der Atem, als er sie dort streichelte und zunächst erst einen, bald darauf zwei Finger in sie hineinsteckte. Sanft bewegte er seine Hand hin und her, bis sie anfing, sich in den Hüften zu wiegen und weiter an ihn zu drängen, während sie immer wieder leise und unter Seufzen seinen Namen rief. Sie war entflammt. Sie stand unter Strom, und er hatte den Finger am Schalter.

„Bryn", murmelte er, ohne die Lippen von ihr zu lösen, „du bist so schön, so süß ... und so verdammt heiß."

Ein Schauer durchfuhr sie, als er sie am Po hochhob, über sich in Position brachte und dann langsam wieder herunterließ. Bryn spürte ihn dort, wo sie ihn haben wollte. Dann stieß er vor, drang in sie ein und füllte sie aus. Sie nahm mit jeder Faser ihres Körpers wahr, wie er sich seinen Weg bahnte, und als er in seiner ganzen Länge in sie stieß, schrie sie laut auf.

Es tat so gut und fühlte sich so richtig an. Bryn zitterte am ganzen Leib und fand sich bei jedem Stoß von ihm in ihren Grundfesten erschüttert. Sie barg das Gesicht an seiner Schulter, biss ihm in den Hals und kostete das Salz auf seiner Haut. Die Gefühle, die er in ihr auslöste, waren so tief, so stark, auch weil sich das sexuelle Erleben und ihre Liebe mit der unsäglichen Angst verband, ihn so bald zu verlieren.

Es konnte nicht mehr lange dauern, dann wäre er weg, für immer fort. Sie musste diesen Augenblick festhalten. Darauf kam es jetzt an. Und so konzentrierte sie sich auf jede Berührung, auf jede Bewegung seiner Muskeln unter ihren Händen, auf das wunderbare Gefühl, ihn in sich zu haben. Sie beugte sich ein wenig zurück, um ihm ins Gesicht sehen zu können, während sie sich beide wie ein tanzendes Paar in vollendeter Harmonie bewegten.

Erst als er ihr mit dem Daumen über die Wange und danach über die Lippen fuhr, wurde ihr bewusst, dass sie weinte. Sie nahm seinen Daumen in den Mund, sog daran, biss hinein, und mit einem dunkel grollenden Stöhnen kam er noch ein Stück tiefer.

Seine kräftigen Hände hatten sie bei ihrem Ritt fest im Griff. Sie umklammerten ihre Hüften, während er das Tempo anzog und die Stöße härter wurden. Die Spannung, die sich in ihr aufbaute, wuchs mit jedem Augenblick. Es kam ihr vor, als würde es sie gleich zerreißen wie eine überspannte Gitarrensaite.

Dann ließ er sie mit einer Hand los, um eine ihrer Brüste zu streicheln. Er spielte mit der empfindlichen Spitze, drückte sie, drückte sie noch etwas fester und stieß zwischen zusammengebissenen Zähnen hervor: „Jetzt, Bryn. Komm für mich – jetzt."

Das genügte. Mit einem Aufschrei erreichte sie den Höhepunkt, und die Spannung löste sich in ihrem Körper. Sie bäumte sich noch einmal auf und warf den Kopf zurück.

Lokan umfasste ihren Po und ihre Brust mit festem Griff. Auch durch ihn ging ein Beben. Ein tiefes Aufstöhnen kam über seine Lippen. Es klang wie „Bryn!". Dann hatte auch er das Ziel erreicht.

Bryn ließ die Stirn gegen seine Schulter sinken und rang nach Atem. Sie musste sich besinnen, wo sie war, und das war ein weiter Weg von dort, wohin er sie mitgenommen hatte.

Sie hätte nicht sagen können, wie lange sie so verharrt hatte. Irgendwann wurde ihr bewusst, dass Lokan ihr fortwährend den Rücken streichelte und sie dasselbe tat, als könnten sie beide nie mehr damit aufhören.

„Es tut mir leid, dass ich so eine Heulsuse bin. Ich glaube, ich habe auf dieser Tour mehr geweint als in den ganzen Jahren, seitdem wir uns kennengelernt haben, zusammengenommen", sagte sie leise. Es tat ihr wirklich leid, denn sie wollte ganz gewiss nicht, dass er sie so in Erinnerung behielt – weinend und mit verquollenen Augen.

„Bryn, schau mich an."

Sie sah ihn an, und sie sah alles. Nicht nur sein anziehendes Äußeres. Sie konnte in diesem Moment quasi in ihn hineinblicken. Deshalb wusste sie auch, was er sagen wollte, noch bevor er es ausgesprochen hatte.

„Ich liebe dich, Bryn. Ich liebe alles an dir. Deine Stärke, deine Stimme, ganz gleich was du erzählst, auch deine Tränen." Er schenkte ihr ein hinreißendes Lächeln. „Und natürlich die Kekse."

Sie versuchte, die Panik niederzukämpfen, die sie ergriff. Jetzt – jetzt war der Moment gekommen, da sie es ihm sagen musste.

Lokan schien ihre Beklommenheit zu bemerken, denn er meinte: „Ich weiß, dass du Angst hast und dir Sorgen machst, ob du mich hier herausbekommst. Aber wir haben das Schlimmste schon hinter uns. Vor uns liegt nur noch eine Pforte, und dann werde ich mit der Sonne emporsteigen. Ich werde wieder auf Erden wandeln." Noch einmal küsste er sie. „Und ich liebe dich."

Sie nickte. „Ich weiß, ich weiß", sagte sie mit tränenerstickter Stimme. Sicher. Es stimmte alles, was er sagte. Jedes Wort. Er würde der Unterwelt entrinnen und wieder unter die Lebenden gelangen. *Er* schon. Aber sie würde ihn nicht begleiten können. Wenn er zurückkehrte, war sie zum Alleinsein verdammt.

„Keine Schlangen. Das ist versprochen", erklärte Lokan, als sie den seltsamen Korridor weiter hinuntergingen. Sie kamen an doppelköpfigen Wachen vorbei, auf dem einen Kopf eine leuchtende Scheibe, auf dem anderen ein Skarabäus. Sie waren paarweise aufgebaut, und jeder hatte einen langen Stab neben sich aufgepflanzt.

Bryns Hand fühlte sich kalt in seiner an. Lokan konnte sich vorstellen, warum das so war. Sie hatten zwar nur noch die eine, letzte Pforte zu passieren, aber auf der anderen Seite, in der Oberwelt, wartete noch manch andere Herausforderung auf sie. Zum Beispiel waren da ihre Brüder, die Dana mit Sicherheit für sich behalten wollten. Daran gab es für ihn keinen Zweifel. Aber Bryn und er wollten ihre Tochter wiederhaben. Er hatte seine Brüder an seiner Seite. Wenn es hart auf hart kam, wäre er bereit, einen Krieg anzuzetteln, um Dana zu bekommen.

Schon Bryn zuliebe hoffte Lokan, dass es nicht so weit kam. Trotz ihrer Entfremdung von ihren Brüdern und bei allem, was diese ihr angetan hatten, war er sicher, dass sie sie liebte. Und hatte sie nicht gesagt, dass ihre Brüder ihre Fehler eingesehen und ihr Verhalten korrigiert hatten? Immerhin waren sie lange Zeit darüber informiert gewesen, wo Bryn sich versteckt hielt, und hatten sie trotzdem in Frieden gelassen. Wenn es so war, war das immerhin ein Hoffnungsschimmer. Aber die Hoffnung konnte auch trügen. Für den Fall müsste er in sich gehen und sich auf seine an Sutekhs Seite erworbenen Fähigkeiten besinnen, um eine tragbare Lösung auszuhandeln.

„Wie wirst du dich deinem Vater gegenüber verhalten?“, fragte Bryn besorgt.

Das war die große Preisfrage. „Keine Ahnung. Ich kann nicht einfach auf meinen alten Posten zurück. Aber wenn ich keine andere Gottheit finde, die sich meiner annimmt, werde ich kaum woanders einen Platz finden. Das ist das Problem.“ Er merkte, wie ihre Hand in seiner zuckte. „Aber ich werde es lösen, Bryn. Es gibt für jedes Problem eine Lösung.“

Wie wahr. Es konnte allerdings sein, dass ihm selbst so eine Lösung nicht besonders gefiel. Es konnte sein, dass er allein schon aus Gründen der Selbsterhaltung wieder in den alten Familienbetrieb einsteigen musste. Ganz großes Kino. Für seinen Vater zu arbeiten, der ihn schon einmal umgebracht hatte, und sich fragen zu müssen, was für eine Schweinerei dieser als Nächstes ausheckte.

Geschäft ist Geschäft. Da haben persönliche Vorlieben nichts zu suchen. Er hatte Sutekhs Stimme wieder im Ohr.

„Und angenommen, du müsstest keiner anderen Gottheit dienen und könntest – wie soll ich sagen – dein eigenes Leben leben?“

Lokan lachte. „Ein schöner Traum. Nur leider völlig unrealistisch. Ich muss mich an eines der Reiche binden. Du kannst dich in der Unterwelt nicht einfach selbstständig machen. So lauten nun einmal die Regeln. Zu keinem der Götter zu gehören geht schlichtweg nicht."

Bryn blieb vor ihm stehen und sah ihn an. Sie war im Begriff, etwas zu sagen, als ein neuerlicher Feuerball heranrollte. Sofort ergriff Lokan sie am Handgelenk und zog sie in eine der Nischen, wo sie von der Hitze des Flammenstrahls eingehüllt wurden. Als die Gefahr vorüber war, gingen sie Hand in Hand weiter, die Finger ineinander verschlungen.

„Ich möchte dich etwas fragen", sagte er nach einer Weile. „Warum hat Boone mir geholfen?"

„Hat er dir das nicht erklärt?"

„Doch. Aber ich trau ihm nicht so ganz. Ich weiß nicht, ob er wirklich offen zu mir gewesen ist. Nehmen wir ruhig an, er wollte sich tatsächlich revanchieren und eine alte Schuld begleichen." Das war unter Wesen aus der Unterwelt und Supernaturals jeder Art durchaus gang und gäbe. „Nehmen wir weiter an, dass er es dir zuliebe getan hat. Kann ich mir alles vorstellen. Trotzdem hat mir diese Geschichte zu viele Löcher." Boone hatte seine Schwester in äußerste Gefahr gebracht, und so war Lokan auch nicht hundertprozentig sicher, was sich unter dem Zuckerguss der Hilfsbereitschaft wirklich verbarg.

Aber Antworten auf seine Fragen bekam er nicht, denn Bryn unterbrach ihn. „Wir sind da."

Lokan musste zweimal hinsehen. Vor einem Moment hatte noch ein endlos scheinender Tunnel vor ihnen gelegen. Jetzt aber war er zu Ende, und vor ihnen befanden sich zwei Türen, jede bewacht von einer riesigen Schlange, die sich hoch aufgerichtet hatte. „Also doch Schlangen", meinte Lokan.

„Sebi", sagte Bryn und zeigte auf die eine Tür. Dann zeigte sie auf die andere. „Reri."

Sie drückte seine Hand, die sie noch immer hielt, und ihre Blicke trafen sich. „Ich liebe dich", flüsterte sie. „Und ich liebe meine Tochter. Denk immer daran, auch wenn du glaubst, mich hassen zu müssen."

Ihm gefiel nicht, wie sie das sagte. „Was ist ...?“

Die Schlangen richteten sich noch höher auf. Ein unverkennbarer Gestank nach Schwefel erfüllte die Luft. Hier also kamen die Feuerstöße her, die ihnen so zugesetzt hatten, als sie auf dem Weg hierher waren. Und jetzt sah es so aus, als wollten sie noch einmal Feuer spucken.

„Sprich mit mir jetzt die Namen aus. Jetzt. Sofort.“ Bryns Stimme klang angespannt.

Und so riefen sie gemeinsam: „Sebi. Reri.“

Die Schlangen sanken zu Boden, und beide Türen flogen auf.

Bryn fiel ihm um den Hals und gab ihm einen irgendwie ungelenken Kuss. Lokan deutete es so, dass sie vor Freude überwältigt sein musste, und er selbst war ebenfalls guter Dinge. Sie hatten es tatsächlich bis hierher geschafft. Sie waren am Ziel ihrer Reise angekommen. Alles, was noch blieb, war, durch diese Türen zu treten und die Barke des Sonnengottes zu besteigen, die sie wieder ans Tageslicht bringen würde. Durch die offenen Türen konnte er schon den ersten rot-goldenen Schimmer des Sonnenaufgangs sehen.

„Spielt es eine Rolle, welche von beiden Türen wir nehmen?“, fragte er. Seine Kehle war trocken, und sein Puls raste.

Sie zitterte, aber sie biss die Zähne zusammen. Kopfschüttelnd sagte sie: „Nein. Geh nur zu.“

Plötzlich war er alarmiert. Hier stimmte etwas nicht. „Geh du vor“, erwiderte er.

Er wollte einen Schritt von der Tür weg zurücktreten, da warf sich Bryn mit aller Kraft, die sie aufbringen konnte, gegen seine Beine und brachte ihn so rückwärts zu Fall. Das Überraschungsmoment gab den Ausschlag. Lokan fiel rückwärts durch den geöffneten Durchgang. Während Bryn zurückblieb. Schluchzend lag sie am Boden.

„Verdammte Scheiße! Was ist hier los?“ Lokan rappelte sich auf und versuchte, zu Bryn zurückzukommen. Noch stand die Tür offen. Es ging nicht. Der Weg war versperrt, und langsam schloss sich die Tür. „Bryn!“, schrie er und versuchte, Hände und Füße in den Durchgang zu bekommen, um sich gegen die sich unbarmherzig schließende Pforte zu stemmen. Aber wie von einer unsichtbaren Wand wurde er daran gehindert. „Bryn!“, schrie er noch einmal aus Leibeskräften.

Bryn lag auf der anderen Seite am Boden. Sie hob den Kopf, und sie schauten sich durch den schmaler werdenden Spalt an. „Es tut mir so leid“, sagte sie und streckte den Arm aus. Beinahe berührten sich ihre Hände, aber eben nur beinahe. „Ich bin der Preis. Verzeih mir, bitte.“

Dann schlug die Tür mit einem Krachen zu.

20. KAPITEL

Dies ist der geheime innere Zirkel des Duat, darin der große Gott geboren ist, als er im Urgewässer Nun erschien und seinen Platz im Schoß der Urgöttin Nut einnahm.
nach dem Ägyptischen Pfortenbuch

Bryn!“ Lokan presste die Hände gegen die geschlossene Pforte und schrie immer wieder ihren Namen. Er hämmerte mit den Fäusten dagegen, suchte mit den Fingerspitzen nach Lücken oder Rissen entlang des Rahmens, während ihm die Tränen über die Wangen liefen. Es war alles vergebens. Niemand und nichts vermochte das Portal wieder zu öffnen. „Ich kann dich doch nicht hierlassen und einfach fortgehen.“

Das hatte sie nicht gewollt, konnte sie so nicht gewollt haben. Sie hatte sich danach gesehnt, zu Dana zurückzukehren. Sie wollte mit ihm zusammenbleiben.

Nichts davon sollte sich jetzt erfüllen. Sie war schlicht auf der falschen Seite der Tür gelandet. Und wie viele Male auf ihrer Fahrt durch die Unterwelt hatte sie ihm erzählt, dass es keinen Weg zurück gebe.

„Die Tür ist versiegelt, Lokan Krayl.“

Das wusste er selbst nur zu gut. Er lehnte die Stirn an das kühle, glatte Holz und versuchte, seine Gefühle wieder in den Griff zu bekommen, versuchte, sich zu sammeln und sich darauf zu konzentrieren, was ihn als Nächstes erwartete.

Logik wurde ihm dieses Mal zum Feind. Denn die Logik sagte ihm, dass er nicht ewig hier herumstehen und trauern konnte. Er musste die Unterwelt hinter sich lassen und sich um die Rettung seiner Tochter kümmern. Erst dann konnte er nach einem Weg suchen, um wieder hierherzukommen und Bryn zurückzuholen. Es musste eine Chance geben. Auch wenn ihm der Verstand sagte, dass es diese Chance nicht gab, wollte er daran glauben. Verdammt. Am liebsten hätte er irgendetwas zerschlagen, jemanden umgebracht, ein zuckendes Herz aus einer Brust gerissen, dass ihm das Blut ins Gesicht spritzte. Er musste diesen unbeschreiblichen Schmerz aus sich herauslassen.

Schließlich fasste er sich ein wenig und blickte um sich. Links und rechts von sich entdeckte er wieder Schlangen, allerdings nicht von so überdimensionaler Größe wie drüben auf der anderen Seite der Pforte. Es waren Aspisvipern.

„Sie ist fort."

Auch das noch. Diese Schlangen hier konnten sogar sprechen. Sie erzählten ihm, was er gar nicht hören wollte. Aber das war nicht das Einzige an ihnen, was ihm merkwürdig vorkam. Wenn er den Kopf abwendete und sie nur aus dem Augenwinkel sah, erschienen sie in einem eigenartigen Schimmern und schienen ihre Gestalt zu verändern. Dann waren es keine Schlangen mehr, sondern Frauen. Glaubte er wenigstens, denn genau konnte er das nicht erkennen.

Die Stimme, die gesprochen hatte, kam ihm bekannt vor.

Wieder wandte er sich ihnen zu, sah sie aber nicht direkt an, sondern an ihnen vorbei, und für einen Moment erblickte er vor sich eine Frau anstelle der Schlange. Sie trug nachtschwarzes Haar und hatte ein Gesicht von fesselnder Anmut. Ihre Züge waren klar und streng, die dunklen Augen mit Kajal geschminkt, der Mund sinnlich. Sie war in ein durchsichtiges weißes Gewand gekleidet, das mit einem Silberfaden durchwirkt war, und wenn sie sich bewegte, schienen ihre Kleider, ihr Haar, sogar die Luft, die sie umgab, sich mit ihr zu bewegen. Sie war die Schönheit und Grazie in Person. Und Lokan kannte sie.

Isis, Schwester und Gemahlin des Osiris, Mutter des Horus und Ahnin aller Isistöchter und der Isisgarde. Sie war Sutekhs Todfeindin, und bis zu seinem Tod gehörte sie auch für Lokan ins feindliche Lager. In diesem Augenblick war sie sozusagen der allerletzte Grenzposten zwischen ihm und seiner Rückkehr ins Leben. Möglicherweise war gerade sie es, die ihm einen Ausweg aus dieser entsetzlichen Situation zeigen konnte.

„O Isis“, sprach er sie an, „gib mir, worum ich inständig bitte. Gib mir das Wertvollste zurück, das ich habe.“ Seine Worte klangen verzweifelt.

Ein perlendes Lachen antwortete ihm, wie Wassertropfen, die aus einem Springbrunnen sprühen, wie ein Glockenspiel im Wind. Und doch schwang in diesem leisen Gelächter eine gewisse Traurigkeit mit, als ob Isis um seinen Kummer wüsste.

Als Lokan noch einmal hinsah, war die menschliche Gestalt der Göttin verschwunden, und er sah wieder nur die Schlange mit ihren schimmernden schwarz-braunen Schuppen.

„Das Wertvollste?“, fragte sie. „Was ist denn das, Lokan Krayl? Antworte. Sag es mir. Ist es dein Leben? Oder das deiner Tochter? Oder das deiner Brüder? Was ist für dich das Wertvollste? Worum, um welche Gabe bittest du mich? Oder ist es vielleicht dein Wunsch, Rache zu nehmen, der dich am meisten antreibt?“

All das – und noch mehr.

Eine Mischung aus Ärger und Reue schnürte ihm die Kehle zu. *Seine Tochter … Bryn … seine Brüder … er selbst … die Rache an Sutekh.* Da kam eine ganze Liste zusammen, aber welche Kriterien entschieden über die Reihenfolge? War es die Reihenfolge, die ihm spontan in den Sinn gekommen war? Waren das seine Prioritäten? Dana an erster Stelle, noch vor Bryn?

„Ich möchte sie hier nicht zurücklassen“, antwortete er schließlich. Dessen jedenfalls war er sicher.

„Es gibt einen Preis für deine Rückkehr ins Leben, ein Opfer, das gebracht werden muss“, erklärte Isis. Es war, als käme ihre Stimme von überall her. Von vorn, hinten, links und rechts hörte er sie, sodass er sich leicht verwirrt einmal um die eigene Achse drehte, während sie sprach. „Eine Seele wird entlassen, eine andere muss dafür zurückbleiben. Möchtest du bleiben, damit sie gehen kann?“

„Ja.“

„Dann war alles, was sie getan und erlitten hat, vergebens. Sutekh wird sie aufspüren. Sie und deine Tochter. Und Brynja hat ihm nichts entgegenzusetzen. Er wird sich nehmen, was er haben will, und eine Spur von unschuldigen Opfern hinter sich lassen."

Lokan wusste das. Es war nicht zu bestreiten. Jahrhundertelang war er selbst ein Teil der Vernichtungsmaschinerie Sutekhs gewesen.

„Habe ich ihm denn etwas entgegenzusetzen? Immerhin hat er mich schon einmal getötet."

„Mit deinem Einverständnis."

Wie wahr. Er hatte sein Leben für das seiner Tochter hingegeben. Aber wer konnte vorhersehen, ob er sich nicht bald wieder in exakt derselben Lage wiederfinden würde? Bei dem bloßen Gedanken kochte in ihm das Blut.

„Wie auch immer", meinte Isis, „die Frage spielt keine Rolle mehr. Die Entscheidung ist gefallen, bevor sie hierherkam. Brynja kannte den Preis."

Er fühlte sich, als hätte die Krokodilgöttin Ammut ihm ein Stück aus der Brust gebissen – dort, wo das Herz sitzt. Er war dicht davor, Isis der Lüge zu bezichtigen, aber er hielt seine Zunge im Zaum. Denn so gern wie er ihr diese Worte zurück in den Rachen gestopft hätte, wusste er doch, dass es stimmte, was sie sagte. Es hatte die ganze Zeit Hinweise darauf in Hülle und Fülle gegeben. Er hatte sie nur nicht sehen wollen.

„Gibt es nichts, was du tun könntest?" Wie in einem Mühlrad drehten sich in seinem Kopf die unterschiedlichsten Möglichkeiten im Kreis. Der Ertrag allerdings war lächerlich. „Sie stammt aus Izanamis Linie. Und aus der von Dutzend anderen Göttern auch. Vielleicht sogar aus deiner", setzte er hinzu. Er warf Isis diesen Köder hin, obwohl Bryn ihm ausdrücklich versichert hatte, dass dies nicht der Fall war.

„Sie ist ein Kind aller und Abkömmling von vielen." Isis' Antwort kam nicht prompt, sondern mit einer Verzögerung, sodass Lokan stutzte und ins Grübeln kam. Gab es also doch eine Verbindung zwischen Bryn und Isis? Dann fiel es ihm wie Schuppen von den Augen. Bryn hatte nur abgestritten, eine

Isistochter zu sein. Osiris hatte sie dagegen als seine Tochter angesprochen. Dann lag doch die Möglichkeit nahe, dass ...

„Dann ist es Horus“, warf er ein. „Bryn ist die Tochter deines Sohns.“

Isis, die jetzt wieder in menschenähnlicher Gestalt vor ihm stand, neigte den Kopf. „Sie stammt aus Horus’ Linie.“

Demnach galt das auch für Bryns Brüder. Lokan überlegte. Er wusste, dass Horus vier Söhne hatte, die Ratgeber von Pharaonen und Königen waren. Aber er hatte diese Linie nie weiterverfolgt. Aber diese Überlegungen musste er sich für später aufheben. Hier und jetzt waren seine Gedanken nur auf eines gerichtet, darauf, dass er diesen Ort nicht ohne Bryn verlassen wollte.

„Du bist mächtig, o Isis. Du hast magische Kräfte, o Isis. In diesem Augenblick liegt alles in deiner Hand. Denn du bist hier, während all die anderen, die Bryn für ihr Geschlecht geltend machen, es nicht sind.“ Seine Rede stockte. Er kämpfte gegen die aufkommende Panik, die ihn bei dem Gedanken befiel, Bryn nie wiederzusehen, sie nie wieder in den Armen halten zu können, die Tochter ihrer Mutter zu berauben. „Du bist hier und die anderen nicht.“

„Ich kann es nicht tun.“

„Dann gibt es eine Gottheit, die Anspruch auf sie erhebt.“

„So ist es“, antwortete Isis. „Osiris erhebt diesen Anspruch. Brynja wird die Seelen durch die zwölf Pforten führen. So steht es geschrieben.“

Lokan biss die Zähne zusammen und sah die Göttin unverwandt an. Als er wieder zu sprechen begann, klang seine Stimme tonlos und heiser. „Mein Vater bediente sich dunkler Magie, nur um für kurze Zeit menschliche Gestalt annehmen zu können. Er und seine Gefolgsleute haben mich bei lebendigem Leib gehäutet. Und bei keinem Messerschnitt habe ich auch nur eine Miene verzogen. Sie haben mir die Gliedmaßen vom Körper gehackt, einzeln, eine nach der anderen, und ich habe keinen einzigen Schrei von mir gegeben. Ich habe mir immer nur ins Bewusstsein gerufen, dass ich mein Leben für etwas hergebe, das weit wichtiger ist." Für das Leben seiner Tochter. Er musste einen Moment innehalten, bevor er fortfahren konnte. „Ich habe niemals um etwas gebettelt oder gebeten. Ich wurde abgeschlachtet, und meine Seele wurde an einen grauenvollen Ort verbannt, in ein Niemandsland, die Todeszone. Und auch da hat man keine Bitten oder Gebete von mir gehört. Aber jetzt, o Isis ...", er sank, indem er weitersprach, langsam auf die Knie, „... jetzt bitte ich dich um etwas. Lass Bryn frei. Lass sie mich mit mir nehmen. Lass sie am Leben."

Isis schwieg lange, so lange, dass er schon dachte, er würde keine Antwort von ihr erhalten. Als sie dann doch auf seine Bitten einging, waren ihre Worte voll Sanftmut – und Trauer. „Es steht nicht in meiner Macht, Lokan Krayl. Ich kann dir deine Geliebte nicht zurückgeben. Aber ich kann dir die Tochter zurückgeben, die ihr zusammen gezeugt habt. In ihr wirst du ihre Mutter wiederfinden. In ihr wirst du den Trost finden, wie ich in meinem Sohn Horus Trost gefunden habe, als mir Osiris genommen wurde."

Genommen von Sutekh, Lokans Vater. Der Kreis des Schmerzes hatte sich geschlossen.

Isis' Worte brachten ihn fast um den Verstand. Er sollte zurückkehren. Wieder sein, was er gewesen war. Ein Halbgott. Ein Seelensammler in den Reihen seines Vaters, seines Mörders. Unsterblich. Unbesiegbar. Aber Osiris behielt recht. Er würde nie wieder der werden, der er gewesen war, weil er ohne Bryn nicht mehr derselbe war – unvollständig, ein Krüppel.

Dass Bryn sich geopfert hatte, für ihn und für ihre Tochter. Es brachte ihn um, wenn er daran dachte, dass es keinen anderen Weg gegeben hatte.

„Warum glaubst du das von mir? Warum nimmst du an, dass ich der Einzige bin, der die Hyänen in Schach halten kann, der Einzige, der meinen Vater hindern kann, meiner Tochter das Leben zu nehmen und sie in die Todeszone zu schicken, wie er es mit mir getan hat?"

Isis musste lachen und schüttelte ungläubig den Kopf. „Weißt du das nicht? Weißt du es wirklich nicht?"

„Ob ich *was* weiß?", knurrte er. „Verdammt noch mal, ich habe langsam die Nase voll von diesen ewigen Ausflüchten."

„Dein ganzes Leben war eine – Ausflucht."

„*War.* Vergangenheitsform."

Sie trat auf ihn zu. Ihre Augen waren dunkel wie Onyx, ihr Haar wogte bei jeder Bewegung ebenso wie ihr durchsichtiges weißes Gewand. Sie war von unwirklicher Schönheit und Anmut. Und sie war weit freundlicher zu ihm, dem Sohn ihres Todfeindes, als er es rechtmäßig erwarten konnte. Sutekh hatte ihren Gemahl und Bruder Osiris in Stücke gehauen und ihr das Herz gebrochen. Tausend Mal hatte er diese Geschichte gehört, aber bis zu diesem Zeitpunkt hatte er nicht begriffen, was sie wirklich durchgemacht hatte.

Freundschaftlich sachte legte sie ihm die Hand auf die Schulter. „Nimm es hin. Trauere. Wenn du dagegen ankämpfst, bereitet es dir nur Schmerz. Du hast eine Tochter, für die du da bist."

Lokan blickte zu ihr auf. Seine Kehle war wie ausgedörrt. Tränen. Er wollte weinen. Er wollte irgendetwas haben, das er zertrümmern, zu Brei schlagen konnte. Nicht sie – irgendetwas. Irgendjemanden. Seinen Vater zum Beispiel. Am Ende war er, Sutekh, es doch, der für all das verantwortlich war.

„Ich kann nicht zu ihm zurückkehren. Ich kann nicht wieder sein Abgesandter sein. Oder Seelen holen und zu ihm bringen, damit er sich daran satt frisst. Was also soll jetzt geschehen? Gibt es überhaupt eine andere Möglichkeit für mich?"

Sie sah ihn lange an. Eine Ewigkeit schien der Blick ihn festzuhalten, und er wartete. Er wartete darauf, dass sie etwas Entscheidendes, Richtungsweisendes sagen würde. Aber dann drehte Isis sich weg und deutete auf ein Boot, eine goldene Barke, die auf ihn wartete.

Ein Boot. Natürlich. Es musste ja unbedingt ein Boot sein.

21. KAPITEL

Der verborgene Wohnsitz liegt im Dunkel, sodass die Verwandlung dieses Gottes geschehen möge.
nach dem Ägyptischen Pfortenbuch

Bryn schrie auf. Ströme von Schmerz durchzogen ihren Körper, als sie versuchte, ihre Seele von sich abzuspalten, um sie Lokan hinterherzuschicken. Sie wusste, dass sie nicht bei ihm sein konnte. Seit Langem schon wusste sie das. Aber sie wollte sich vergewissern, dass er in Sicherheit war und dass er es geschafft hatte, auch die letzte Etappe seiner Reise zu bewältigen, sodass er ihre Tochter beschützen konnte.

Aber obgleich es ihr gelang, ihre Seele freizubekommen, konnte diese die Pforte nicht passieren. Wieder und wieder rief sie die Namen, aber die Türen blieben verschlossen und ließen nichts hindurch.

„Genug."

Durch einen Schleier von Tränen blickte sie auf und sah Osiris vor sich stehen.

„Ist er draußen?", fragte sie. Natürlich schuldete Osiris ihr keine Antwort, aber sie musste es trotzdem aussprechen.

In der Tat ignorierte Osiris ihre Frage und sah sie nur schweigend und mit ausdrucksloser Miene an.

„Steh auf", sagte er dann.

Mühsam rappelte sie sich auf. Sie hatte diesen Weg selbst gewählt. Sie hatte sich damit einverstanden erklärt. Also bestand kein Grund, wie ein schlaffer Sack hier am Boden zu liegen.

Als sie sich vollständig wieder aufgerichtet hatte, atmete sie einmal tief durch. Sie erwartet Osiris' Befehle, ohne dass sie im Geringsten wusste, was von ihr erwartet wurde.

„Schau her", sagte er. Er drehte sich um und machte eine ausladende Handbewegung.

Bryn verschlug es den Atem. Unwillkürlich wich sie einen Schritt zurück. Wie auf einer Filmleinwand stand ein Bild vor ihr, und sie sah Lokan in einem Boot. Sie hätte damit gerechnet, dass er in den Sonnenaufgang fährt, aber nichts dergleichen. Stattdessen befand er sich in einem dunklen Tunnel mit triefenden Wänden und ruderte einen Fluss hinunter, dessen Oberfläche spiegelglatt war.

„Das kann nicht sein“, rief sie aus. „Er sollte doch frei sein. Er hat sich den Prüfungen der Pforten gestellt und sie alle bestanden.“

„Er muss sich dem Schlangendämon Apophis stellen.“

Bryn erschrak zutiefst, und ihr sank der Mut. Ausgerechnet Apophis, die Inkarnation des Bösen. Mit ausgestreckten Armen stürmte sie auf das Bild zu. Aber es verschwamm und verschwand dann gänzlich, um ein paar Meter weiter vor ihr wieder aufzutauchen.

Dort ging die Szene weiter. Hinter Lokans Boot teilten sich die Fluten, und ein gewaltiger Schlangenleib wurde sichtbar, der dabei war hinabzutauchen. Lokans Blick jedoch war nach vorn gerichtet. Er nahm die Schlange hinter sich gar nicht wahr. Er sah sie nicht, und so lautlos wie sie durchs Wasser glitt, konnte er sie auch nicht hören.

Bryns Herz klopfte wie rasend. Sie konnte den Impuls nicht unterdrücken, aufzuschreien und die Hand nach Lokan auszustrecken. Aber der einzige Erfolg, den sie damit hatte, war der, dass das Bild sich wiederum auflöste und ein Stück weiter entfernt von Neuem erschien. Also zwang sie sich, ruhig auf einem Fleck stehen zu bleiben. Sie schlang sich die Arme fest um den Leib, während ihr das Herz bis zum Halse schlug.

Unmittelbar vor dem Bug des Bootes tauchte der Kopf der Schlange wieder aus dem Wasser. Haushohe Wellen türmten sich dabei auf. Immer höher und höher bäumte das Ungeheuer sich mit rot glühenden Augen drohend über Lokan auf und entblößte dabei die scharfen, weißen Fangzähne.

Lokan nahm das Paddel in beide Hände und ging in Verteidigungsstellung. Seine Beute schon vor Augen riss Apophis die Kiefer weit auseinander. Mit einem Schrei und nur mit dem Paddel bewaffnet stürmte Lokan los. Welch ein ungleicher Kampf. Mit seinem lächerlichen Paddel hatte er gegen den übelsten Dämon der Unterwelt keine Chance.

Bryn fuhr herum und starrte Osiris an. „Hilf ihm."

Osiris ließ seelenruhig die Sekunden verstreichen, bevor er antwortete: „Das geht nicht. Das muss er allein schaffen."

Bryns Hände krampften sich zusammen. Die Nägel bohrten sich in die Handflächen, aber sie merkte es nicht einmal. Entsetzt sah sie zu, wie Apophis' aufgesperrter Rachen sich dem Boot näherte, die roten Augen fest auf sein Opfer gerichtet. Der Kopf der Schlange war doppelt so groß wie Lokans Barke. Lokan duckte sich und schlug mit aller Kraft gegen die Unterseite von Apophis' Maul. Doch das Ungeheuer blieb unbeeindruckt und kam immer näher.

Alles in ihr schrie danach, zu ihm zu gelangen – wie auch immer – und ihm zur Seite zu stehen. Erneut riss sie ihre Seele von sich los, aber Osiris sah sie ernst an und erklärte: „Das sollst du nicht tun. Er muss sich selbst beweisen, dass er dazu geworden ist, wozu er bestimmt ist. Du darfst dich da nicht einmischen." Nach einer Pause fügte er hinzu: „Du könntest es auch gar nicht."

Bryns Seele schnellte mit einer Wucht zurück, dass sie ins Straucheln geriet. Keuchend stemmte sie die Handflächen an die Wand, um ihr Gleichgewicht zu halten. Dann verfolgte sie das Geschehen auf dem imaginären Bildschirm vor ihr weiter.

Mit einer unfassbar schnellen Bewegung schlug die Schlange zu. Dennoch fand Lokan die Zeit, sich wegzuducken und auf die Seite zu rollen, als der gewaltige Rachen zuklappte und das Boot in zwei Teile zerlegte. Den Teil, den er zu fassen bekommen hatte, zerschmetterte Apophis mit einer Kopfbewegung an der Felswand und wandte sich dann dem anderen zu, an dem Lokan sich festhielt. Das Paddel war verloren.

Bryn wagte nicht zu atmen. Sie sah, wie langsam auch der verbliebene Teil des Boots versank. Das Heck richtete sich noch kurz auf, dann war nichts mehr davon zu sehen. Und mit ihm war auch Lokan von der Bildfläche verschwunden.

Lokan tauchte unter das Bruchstück des Rumpfes, das ihm vom Boot geblieben war, und benutzte es als eine Art Schild. Apophis drehte und wendete sich, um die Tiefen des Flusses nach ihm abzusuchen.

Reizend. Isis hätte ihn ruhig vor der Begegnung mit diesem Ungeheuer warnen können. Aber vielleicht war gerade das der springende Punkt. Keine Vorwarnung, keine Gelegenheit, sich darauf einzustellen. Es musste eine Art Test sein, der ihn auf die Probe stellte, ob er würdig war, mit der aufgehenden Sonne ans Licht zu treten.

Lokans Lungen brannten, das Herz hämmerte in seiner Brust. Aber er hielt sich weiter unter dem Trümmerstück des Boots verborgen.

Apophis' mächtiger Rumpf glitt an ihm vorbei, dann kam der Schwanz, dann war die Riesenschlange fürs Erste verschwunden. Lokan wusste, dass er nicht viel Zeit hatte, bevor Apophis umkehrte, um weiter nach ihm zu suchen.

Lokan brauchte einen Plan, und zwar sofort. Er hatte schon Bryn verloren. Es durfte nicht sein, dass Dana beider Eltern beraubt wurde. Aber er war unbewaffnet. Um dieses ekelhafte Vieh zu besiegen, bräuchte es eine ganze Armee.

Eine Armee. Verdammt. Genau.

Er erinnerte sich an das Spalier der Seelen und an die Ruderer, die ihm gesagt hatten, sie seien für ihn da. *Seinetwegen.* So stand es geschrieben.

Wie oft im Laufe der Jahrhunderte hatte ihm sein Vater gepredigt, dass ein wahrer Führer nur derjenige sein kann, der die Dinge in die Hand nimmt und andere *führt*. Er war bei einem Meister dieser Kunst in die Schule gegangen. Jetzt war es an der Zeit zu zeigen, dass er seine Lektion gelernt hatte.

Mit kräftigen Beinschlägen arbeitete Lokan sich an die Oberfläche. Sobald er den Kopf über Wasser hatte, füllte er seine

Lunge mit Luft, dann brüllte er mit ganzer Kraft: „*Ich rufe auf die Seelen der Toten. Ich rufe herbei die Seelen des Duat. Höret. Die Kraft dieser Worte ist mir gegeben. Flinker als der Windhund, schneller als der Schatten. Ich rufe die Seelen des Duat zu mir.*"

Das Wasser brodelte und kochte, als er Apophis wieder auf sich zukommen sah. Seine roten Augen leuchteten ihm entgegen.

„Zu mir!", schrie Lokan.

Rings um ihn herum wogten die Fluten und schossen Fontänen in die Luft. Die Ufer waren plötzlich in blaues Licht getaucht. Die Seelen der Toten hatten den Ruf gehört und waren angetreten. Sie schwangen magische Netze, um Lokans Kraft mit den Kräften des Duat zu vereinen und Apophis' Wüten in die Schranken zu weisen.

Apophis bleckte die rasiermesserscharfen Giftzähne und schnellte mit aufgesperrtem Rachen vor. Lokan erwischte einen der beiden Fangzähne und klammerte sich daran. Als der Dämon in Schlangengestalt sich hoch aus dem Wasser aufrichtete, wurde Lokan mit emporgetragen. Das Ungeheuer schleuderte den Kopf hin und her, um ihn loszuwerden, sodass Lokan Mühe hatte, sich festzuhalten.

„Kraft der Macht meines Wortes: Kommt zu mir!", rief Lokan laut.

Seine Hände waren feucht, und Apophis' Gift machte den Halt glitschig und unsicher. Die Anstrengung brachte Lokans Puls zum Rasen. Er konnte kaum etwas anderes hören als das rauschende Blut in seinen Ohren.

Je länger Apophis sich schüttelte, desto prekärer wurde Lokans Lage. Er hing hoch über dem Wasser und fand immer weniger Halt. Wie verzweifelt er sich auch festhielt, er rutschte doch immer tiefer, bis es kein Halten mehr gab und er in hohem Bogen gegen die Felswand geschleudert wurde. Lokan spürte einen stechenden Schmerz in seinem linken Handgelenk.

Er ließ sich auf einen Felsvorsprung gleiten und stöhnte auf, als er auf seiner verletzten Hand landete. Er sah, wie die Hand schlaff, kraft- und nutzlos an ihm herunterhing. Knochensplitter hatten das Fleisch durchbohrt und waren nach außen gedrungen. Und über ihm drohte Apophis.

Mit einem unmenschlichen Schrei raffte er sich auf und konzentrierte sich, als er wieder auf den Füßen stand, auf den entscheidenden, den tödlichen Schlag. Er war entschlossen, dem finsteren Dämon den Garaus zu machen. Seine ganze Wut und den Schmerz über den Verlust von Bryn legte er in dieses Bestreben hinein. Je mehr er seine Kräfte konzentrierte, desto stärker leuchtete das blaue Licht von den Ufern, an denen die toten Seelen versammelt waren und ihre geistige Kraft mit seiner verbanden.

Mit noch etwas unsicheren Schritten trat Lokan an den Rand des Vorsprungs. Die Köpfe unter ihm hoben sich. Alle Blicke richteten sich erwartungsvoll, ja, geradezu ehrfurchtsvoll auf ihn. Lokan mobilisierte alle Reserven, die er noch hatte. Seine Gedanken formten die Feuerbänder, mit denen er früher die Schwarzen Seelen fesselte, bevor er sie zu Sutekh brachte. Tatsächlich erschienen die Feuerbänder vor ihm und verwoben sich kraft seiner Gedanken zu einem Netz. Die Blicke seiner Seelenarmee richteten sich nun auf Apophis. Die Menge reckte die Hände in die Luft, zwischen denen sich ein Gespinst wie aus Glühfäden bildete. Immer dichter und fester wurde das magische Netz aus Licht, und so schafften es Lokan und seine Seelenarmee gemeinsam, Apophis fernzuhalten.

Erschöpft ließ Lokan den Kopf sinken und versuchte, zu Atem zu kommen. Das Licht verschwand. Um ihn herum wurde es wieder dunkel, und Lokan war allein in der Höhle.

Aber dann lag der Weg ins Freie plötzlich offen vor ihm.

Kein Boot dieses Mal, sondern Kheper, der Skarabäus, das Gefährt der Sonne.

Blutend und zerschlagen kletterte Lokan von seinem Felsvorsprung hinunter und die Felswand hinab. Unter Mühen und Schmerzen kämpfte er sich Zentimeter für Zentimeter abwärts, wobei er die verletzte Hand an die Brust gepresst hielt. Endlich unten bestieg er den goldenen Rücken des heiligen Käfers und ließ sich von ihm ans Tageslicht tragen. Seinen Schmerz und seine Trauer schleppte er mit sich dorthin.

Sein Herz aber blieb im Dunkel des Totenreichs zurück.

22. KAPITEL

Von meinem Vater wurde das Übel als Schicksal über euch verhängt. Sünden habt ihr begangen und Gräuel in die Große Halle getragen. Eure verderbten Leiber sollen in Stücke geschlagen werden, und eure Seelen sollen aufhören zu sein, und niemals wieder sollt ihr Ra erblicken.
nach dem Ägyptischen Pfortenbuch

Lokan warf dem Portier die Schlüssel zu und ging vorn um den Porsche herum. Die Sonne schien ihm warm auf den Rücken, und er nahm sich eine Sekunde Zeit, ihr das Gesicht zuzukehren. So dumm war er nicht, dass er dieses Geschenk nicht zu würdigen wusste. Das zurückgewonnene Leben.

Es hatte länger gedauert, als ihm lieb war, hierherzukommen. Den Ort, an dem er ans Tageslicht zurückgekehrt war, hatte er sich nicht aussuchen können. Wenn es nach ihm gegangen wäre, hätte er direkt bei Dana vor der Tür landen sollen. Als Nächstes hätte er dann seine Brüder aufgesucht und seine Verstärkung angeboten.

Aber natürlich verlief nichts nach Plan. Blutig und zerschunden und mit nichts weiter bekleidet als einer abgewetzten Khakihose war er mitten im beschissenen Mittelmeer abgesetzt worden. Seine Akkus waren so leer gewesen, dass das Portal, das er mit letzter Kraft geöffnet hatte, ihn gerade noch ans Festland bringen konnte. Dabei hatte es ihn überrascht, dass er das überhaupt zustande bekommen hatte, bedenkt man, dass er sich in den letzten Monaten – von dem einen Menü abgesehen, das Boone ihm serviert hatte – von nichts weiter ernährt hatte als von ein paar Energieriegeln und einer Handvoll Bonbons. Er war am absoluten Nullpunkt gewesen.

Dennoch fühlte er sich … Es war schwer zu beschreiben. Seine ganzen Verletzungen waren in kürzester Zeit geheilt. Selbst das zerschmetterte Handgelenk, das er Apophis verdankte, war innerhalb von Minuten wieder intakt, nachdem er auf die Erde zurückgekehrt war. Zwar heilten alle Seelensammler schnell, aber doch nicht in dieser Geschwindigkeit. Und schon gar nicht, wenn sie ausgehungert und entkräftet waren – geschweige denn tot.

Es gab noch andere Merkwürdigkeiten. Er hatte versucht, zu seinen Brüdern Kontakt aufzunehmen, aber vergeblich. Es hatte sonst nie ein Problem gegeben, mental mit ihnen in Verbindung zu treten, aber dieses Mal war es nicht möglich. Er bekam keine Antwort, kein Signal, kein Zeichen – nichts. Er schaffte es nicht, den kalten Terror zu unterdrücken, der ihn bei seinen finsteren Ahnungen befiel. Waren sie tot? Hatte Sutekh sie getötet, wie er ihn, Lokan, einst tötete? Würde er das fertigbringen? Wie Säure fraß sich dieser Gedanke in sein Inneres.

Jetzt brauchte er jedoch erst einmal einen klaren Kopf, wenn er Boone gegenübertreten sollte. Außerdem hatte er das sichere Gefühl, dass die beiden anderen Brüder Bryns auch hier waren.

Bryn.

Wie von einem eisernen Griff umklammert, krampfte sich sein Herz zusammen, wenn er an sie dachte. Und diese eiserne Faust war immer da, Tag und Nacht. Manchmal packte sie härter zu, dann ließ sie wieder ein wenig locker. Der Schmerz ließ ihn aber nie los.

Er hielt inne und blickte die schwarze Fassade des Luxor hinauf. Endlich war die Zeit gekommen, da er seine Tochter wieder in die Arme nehmen konnte. Und jeden, der ihn etwa daran hindern wollte, würde er rücksichtslos aus dem Weg räumen.

Lokan spürte, wie ein magischer Spuk eisige Finger nach ihm ausstreckte. Irgendein Abwehrzauber war hier im Gange. Früher hätte er an dieser Stelle vielleicht innegehalten und als Diplomat, der er war, gedacht, dass es besser wäre, eine Konfrontation zu vermeiden. Dann hätte er sich auf anderem Wege Zutritt verschafft, durch gutes Zureden zum Beispiel.

Darauf konnte er jetzt gut verzichten.

Er ging zu dem versteckten Nebeneingang der Pyramide, und als sich dort die Tür nicht gleich öffnen ließ, schlug er kurzerhand mit der Faust durchs Glas. Mit diesem Schlag zerstörte er gleichzeitig den Zauberbann, der in sich zusammenbrach, als hätte jemand den Stecker gezogen. Das war neu. Was war das? Eine kleine Zugabe, die es gab, wenn man es schaffte, von den Toten zurückzukehren?

Lokan nahm denselben Weg, auf dem Boone ihn seinerzeit durch das Gebäude geführt hatte. Er durchschritt den verlassenen abgedunkelten Club und erreichte die erste der Stahltüren. Unter dem Leder, mit dem sie bespannt waren, spürte er das kühle Metall.

Er steckte die Fingerkuppen in eine schmale Mulde, die in der Spalte zwischen den Türflügeln ausgespart war, und riss die Tür mühelos aus dem Schloss.

„Für den Schaden wirst du mir aufkommen. Genauso wie für das Glas, das du draußen zertrümmert hast."

Lokan fuhr herum und sah Boone an der Bar stehen.

„Kein Problem. Wo ist Dana?"

„In Sicherheit."

Lokan gefiel die kurze Antwort nicht.

„Ich will sie sehen. Jetzt sofort."

Boone nickte. „Hier entlang."

Mit drei langen Schritten war Lokan bei ihm und packte ihn derb am Arm. „Wenn du mich verarschst", sagte er ruhig, „blase ich dir das Licht aus."

„Daran hab ich keinen Zweifel, mein Freund." Boone blickte auf die Hand herab, die ihn hielt wie eine Schraubzwinge. Blaue Funken sprühten aus Lokans Fingerspitzen und liefen an Boones Arm entlang. Der Geruch von versengtem Stoff und verkohlter Haut machte sich breit.

Lokan riss seine Hand weg und sah Boone entsetzt an. Es war beinahe komisch. Während Lokan sich zu Tode erschrocken hatte, machte Boone einen völlig ungerührten Eindruck. Lokan verstand das nicht. Die Nummer mit diesem blauen Feuer gehörte normalerweise nicht ins Repertoire der Seelensammler. Doch jetzt schien sie ein Teil von ihm zu sein.

„Dana geht's gut", versicherte Boone und wies Lokan den Weg. Es ging durch die Doppeltür, die er schon passiert hatte, als er zum ersten Mal hier war, nur dass man durch die zweite Tür nicht in ein Zimmer gelangte, sondern auf eine Treppe, die tief hinab unter die Erde führte. „Wir haben eine extradimensionale Blase für sie geschaffen und ihr Leute zur Bewachung an die Seite gestellt, die sich mit in der Blase befinden. Zu ihrem Schutz, aber auch zu ihrer Unterhaltung."

„Bodyguards?"

„Die Frau, die deine Tochter damals vor den Setnakhts bewahrt hat."

„Roxy Tam, nicht wahr?"

„Genau. Sie hatte sich bereit erklärt. Dana hatte nach ihr gefragt. Bryn hatte ihr offenbar eingeschärft, wenn alle Stricke reißen, sich an diese Frau zu wenden."

Die Erwähnung von Bryns Namen tat weh. Es war ein Gefühl, als ob er sich mit einem stumpfen Messer in den Bauch stieß. Deshalb konzentrierte Lokan seine Gedanken lieber auf Dana.

„Sagtest du nicht *Leute* – Plural?"

Boone sah Lokan an und nickte. „Es sind noch zwei andere von den Isistöchtern bei Dana. Naphré Kurata und Calliope Kane."

„Sollten mir diese Namen etwas sagen?" Sie sagten ihm in der Tat nichts, obgleich Lokan das Gefühl hatte, sie sollten es tun.

„Vielleicht jetzt noch nicht." Boone begann den Abstieg in die Tiefe.

Auch hier waren wieder magische Kräfte am Werke, um ungebetene Besucher fernzuhalten. Je tiefer Lokan stieg, desto deutlicher spürte er sie. Sie leckten ihn mit ekligen feuchten Zungen. Eindeutig dunkle Magie.

„Wer hat diesen Zauber hier installiert?", fragte Lokan.

„Die Matriarchinnen."

Lokan blieb wie angewurzelt stehen. „Die Matriarchinnen? Du meinst die höchsten Befehlshaberinnen der Isisgarde?"

Auch Boone blieb stehen. Ein paar Stufen tiefer drehte er sich zu ihm um. „Genau die meine ich. Sie verfolgen ein eigenes Interesse."

„Interesse an meiner Tochter?" Lokan verschränkte die Arme vor der Brust. „Erkläre mir das bitte. Und wenn du schon mal dabei bist, kannst du mir gleich sagen, was mich in deiner extradimensionalen Blase erwartet. Ich stehe nicht so auf Überraschungen."

„Sagtest du bereits." Ein Lächeln huschte über Boones Gesicht. „Dich erwartet deine putzmuntere Tochter. Dann die Isistöchter, von denen ich dir schon erzählt habe. Alle mit jedem Luxus und Komfort ausgestattet sowie mit allem, was Dana bei Laune hält." Er machte eine bedeutungsvolle Pause. „Und nicht zuletzt erwarten dich deine Brüder."

„Meine Brüder ..." Möglicherweise war das der Grund, warum er sie vorhin nicht hatte erreichen können. Sie befanden sich nicht in derselben Dimension wie er. Als er damals in der Todeszone gewesen war, hatte er sie auch nicht erreichen können, sosehr er es auch versuchte. Und wie er es versucht hatte. Dann fiel ihm etwas anderes auf. „Meine Brüder und drei Isistöchter zusammen?"

„Ja. Wobei eine von ihnen zufällig auch noch eine Nachfahrin von Izanami-no-mikoto ist."

„Aha, soso. Und wie hast du es geschafft, dass sie sich nicht gegenseitig an die Kehle gehen?"

Boone grinste wie ein Honigkuchenpferd. „Das wirst du schon sehen." Dann drehte er sich um und ging die Treppe weiter hinunter.

„Wie soll das vor sich gehen?", fragte Lokan, als sie am Ende der Treppe angekommen waren. „Kann ich einfach in die Blase hineinmarschieren?"

„Nein."

Aber es war nicht Boone, der ihm geantwortet hatte. Lokan hob den Kopf und erblickte zwei andere Männer, die er nicht kannte, die aber doch irgendwie vertraut aussahen. Sie sahen Boone verblüffend ähnlich. Und sogar ein wenig Bryn, wenn er ganz genau hinschaute. Deshalb ließ er das lieber. Es tat zu weh.

Einer der Männer trug Jeans, Bikerstiefel und mehrere Piercings in jedem Ohr. Der andere hatte eine Khakihose an, dazu ein Shirt, das sich über einem kräftigen Brustkasten spannte, aber recht lose um die Taille herumhing.

„Jack." Der erste streckte ihm die Hand hin, die Lokan ergriff, wobei er darauf achtete, seine blauen Funken zurückzuhalten, mit denen er schon Boone versengt hatte. Auch dem zweiten, der sich als Cahn vorstellte, schüttelte er die Hand.

Lokan überkamen gemischte Gefühle bei dieser Begegnung. Das waren also die beiden Onkel von Dana. Er traute ihnen nicht. Sie hatten Bryn, ihre eigene Schwester, wie eine Gefangene gehalten. Sie hatten Bryns übernatürliche Anlagen zum eigenen Vorteil ausgenutzt, und wer sagte ihm, dass sie dasselbe nicht auch mit Dana planten. Dennoch war Lokan ihnen zu Dank verpflichtet, denn sie hatten sich um Dana gekümmert und für ihre Sicherheit gesorgt. Es war ihnen sogar gelungen, die Isisgarde dafür mit ins Boot zu holen und seine Brüder dazu zu bringen, mit den Isistöchtern, ihren Feinden, zusammenzuarbeiten. Alles zu Danas Wohl.

Was auch immer mit ihnen nicht stimmen mochte, eines musste man ihnen jedenfalls lassen: Sie mussten eine außergewöhnliche Überzeugungskraft besitzen. Und in Lokans Augen sprach das eher für sie.

Im Hintergrund sah Lokan die Mauer und die Tür darin wie durch einen sich bewegenden Schleier, als ob sie gar nicht richtig existierten. Ihm wurde klar, dass er die Grenzen der Blase erkennen konnte, die die Falconers für Dana geschaffen hatten, etwas, das er, als er zuvor dieser Blase begegnet war, nicht hatte wahrnehmen können.

„Ich möchte meine Tochter sehen."

Boone nickte. „Dafür müssen wir sie alle herausholen, einen nach dem anderen. Dana kommt zum Schluss."

Lokan hielt gespannt Ausschau. Jeder Nerv in ihm war angespannt. Auf seiner Haut breitete sich ein prickelndes Gefühl aus, als würde er sich elektrisch aufladen.

„Äh, wenn du das vielleicht ein wenig zurückhalten könntest, wenn es dir nichts ausmacht", bat ihn Jack.

„Was denn?" Lokan blickte an sich herunter und sah, wie sein Körper bläuliche Funken sprühte. Er konnte sich dieses Phänomen selbst nicht erklären. Es musste etwas sein, das er aus der Unterwelt mitgebracht hatte. Wie viel lieber hätte er Bryn mitgebracht ... Nein, nicht das. Er durfte jetzt nicht an sie denken. Jetzt ging es allein um Dana.

Es lag ein Flimmern in der Luft. Die Perspektiven verzerrten sich. Dann trat ein Mann hervor, darauf ein zweiter und ein dritter. Lokan hielt die Luft an und war wie gelähmt. Und wenn er den Ausdruck auf Dagans Gesicht richtig deutete, ging es dem nicht anders.

„Leck mich fett ... das gibt's doch nicht", brachte Dagan mühsam mit heiserer Stimme hervor. Dann stürzte er auf Lokan zu und umarmte ihn stürmisch. In seiner Begeisterung stemmte er ihn hoch, stellte ihn wieder auf die Füße und boxte ihn in den Bauch. Das heißt, er wollte es tun, aber der freundschaftlich gemeinte Knuff erreichte sein Ziel nicht. Ein paar Zentimeter vor Lokans Körper prallte die Faust auf eine Art unsichtbaren Harnisch. Dagan rieb sich die Knöchel.

Malthus ließ sich davon nicht abschrecken. Er drängte Dagan beiseite. „Oh, verdammt noch mal", murmelte er leise, während er seinen Bruder umarmte.

Schließlich war Alastor an der Reihe. Er blieb vor Lokan stehen. Sein Blick wirkte ein wenig verschleiert, und er sagte: „Du Arschloch. Du hast mir so oft das Leben gerettet. Und dann verpisst du dich einfach und lässt dich abmurksen. Außerdem hast du uns unsere kleine Nichte vorenthalten. Und dann machst du einen auf Wiederauferstehung wie irgend so ein ..." Er verstummte und schüttelte den Kopf. Lokan erschrak nicht wenig, als er glaubte, einen feuchten Schimmer in Alastors Augen zu sehen. Dann umarmten auch sie sich.

Lokan sah seine Brüder der Reihe nach an. „Ich danke euch", sagte er.

„Wofür?", fragte Dagan.

„Dass ihr für Danas Sicherheit gesorgt habt. Und dass ihr euch dafür sogar mit euren Feinden zusammengetan habt."

„Feinde?", fragte Malthus und blickte zu Boone hinüber.

„Mit der Isisgarde. Boone sagte mir, von ihnen wären auch einige hier." Lokan machte eine Kopfbewegung zur Tür, durch die seine Brüder gekommen waren.

„Ach so, die Isis..." Dagan konnte nicht weiterreden. Er brach in schallendes Gelächter aus, worüber sich Lokan umso mehr wunderte, da es so gut wie nie vorkam, dass man Dagan lachen hörte.

Alastor drehte sich um und streckte die Hand aus. Aus dem Schatten kam eine Frau und trat an seine Seite. Eine wunderschöne Frau. Sie legte Alastor den Arm um die Taille. Sie hatte einen geschmeidigen, durchtrainierten Körper, dunkle Augen, schwarzes Haar und einen gerade geschnittenen Pony. Und sie himmelte ihn an, als ob er ihr schon die Sterne vom Himmel geholt hätte.

„Ist das Izanamis Enkelin?", fragte Lokan mit einem Blick auf Boone.

„Das liegt schon einige Generationen zurück", antwortete die Frau. „Naphré Kurata", stellte sie sich vor und reichte Lokan die Hand.

„Und du bist ... eine Isistochter?"

„Ja."

Lokan war, als würde seine Welt aus den Angeln gehoben werden. Verwirrt schaute er von Naphré zu Alastor und fragte weiter: „Und du bist seine ..." Er wusste nicht, wie er diese Frau nennen sollte.

„… Freundin“, half Alastor mit einem Grinsen aus, das ihm ganz und gar nicht ähnlich sah.

Freundin? Sollte das heißen, dass Alastor sich mit einer Isistochter ausgesöhnt hatte? Es sah nach mehr aus. Und plötzlich fiel Lokan ein, dass er Boone gefragt hatte, wie er es angestellt hatte, dass sich nicht alle gegenseitig an die Gurgel gingen.

Er blickte erst zu Dagan, dann zu Malthus und sagte: „Erzählt mir bloß nicht, dass ihr auch …“

Im selben Moment kamen zwei weitere Frauen durch die imaginäre Tür der Falconer-Blase. Die linke hatte langes, fast schwarzes, glattes Haar, das ihr bis zur Hälfte des Rückens hinunterreichte, und einen hellen cremefarbenen Teint. Unter ihren dichten, dunklen Wimpern funkelten katzengleich grüne Augen. Ihre Ausstrahlung wirkte kühl und kontrolliert.

„Das ist Calli“, erklärte Malthus, als sie neben ihm stand.

„Calliope Kane“, stellte sie sich selbst vor.

Schließlich zog die dritte Frau Lokans Aufmerksamkeit auf sich. Sie war dunkelhäutig. Ihre Ringellocken fielen ihr bis auf die Schultern. Die Augen waren wie dunkler Bernstein mit einem grünlichen Schimmer. Insgesamt strahlte sie Stolz und Selbstbewusstsein aus.

Als sie sich zu Dagan gesellte, fragte Lokan: „Roxy Tam?“

„Genau. Das bin ich“, kam die Antwort.

Diese Frau also hatte Dana vor den Setnakhts bewahrt. „Ich stehe tief in deiner Schuld“, sagte er. „Du hast meiner Tochter und meiner … und Bryn beigestanden, als ich nicht da war.“

„Das hat mit Schuld nichts zu tun. Das ist in einer Familie doch selbstverständlich.“

Familie. Und zu der gehörten nun offenbar auch diese Isistöchter.

„Wie …?“, wollte er gerade fragen, hielt aber inne. Wenn er erst einmal mit diesen Fragen anfing, würde er so schnell kein Ende finden. Es gab so vieles, das er wissen wollte. Zum Beispiel wie Sutekh all das aufgenommen hatte. Wie seine Brüder dessen Anwesenheit überhaupt noch ertrugen, nach allem, was er getan hatte. Wer hatte Gahijis Nachfolge in der Hierarchie hinter Sutekh angetreten?

Lauter wichtige Fragen. Was in diesem Augenblick wirklich zählte, war jedoch etwas ganz anderes. Lokan schaute gespannt auf jene Tür, und als es so weit war, hätte er vor Freude aus der Haut fahren können.

Denn da war sie. Sein Baby, sein kleines Mädchen. Dana hatte ihr Haar mit rosa Schleifen zu Zöpfen gebunden. In ihren Armen hielt sie eng umschlungen ihre Plüschkatze Flopsy.

„Daddy", rief Dana, als sie ihren Vater sah.

Lokan sank auf die Knie, und die beiden fielen sich um den Hals.

„Daddy, Daddy, Daddy", wiederholte das Mädchen immer wieder.

Lokan selbst fand lange keine Worte für die Gefühle, die ihn bestürmten.

Als er endlich den Kopf wieder hob, trafen sich seine und Boones Blicke. Mit allem Möglichen hatte Lokan gerechnet. Dass Boone Dana nicht freiwillig hergeben würde, dass er, Lokan, sich mit Gewalt den Weg zu ihr bahnen musste, aber nicht damit, dass Boone dieses Wiedersehen still betrachtete und dabei Tränen in den Augen hatte.

„Was ist … mit meiner Schwester?", fragte Boone stockend. Es war überdeutlich, wie schwer ihm diese Frage fiel.

Lokan fehlten die Worte, um darauf zu antworten. Er schüttelte nur stumm den Kopf.

Sie war fort. Weg. Verloren für alle Zeiten. Mit dieser schrecklichen Gewissheit musste er jetzt irgendwie leben.

Mit ihrer kleinen Hand patschte Dana auf Lokans Schulter. „Ich wusste, dass du wiederkommst, Daddy. Mommy war traurig und hat geweint. Aber ich wusste es."

Lokan hielt sie stumm in den Armen. Wie sollte er ihr beibringen, dass sie ihre Mutter nie wiedersehen würden? Es war unmöglich, dafür die richtigen Worte zu finden. Dafür gab es keine richtigen Worte.

„Hast du mich gesehen?", fragte Dana und beugte sich zurück, um Lokan anzuschauen. Sie hielt sein Gesicht zwischen den Händen und betrachtete ihn ganz genau. „Hast du mich gesehen? Ich war ganz leise. Mommy wusste nicht einmal, dass ich da bin. Aber ich habe dich gesehen. Und ich sah die vielen Menschen, die Schlange standen und auf das Boot warteten." Sie hielt kurz inne. „Aber vor dem Mann im Boot hatte ich Angst. Mit seinen ganzen ekligen Spinnen."

Entgeistert sah Lokan sie an. Was Dana geschildert hatte, war genau eine der Szenen, deren Zeuge er gewesen war, als er sich in der Todeszone befunden hatte. Charon, der Fährmann, seine knochige Hand, die mit Spinnen bedeckt war, das Boot auf dem blutroten Fluss. Wie konnte es sein, dass Dana davon wusste?

Das war eigentlich nicht das, worüber er sich mit seiner Tochter nach so langer Zeit als Erstes unterhalten wollte. Nur manchmal kommt es anders ... Alle, die rings um sie herumstanden, waren mucksmäuschenstill und schauten auf die beiden.

Lokan blickte zu Boone hinüber und war sich sicher, dass der dasselbe dachte wie er. Dana war dort gewesen, in der Todeszone, was bedeutete, dass sie das war, was Bryn auch war – ein Walker.

„Du warst bestimmt ganz leise", sagte er dann. Er erinnerte sich, wie er geglaubt hatte, Bryn dort zu sehen. Nur stimmte etwas mit ihr nicht. Die Farbe ihres Haars und ihrer Augen waren nicht ihre. Jetzt dämmerte ihm, was es damit auf sich hatte. Es war nicht Bryn allein gewesen, die er gesehen hatte. Es war ihr Gesicht, aber mit Danas Augen und Danas Haar. Es war eine Vereinigung von beiden. Sie waren beide in die Unterwelt gekommen, um nach ihm zu sehen. Und dort hatten sie ihn zwar gefunden, waren aber nicht in der Lage gewesen, in Kontakt mit ihm zu treten.

Er hätte eine Million Fragen an seine Tochter gehabt, wollte sie aber in Anwesenheit von Boone, Jack und Cahn nicht stellen. Die hatten zwar ihren Anteil an seiner Befreiung aus der Unterwelt gehabt, das war aber längst noch kein Grund dafür, dass man ihnen bedingungslos vertrauen konnte. Immerhin hatten sie Bryn über Jahre für ihre Zwecke missbraucht, bis es ihr gelungen war, sich diesem Bann zu entziehen. Lokan würde ihnen niemals die Chance geben, auch Dana in derselben Weise zu missbrauchen.

„Das habe ich auch nicht vor“, sagte Boone.

„Was bist du? Gedankenleser?“, fragte Lokan.

Boone schüttelte den Kopf. „Ich kann mich nur ganz gut in andere Leute hineinversetzen und ihren Gesichtsausdruck deuten.“ Er kreuzte die Arme vor der Brust. „Was Bryn angeht, habe ich meine Lektion schon vor Jahren gelernt. Und ich dachte, ich zeige ihr das am besten dadurch, dass ich sie in Ruhe ihren eigenen Weg finden lasse.“

„Ihr habt die ganze Zeit gewusst, wo sie steckte, nicht?“

„Ja. Und wir haben sie immer im Auge behalten. Von Zeit zu Zeit haben wir nach ihr gesehen.“ Er verstummte, und seine Miene verfinsterte sich. „Aber nun ist meine Schwester fort, und ich bekomme keine Gelegenheit mehr, an ihr etwas gutzumachen.“

„Wusstet ihr von mir?“, fragte Lokan und ahnte bereits die Antwort.

„Ja.“ Was Boone aber dann hinzufügte, war für Lokan ein echter Schock. „Wir wussten auch, was sie wollte. Und wir wollten, dass sie dich findet.“

Lokan schaute ihn verdutzt an. Er dachte daran, wie Bryn ihm erzählt hatte, dass Jack diesen Club in Miami, in dem sie sich zum ersten Mal begegnet waren, häufiger besucht und behauptet hatte, dort verkehrten Supernaturals. Gleich darauf fiel ihm ein, dass einige Tage nach seiner Begegnung mit Bryn Malthus rundweg abgestritten hatte, dass sie, Lokan und er, in Miami verabredet gewesen wären. Er hatte dem nie allzu viel Bedeutung beigemessen, aber jetzt gab es offenbar eine Erklärung dafür. Eine, mit der er nicht im Geringsten gerechnet hatte.

Lokan drückte Dana an sich und hielt sie fest. Nie mehr wollte er sie loslassen.

„Lokan." Es war Dagans Stimme. Sie klang besorgt. Lokan drehte sich zu ihr um.

An Dagans Miene war abzulesen, dass er tatsächlich beunruhigt war. Und dann erkannte Lokan auch, warum. Dana und er waren in Licht gehüllt, ein blaues Licht, das sie wie ein Mantel aus kleinen Flammen umfing, allerdings ohne ihm oder Dana ein Haar zu krümmen. Im Gegenteil. Es schien sie eher zu wärmen, zu beschützen.

Dagan hob achselzuckend die Arme und sah seinen Bruder fragend an, aber auch Lokan selbst hatte keine Erklärung dafür.

Er wusste nur, dass er seit seiner Rückkehr ein anderer geworden war. Osiris hatte es ihm prophezeit. Aber was genau war aus ihm geworden?

23. KAPITEL

Das Blut der Isis. Das Blut Sutekhs. Und der Gott wird die zwölf Pforten durchschreiten und wieder auf Erden wandeln.

Unterwelt. Am Fluss Styx

Lass mich raten", sagte Lokan. „Ein Boot."

„Weißt du etwas Besseres, um über den Styx zu kommen?", fragte Dagan.

Malthus und Alastor sahen Lokan erwartungsvoll an. Die Gefährtinnen seiner Brüder – die *Gefährtinnen seiner Brüder*, daran musste sich Lokan erst einmal gewöhnen – hatten sich bereit erklärt, mit Bryns Brüdern zusammen in die extradimensionale Blase zurückzukehren, um für Danas Sicherheit zu sorgen, während Lokan in die Unterwelt hinabstieg. Er war auf dem Weg zum anderen Ufer des Styx, wo er seinem Vater wieder gegenübertreten sollte. Die Gottheiten der Unterwelt waren erneut versammelt. Es sollte Gericht gehalten werden.

Nicht dass er sich einbildete, er könne Sutekh ernsthaft in Schwierigkeiten bringen. Aber dafür zu sorgen, dass den anderen mächtigen Gottheiten das ganze Ausmaß von dessen Niedertracht vor Augen geführt wurde, war kein schlechter Plan. Wie Dagan berichtet hatte, waren sie alle Augenzeugen gewesen, als Sutekh versucht hatte, sich Lokans wiederbelebten Körpers zu bemächtigen. Wenn die Geschichte jetzt vollständig auch aus Lokans Sicht auf den Tisch kam, bestand vielleicht eine Chance, dass er sich der Gefolgschaft einer anderen Gottheit anschließen konnte.

Eine geringe Chance zwar, aber immerhin. Lokan war bereit, jede auch noch so geringe Wahrscheinlichkeit auszuloten. Denn an Sutekhs Hof zurückzukehren war ein Gedanke, den er nicht ertragen konnte.

Mal angenommen, er könnte Osiris überzeugen, sich seiner

anzunehmen, dann gäbe es doch wohl die Möglichkeit, Bryn wiederzusehen? Die aufkeimende Hoffnung brachte gleichzeitig einen unfassbaren Schmerz mit sich. Wenn Lokan die Augen schloss, sah er ihr Gesicht vor sich, hörte er ihre Stimme im Ohr. Er schloss die Augen und gab sich seinen Erinnerungen hin, seinen Wünschen …

Nein, das brachte ihn nicht weiter.

Lokan öffnete die Augen wieder und vertrieb all diese Gedanken. Sie waren zu qualvoll. Er fragte sich, ob er es noch einmal erleben würde, dass das Denken an sie nicht mehr so wehtat. Ob es ihm mit Bryn einmal so gehen würde wie mit Richard, seinem sterblichen Bruder, der zu einer lieb gewordenen Erinnerung geworden war, die man von Zeit zu Zeit herausholen und dann aber auch wieder beiseitelegen konnte?

Die Fähre, die sie aufnahm, war ein mächtiger Kahn. Sein rissiges, fleckiges Holz zeugte von einem beträchtlichen Alter. Es gab weder Bänke noch Sitze, sodass sie alle stehen mussten, während ein mit einer Kapuze verhüllter, schweigsamer Fährmann mit einer langen Holzstange steuerte. Lokan versuchte, einen Blick auf seine Hände zu erhaschen, um sich zu vergewissern, dass sie nicht auch nur aus Knochen bestanden, die durch nichts als Spinnweben zusammengehalten wurden. Was er in der Todeszone durchgemacht hatte, ließ ihn nicht so schnell wieder los.

Als sie sich der Flussmitte näherten, schlugen plötzlich die Wellen hoch. Fontänen schossen in die Luft und verwandelten sich im Handumdrehen in eine geschlossene Wand aus fauchenden Flammen. Die Hitze war unerträglich.

Feuer, Hitze – was jetzt noch fehlte, waren diese verfluchten Schlangen.

Lokan machte eine rasche, heftige Geste, und die Flammen erstarben augenblicklich. Vor ihnen lag wieder die glatte Wasserfläche des Flusses.

„So ist es besser“, meinte er. Dann merkte er, dass seine Brüder ihn ungläubig anstarrten. Sogar der Fährmann schien sich verwundert nach ihm umgedreht zu haben, obgleich das unter der Kapuze nicht zu erkennen war.

„Was ist?"

„Warst du das eben?", fragte Dagan.

Lokan lachte. „Na klar. Ich habe Gewalt über den Feuerfluss, was denkst du denn. Quatsch. Der pure Zufall."

„Hmm", machte Dagan.

„Diese Schipperei auf dem Styx scheint ja langsam zur Gewohnheit zu werden", meinte Malthus und erklärte auf Lokans fragenden Blick hin weiter: „Wir waren neulich erst hier, als wir zum großen Treffen gefahren sind."

„So viele Plätze gibt es ja für dieses Treffen auch nicht", erwiderte Lokan. Das andere Ufer des Styx war so etwas wie eine neutrale Zone in der Unterwelt. Da die Mächtigen unter den Unterweltgöttern weder die Erde betreten noch die Grenzen ihres jeweiligen Reichs überschreiten durften, waren die Möglichkeiten, persönlich und ohne Unterhändler zu verhandeln, äußerst eingeschränkt.

„Wurden keine Geiseln ausgetauscht?", fragte Lokan. So ein Austausch, eine ziemlich verwickelte und langwierige Prozedur, gehörte aus Gründen der gegenseitigen Absicherung normalerweise zu den Begleitumständen einer Konferenz der Unterweltfürsten.

Alastor schüttelte den Kopf. „Sutekh hat seinen eigenen Sohn umgebracht. Überleg mal. Das bringt so einiges ins Wanken."

Lokan verstand, was er meinte. Wenn Sutekh nicht davor zurückscheute, den eigenen Sohn umzubringen, bedeutete auch der Austausch von Geiseln keine Sicherheit mehr. „Dann ist aber nicht gesagt, dass wirklich alle erscheinen."

„Sie werden erscheinen", entgegnete Dagan und sah Lokan aus seinen grauen Augen ruhig an. „Du hast das Treffen einberufen. Das Feuerwerk wird sich keiner entgehen lassen, wenn du auf unseren ..." Dagan unterbrach sich und verzog das Gesicht zu einer bitteren Miene. „... auf Sutekh triffst", fuhr er fort.

So sicher war Lokan sich nicht, dass es zu einem Feuerwerk

kommen würde. Bei aller Wut auf ihn und allem Hass blieb er doch noch immer ein Untergebener seines Vaters. Sutekh war ein Gott, und er war ihm nicht ebenbürtig, sosehr das auch an ihm nagte, denn er brannte darauf, Rache an ihm zu nehmen – dafür, was er hatte erdulden müssen, und für das, was er verloren hatte. Bryn. Hätte Sutekh ihn nicht umgebracht, würde sie noch immer friedlich in der Küche ihre Kekse backen.

Das Boot erreichte das Ufer, und Lokan befand sich schon an Land, bevor es zum Stillstand gekommen war.

Sie waren nicht die Ersten. Lokan sah sich in Ruhe der Reihe nach an, wer am Strand schon alles wartete. Asmodeus war da und mit ihm ein Gefolge von Kriegerinnen. Asmodeus, Dämon der Lust, neigte sein Haupt vor Lokan und reichte ihm die Hand, worüber Lokan sich ein wenig wunderte, galt der doch, nach dem, was Lokan zuletzt gehört hatte, als Verbündeter von Sutekh.

„Gut siehst du aus", meinte Asmodeus. Sie hatten die Hände so verschränkt, dass jeder das Handgelenk des anderen hielt. Es entstand ein merkwürdiges Knistern zwischen ihnen, etwas wie eine elektrische Spannung, die Lokan den Arm hinaufkroch. Aber irgendwie schaffte er es, den Effekt umzukehren und die Spannung auf Asmodeus zurück zu übertragen. Der zuckte zusammen und sah Lokan mit aufgerissenen Augen an. „Was …?" Mehr brachte er nicht heraus. Er verzog den Mund. Lokan hatte nicht die geringste Ahnung, was hier vor sich ging. „Schön, dich zu sehen", fügte Asmodeus endlich hinzu. Und allem Anschein nach meinte er das sogar ehrlich.

Lokan blickte über die Schulter und sah, wie Alastor eine zierliche Frau begrüßte, die ganz in Weiß gekleidet war, jedoch so vollständig, dass nicht das kleinste bisschen von ihr zu sehen war, weder das Gesicht noch die Hände. Lokan wollte auf sie zugehen, doch es traten ihm acht Gestalten entgegen. Auf den ersten Blick hätte man annehmen können, dass sie von Kopf bis Fuß in grauen Samt gekleidet waren. Bei näherem Hinsehen war jedoch zu erkennen, dass eine dichte Schicht lebender Maden, Würmer und Spinnen sie bedeckte, die sich in rastloser Bewegung befanden und aus allen Körperöffnungen hervorquollen.

Es waren die Shikome, die Leibgarde in Diensten von Izanami-no-mikoto, der Ahnherrin von Naphré Kurata. Izanami sprach einige Worte zu Alastor, dann kam sie Lokan entgegen. Jede ihrer Bewegungen war von majestätischer Anmut. Als sie auf dem Weg an Malthus vorbeikam, bemerkte sie kurz zu ihm: „Sie blühen immer noch."

Auf Lokans fragenden Blick hin zuckte der nur mit den Achseln. „Ich habe ihr Blumen mitgebracht."

„Blumen? Nach Yomi?" Lokan kannte diesen Teil der Unterwelt. Er war als Sutekhs Botschafter dort gewesen und konnte sich nicht vorstellen, dass dort etwas blühen konnte. Es gab kein Licht in Yomi.

„Mondblumen", erklärte Malthus im Vorübergehen.

Als Lokan vor Izanami stand, trat Alastor an seine Seite. Er sah Lokan mit besorgtem Blick an, dann verbeugte er sich tief vor Izanami und sagte: „Izanami-no-mikoto, ehrwürdige Ahnin meiner Gefährtin Naphré, ich bitte dich von ganzem Herzen – ich flehe dich an. Nimm meinen Bruder in deine Reihen auf. Lass es nicht zu, dass er zu Sutekh, seinem Mörder, zurückkehren muss."

Schlagartig war das Gemurmel der anderen Götter ringsum verstummt. Lokan merkte, dass aller Augen auf ihn gerichtet waren. Er sah Alastor an und konnte erkennen, dass sein Bruder für ihn bis zum Äußersten ging. Aber er konnte ihn dabei nicht *spüren*. Auf die eine oder andere Weise hatte er das Sensorium für seine Brüder verloren. Früher hatte er einen direkten Draht zu ihren Emotionen gehabt, selbst wenn sie weit weg waren. Es war nicht mehr da. Verschwunden. Und umgekehrt genauso. Im Luxor in Vegas hatte er es noch darauf geschoben, dass sie in der Blase waren, die die Falconers für Dana gebildet hatten, und er sich außerhalb befand. Aber dem war nicht so. Es gab etwas wie eine Barriere zwischen ihnen. Seine drei Brüder standen untereinander noch immer in Verbindung. Aber er blieb außen vor.

Offenbar gehörte auch das zu den Dingen, die sich seit seiner Rückkehr unter die Lebenden geändert hatten. Auch das hatte Sutekh ihm genommen.

Aber Sensorium hin oder her. Alastor hatte Lokans Not jedenfalls erkannt und wusste um die Höllenqualen, die es für ihn bedeuten würde, wieder in Sutekhs Dienste zu treten.

Izanami wandte sich zu Lokan, der damit gerechnet hatte, dass sie Alastors Ansinnen rundweg ablehnen würde. Stattdessen legte sie ihre in weißes Tuch gehüllte Hand auf seinen Arm, und es geschah dasselbe, was er schon mit Asmodeus erlebt hatte. Es war, als ob er plötzlich unter Strom stand. Nur war es dieses Mal viel stärker als vorhin.

Izanami ließ ihre Hand sinken. Dann wandte sie sich an Alastor und sagte: „Das geht nicht. Ich kann es nicht tun." Im nächsten Augenblick nahmen die Shikome sie in die Mitte, sodass sie von allen abgeschirmt war.

„Verfluchte Scheiße", fluchte Dagan.

„Das kann man so sagen", meinte Alastor und blickte mit gerunzelter Stirn den abziehenden Shikomen nach.

In diesem Stil ging es weiter, während sie sich zu einem freien Platz am Flussufer begaben. Lokan sprach mehrere von den niederen Gottheiten an, mit denen er freundliche Beziehungen gepflegt hatte, während er Sutekhs Gesandter gewesen war. Bei jedem deutete er sein Interesse an, in dessen Dienste zu treten. Aber die Reaktion war jedes Mal dieselbe. Jeder berührte Lokan in der Weise, wie es Asmodeus und Izanami getan hatten, und lehnte dankend ab.

Eine Weile später landete ein weiteres Boot. Dieses hatte Isis an Bord. Lokan blieb stehen und beobachtete sie, wie sie aus dem Kahn stieg. Ihr weißes Gewand wogte mit jedem ihrer Schritte. Das nachtschwarze Haar fiel ihr auf die Schultern. Der Anblick schmerzte Lokan wie ein Stich ins Herz, denn er musste automatisch an die Bilder von der letzten Pforte denken, an der er Bryn hatte zurücklassen müssen, als sie sich schloss.

Direkt hinter Isis stand ein schlanker, muskulöser Mann mit dem Kopf eines Falken. Noch während Lokan ihn ansah, veränderte er sein Aussehen. Aus dem Falkenkopf wurde der Kopf eines gut aussehenden jungen Mannes mit dunklem Haar und dunklen Augen. Es war Horus, den Isis von ihrem Bruder und Gemahl Osiris empfangen hatte, nachdem sie diesen wieder zum Leben erweckt hatte.

Majestätisch erschien als Nächster Osiris.

„Ich hatte nicht damit gerechnet, ihn hier zu sehen", flüsterte Malthus. „Zum ersten großen Treffen ist er nicht gekommen."

Das verwunderte Lokan nicht weiter. Osiris war dafür bekannt, dass er nur ungern seine gewohnte Umgebung verließ und das auch nur tat, wenn es nicht zu vermeiden war. Offenbar gehörte dieses Treffen zu denen, die er nicht versäumen wollte, und das fand auch Lokan erstaunlich.

Kurz nachdem Osiris das Ufer betreten hatte, drehte er sich um und starrte auf den Fluss. Sein hasserfüllter Blick sagte alles, und Lokan brauchte gar nicht hinzusehen. Er wusste auch so, was los war.

Sutekh war eingetroffen.

Sutekh kam in Begleitung nur eines einzigen Seelensammlers. Es war Kai Warin, derjenige, den er jüngst zu seinem neuen Adjutanten erkoren hatte.

Lokan kannte Kai, und er schätzte ihn, was es ihm allerdings nicht leichter machte, ihn jetzt an Sutekhs Seite zu sehen. Dabei hatte Kai kaum eine andere Wahl gehabt. Für ihn hieß es, diesem Ruf zu folgen oder ausgelöscht zu werden. Und nach dem, was seine Brüder ihm berichtet hatten, hatte Kai einen guten Grund, an seiner Fortexistenz zu hängen. Er war seit einiger Zeit mit einer Tochter des Asmodeus liiert. Interessant war für Lokan diese Neuigkeit auch deshalb, weil er bis dahin noch nicht einmal wusste, dass Asmodeus eine Tochter hatte.

Lokan wandte sich ab und ordnete seine Gedanken. Jetzt war keine Zeit mehr zu verlieren. Er machte die Runde bei den verschiedenen anderen Göttern und vermied dabei jeden Blickkontakt zu seinem Vater, denn er war sich nicht sicher, ob er sich dann noch im Zaum halten konnte.

Endlich sah er ihm doch ins Gesicht, wobei er seine Aggressionen hinter einer undurchdringlichen Maske kühler Gleichgültigkeit verbarg. Sutekh, der sich sein äußeres Erscheinungsbild nach Belieben aussuchen konnte wie andere ihre Anzüge, hatte sich heute für eine menschliche Gestalt entschieden, die wirkte wie eine Mischung aus dem Aussehen von dreien seiner vier Söhne, eine Mischung aus Dagan, Alastor und Lokan. Und das brachte Lokan das Blut zum Kochen. Trotzdem ließ er sich nichts anmerken. Er war nicht bereit, Sutekh auch nur das Geringste von sich preiszugeben

„Fang an“, sagte Sutekh mit einer lässigen Geste in Lokans Richtung, als sei der irgendein hergelaufener Bittsteller, dem Sutekh die Gnade einer Audienz gewährte. Wenn hier einer nach allem, was er getan hatte, einen Gnadenakt nötig hatte, war er es, Sutekh.

Zorn flammte in Lokan auf. Er war wütend auf alles, was Sutekh sich hatte zuschulden kommen lassen. Am meisten jedoch hasste er seinen Vater dafür, dass allein seinetwegen Bryn dieses ungeheure Opfer hatte bringen müssen. Lokans lodernder Zorn entlud sich in dem Funken sprühenden Licht, in diesem Feuermantel, den er aus der Unterwelt mitgebracht hatte, nachdem es ihm gelungen war, die zwölf Pforten zu passieren.

Er spürte das Feuer im ganzen Körper, in den Knochen, in seinen inneren Organen, auf der Haut, in jeder einzelnen Zelle. Weder konnte er es kontrollieren noch unterdrücken. Wie eine Fackel stand er da.

„Ich soll anfangen?“, fragte Lokan. Seine Stimme klang gepresst. Es war fast nur ein Flüstern. „Womit soll ich denn deiner Meinung nach anfangen? Damit, deine Schandtaten aufzuzählen? Die Litanei deiner Sünden herunterzubeten?“

Sutekh blickte ihn starr an. Wie immer blieben seine Augen dabei kalt und seelenlos. „War das nicht eines der ersten Dinge, die ich dir beigebracht habe, Lokan? Was du hier Sünde nennst, ist ein Verdienst."

„Verdienst? Verdienst setzt eine ehrenwerte Gesinnung voraus." Lokan atmete einmal tief durch und zwang sich dazu, Ruhe zu bewahren. Er gönnte Sutekh das Vergnügen nicht, sich an seiner Wut oder seinem Schmerz zu laben. Er wusste, dass sich sein Vater von diesen Dingen nährte. Nur …

Nur jetzt sah er nicht danach aus, als wäre ihm die Konfrontation mit Lokan angenehm. Er schien aus dem, was Lokan ihm bot, keine Kraft saugen zu können. Das war ungewöhnlich, beinahe unmöglich. Die Einzigen, an deren negativen Emotionen Sutekh seinen Hunger nicht stillen konnte, waren …

Lokan erstarrte und drehte sich zu Isis um, indem er seinem Vater den Rücken zudrehte. Dann wanderte sein Blick weiter zu Osiris, der ihn teilnahmslos beobachtete. Mit fünf langen Schritten stand Lokan vor ihm.

„Was war das noch, was du mir sagtest, als ich gegen Ma-ats Feder aufgewogen wurde?", fragte er.

„Ich habe vieles gesagt, Lokan Krayl."

„In der Tat. Aber ich meine etwas ganz Bestimmtes. Du sagtest etwas darüber, was ich sein würde, wenn ich die zwölf Pforten hinter mir gelassen hätte."

Osiris beugte den Kopf vor und antwortete feierlich: „Ich sagte, du wirst dein früheres Selbst nie wiedererlangen, Lokan Krayl." Genau das waren seine Worte gewesen. Nur hatten sie jetzt eine neue Bedeutung bekommen.

Lokan spürte im Rücken, dass die ganze Versammlung hinter ihm ihn gespannt ansah, aber er drehte sich nicht zu den anderen um.

Stattdessen streckte er Osiris die Hand entgegen und fragte: „Darf ich?"

Wieder neigte Osiris das Haupt. Dann nahm er Lokans Hand. Derselbe elektrische Schock durchfuhr ihn wie schon zuvor bei den anderen Gottheiten. Nur war er dieses Mal noch sehr viel stärker. Bei jedem Mal, da seine Hand eine von ihnen berührt hatte, war dieses Gefühl stärker geworden. Jetzt war der Stromschlag so stark, dass es Lokans Hand aus der von Osiris riss und Lokan zwei Schritte fortschleuderte.

Er schaute zu seinen Brüdern hinüber. Was hier geschah, war verrückt. Die Gedanken, die ihm durch den Kopf gingen, waren genauso verrückt.

Schließlich wandte er sich zurück an Osiris. „Der Waffenstillstand, den die Götter untereinander geschlossen haben, erlaubt es nicht, dass sie das Territorium eines anderen betreten. Bewirkt er auch, dass sie sich körperlich gegenseitig abstoßen – wie gleichpolige Magneten?“

„So war es zu Beginn. Wir mussten lernen, dieses Phänomen zu beherrschen. Inzwischen können wir einander so weit aushalten, dass wir uns auch die Hand geben können, wenn es sein muss.“

Aufgeregt wandte Lokan sich nun an Dagan. „Die Prophezeiung. Die, über die wir gesprochen haben. Über die Vermischung des Bluts. Wie lautete die noch?“ Die Worte kamen fast überstürzt, denn wenn er die Frage jetzt nicht stellte, würde er es nie mehr tun. Was ihm durch den Kopf ging, war zu irre, undenkbar. Und doch ließ ihn dieser Gedanke nicht mehr los.

„Das Blut der Isis“, antwortete Dagan, „das Blut Sutekhs …“ Lokan sah seinen Vater an, während Dagan weitersprach. „Und der Gott wird die zwölf Pforten durchschreiten und wieder auf Erden wandeln.“

„Du hast gedacht, du bist gemeint.“ Lokans Ton war scharf, als er sich an Sutekh wandte. „Du hast dir vorgestellt, du könntest mich töten, mir meinen Körper stehlen und dann selbst das Sonnenlicht wiedersehen.“

Alle drei Brüder stellten sich jetzt zu Lokan, um ihm den Rücken zu stärken. Sie riskierten eine Menge, indem sie die Konfrontation mit ihrem Vater suchten.

„Irrtum", fuhr Lokan fort. „In der Prophezeiung war nicht von dir die Rede, sondern von mir." Er hob die Hand, und die blauen Flammen, das Zeichen seiner Macht, die ihn und seine Brüder wie mit einer Glocke umgaben und einen Schutzwall für sie bildeten, schlugen heraus. „Die Rede war von mir. Ich bin der Gott, der die Prüfung der zwölf Pforten bestanden hat. Und ich bin es, der wieder auf Erden wandeln wird."

Unter den Umstehenden erhob sich ein lautes, vielstimmiges Gemurmel. Es war das erste Mal in Lokans Dasein, dass er erlebte, wie Sutekh Emotionen zeigte. Schrecken und Bestürzung zeichneten sich auf der Miene seines Vaters ab. Dann war es wieder die alte Durchtriebenheit, die in seinen Augen aufblitzte.

„Lokan Krayl", erhob Sutekh seine Stimme über den Lärm des Gemurmels hinweg, „lass uns ein Bündnis schließen."

„Es ist eine Wiedergutmachung zu leisten", ließ sich Osiris vernehmen, als sich das darauf folgende laute Stimmengewirr allmählich legte. Er sah Lokan an und zeigte auf Sutekh. „Er hat unseren Pakt gebrochen, indem er gegen eine andere Gottheit vorgegangen ist. Er soll den Preis in Seelen bezahlen. Wähle."

„Er war keine Gottheit, als ich das getan habe", widersprach Sutekh. „Zu dem Zeitpunkt war er ein Teil meines Gefolges und damit mein Eigentum, mit dem ich verfahren kann, wie es mir beliebt."

„Er war dein Sohn", warf Malthus empört ein, während sich Alastor schon zu Wort meldete, indem er vortrat und die Hand hob. „Einspruch." Er hatte sich vollständig unter Kontrolle und wirkte kühl und sachlich. „Du, Sutekh, bist der Gott, der den Ablauf der Zeit beherrscht. Du warst es, der die Regel aufgestellt hat, dass Zeit in der Welt der Sterblichen und in den Reichen der Unterwelt ohne Bedeutung ist. Wenn du dich jetzt auf ein Davor und Danach berufst, widersprichst du dir selbst."

„Wähle deine Seelen", sagte Osiris zu Lokan.

„Meine Seelen? Was meinst du damit?"

„Dein Vater hat sich versündigt und muss deshalb Genugtuung leisten. Er muss für das büßen, was er getan hat. Das sind die Bestimmungen unseres Waffenstillstands. Wenn er sich gegen eine andere Gottheit wendet, kann das nicht ohne Folgen bleiben.“ Osiris zeigte ein müdes Lächeln. „Selbst gegen einen geringeren Gott, der seine Lektion erst noch lernen muss.“

„Ich bin demnach ein ... Gott? Allerdings wohl einer mit wenig Macht und keinem eigenen Territorium?“ Lokans Frage zielte mehr darauf ab, Zeit zu gewinnen, während er sich im Stillen seine Chancen ausrechnete.

„Du hast ein eigenes Territorium, das des Lokan Krayl, in dem du bestanden hast, es ist das, was früher die Todeszone war. Dort kannst du dich jetzt niederlassen.“

Lokan erstarrte. Ein furchtbarer Gedanke durchzuckte ihn. Wenn er jetzt ein Gott der Unterwelt war, hieß das ... „Bin ich dann hier in der Unterwelt gefangen wie ...“ *Wie ihr alle in der Unterwelt gefangen seid.* Er schluckte den Rest des Satzes herunter. Vielleicht war es doch nicht so klug, so etwas zu fragen.

„Du bist der Gott, der wieder auf Erden wandelt“, sagte Isis.

Lokan hörte es wohl, und er hörte auch die Worte, die sie nicht ausgesprochen hatte. Er war der *Einzige* der Unterweltgötter, der das vermochte. Ja – Sutekh hatte es für eine kurze Frist auch geschafft, als er für die eine Nacht menschliche Gestalt angenommen hatte, in der er Lokan ermordete. Aber das hatte er nicht aufrechterhalten können, und selbst die kurze Frist hatte ihn unendlich lange Zeit gekostet, um die Energie dafür zu sammeln. So schnell würde er diese Vorstellung nicht wiederholen können.

„Du bist damit ein wichtiger Verbündeter für uns alle“, fügte Isis hinzu, die Meisterin des Understatements. Ein wichtiger Verbündeter? Er war einzig unter ihnen. Das war mehr als nur wichtig. „Ich für meinen Teil würde mich gern mit dir über ein Bündnis unterhalten, sobald du deine Wahl unter den Seelen deines Vaters getroffen hast, die dir als Entschädigung zustehen.“

Ein Bündnis mit Isis. Deren Töchter mit seinen Brüdern liiert waren.

Sein Kopf fuhr zu Osiris herum. „Wie viele Seelen?"

„Verrat. Mord. Diebstahl deines Körpers. Das sind drei Freveltaten, die mit drei Seelen bezahlt werden müssen." Osiris fixierte Sutekh mit einem stechenden Blick. „Seelen, die dir nahestehen, Sutekh, die bei dir in vorderster Front stehen, die dir Treue schwören mussten und niemandem anderen. Wähle mit Bedacht, Lokan."

Lokan hätte schwören können, dass Sutekh zusammenzuckte.

„Wer sollen diese drei Seelen sein, Lokan Krayl? Hast du es dir überlegt?"

„Das habe ich." Lokans erster Blick ging zu Dagan. Es war eine wortlose Frage, die er an ihn richtete. Er wollte ihm die Entscheidung überlassen. Dagan stellte sich neben ihn.

Mit einem Laut der Entrüstung stürzte Sutekh nach vorn. Für einen Moment zeigte er deutlich seine Emotionen. Das Gesicht war von Schmerz gezeichnet.

„Ich habe mich entschlossen, einen meiner Söhne für ein höheres Ziel zu opfern. Aber ich bin nicht bereit, alle Söhne zu verlieren." Auch wenn sich Sutekh alle Mühe gab, im Ton kühl und sachlich zu bleiben, verriet er sich schon allein dadurch, dass er diese Befürchtung überhaupt aussprach. Warum er den Verlust seiner verbliebenen Söhne so fürchtete, ob es aus echter Zuneigung geschah oder einfach weil er nicht aufzugeben bereit war, was ihm gehörte, blieb dahingestellt.

Währenddessen richtete Lokan seine stumme Frage auch an Malthus und Alastor. Als sie schließlich alle drei bei ihm versammelt waren, richtete er sich wieder an Sutekh. „Das sind die Seelen, die ich von dir zu deiner Bestrafung fordere: Dagan Krayl, Malthus Krayl und Alastor Krayl. Sie sollen mir gehören."

Für einen winzigen Augenblick verspürte Lokan die Genugtuung, erfolgreich Rache an seinem Vater genommen zu haben, der nun alle seine Söhne verloren hatte. Doch das Triumphgefühl verflüchtigte sich gleich wieder. Dieser Sieg über Sutekh war ihm noch nicht genug, denn immer noch klaffte ein gewaltiges Loch in seinem Herzen, spürte er eine Leere, von der er glaubte, dass es nichts gab, um sie wieder zu füllen.

„Wartet“, ließ sich Osiris erneut vernehmen. „Es gibt ein weiteres Vergehen, dessen Sutekh sich schuldig gemacht hat. Denn der Verlust deiner Gefährtin ist eindeutig ihm anzurechnen. Wähle eine weitere Seele, Lokan Krayl.“

Der Verlust seiner Gefährtin. Bryn. Die Worte taten unendlich weh.

Lokan atmete schwer. Sein Blick fiel auf Kai Warin. Das wäre eine politisch kluge Entscheidung. Kai war mit der Tochter von Asmodeus liiert. Wenn er auf Lokans Seite wechselte, bestand die Möglichkeit, dass Asmodeus quasi als sein Schwiegervater das auch tat. Außerdem war er sich Kais Loyalität sicher, denn er hatte seinen Brüdern schon früher geholfen, wichtige Informationen weitergegeben und dabei alles riskiert.

Aber Lokan wollte seine Entscheidung nicht über Kais Kopf hinweg treffen, deshalb verfuhr er so wie bei seinen Brüdern und hielt den Blick in einer stummen Frage auf ihn gerichtet. Kai seinerseits blickte zu Asmodeus hinüber, der aber vom Gang der Ereignisse derart beansprucht war, dass er überhaupt nicht reagierte. So trat Kai schließlich auch an Lokans Seite und stellte sich neben Dagan.

„So fordere ich auch diese Seele zu meiner Entschädigung“, sagte Lokan. „Kai Warin soll ebenfalls mir gehören.“

Lokan wusste, dass diese Wahl seinen Vater hart treffen musste. Ihm waren nun nicht allein seine Söhne genommen worden, sondern auch derjenige, den er gerade in Gahijis Nachfolge zum neuen zweitmächtigsten Mann in seinem Reich bestimmt hatte. Aber das vermochte Lokan nicht vollends zu befriedigen. Es blieb noch immer der unersetzliche Verlust, der ihn quälte.

„Das war's dann wohl“, sagte er zu Sutekh.

Sein Vater starrte ihn an und neigte den Kopf. Sutekh blieb noch immer die mächtigste Gottheit der Unterwelt. Daran war nicht zu rütteln. Dennoch besaß Lokan etwas, das ihm abging, was er allen Göttern hier voraushatte. Er konnte sich als einziger Gott frei in der Oberwelt bewegen.

Jedoch erlosch die Genugtuung, die er darüber empfand, so schnell wie die Flamme eines Streichholzes. Was hatte all das für einen Wert, wenn Bryn nicht da war?

Gerade wollte er sich resigniert abwenden, als Osiris ihn zurückrief. „Lokan Krayl, einen Augenblick noch."

Lokan hob den Kopf und setzte sein Pokerface auf. Jetzt ging es los. Die Verhandlungen, das Feilschen um Verbündete, die ganze verdammte Unterwelt-Politik. Hatte er die wirklich früher einmal mit Hingabe betrieben? Kaum vorstellbar. Vielleicht kam es eines Tages wieder dazu, dass er dieses Geschäft lieben konnte. Vielleicht konnte es sogar dazu beitragen, die Leere wenigstens ein Stück weit auszufüllen, die er in sich fühlte.

„Hier vor Zeugen biete ich dir ein Bündnis an", fuhr Osiris fort. „Ich reiche dir die Hand zur Freundschaft …" Osiris verstummte für einen Moment, und Lokan hätte schwören können, dass ein Lächeln über Osiris' sonst unbewegtes Gesicht huschte. „… wenngleich ich dir eine Macht verliehen habe, die sich bislang für dich noch nicht ausgezahlt hat. Du wirst es mir vielleicht nachsehen, wenn ich dir ein Angebot dafür mache – eine Seele möglicherweise. Als Zeichen meines ehrlichen Interesses an unserem künftigen Bündnis?"

Lokan blieb die Luft weg. Eine Seele von Osiris. Er musste sich beherrschen, den mächtigen Gott nicht bei den Schultern zu packen und ihn anzuschreien, dass er doch aussprechen sollte, woran er dabei dachte. Unmöglich konnte er damit meinen …

„Nenne die Seele, die dir gehören soll, Lokan Krayl", sagte Osiris milde, „und du sollst in meiner Gunst stehen wie ich in deiner."

„In deiner Schuld", korrigierte Lokan. Er wartete darauf, dass der Hammer fiel und Osiris ihm zwar eine Seele anbot, aber nicht Bryns.

„Der Feind meines Feindes ist mein Freund“, bemerkte Osiris lakonisch.

Und da war er wieder, dieser trügerische Funken Hoffnung, der sich in seinem Herzen regte. „Ich kann eine Seele benennen? Irgendeine, ich darf sie mir aussuchen?“

„Hast du denn eine bestimmte im Sinn?“ Osiris machte eine beiläufige Handbewegung in Richtung des Boots, das gerade am Ufer angekommen war.

Lokan blieb beinahe das Herz stehen, dann begann es, umso ungestümer zu schlagen. Dort stand Bryn. Sie sah nicht anders aus als das letzte Mal, da er sie gesehen hatte. Ihre Augen leuchteten ihm voller Liebe entgegen. Es war wie ein Sonnenstrahl in der Finsternis. Sie wollte vorwärtsstürmen, aber etwas bremste sie abrupt, als würde sie an einer Leine gehalten.

„Sie kann nicht zu dir kommen, bevor du nicht ausgesprochen hast, dass sie es ist, die du forderst.“

Sie fordern. Für sich. Für sich allein. Sie wieder in den Armen zu halten.

Lokan hatte so einen Kloß im Hals, dass es ihn Mühe kostete zu sprechen. Zunächst war es nur ein unartikuliertes Krächzen, das er hervorbringen konnte. Dann endlich vermochte er es auszusprechen: „Dies ist die Seele, die ich von dir will. Diese Seele soll mir gehören. Brynja, die Tochter der Unterwelt.“ Sein. Sie war sein.

Die Worte waren kaum ausgesprochen, als Bryn wie losgelassen quer über das Ufer auf ihn zustürmte. Und dann lag sie in seinen Armen. Und sie redete und redete. Obwohl Lokan kein Wort verstand, weil das Blut vor Erregung in seinen Ohren rauschte, überwältigte ihn der Klang ihrer Stimme, drang in ihn ein. Es war die Stimme, die ihn in seinen schwärzesten Stunden am Leben gehalten hatte.

Er schlang seine Arme um sie und drückte sie fest an sich. Dann beugte er sich zu ihr hinab und küsste sie. Sie erwiderte seinen Kuss. Ihre Lippen waren warm und weich und wirklich. Sie war hier bei ihm.

„Du hast dein Leben für mich hingegeben“, sagte er. „Und nun schenke ich dir meines. Dir und Dana.“

Es gab so viel, so viel, was er ihr zu sagen hatte.

Aber sie hielt einfach sein Gesicht zwischen den Händen und sagte den Satz, der einzig nur zählte.

„Ich liebe dich, Lokan Krayl.“

– ENDE –

MIRA IST ONLINE FÜR SIE!

www.mira-taschenbuch.de

Immer aktuell:
News und **Neuerscheinungen**
direkt auf der Startseite!

Das gesamte
Taschenbuchprogramm
übersichtlich nach Kategorien!

MIRA
TASCHENBUCH

Lesen Sie auch von Eve Silver:

Eve Silver
Fleischessünde
Band-Nr. 65072
8,99 € (D)
ISBN: 978-3-86278-512-4
eBook: 978-3-86278-581-0
320 Seiten

Eve Silver
Seelensünde
Band-Nr. 65061
8,99 € (D)
ISBN: 978-3-86278-353-3
eBook: 978-3-86278-444-8
304 Seiten

Eve Silver
Herzenssünde
Band-Nr. 65050
8,99 € (D)
ISBN: 978-3-89941-984-9
eBook: 978-3-86278-158-4
352 Seiten

„Eine wunderbar geschriebene Geschichte um Gut und Böse.“

Literal Addiction

Deutsche Erstveröffentlichung

Stephanie Chong

Im Bann der Dämonin

Der Excop Brendon Clarkson ist ein Engel auf geheimer himmlischer Mission: Er soll die gefährliche Dämonin Luciana Rossetti gefangen nehmen, während sie beim alljährlichen Erlöserfest in Venedig auf ihr nächstes Blutopfer lauert. Getarnt als Tourist, lockt Brendon die grünäugige Femme fatale in die Falle …

Band-Nr. 65076
8,99 € (D)
ISBN: 978-3-86278-730-2
eBook: 978-3-86278-777-7
368 Seiten

Stephanie Chong

Die Sehnsucht des Dämons

Die Yogalehrerin Serena hat eine Mission: Als jüngst ernannter Schutzengel soll sie über den aufsteigenden Hollywoodstar Nick Ramirez wachen. Ihr erster Auftrag führt sie in den Nachtclub Devil's Paradise, wo sie ausgerechnet die Aufmerksamkeit des charismatischen Clubbesitzers Julian Ascher erregt. Zu spät erkennt sie, dass er ein Erzdämon ist …

Band-Nr. 65063
8,99 € (D)
ISBN: 978-3-86278-466-0
eBook: 978-3-86278-529-2
320 Seiten

Deutsche Erstveröffentlichung

Sinnlich, gefährlich, himmlisch – Der Auftakt zu Gena Showalters neuer Serie „Angels of the Dark“!

Band-Nr. 65078
8,99 € (D)
ISBN: 978-3-86278-747-0
eBook: 978-3-86278-789-0
432 Seiten

Gena Showalter
Angels of the Dark:
Verruchte Nächte

Ein Engel mit einem Herz aus Eis? Zacharel ist der Anführer der Armeen des Himmels. Doch er gilt als rücksichtslos und gefährlich. Im Kampf gegen die Dämonen der Hölle bricht er alle Regeln und lässt auch Unschuldige sterben. Selbst der drohende Verlust seiner Flügel schreckt ihn nicht, unbarmherzig verfolgt er seine Mission. Bis er der jungen Annabelle begegnet. Von Dämonen besessen, fleht sie ihn verzweifelt um Hilfe an. Und während er gemeinsam mit ihr den Kampf gegen das Böse aufnimmt, erwacht eine nie gekannte Sehnsucht in ihm …

„Eine der größten Autorinnen von paranormalen Liebesromanen.“
New York Times-Bestsellerautorin Kresley Cole